No bajes la vista

TERCIOPELO

No bajes la vista

Suzanne Enoch

Traducción de Nieves Calvino

TERCIOPELO

Título original: *Don't Look Down*
Copyright © 2006 by Suzanne Enoch

Primera edición: enero de 2010

© de la traducción: Nieves Calvino
© de esta edición: Libros del Atril, S.L.
Marquès de l'Argentera, 17. Pral. 1.ª
08003 Barcelona
correo@terciopelo.net
www.terciopelo.net

Impreso por Litografía Roses, S.A.
Energía 11-27
08850 Gavá (Barcelona)

ISBN: 978-84-92617-30-2
Depósito legal: B. 46.243-2009

Para mi madre, Joan, que siempre sabe cuándo mis plantas
necesitan agua y cuándo necesito una buena comida casera…
y porque, además, se ocupa de ambas cosas por mí cuando
tengo que cumplir con el plazo de entrega.

Te quiero, mamá.

Capítulo uno

$\mathcal{U}$n coche con los faros encendidos redujo la velocidad junto al recodo de la casa principal, vaciló, acto seguido aceleró y continuó nuevamente el camino hacia la oscuridad.

—Turistas —farfulló Samantha Jellicoe, enderezándose desde su posición agazapada y observando las luces de los faros desaparecer tras la curva. El paseante, británico nativo y buscador de fama de vacaciones, centraba de tal modo su atención en las altas verjas forjadas que quedaban a su espalda y en la apenas visible mansión más allá de éstas, que probablemente Sam podría ponerse a hacer el pino y malabarismos sin que siquiera reparara en ella en los arbustos.

Por tentador que fuera darle un susto de muerte a algún *paparazzi* aficionado, en esos momentos el objetivo era «pasar inadvertida». Tras echar otro vistazo a la oscura carretera, Samantha volvió a adentrase en ellos y emprendió la carrera hasta el muro, introduciendo la punta del pie en una grieta de la argamasa a media altura y utilizándola para encaramarse a la angosta y bien acabada parte superior de la piedra.

Cuando actuaba como ladrona, en realidad prefería desconectar las alarmas de la verja y entrar a pie, pero daba la casualidad que estaba al corriente de que aquellas puertas estaban surcadas de cables que recorrían las tuberías enterradas que llegaban hasta la casa del guarda en la parte norte de la propiedad de Devonshire. Para desactivar las verjas tendría que desconectar la luz de toda la casa, lo cual apagaría las alarmas en batería del perímetro.

Se dejó caer al césped del jardín interior con una leve sonrisa en los labios.

—No está mal —murmuró para sí. A continuación tenía que sortear los detectores de movimiento y los grabadores digitales de vídeo, además de media docena de guardas de seguridad que patrullaban el área en torno a la casa. Afortunadamente, esa noche soplaba una notable brisa, de modo que los detectores de movimiento estarían sobrecargados y los guardas hartos de controlarlos y reajustarlos. Siempre era mejor entrar en una propiedad en una noche ventosa, aunque enero en el centro de Inglaterra venía a significar que la temperatura ambiental descendería y se tornaría glacial.

Sacando del bolsillo un par de tijeras de podar, que hacían las veces de corta cables, cercenó la enorme rama, cuajada de hojas, de un olmo. La recogió y se dirigió a lo largo del muro hacia la cámara más próxima de las que había repartidas a intervalos regulares por el perímetro. Tal vez su solución al problema que planteaban las cámaras digitales fuera simplista, pero Dios, por experiencia sabía que algunas veces la tecnología menos complicada era el mejor modo de vencer los sistemas más complejos. Además, ya podía ver el titular: CHICA CON UNA RAMA VENCE EL SISTEMA DE ALARMA MÁS SOFISTICADO.

Meneó la rama frente a la cámara, armando gran estruendo, y esperó unos segundos antes de hacerlo de nuevo. Acoplando el balanceo al ritmo del viento, golpeó contra el lateral y las lentes unas cuantas veces más, luego tiró y golpeó fuertemente la carcasa con la parte más gruesa de la rama. La cámara osciló hacia un lado, proporcionándole a quienquiera que estuviera observando una magnífica vista de una chimenea del ala oeste. Tras unas cuantas sacudidas más, arrojó la rama por el muro exterior y se dirigió hacia la casa.

A buen seguro que no tardaría en salir alguien de la casa para reposicionar la cámara, aunque ella estaría dentro para entonces. Salir de un sitio era muchísimo más fácil que entrar. Samantha tomó aire y se encaminó a lo largo de la base de la casa hasta alcanzar el muro levemente reborbeado que marcaba la cocina. Enhorabuena a quienquiera que fuera el aristócrata que, quinientos años antes, había decidido que la cocina era demasiado peligrosa para estar integrada en su totalidad dentro de la casa principal.

Los marcos de las ventanas de la planta baja estaban conectados al sistema de alarma, y el cristal era sensible a la presión. Nada de atravesarlo, a menos que quisiera despertar a todos los que habitaban la residencia. Por supuesto, no había nadie en casa, a excepción del servicio y el personal de seguridad, pero éstos podían telefonear a la policía sin problemas.

Se cercioró de que las podadoras estuvieran bien guardadas en su bolsillo, puso el pie en la estrecha repisa de la ventana y se impulsó hacia arriba. Unos puntos de apoyo más y se encontró en el tejado de la cocina. Quince pasos hacia arriba y hasta el otro lado, y la terraza de la biblioteca le aguardaba, tentadora.

Retirando de su hombro la cuerda que portaba, sacó las tijeras y ató un extremo de la empuñadura con fuerza. En su primera intentona, éstas aterrizaron sobre la baranda, y tiró de la cuerda para cerciorarse de que las tijeras estaban bien encajadas entre la balaustrada de piedra.

Samantha agarró la cuerda, mientras el corazón le latía de saforadamente por el grato subidón de adrenalina, acto seguido bajó del tejado de la cocina. Quedó allí suspendida durante un momento, meciéndose lentamente adelante y atrás en el aire. Una vez estuvo segura de que la cuerda no iba a ceder, enganchó las piernas en ella y reptó hasta el balcón. ¡Dios, qué fácil había sido! Aunque, a menudo, los nervios eran lo único que diferenciaban a los ladrones descamisados y fumadores que aparecían en *Policías* de aquellos que jamás eran atrapados. Nervios y una buena herramienta de jardinería. Bien merecía las dieciocho libras que había pagado por ella en el vivero local.

Se arrastró por encima de la barandilla y desligó las tijeras de la cuerda, devolviendo ambas cosas a su lugar correspondiente. Las puertas de cristal que conducían al interior de la biblioteca tenían el cerrojo echado, pero no le preocupaban. Estaban conectadas, naturalmente, pero no tenían sensor de presión. A tal altura, recibirían las brisas vespertinas y harían saltar las alarmas cada cinco minutos. Nadie quería lidiar con eso, aun a costa de la seguridad del interior.

Desenroscó el cable de cobre que rodeaba su muñeca izquierda, cortó dos trozos de cinta adhesiva del pequeño rollo que guardaba en el bolsillo e insertó con cuidado un extremo bajo cada puerta para interceptar y sortear el circuito eléctrico. Hecho lo cual, simplemente forzó la cerradura y abrió las puertas en un silencio casi absoluto.

—Pan comido —murmuró, descendiendo el llano escalón y entrando en la estancia.

Las luces del techo se encendieron con un brillo cegador. Samantha se hizo a un lado de modo instintivo, agazapándose en las sombras que quedaban. «¡Mierda!» Todos los criados deberían de haber estado durmiendo, y el propietario se encontraba en Londres.

—Qué interesante —dijo con languidez una fría voz masculina con un leve y culto acento británico.

Ella hundió los hombros.

—¿Qué narices haces aquí? —preguntó, volviendo al centro de la habitación y procurando disimular que no había estado a punto de mearse en los pantalones. A pesar de su casi infalible información de primera mano, resultaba obvio que el propietario «no estaba» en Londres.

Él se apartó del interruptor de la luz.

—Vivo aquí. ¿Has perdido tu llave?

Samantha se le quedó mirando durante un momento. Alto, moreno y maravilloso, Richard Addison, ataviado incluso con vaqueros y sudadera, era la encarnación de los sueños húmedos de cualquier joven. Y eso sin contar el hecho de que fuera multimillonario, o que como diversión practicara deportes como el esquí y el polo.

—Estaba entrenando —replicó, soltando el aliento—. ¿Cómo sabías que iba a entrar por aquí?

—Llevo media hora observándote por las ventanas. Eres muy sigilosa.

—Ahora estás siendo un listillo.

Él asintió, sonriendo ampliamente.

—Probablemente.

—Y no llevas media hora aquí, porque me pasé cuarenta minutos escondida junto a la verja de entrada mientras algún capullo simulaba tener una rueda pinchada.

—¿Cómo sabes que fingía?

—Porque llevaba una cámara con un enorme teleobjetivo en su caja de herramientas. —Ladeó la cabeza, evaluando su expresión. Rick era difícil de descifrar; se ganaba la vida ocultando sus emociones—. Apuesto a que llegaste aquí hace cinco minutos, mientras trepaba el muro de la cocina.

Rick se aclaró la garganta.

—Independientemente de cuándo llegara, es la segunda vez que te pillo allanando una de mis propiedades, Samantha.

«Así que había estado en lo cierto acerca del momento de su llegada.» Por mucho que le cabreara haber sido pillada, debía reconocer cierta satisfacción porque en esos momentos el sueño húmedo de este multimillonario le perteneciera.

—En esta ocasión, no pretendía robarte nada. No te empeñes en perder las formas.

—No me empeño en nada. No obstante, me gustaría una explicación.

Encogió un hombro al pasar por su lado, cruzando por mitad de la vasta biblioteca hacia la puerta que daba al pasillo.

—He pasado tres horas oyendo a John Harding quejarse sobre los maleantes e inútiles que quieren robar su colección de arte —bufó—. Como si cualquier ladrón que se precie quisiera sus caóticas miniaturas rusas. Al menos solía coleccionar crucifijos de plata.

Unos pies descalzos sonaron a su espalda.

—Corrígeme si me equivoco, Samantha, pero creí que ibas a dedicarte a ayudar a la gente a proteger sus objetos de valor. Después de todo, por lo que recuerdo, tu último robo tuvo como resultado una enorme explosión y casi la muerte del dueño de la casa y la tuya propia.

—Lo sé, lo sé. Por eso me retiré del oficio de ladrona, ¿te acuerdas? Y fue así como nos conocimos, don Propietario.

—Lo recuerdo, mi amor. Y se me ocurrió que te interesaría tener a Harding como cliente.

También lo había pensado ella. Por lo visto era más tiquismiquis de lo que ninguno de los dos había previsto.

—La parte de evitar allanamientos está bien. Es hablar con los objetivos lo que me hace…

—Clientes —la interrumpió.

—¿Qué?

—Has dicho «objetivos». Ahora son tus clientes.

—Bueno, Harding fue un objetivo en una ocasión. Y es un gilipollas aburrido, no un cliente. Jamás habría hablado con él si tú no me lo hubieras pedido.

Sam escuchó su pausada inhalación.

—Espléndido. Podrías haberme dicho que le habías robado antes de que me tomara la molestia de presentártelo.

—Quería conocerlo.

—¿Hablar con tus objetivos te produce una descarga de adrenalina?

Sam se encogió de hombros.

—No es para tanto, pero cualquier subidón es bueno.

—Eso dices tú. —Bajó la mano por su columna—. ¿Por qué nunca trataste de robarme hasta aquella noche en Palm Beach?

Ella esbozó una amplia sonrisa.

—¿Por qué? ¿Acaso te sientes ignorado?

—En cierto modo, supongo que así es. Ya me dijiste que sólo ibas a por lo mejor.

Había una docena de rápidas réplicas que podía responder, pero, con toda franqueza, aquélla era una pregunta que se había hecho a sí misma.

—Imagino que es porque tu colección y tú erais —sois— prominentes. Todo el mundo conoce lo que posees, así que, si alguien apareciera con algo…

—¿Así que lo único que me salvó de ti fue mi asombrosa fama?

—Correcto. Pero antes de que empieces a ponerte en plan santurrón conmigo, ¿qué estás haciendo aquí? Se suponía que estabas en Londres hasta mañana.

—La reunión terminó pronto, de modo que decidí conducir hasta casa… a tiempo, debo añadir, de demostrar que sigues sin poder superarme. Tal vez sea ésa la verdadera razón de que nunca me robaras, cariño.

Su espalda se puso rígida y se detuvo, volviéndose de cara a él cuando llegaron a la puerta que daba al pasillo.

—¿Qué?

Él asintió.

—Te pillé en Florida, hace tres meses, con las manos en la masa, y ahora aquí, en Devon. Puede que sea buena idea que te hayas retirado del negocio del latrocinio.

Ah, ya estaba bien de tanta superioridad británica. Samantha se estiró para besarle, sintiendo la sorpresa en su boca y luego sus brazos la rodearon al tiempo que relajaba el cuerpo. Descolgó la cuerda de su brazo y le ciñó las manos con ella, agachándose para escapar de su abrazo.

—Sam…

Enroscó el extremo libre de la cuerda alrededor de él, tensándolo y atándole las manos al frente, a la altura de las costillas.

—¿Quién supera ahora a quién? —preguntó.

—Quítame esto —espetó, el humor jocoso desapareció de su voz y de su expresión.

—No. Has menospreciado mis habilidades —le empujó con el pecho, y él cayó pesadamente en uno de sus butacones de estilo georgiano—. Discúlpate.

—Desátame.

«Ay, ay, estaba cabreado.» Aunque estuviera dispuesta a hacerlo, soltarle ahora le pareció una malísima idea. Además, se había estado trabajando un saludable subidón de adrenalina que él se había encargado de destrozar. Le ató a la butaca con el resto de la cuerda antes de que pudiera ponerse en pie.

—Tal vez esto te convenza de no enfrentarte a la gente que irrumpe en tu casa a no ser que cuentes con algo más contundente con qué defenderte que el encanto.

—Eres la única que irrumpe en mi casa y empieza a parecerme de todo menos divertido.

—Por supuesto que sí —musitó, dando un paso atrás para admirar su obra—. Yo estoy al mando.

Sus oscuros ojos azules se cruzaron con los de ella.

—Y, por lo visto, te va practicar el sometimiento. Niña mala.

—Discúlpate, Rick, y te soltaré.

Su mandíbula se contrajo nerviosamente y su mirada descendió hasta su boca.

—Digamos que estoy descubriendo tus verdaderas intenciones. Sé todo lo mala que puedas.

—Oh —«Aquello se ponía interesante»—. Cuando soy mala, soy muy mala —comentó, su adrenalina comenzó a recuperarse. «Atar a Rick Addison. ¿Por qué no se le había ocurrido antes?»—. ¿Seguro que estás preparado?

—Definitivamente —respondió, tirando de ella contra la cuerda.

Samantha se inclinó con lentitud y lamió la curva de su oreja izquierda.

—Bien.

Él giró la cabeza, capturando su boca en un apasionado beso.

—¿Con que esto es lo que debo esperar cada vez que te reúnas con un cliente?

Sam sacó las tijeras del bolsillo trasero, divertida ante el repentino recelo en sus ojos.

—Eso parece —contestó, cortando el cuello de su sudadera con tijeretazos sucesivos y abriendo acto seguido la parte delantera de la tela para exponer su pecho y sus marcados abdominales. La primera vez que había puesto los ojos en él pensó que su físico guardaba mayor semejanza con el de un jugador de fútbol profesional que con el de un hombre de negocios, y seguía sin poder controlar el modo en que todo eso afectaba a su cuerpo.

—Entonces, te animo encarecidamente a que expandas este negocio tuyo.

—No quiero hablar de negocios en este instante. —Sus manos ascendieron la cálida piel de su torso, repitiendo la caricia con la boca. Él gimió cuando ésta se cerró sobre un pezón, y Sam se humedeció.

—¿Qué me dices de la expansión? —sugirió, su rica voz mostraba cierto temblor.

Con una risilla ascendió de nuevo hasta su boca. Parecía que al menos había desviado su atención del incidente del allanamiento, aunque si Rick se mantenía fiel a su pauta, lo retomaría más tarde. Era extraño, pero después de tres meses había prácticamente llegado a un punto en que no le importaban sus preguntas o el modo en que éstas le obligaban a realizar demasiado autoanálisis, algo que anteriormente había evitado por todos los medios.

—Al menos, desátame las manos —propuso.

—No. Has perdido. Sufre las consecuencias.

Respirando con dificultad, todavía un poco enervada por el modo en que Rick podía atravesar todas y cada una de sus defensas sin tan siquiera proponérselo, se puso a horcajadas sobre él. Profundizó el beso hasta tornarlo en un apasionado pulso de lenguas y, empujando cuando él trató de recuperar cierto dominio, enredó los dedos en su cabello negro como el carbón. Podía sentirle entre los muslos, presionando contra sus vaqueros, y meneó las caderas al tiempo que dejaba escapar un suspiro satisfecho.

—¡Dios! —gruñó—. Quítate la camisa y sube aquí.

Bueno, puede que aquello pusiera en tela de juicio quién estaba al mando, pero parecía una buenísima idea de igual modo. Se quitó la sudadera negra por la cabeza, la arrojó al suelo, seguida por el sujetador. Por lo general no le iban los juegos de poder y dominación, pero tenerle a su absoluta meced tenía un algo embriagador. Aquello no sucedía con frecuencia. Se alzó, ofreciéndole los pechos a su boca y su lengua, gimiendo cuando sus manos atadas se dedicaron a la cremallera de sus vaqueros negros. Para ser un rehén era muy emprendedor, aunque nunca había tenido motivos para dudarlo.

Samantha se aferró a los bastidores del respaldo de la silla y se arqueó contra él.

—Eres casi tan bueno como un allanamiento —murmuró.

—¿«Casi tan bueno»? —repitió con la voz amortiguada contra su pecho izquierdo—. Y hablando de «irrumpir», quítate los malditos pantalones.

Con una risita entrecortada se deslizó por sus muslos, desprendiéndose de los vaqueros y arrojando seguidamente la ropa interior al rincón próximo junto a la estantería.

—Tu turno —se agachó y se desabrochó el botón de los vaqueros.

Se arrodilló entre sus muslos y, centímetro a centímetro, comenzó a bajarle la cremallera. Su respiración se aceleró con cada *click* de los liberados dientes de metal, mientras que Rick reposaba la cabeza contra la caoba tallada y aguantaba. Finalmente dejó escapar un gemido.

—Me estás matando, lo sabes.

—Ése es el propósito de la tortura, ¿no? —Aunque, cuando quedó libre, salvo por el delgado y abultado tejido de sus calzoncillos, tampoco ella pudo soportarlo más.

Le bajó de un tirón los vaqueros y los calzoncillos por los muslos y volvió a subirse nuevamente al butacón. Supuso que podría haber prolongado la tortura, pero le deseaba al menos tanto como él a ella. Parecía desearle en todo momento, con mayor desesperación y frecuencia de lo que pudiera ser normal.

Pero claro, había mantenido muy pocas relaciones largas con las que poder comparar. Aferrándose con las manos a los brazos de la butaca para sujetarse, se hundió lentamente en su dura y dispuesta verga.

Rick alzó las caderas contra ella, la máxima acción que podía realizar estando atado a la butaca. Afianzándose sobre los reposabrazos, se deslizó arriba y abajo por su longitud con toda la lentitud que pudo soportar, resollando ante la potente y satisfactoria sensación de tenerle en su interior. Rick echó de nuevo la cabeza hacia atrás, embistiendo dentro de ella y pugnando obviamente por mantener el control.

—Maldita sea, Samantha —dijo con voz ronca.

Ella incrementó el ritmo, apoyándose contra su pecho mientras se hundía en él con fuerza y rapidez.

—Vamos, Rick —susurró, mordisqueándole la oreja—. Córrete para mí.

—¡Dios! —gruñó roncamente, embistiendo en su interior una y otra vez.

Ella se corrió primero, violentamente, asiéndose a los brazos de la butaca y arrojando la cabeza hacia atrás mientras su cuerpo se convulsionaba. Sintió los músculos de Rick contraerse bajo ella, dentro de ella, su gruñido animal de satisfacción… y luego la silla se desplomó bajo los dos.

Cayeron al suelo en un enredo de miembros y cuerda y una butaca de doscientos años de antigüedad. Después de un momento de consternación que sobrevino, Samantha levantó la cabeza para mirar a Rick.

—¿Estás bien?

Él se rio entre dientes, liberando una mano de las flojas cuerdas.

—No desde que te conocí. —Enroscando la mano en su cabello, tiró de ella para darle otro profundo y largo beso—. Y ten la cuerda a mano. Puede que sienta la necesidad de vengarme, yanqui.

—Mmm. Promesas, promesas, inglés.

Capítulo dos

*R*ichard Addison se despertó antes que Samantha. Habitualmente lo hacía. La mayoría de la gente que afirmaba ser un ave nocturna no tenía ni idea de lo que decían. Sam vivía de noche y, salvo algunas excepciones, detestaba levantarse temprano.

Sus hábitos de sueño eran un buen recordatorio sobre las diferencias existentes entre ellos. Las necesidades de dirigir un conglomerado internacional le obligaban a levantarse temprano y quedarse despierto hasta horas tardías. Por el contrario, hasta hacía tres meses, Samantha había desempeñado la mayor parte de su trabajo de noche. Robos de guante blanco, hurtos, atracos de arte y joyas, cosas que sabía a grandes rasgos, pero de las que probablemente nunca conocería los detalles... salvo los de su último trabajo. Aquél había sido memorable. Y si ella no hubiera estado en su casa de Palm Beach, tratando de robar una inestimable tablilla de piedra, seguramente él habría muerto en la explosión que, literalmente, les había arrojado juntos. Le había salvado la vida esa noche, y desde entonces salvar la de ella se había convertido en su meta.

Richard se inclinó para besar suavemente a Samantha en la mejilla, acto seguido bajó de su cama estilo Jorge II y se escabulló en la enorme habitación privada adyacente. En cuanto hubo terminado la llamada con Nueva York relativa a la investigación que había ordenado sobre los aranceles chinos, llamó a la cocina para pedir que le preparasen el té y se fue a la ducha. Tenía un cardenal en una de las caderas debido al desplome de la butaca la noche anterior, pero por lo que a él respectaba, el sexo había merecido el estropicio.

Samantha le había dado un susto de muerte cuando la vio entrar por la cristalera de la biblioteca. Si no hubiera pasado tres horas al volante para llegar a casa, si no hubiera dado la casualidad de que iniciara su búsqueda por la biblioteca, se hubiera perdido su llegada.

Y gracias a Dios que no había sido así; al parecer el único modo de convencerla de que no debería volver a su antigua, y muy lucrativa, vida criminal era ir un paso por delante de ella.

Conocedor del típico clima de enero en Devonshire, se puso un grueso jersey de cuello vuelto y unos vaqueros antes de salir de la residencia del piso superior en el ala norte de Rawley House y bajó a su despacho. El té le aguardaba cuando se sentó a su escritorio, y sostuvo la caliente taza en las manos durante un dichoso momento antes de tomar un sorbo e iniciar la sesión en su ordenador.

Llamó a sus oficinas de Londres después de las ocho para solicitar el último informe y las actualizaciones de la compañía de suministros de fontanería que estaba en pleno proceso de adquisición. Ventiló todas las citas del día para así no tener que conducir de nuevo a la ciudad hasta el día siguiente y encomendó a su asistente, Sarah, que concertase una reunión con el secretario de Comercio para después del fin de semana. Terminado aquello, se acomodó para revisar las cifras de cierre del mercado bursátil americano, bebiéndose el té al tiempo que navegaba.

Veinte minutos después se puso en pie, se desperezó y fue hasta el helado pasillo. Había equipado un despacho junto al suyo para Samantha en lo que históricamente habían sido las dependencias del administrador de la propiedad. Titubeó antes de poner la mano en el pomo de la puerta. A pesar de su variopinto pasado, Sam había sido honesta con él desde un principio, y si ella decía que había decidido montar una pequeña empresa de seguridad, entonces eso era lo que hacía. Sin embargo, el problema era doble: uno, una pequeña empresa parecía más una afición que un cambio permanente de carrera; y dos, si su reacción a la entrevista con John Harding era indicativa, al parecer recomendar sistemas de alarma no le proporcionaba el subidón suficiente para satisfacer a una adicta a la adrenalina. Richard frunció el ceño.

—Alguien dijo que no deberías fruncir el ceño, porque tu cara podría congelarse en esa postura —llegó la voz de Samantha a unos pasos de distancia.

Él apenas evitó dar un brinco sobresaltado.

—No es más que un rumor —replicó, volviéndose de cara a ella—, perpetrado por los vendedores de cosméticos.

Verla le privó de aliento, como sucedía casi cada vez que le ponía los ojos encima. Su mejor amiga; su ladrona; su amante; su obsesión; lo que significaba para él cambiaba y evolucionaba con cada latido de su corazón. Sus rasgos —ojos verdes, pelo caoba hasta los hombros, delgada, figura atlética— le enloquecían tanto como el conjunto de su persona.

—Se me ocurrió que podría echarte una mano con tu propuesta para John Harding —improvisó, siguiéndola adentro.

—No estoy segura de querer hacerle una propuesta a Harding —dijo, encendiendo las luces—. Te dije que prefería centrarme en iniciar algo razonable en Florida antes de abrir un *megaconglomerado* internacional. Nunca antes he dirigido un negocio. —Samantha le ofreció una fugaz sonrisa—. No que fuera legal, en todo caso.

Por supuesto que prefería trabajar en Florida. Era ahí donde se habían conocido, y donde había comenzado a echar unas débiles raíces. Tomándola de los dedos, la acercó para darle un beso.

—No existe la palabra «megaconglomerado». Harding es un vecino, y necesito quedarme en Inglaterra por lo menos otra quincena.

—Nada de «quincena». Dos semanas. Y lo comprendo. Me estás diciendo que me mantenga ocupada mientras trabajas —comentó, zafándose de él—. Qué tontería. Tengo asuntos propios, y no tienen nada que ver contigo, colega. Joder, ahora dirás que decidiste convertir todo el ala sur de tu casa en una galería de arte pública porque yo dije que me gustaba el arte y porque no quieres que me aburra.

«Aquello sólo había sido parte de los motivos.»

—A mí también me gusta el arte. Según recuerdo, trataste de robar algunas piezas.

—Sólo una. —Le miró con una expresión especulativa en sus verdes ojos.

Era el momento de pasar a la ofensiva antes de que ella lo descubriera todo.

—Estoy montando una galería pública porque quiero. Te pedí ayuda porque has trabajado en museos, tienes buen ojo para la estética y no tengo que pagarte. Y, además, resulta que sabes un poco sobre mantener mi propiedad a salvo. Además, tienes un bonito culo.

—Mmmm. No cabe duda de que tú también tienes buen ojo para la belleza, inglés. —Le tomó de nuevo la mano—. Ahora deja de darme la lata con lo de comenzar mi negocio y sigue mi bonito culo al ala de la galería. Quiero conocer tu opinión sobre la iluminación que estamos instalando para el pasillo de las esculturas.

—Ah. —Aquella era Samantha y sus malabarismos; confrontar y esquivar. Pero si quería cambiar el tema de los negocios por el de la exposición de arte, al menos ponía fin a la discusión por el momento—. ¿Y cuánto va a costarme dicha iluminación? —preguntó, siguiéndole el juego.

Su veloz sonrisa reapareció.

—No querrás que tu Rodin deslumbre con una iluminación *guarrindonga*, ¿no?

—Es demasiado temprano para que sigas inventado palabras, amor —respondió, complacido al apreciar un sincero entusiasmo en su voz—. Y, tenía intención de preguntártelo antes, si alguien puede entrar en Rawley Park con la facilidad con la que tú lo hiciste anoche, ¿por qué traer aquí a mi Rodin?

—El que yo pueda entrar no significa que otros puedan. Además, era una prueba. La idea es continuar mejorando la seguridad hasta que ya no pueda entrar.

—¿Es así como vas a comprobar todas tus operaciones de seguridad?

—Aún no lo sé. Pero podría ser divertido. Hay compañías que contratan a gente como yo con el solo propósito de poner a prueba su seguridad.

«¡Estupendo!»

—¿Hiciste las llamadas que te sugerí para tener una idea de lo que debes cobrar por tus servicios?

Samantha suspiró.

—Rick, deja de meterte en asuntos ajenos. Vete a ganar tus millones, y yo me ocuparé de mis cosas.

Rick quería seguir presionando, en gran medida porque a ella le sería más difícil meter sus cosas en una mochila y desaparecer para volver a su vida anterior una vez que tuviera un negocio consolidado. Pero también reconocía la expresión de su rostro. Sam era una persona que odiaba tanto como él ser manipulada, y la había estado presionando insistentemente.

—Muy justo. ¿Podríamos, al menos, desayunar antes de que me enfrente a la galería? —Francamente, le gustaba la idea de crear una galería pública, un lugar para mostrar sus obras de arte y antigüedades de incalculable valor y alentar su estudio y conservación. Lo que le resultaba molesto era la cuadrilla de obreros que invadían su privacidad y le llamaban «milord». Democrático o no, sus compatriotas británicos eran incapaces de ignorar un polvoriento y desfasado título heredado como el marquesado de Rawley. Benditos fueran los estadounidenses, y en particular aquella que en esos momentos caminaba a su lado.

—De acuerdo. El desayuno primero. Sólo recuerda que aunque la galería sea un favor, me pagas por encargarme de la seguridad.

—Lo recuerdo. Pero tú ten presente que este favor me cuesta una pequeña fortuna.

Ella se rio por lo bajo, y sus hombros se combaron.

—Sí, pero tendrá un aspecto fabuloso cuando hayamos acabado. Puede que incluso ganes un premio.

—Pero qué suerte tengo. ¿Por qué no entraste a través del desbarajuste de la obra?

—Porque es ahí donde tengo instalada la mayor parte de la seguridad en activo. Y, además, sería hacer trampa.

Su chef residente, Jean-Pierre Montagne, había preparado crepes americanos para desayunar. Por lo que Richard sabía, el maestro culinario jamás se había rebajado a tal cosa antes de la llegada de Sam, pero ella parecía ser tan persuasiva y encantadora con su servicio de Devonshire como lo era con sus empleados de Palm Beach. Y daba la casualidad que los crepes eran su comida favorita.

Después de comer Samantha le condujo a lo que habían comenzado a denominar como el ala de la galería. Algún tiempo atrás había renunciado a intentar descubrir por qué a Sam no le suponía ningún problema robar lo que fuera y a quien fuera pero se negaba a robar museos o colecciones públicas… y, de hecho, prácticamente los adoraba. Algún tipo de esnobismo, supuso. Y en lo que a Sam concernía, aquello guardaba una extraña y entrañable lógica.

—Amplié esta alcoba de aquí —dijo, señalando en el plano que había tomado prestado al jefe de la cuadrilla—, porque sería un magnífico lugar para tu Van Gogh azul. Hay que contemplarlo de lejos para comprender el tema de la soledad y no perderte en los detalles de la ajetreada vida nocturna.

—Me sigue sorprendiendo lo bien que interpretas los planos —dijo, mirando fijamente su perfil.

Ella se encogió de hombros.

—Prácticamente aprendí a leer mirando planos. Además, acuérdate de que tengo una memoria casi fotográfica. —Sam se dio un golpecito en el cráneo.

Aquello tenía más que ver con el talento innato y la destreza que con la memoria, pero no quería inflar su ego más de lo necesario.

—Tu memoria no explica cómo sabes que poseo un Van Gogh azul —dijo en cambio—. Está cedido en préstamo al Louvre.

—Estoy subscrita a tu boletín mensual de admiradoras —respondió con voz fría, y sólo la alteración final indicaba que creía estar siendo graciosa—. No son más que 12,95 dólares al año.

—Y haces que te lo envíen aquí, ¿no? —preguntó con sequedad—. Ya que eso sería la monda. Sí, Richard Addison se subscribe al boletín de su propio club de admiradores.

—Yo lo haría si tuviera un boletín. Pero no, lo envían a casa de Stoney en Palm Beach y él me lo manda a mí.

—Maravilloso. Tu perista recibe mi boletín de noticias.

—Ex perista. Él también se ha retirado, ¿recuerdas?

Richard se colocó detrás de ella, rodeó su cintura con los brazos y se inclinó para darle un beso en la nuca.

—¿Cómo iba a olvidarlo? ¿Y cómo está Walter?

—Como si eso te importara.

—Oye, a ti te importa, así que a mí también.

Ella se encogió de hombros contra su pecho.

—De acuerdo. Estoy esperando su llamada. Está… investigando una cosa para mí.

—¿Algo legal? —preguntó, manteniendo un tono divertido.

Walter Stoney Barstone era como un padre juerguista para una Samantha alcohólica reformada. La adicción en este caso era el robo en vez del licor. Y no, no le gustaba Walter. Stoney era lo más parecido a una familia que Sam tenía, y era una condenadamente mala influencia para ella. Rick apostaría cinco peniques a que el hombre se vio comprometido a retirarse, dijera lo que dijese. Un profesional de la reubicación de adquisiciones, como se denominaba el propio perista, no dejaba una carrera sumamente lucrativa por un capricho. Y mucho menos por el capricho de otra persona.

—Como si fuera a decírtelo si no fuera legal.

—Sam…

El teléfono sujeto a su cinturón emitió la melodía *Raindrops Keep Falling on My Head*, de la película *Dos hombres y un destino*. El solo hecho de que Sam tuviera un teléfono móvil con un número fácil de rastrear, tanto si había sido él quien la convenciera como si no, decía mucho sobre sus intenciones de unirse al mundo de la legalidad.

—Hablando del rey de Roma —farfulló, retirándolo del enganche y abriendo la solapa—. Hola.

Así que había elegido el tema de una película de ladrones para Walter. Richard se preguntó qué melodía había escogido para sus llamadas. Ella escuchó un momento en silencio, luego, tras lanzarle una mirada, se alejó por la galería. Rick podía escucharla hablando animadamente sobre algo, pero obviamente se suponía que él no debía saber de qué se trataba. Aquello no le hacía la menor gracia… y ella también lo sabía, maldición.

Respiró hondo y tornó de nuevo su atención a los planos. Para tratarse de alguien que, por lo general, contemplaba un edificio con las miras puestas en perpetrar un allanamiento, sus planes para el ala de la galería eran asombrosos: sencillos, elegantes y diseñados para que las obras se vieran tal y como el artista hubiera imaginado. Aquello entibió su corazón, y por la más extraña de las razones; Sam disfrutaba haciendo eso, y él había sido capaz de darle la oportunidad.

Se volvió nuevamente hacia Sam al oír el sonido del teléfono al cerrarse.

—Reitero la pregunta, ¿qué tal está Walter?

—Está bien —respondió, sonriendo—. Recibió el último boletín. Al parecer has convertido tu aventurilla con la tal Jellicoe en algo más prolongado y, de hecho, las has invitado a mudarse a tu enorme y muy privada propiedad de Devonshire, Inglaterra.

—Mmm. Rumores, ya lo sabes. Uno no puede fiarse de ellos.

—Cierto. Estoy impaciente por echarle un vistazo a tu foro. Apuesto a que las chicas comienzan a ponerme verde otra vez.

—¿De qué demonios hablas?

—Te lo he dicho, tienes una página web, administrada por «Las chicas de Rick». No les gusta que salgas con nadie.

—Pensé que se alegrarían por mí —dijo sin concederle importancia, sabiendo que ella sólo seguía tales cosas porque le divertían y a él le molestaban—. Así que, ¿es el único motivo de que Walter llamara?

Vio el mero segundo de duda antes de que se uniera de nuevo a él junto a la mesa de dibujo.

—No. Ha encontrado un lugar con un buen potencial.

—¿Para vuestras oficinas?

—Quizá. Quiere que vuelva a Palm Beach para echarle un vistazo.

Él asintió, ocultando su frustración. Por mucho que deseara que ella quisiera quedarse en Inglaterra con él, había sido consciente de que el tema de Palm Beach acabaría surgiendo.

—Dame una semana y le echaré un vistazo contigo.

Samantha se aclaró la garganta.

—Por lo visto es una propiedad muy codiciada.

—Que Walter les diga que estoy interesado. Esperarán.

El ceño entre sus bonitas cejas se hizo más marcado.

—No eres tú quien está interesado, si no yo.

—Es lo mismo. Venga, vamos…

—No es lo mismo, Rick. Por última vez, esto es asunto mío, ¿de acuerdo?

—Ya lo sé —respondió, preguntándose si estaba enfrentándose a su vertiente independiente, que fue lo primero que le atrajo de ella, o a su lado más terco, igualmente desarrollado que el anterior, y que en ocasiones le cabreaba soberanamente—. Aunque alguien tan emprendedor como tú podría tener en cuenta que me gano la vida montando compañías y haciéndolas rentables… y que tengo mucho éxito en ello. Además, no tengo objeciones a que utilices mi experiencia o mis recursos.

Samantha entrecerró los ojos.

—¿No tienes objeción? —repitió.

«Oh, oh.»

—Me alegra ofrecerte mi ayuda —se corrigió, maldiciéndose para sus adentros. Sam no era una profesional de la compra apalancada con financiación ajena y no era una empleada—. Me gustaría ayudar —probó de nuevo.

—No creo que me estés ofreciendo ayuda —dijo con rigidez—. Lo que quieres es hacerlo tú. Montar una firma internacional de seguridad, reclutar a los clientes que consideras que harían que el negocio resultara rentable y con las mínimas molestias. Pero no voy a abrir una oficina satélite de Addisco. Es mi idea, mi proyecto, mi oportunidad. Tengo que hacerlo yo. Por mí misma.

—A excepción de Walter, quieres decir. Él consigue que le incluyas. Se trata de un despacho, no de un Picasso que quieres robar y colocar.

—Ay, tío, gracias por aclararlo.

—Me refiero a que Walter y tú tenéis experiencia en algo que no se presta a establecer un negocio legal. Yo me especializo en negocios, y sería una estupidez no aprovecharse de eso.

—¿Así que ahora soy estúpida? ¿Por qué, porque quiero hacer algo sin ti, no? Sabes, Rick, he hecho mucho dinero sin tu ayuda… y tú, sin mi ayuda, hubieras muerto hace tres meses.

Él frunció el ceño.

—¿Qué demonios tiene eso que ver con montar un negocio?

La mordaz réplica que Samantha evocó salió de su pecho con un gruñido frustrado. Habría tratado de explicárselo, en numerosas ocasiones, y él se había negado a escuchar.

—Ya lo pillo, sabes. Quieres que me sienta en deuda contigo, y quieres poder recordarme por los siglos de los siglos que fuiste tú el motivo de que pudiera lograrlo. No es así como yo hago negocios, legales o no. Así que puedes irte a la mierda.

—Si intentas esto tú sola, imagino que llegarás allí antes que yo.

—Oh, se acabó, gilipollas —espetó, girando sobre sus talones y encaminándose con paso enérgico hacia sus habitaciones privadas. O, más bien, hacia las habitaciones privadas de él, las cuales compartían. El jodido palacio de Buckingham no era tan grande como aquel lugar.

—¿Qué significa eso? —exigió, trotando tras ella.

—Me voy a Florida.

—Te vas a Florida dentro de una semana.

—¡Ja! —«Sigue sin pillarlo»—. ¿Crees que puedes retenerme aquí, chico rico?

—Es por tu propio bien. Si te pararas a utilizar el cerebro en vez de tu maldito ego durante un jodido minuto, te darías cuenta de que te iría mejor si me esperaras.

—¿Piensas que mi ego es el problema?

—Tu…

—Oye, aplícate el mismo consejo —replicó, sacándole el dedo corazón al tiempo que saltaba por encima del pasamanos de la escalera hasta el rellano de abajo, haciéndolo de nuevo para llegar al segundo piso mucho antes que él.

Sabía lo que él pretendía: intentar controlarla a ella y la situación. Así era como ganaba sus millones. Pero era su obra, su experimento, y si continuaban con ese tira y afloja, que iba a más, tal y como habían hecho durante las últimas semanas, uno o los dos iban a acabar en el hospital o muertos.

—¡Sam! —gritó Rick, bajando las escaleras a toda prisa tras ella.

Había sido una ladrona toda su vida a excepción de los tres últimos meses, y algunas costumbres eran más difíciles de abandonar que otras. Entrando precipitadamente en el dormitorio, se sumergió en el vestidor y sacó su mochila. Por muchas cosas que hubiera adquirido últimamente, en aquella mochila llevaba todo cuanto necesitaba para sobrevivir.

Prácticamente se chocó con Rick en la entrada del dormitorio y Sam lo esquivó. Cada vez se le daba mejor seguirle la pista. Después de todo, estaba en muy buena forma incluso para tratarse de un tipo rico, y no estaba del todo convencida de ser capaz de superarle en una pelea, sobre todo habida cuenta de que sabía como pelear sucio.

Rick le había regalado un Mini Cooper negro, en gran medida por el solo hecho de que ella lo consideraba increíblemente guay, y la noche anterior lo había dejado aparcado a un kilómetro de la casa. Rick tenía al menos media docena de coches en Devonshire, todos, salvo uno, estacionados en el enorme antiguo establo que había transformado en garaje.

Se hizo con sus tijeras de podar de camino al exterior, desviándose por el garaje y cortando los cables de la puerta cuando salió a toda carrera por las puertas giratorias del frente. Detrás de ella Rick se detuvo en seco justo a tiempo de evitar golpearse la cabeza, gritándole que se detuviera y dejara de hacer el capullo. «¡Ja!» No había hecho más que empezar. Ahora él tendría que salir por la entrada delantera, de modo que disponía de al menos tres minutos de ventaja sobre él. Y sabía dónde estaba estacionado su coche, y él no.

Su reluciente BMW azul estilo James Bond estaba aparcado en el camino, sin duda aguardando para llevarla de improviso a algún picnic, una elegante comida u otra cosa, como parecía hacer con alarmante regularidad. A primera vista, tres meses atrás, no le había considerado un romántico, pero parecía tener un innato sentido de lo que a ella le gustaba y de lo que siempre había deseado hacer. Pero, a la mierda con eso. Se negaba a darle ningún punto por tratar de ser simpático ese día. Sosteniendo la tijeras de podar a modo de navaja, las clavó en el neumático delantero derecho del BMW. Las extrajo cuando escuchó el aire escapar y se afanó con los otros tres restantes. Era una verdadera lástima inutilizar un coche tan precioso como aquel, pero no iba a permitir que tuviera ocasión de perseguirla. Le había dicho que se marchaba, y lo había dicho en serio, maldita sea.

Dejó clavadas las tijeras en el último neumático, luego echó a correr por el largo y empinado camino de entrada. Su propiedad tenía una obscena extensión de acres, pero los *paparazzis* y el público le habían forzado a erigir un muro alrededor de la propia mansión. Era ahí dónde había mayor seguridad, y el punto en que se había concentrado para proteger a Rick y la colección de obras de arte que había estado reubicando, anticipándose a la apertura del ala de la galería. Sin embargo, esa mañana le traía más bien sin cuidado disparar las alarmas o ser sigilosa. Las cerraduras de la verja principal estarían conectadas, de modo que se limitó a escalarlas, saltando al suelo adoquinado del camino de entrada del otro lado. Hecho aquello, ascendió a pie la angosta carretera hasta el desvío del lago.

Sam no pudo evitar echar un vistazo por encima del hombro mientras abría el coche y arrojaba la mochila al asiento del pasajero. No había señal de Rick, pero no podía estar lejos. Y no estaría contento.

Aunque puso el coche en marcha y bajó el camino como una exhalación hacia la carretera principal, parte de ella disfrutaba del momento. Un pequeño chute de adrenalina, por el motivo que fuera, todavía ayudaba a satisfacer la profunda ansia que había en su interior, el ansia que últimamente no había satisfecho con la suficiente frecuencia. Aquella ansia que él quería aprisionar detrás de un escritorio, probablemente en un despacho que no contara siquiera con una ventana.

Abrió la capota de su móvil y telefoneó a British Airways. Haciendo uso del número que había memorizado de una de las tarjetas de crédito de Rick, reservó asiento en el siguiente vuelo abierto para Miami, y luego concertó otra conexión hasta Palm Beach. ¡Las tarjetas de crédito eran la leche! Debería hacerse con una a no tardar. En cuanto a devolverle el dinero a Rick, le enviaría un giro con el maldito efectivo tan pronto llegara a Florida. No quería deberle nada.

Sam miró por la diminuta ventanilla mientras el avión despegaba. No había señal de Rick en la terminal. Por primera vez se preguntó si tal vez hubiera decidido no ir tras ella.

Se recostó y se encogió de hombros. ¿Y qué si no volvía a verle nunca más? No era mucho mejor que ella, pero sí muchísimo más arrogante. Definitivamente, aquello no era algo que necesitara en ese momento.

Al abrir la revista *People* que había cogido en el aeropuerto, se encontró con él, con los dos, en el estreno de una película a la que habían asistido el mes pasado. Él estaba magnífico con su traje negro, mientras que daba la sensación de estar intentando evitar encogerse de vergüenza ante la marea de *flashes* de las cámaras y escandalosos adoradores de famosos. A buen seguro que no echaría de menos aquello. Y no le echaría de menos a él.

De acuerdo. Tal vez sí le echaría de menos, pero daba igual. Después de pasar tres meses seguidos en Inglaterra, partía hacia un lugar que durante los tres últimos años casi había comenzado a considerar su hogar. Salvo que en ese mismo instante, para su mente «hogar» tenía la alarmante tendencia a estar allá dondequiera que estuviera Rick.

Se sacudió mentalmente. No le necesitaba; simplemente le gustaba estar cerca de él. Y le gustaba el sexo. Mucho. Aun así, la promesa que había realizado de enmendarse no había sido tanto por él como por sí misma. Rick no tenía que llevarse el mérito, y no iba a realizar parte del esfuerzo. Era asunto suyo. Su vida y el rumbo que ésta tomase habían sido asunto suyo en todo momento.

Capítulo tres

Palm Beach, Florida
Jueves, 4:47 p.m.

Samantha forzó la cerradura de la pequeña y anodina casa a las afueras de Palm Beach y se coló dentro. Sentado a la mesa de formica de la cocina y removiendo una ensalada se encontraba un hombre de reluciente cabeza y piel oscura. Una hamburguesa todavía envuelta en su papel amarillo llenaba el plato que se encontraba un asiento más allá.

—Ya era hora de que llegaras, cielo —dijo Stoney, luciendo una amplia sonrisa en su redonda cara—. Tu hamburguesa con queso con doble ración de tomate y sin cebolla se está enfriando.

—Intentaba darte una sorpresa —respondió, abalanzándose sobre él para darle un beso en la mejilla antes de lanzar la mochila al rincón y sentarse pesadamente en la silla desocupada—. ¿Cómo sabías que llegaría a tiempo para la cena?

—Revisé el contestador automático —dijo, señalando la encimera con el codo.

Ella dejó escapar un suspiro, fingiendo no sentirse aliviada porque Rick siguiera interesado.

—¿Cuántos mensajes ha dejado?

—Tres. Respondí al primero y luego caí en la cuenta. Le tienes muy cabreado, cielo.

—Bueno, es mutuo. —«En fin, más o menos.» De hecho casi quería patearle hasta que se disculpara por ser un gilipollas y aceptara, con la mano sobre una pila de Biblias, desistir y dejarla emprender su nuevo experimento sin interferencias por su parte.

—Entonces, ¿habéis terminado?

Cuánto le encantaría aquello a Stoney; no aprobaba su relación con uno de los tipos más prominentes y ricos del planeta más de lo que a Rick le agradaba su amistad y confianza en un profesional de la «reubicación» de adquisiciones. Sam exhaló, procurando hacer caso omiso del modo en que se le encogía el pecho al pensar en no volver a ver a Addison de nuevo.

—No tengo ni repajolera idea. —Desenvolvió la hamburguesa y se puso con ella—. Se estaba interponiendo en mi camino. Y te echaba de menos.

—Yo también te echaba de menos. —Stoney la miró durante largo rato por encima del tenedor lleno de lechuga y queso rallado, recubierto con aliño italiano bajo en calorías—. ¿Estás segura de que quieres ser honrada? Porque tengo una pedazo de oferta de Creese: un millón por una noche de trabajo en Ven...

—Cierra el pico —le interrumpió—. No me tientes.

—Pero...

—En mi último encargo, Stoney, acabaron asesinadas tres personas. Me parece que es una señal.

—Nada de eso fue culpa tuya. Hubiera sido peor de no estar tú allí. —Y también Addison se hubiera convertido en un fiambre.

Aquello todavía le afectaba.

—Puede. Pero comienzo a sentirme menos como Cary Grant en *Atrapa a un ladrón* y más como Bruce Willis en *La jungla de cristal*. —Se encogió de hombros—. No es divertido tener que estar atento a la caída de partes corporales.

—¿Y qué? —la instó—. Has llevado a cabo un montón de trabajos en los que nadie se ha roto ni siquiera una uña. Además, se puede aguantar mucha mierda por un millón. Se trata de un Miguel Ángel perdido, Sam. Se llama *La Trinidad*.

—Joder, Stoney, te he dicho que no me lo cuentes. —«Miguel Ángel.» ¡Mierda! Le encantaba Miguel Ángel—. No voy a hacerlo. Me he retirado.

—Claro, porque él lo dice.

—¿Es que todos los hombres estáis sordos? ¿Es que no me estabas escuchando?

—Sí. Y, además, oigo muy bien.

—Estupendo. Pues escucha esto: ¡He dicho que no!

—De acuerdo, está bien, pero no pienso deshacerme de mi archivo de datos. —Stoney masticó otro bocado de ensalada—. Por si las moscas.

—Puede que sea una buena idea —reconoció—. ¿También se debe a eso que continúes viviendo en esta mierda de casa? ¿Sólo por si las moscas?

Él se rio por lo bajo.

—Decir que uno está retirado y creer estarlo son dos cosas diferentes. Y llevo tanto tiempo pasado desapercibido que no estoy seguro de poder hacer algo distinto. No te imaginas los sudores que me han entrado esta mañana cuando caí en la cuenta de que le habías dado mi maldito número de teléfono a Addison.

Samantha hizo una mueca.

—También tu dirección.

—¿Qué?

—Bueno, a veces es una mosca cojonera, pero quería que pudiera ponerse en contacto contigo si algo me ocurría. Recuerda que pasé mis primeras dos semanas en Inglaterra en el hospital con una conmoción cerebral.

Stoney le lanzó una mirada indignada.

—Me parece que aún tienes una conmoción.

Ella se aclaró la garganta. Era el momento de cambiar de tema.

—¿Cuándo puedo ver la oficina?

—Como imaginaba que estabas de camino —respondió, echando un nuevo vistazo al teléfono—, concerté una visita para dentro de media hora. Está justo en Worth Avenue, al otro lado de la calle donde se encuentran las oficinas del tal Donner.

Sam sonrió.

—¿De verdad? ¿Puedo tener un despacho frente al de Tom Donner? Le va a sentar fatal. —Fuera éste o no amigo íntimo de Rick, Samantha no creía poder estar jamás al mismo nivel de un abogado, sobre todo de uno que era igual que un niño escultista. Aunque hacer rabiar a Donner… eso podía ser divertido.

—Me parece que el propósito es que querías que encontrara algo ostentoso.

—Únicamente las personas ostentosas pueden permitirse mis servicios. Nuestros servicios.

—Cierto —frunció el ceño—. Es tu trabajo, cielo. Yo ayudaré con el papeleo.

—No parece muy comprometido.

—No lo estoy. Me estás arrastrando por la fuerza a ello, ¿no te parece?

—Sí. No puedo estar contigo si continúas redistribuyendo. Y me gusta pasar tiempo contigo.

Dejando su tenedor, Stoney le tomó la mano con su manaza.

—Eres mi niña, nena. Te he cuidado desde que tenías cinco años, cada vez que tu padre salía en busca de trabajo. Sólo espero que pienses con cuidado lo que esto significa.

—Significa que seré honrada y que no tendré que seguir volviendo la vista para ver si alguien de la Interpol ha encontrado una huella.

—No sólo eso. Todo el asunto de no llamar la atención. Te estás preparando para publicitar la dirección de una oficina. Eso conlleva que la policía de todo el mundo sepa dónde encontrarte. Y también cualquiera con quien y para quien trabajes. Y a todos les preocupará que seas mejor que ellos, o que si se cruzan con Sam Jellicoe, ella podría entregar evidencias sobre ellos a las autoridades.

Ya había pensado en eso, y le preocupaba inmensamente. Con todo, era su decisión, y no iba a permitir que un puñado de ladrones, compradores de primera fila y de policías deseosos de realizar arrestos, o algún estúpido *paparazzi*, dirigieran su vida.

—Me gusta la presión, ¿recuerdas?

—Lo recuerdo. También recuerdo que estás chiflada.

—Sí. Gracias por seguir conmigo, Stoney.

—También te seguiría si decidieras pasar el fin de semana en Venecia, robando un Miguel Ángel.

Estaba tentada de hacerlo, maldita sea.

—Si fuera alcohólica, ¿me ofrecerías una birra?

—¿Vale esa birra un millón de pavos?

—Corta el rollo, tío.

Fueron a Worth Avenue tan pronto como terminaron de comer. Sam no pudo evitar reparar en que a su furgoneta roja, una Chevy del 93, no le vendría mal una mano de pintura y una puesta a punto, pero se guardó sus observaciones para sí misma. Después de todo, ella tenía un bonito Bentley Continental GT azul aparcado en el garaje con las dimensiones de un estadio de fútbol de la enorme propiedad de Rick a tan sólo tres kilómetros y pico de distancia. Stoney no estaba al corriente de que Rick le había regalado el coche, porque sabía exactamente lo que su antiguo perista tendría que alegar sobre aquel regalo en particular. Y eso que él pensaba que Sam había estado coqueteando con el peligro antes. ¡Ja!

El edificio de Tom Donner —o dicho con más propiedad, la ubicación de la sede del bufete de abogados de Donner, Rhodes & Chritchenson— era todo de reluciente cristal reflectante. Abarcaban asuntos corporativos, bienes inmuebles, asuntos privados y defensa criminal todos en una única, súper eficiente y súper costosa ubicación. El otro edificio menos llamativo que se encontraba al otro lado de la calle tenía dos pisos menos, pero poseía las mismas líneas de cristal y cromo.

—¿Qué piso es? —preguntó mientras aparcaban en la estructura de dos pisos junto al edificio.

—El tercero. Toda la esquina noroeste.

—Genial. —Alzando por un momento la vista hacia el edificio, trató de imaginarse no sólo con una dirección, sino con un lugar de trabajo.

—No es barato, nena. ¿Estás preparada para emplear tus fondos de jubilación de Milán en alquilar un despacho?

—Dios, ¿cuánto cuesta? —respondió dubitativa. Su fondo de jubilación de Milán, tal como Stoney y ella lo denominaban, no era moco de pavo, pero claro, siempre había tenido planes de retirarse algún día y de emplearlo para mantenerse con sumo desahogo durante el resto de su vida. Su jubilación había llegado pronto, y aunque todavía podría permitirse económicamente Milán, si la cagaba en el mundo de los negocios, alteraría sus planes por los de retirarse en una casita en Fort Lauderdale.

—Dejaré que la agente inmobiliaria te dé las cifras. Se llama Kim.

El vestíbulo contaba con un conserje, un par de ascensores y un suelo de mármol que simulaba el color y el dibujo de la arena de la playa. Dios, tenía mucha clase… que era, precisamente, lo que le había pedido a Stoney que buscara. Se apearon en la tercera planta, que estaba cubierta por una alfombra color marfil con motas marrones y verdes. Una serie de cuadros con motivos de estanques y jardines adornaban el camino que conducía al pasillo norte.

—Monet —advirtió de modo automático—. Grabados, pero los marcos son bonitos.

—Si fueran auténticos, te pagaría para que los sustrajeras.

Una puerta al fondo del pasillo se abrió.

—Cierra el pico —farfulló Sam, adoptando una sonrisa y colocándose el bolso Gucci bajo el brazo izquierdo cuando se aproximó una morena menuda con el pelo salpicado de gris, ataviada con una de esas ubicuas faldas de traje azul de Neiman Marcus—. Tú debes de ser Kim. Soy Sam. Gracias por reunirte con nosotros tan tarde.

La agente le dedicó una sonrisa segura de sí misma y un firme apretón de manos.

—Walter y yo hemos echado un vistazo a diecisiete oficinas distintas en esta área. Me alegra que le guste tanto ésta como para traerla para que dé su conformidad.

—Echémosle un vistazo, ¿le parece? —respondió Sam, indicándole de nuevo la puerta con un ademán—. ¿Diecisiete excursiones, Walter?

Su ex perista le dio una palmada en el culo al pasar por su lado.

—Eso basta para obtener al menos dos citas —murmuró—. No puedo evitar gustarle.

—Eh, a por ello, Sto… —Su voz se fue apagando cuando entró en la oficina. Lo primero en darles la bienvenida fue una enorme área de recepción, con un mostrador para la recepcionista y una puerta a cada lado que conducía a las entrañas de la oficina. Cinco despachos confortablemente espaciosos surgían de un recibidor de planta cuadrada con forma de «U», que iba de una puerta de la recepción a la otra. El despacho del rincón tenía vistas a la playa y a Lake Worth más allá de ésta —únicamente los muy acaudalados podían denominar «lago» a un bahía y lograr que todo el mundo siguiera su ejemplo— desde una ventana que ocupaba toda la pared, mientras que la otra daba a las oficinas del bufete de Donner, Rhodes y Chritchenson al otro lado de Worth Avenue.

Mientras Kim detallaba las instalaciones como aire acondicionado centralizado y baños de mármol compartidos tan sólo por otros dos grupos de oficinas, Samantha miraba por la ventana. Tres meses después de conocer a Richard Addison se preparaba para establecer un despacho a cuarenta y cinco metros de distancia del de su abogado corporativo. Donner iba a cagarse en los pantalones cuando lo descubriera.

—¿Tiene alguna pregunta? —inquirió Kim.

—¿Cuánto? —respondió Sam, apartándose de la ventana.

—Once mil ciento doce dólares al mes. El teléfono o la electricidad no van incluidos, pero cubre su parte del salario del conserje, seguridad del edificio, mantenimiento de ascensores, agua, seguro de responsabilidad y mantenimiento de zonas comunitarias.

—¿Cuándo podemos ocuparla?

—Tan pronto como firme los papales —dijo Kim, dando una palmadita a su maletín—. La dirección del edificio me ha informado de que hay cuatro interesados más, pero teniendo en cuenta sus contactos, convinieron en postergarlo hasta la medianoche de hoy.

Sam borró de inmediato su ceño fruncido.

—¿A qué contactos se refiere?

La sonrisa de Kim tembló.

—Walter mencionó que usted residía en Solano Dorado. Es la propiedad de Rick Addison. Y siempre me mantengo al día de las noticias de sociedad. Es importante para mi trabajo. Así pues, naturalmente sé que hay una Samantha Jellicoe que sale con el señor Addison. Que es usted, supongo.

Lanzándole una mirada furibunda a Stoney, Sam tomó aire. Alfred, el mayordomo, jamás desvelaba a la gente la identidad secreta de Bruce Wayne.

—Sí, soy yo. Espero que la dirección del edificio y usted sean conscientes de que estas oficinas no formarán parte de las empresas de Rick Addison.

—Por supuesto —respondió la agente, aunque, a juzgar por su expresión, no había estado al corriente de algo semejante.

—Pues firmemos esos papeles.

—En serio estás preparada para gastar diez de los grandes en mobiliario de oficina —dijo Stoney por cuarta vez con la mirada fija en la carretera.

Samantha iba acomodada a su lado, los hombros combados, los pies en alto sobre el salpicadero mientras conformaba un anuncio para recepcionista.

—Somos ostentosos, ¿recuerdas? —respondió, echándole un vistazo—. Me he pasado la mayor parte de mi vida codeándome con objetivos ricos, Stoney. Confía en mí, sé lo que esperan, y sé cómo hacer que se sientan cómodos. ¿Te parece bien que utilice tu número de fax hasta que instalen uno en la oficina?

—Claro. Pero ¿no te parece gracioso que si dejases de gastar tu fondo de jubilación de Milán para hacer que todos crean que eres rica, serías rica? Puedes codearte con ellos sin fingir, nena.

—No finjo. Estoy creando un… ambiente. Es bueno para el negocio.

—De acuerdo. Si antes no me da un infarto. —Ella se echó a reír—. Y pensar que creíamos que el robo era peligroso. —Stoney se rio por lo bajo—. Tu padre se cabrearía contigo, gastar tu dinero para hacerte honrada.

—Lo sé. —Samantha se encogió de hombros, tachando una frase—. Yo no soy Martin.

—Ya lo veo. Dame un par de días para investigar estilos de mobiliario de oficina y toda esa mierda.

—¿Con Kim para que te aconseje?

Stoney sonrió ampliamente.

—Ésa es una buena idea, cariño.

—De acuerdo. Yo puedo dedicarme a conseguir clientes y tú puedes darme un par de ideas sobre mobiliario.

—Por mí, perfecto. Sigue sin ser tan divertido como estar en Venecia, pero… Oh, oh.

—¿Qué? —Levantó la vista y se encontró mirando calle

abajo hacia su casa. Sam se enderezó. Había un elegante Jaguar verde, que parecía completamente fuera de lugar en el viejo y degradado barrio, aparcado junto al bordillo. No se veía al conductor, pero naturalmente Sam sabía a quién pertenecía. Se había dado prisa. Mucha prisa.

—¿Quieres que dé media vuelta? —preguntó Stoney, dubitativo.

—No. De todos modos, seguramente haya oído venir tu camioneta desde hace kilómetro y medio.

Doblaron en el camino de entrada. Stoney se hizo el remolón, pero no podía culparle. Rick y ella habían discutido antes, pero esta vez no era por una cosa o por un incidente; era por ellos mismos.

La puerta principal no estaba cerrada con llave, y la abrió de un empujón después de tomar aliento. Tenía preparada una réplica cortante, pero cuando lo vio sentado a la anodina mesa de formica de la cocina, bebiendo limonada de uno de los vasos con palmeras de Stoney, cambió de idea. Tampoco se molestó en expresar con palabras lo... satisfecha que le hacía sentir el verle, o cómo el corazón le latía velozmente cuando sus miradas se cruzaron.

—¿Cuánto llevas aquí? —preguntó.

Sus ojos azul cobalto miraron fugazmente hacia la pared y al reloj colgado con forma de gato y ojos movedizos de Stoney.

—¿En Florida? Casi dos horas. En casa de Walter, unos diez minutos.

—Me has roto la cerradura —dijo Stoney desde la entrada.

—Te compraré una nueva —respondió Rick, poniéndose en pie—. Me tomé la libertad de meter tu mochila en el coche.

Ella frunció el ceño.

—No puedes...

Él alzó una mano.

—Me debes una puerta de garaje y cuatro neumáticos. Aunque consideraré que estamos en paz si vuelves a Solano Dorado conmigo.

—¿Soborno?

—Una transacción de negocios. Y, además, me gustaría gritarte, y detestaría tener que hacerlo aquí, delante de Walter.

—Tampoco a mí me gustaría eso —medió Stoney, entrando en la cocina con un fajo de muestras de pintura que habían recopilado.

—De acuerdo —farfulló, no queriendo que Rick pensara que necesitaba a Stoney como refuerzo—. Pero no esperes que me disculpe por lo de la puerta o los neumáticos. Ni por nada.

—Negociaremos —respondió, sacando un trozo de papel del bolsillo interior de su chaqueta—. Llegó esto para ti.

—¿Has leído mi correspondencia?

—Estaba en el fax de mi despacho en Solano Dorado.

—Pero lo has leído.

—Llegó a mi número de fax, cariño.

A Sam seguía sin gustarle lo más mínimo. Llevaba media hora en la ciudad y, a pesar de saber que ella quería que desistiera, no podía resistirse a fisgar. En silencio añadió aquello a su lista de agravios. Cogió el fax, le dio a Stoney un beso en la mejilla de camino a la puerta de la casa.

—Te veré por la mañana.

—¿En la oficina?

—Claro.

Aquello sonaba genial, tener en efecto una oficina donde poder reunirse con la gente. Con anterioridad había sido en la mesa de su cocina, en oscuros restaurantes o mediante llamadas imposibles de rastrear.

—¿Así que te gustó la oficina que encontró Walter? —preguntó Rick, alcanzándola en la acera.

—Sí. —Silencio—. La alquilamos hace media hora.

Él abrió la puerta del acompañante del Jaguar y le ofreció la mano para ayudarla a subir. Pero Sam eludió sus dedos al instalarse en el asiento de cuero. Tocarle era importante y a él le gustaba el contacto físico entre ellos.

—¿Podría verla?

—Probablemente no.

—Mmm. —Se sentó al volante y en un instante bajaron la calle a toda velocidad—. Cuando necesité ayuda para resolver un robo, te recluté.

—No, yo te recluté a ti.

—Sí, tal vez, pero yo accedí a ello. El robo es tu campo de conocimiento. Los negocios son el mío. ¿Por qué no dejas que te ayude?

—Rick, déjalo, o la próxima vez que haga una escapada no podrás encontrarme.

La miró brevemente antes de centrar de nuevo la atención en la carretera.

—No. Míralo del modo en que lo hago yo, Samantha. Es evidente que esto es importante para ti. Si me excluyes, entonces me he perdido mucho de ti.

—¿Estás celoso de que tenga un trabajo? —preguntó con incredulidad.

—Estoy celoso de que trates de excluirme de esta parte de tu vida, la parte que se emociona al intentar algo nuevo y mirar al futuro.

Bueno, no había esperado tal explicación. Y hacía que sus argumentos parecieran egoístas, aunque era probable que ésa hubiera sido su intención. Él sabía cómo elaborar una oferta tentadora, después de todo. Dios, así era como se ganaba la vida. Pero no era ella quien había estado torpedeando su último trato.

—Suena bien, ingenioso, pero dije que no.

—Ya lo entendí. Inutilizaste mi coche para que no pudiera seguirte, por si no te acuerdas.

—No intento excluirte de saber lo que sucede conmigo, Rick, pero no quiero que te ocupes de esto por mí. No sé por qué no lo entiendes.

—Intenta explicármelo en vez de limitarte a decirme que me aparte.

Ella suspiró.

—De acuerdo. He… Todo lo que intento se me da bien, ¿sabes?

Para su sorpresa, Rick soltó una risita.

—Ya me he dado cuenta.

—Pero nunca he intentado esto. Y si tú haces el trabajo, entonces ya no es mío, y no significará nada. No querrá decir que lo he conseguido. —Hundió el dedo pulgar en su muslo—. ¿Tiene sentido?

Condujeron en silencio durante un momento.

—Sí. Más de lo que quisiera reconocer.

—Ya era hora, joder.

—¿Podría al menos recomendarte clientes?

—Siempre que no des por sentado que voy a lanzarme a por cada hueso. Yo también conozco gente de postín, pero sobre todo porque les he robado.

—Bien, y Dios mío, echa un vistazo a tu fax.

Sam casi lo había olvidado. Hurgó en su bolso, sacó la hoja de papel y la desplegó.

—Charles Kunz. Es un fabricante, ¿no?

—De plásticos. Su hijo Daniel y yo jugamos juntos al polo. El padre es un poco… mordaz, pero… —Se detuvo, lanzándole una mirada—. No les has robado nada, ¿verdad?

—No. —Sam esbozó una sonrisa forzada—. Ésa es una pregunta que voy a escuchar muy a menudo, ¿no?

—Probablemente. ¿Me lo dirías si realmente hubieras allanado su casa?

«Probablemente no.»

—Tal vez.

—Es lo mismo, quiere concertar una cita contigo.

Ella se animó.

—¿Ves? Ni siquiera llevo veinticuatro horas en la ciudad y ya consigo clientes.

—Puedes utilizar mi despacho de Solano Dorado, si quieres.

Tanto si estaba mostrándose generoso como si no, a Sam no le agradaba.

—No vuelvas a cabrearme. Me haré con unas sillas plegables y me reuniré mañana con él en mi despacho. Debería resultar suficiente, si Stoney finge ser el recepcionista.

—Dudo que Stoney y unas sillas plegables impresionen a Charles Kunz.

Le sacó la lengua.

—A juzgar por el fax, sabe que estoy instalándome —respondió, ojeando de nuevo la hoja—. Y pondré un anuncio para buscar ayudante de oficina en el periódico de mañana o de pasado mañana.

Y seguía sin ceder un milímetro. Richard no estaba acostumbrado a disculparse, y sabía que probablemente podría haberlo hecho mejor, pero, maldita fuera, Sam podía reconocerle algo de mérito. Tomando aliento, se concentró en la carretera durante unos momentos, en el modo en que el hormigón y el acero se abrían paso entre las palmeras y la playa mientras cruzaban el puente meridional y en cómo el sol irradiaba calor a través del cristal tintado del Jaguar.

—¿Florida va a ser tu residencia? —preguntó, al fin, tomando el atajo de la carretera principal que conducía a la finca.

Aunque mantuvo la vista fija en la carretera, podía sentir la mirada de Sam.

—Me gusta esto —dijo pausadamente—. ¿Y a ti?

—No habría comprado Solano Dorado de no ser así.

—Pero estás sujeto al tema de los impuestos por lo que sólo puedes pasar diez semanas al año en Estados Unidos.

—Puedo quedarme más tiempo. Lo que pasa es que tengo que pagar más.

—¿Cuánto más?

Pulsó el botón de su llavero y las pesadas verjas de metal de Solano Dorado se abrieron rápidamente. Éstas daban paso al largo y serpenteante camino que ascendía más allá de palmeras y bajos setos de plantas tropicales.

—No lo suficiente para mantenerme lejos de ti si deseas mi compañía.

Sam se aclaró la garganta.

—Deseo tu compañía.

Rick deseaba gritar y cantar y follarla hasta que suplicara piedad, pero en vez de eso aparcó frente a la casa y apagó el motor del coche. «Sé paciente» era su lema en lo tocante a ella, pero a menudo lo anulaba en favor de «disfruta mientras puedas».

—Eso está bien, teniendo en cuenta que encuentro tu compañía muy refrescante.

Reinaldo salió de la casa, pero Rick llegó antes a la puerta de Samantha que el mayordomo y la abrió. Esta vez ella aceptó cuando él le ofreció la mano. Por lo visto Sam había decidido que al menos había dejado clara su postura. Y gracias a Dios, porque si no conseguía ponerle las manos encima en la próxima hora, iba provocarse serios daños corporales.

—Hola, Reinaldo —saludó al mayordomo, sonriendo.

—Señorita Sam. —El mayordomo correspondió a su saludo con un leve acento cubano—. Debo comunicarle que Hans ha hecho acopio de helado de menta y Coca-Cola Light.

—¿Está casado Hans? —preguntó, retirándose la mochila del hombro y subiendo parsimoniosamente los llanos escalones hasta las puertas principales.

—Solo con sus entremeses —medió Richard, sin darle tiempo de reconsiderar su modo de expresarse. «Casado» era una de esas palabras que evitaba, junto con «amor» y la combinación de «futuro» y «juntos». Lo comprendía, y hacía concesiones debido a ello. Conociendo la forma en que se había criado, el hecho de que fuera capaz de admitir que le quería cerca resultaba del todo sorprendente.

Ella se echó a reír, entrando primero al vestíbulo. La alcanzó, la tomó de la mano, recorrió con ella el largo vestíbulo y subieron la escalera a lo que anteriormente habían sido sus dependencias privadas y que ahora eran de los dos.

Rick cerró la puerta tan pronto estuvieron dentro y se dio la vuelta para atraerla contra su cuerpo.

—Hola —murmuró, inclinándose para besar su dulce boca.

Sam deslizó su mano libre en torno a su hombro.

—Sólo ha pasado un día.

—Y todo un continente. Te echaba de menos, Samantha. No puedo remediarlo.

—Es que soy irresistible.

Se fundió en Rick, rodeándole la cintura con los brazos y el rostro alzado hacia él. Richard la besó con lentitud, profundamente, deleitándose con la sensación de tenerla entre sus brazos. Siempre que estaban separados pensaba en ella como en una mujer más alta y más robusta, en realidad era más menuda y esbelta, y parecía totalmente inadecuada para la vida criminal que había llevado… y en la que había sobresalido.

La deseaba desesperadamente. Aquélla era una de esas ocasiones en que pretendía disfrutar del momento. Deslizando las manos bajo su camiseta rosa con mangas de encaje, Richard recorrió con las palmas la cálida y suave piel de su espalda, luego enganchó la tela con los dedos y se la quitó por la cabeza.

Cuando acercó la boca a su garganta ella se quedó sin fuerzas y Rick la tomó en brazos y se encaminó al dormitorio con su enorme cama azul. Con una mano se las arregló para desabrocharle el cinturón antes de que él la depositara en el suelo, y se lo quitó de un tirón mientras él se tendía sobre ella en la suave colcha.

—¿Rick? —susurró con la voz un tanto trémula.

—¿Mmm? —respondió, desabrochándole el bonito sujetador rosa y desplegando los dedos sobre sus turgentes pechos.

—Me alegra que hayas venido a Florida.

Rick le desabrochó los vaqueros y se los bajó por las rodillas.

—Yo también.

Ella se terminó de sacar los pantalones de una patada.

—Quiero decir que también te echaba de menos. Un poco. A pesar de que seas un gilipollas.

Desabrochándose sus propios vaqueros, Richard se los bajó y se tumbó de nuevo sobre ella, hundiendo lentamente la longitud de su miembro en sus calientes y apretadas entrañas.

—¿Sólo me echabas un poco de menos? —acertó a decir, comenzando a embestirla.

—¡Dios! Puede que más… que un poco.

—Bien —gruñendo, continuó con su rítmico asalto mientras ella se aferraba a sus hombros, le rodeaba las caderas con las piernas y salía al encuentro de sus envites. Sam arqueó la espalda mientras dejaba escapar un jadeo y se corrió. Con mayor rapidez de lo que deseaba, Rick sintió como su excitación se incrementaba demasiado como para detenerse, de modo que cedió a sus instintos y embistió con energía y rapidez hasta que alcanzó su propio clímax.

—Voy a tener que dejar de utilizar la palabra «poco» cuando me refiera a ti —dijo entre jadeos, tomando su rostro y posándolo sobre su hombro mientras él se relajaba contra ella.

—Tendré que hacer que escribas el boletín de noticias de mi club de admiradoras —respondió.

—Ah, no te gustaría que hiciera eso.

Capítulo cuatro

Viernes, 8:31 a.m.

*S*amantha, con Rick sentando a su lado, condujo el Bentley Continental GT hasta Worth Avenue. El coche encajaba a la perfección con la calle y el edificio, y si Rick no se lo hubiera regalado, se hubiera comprado alguno parecido. Hacía mucho que había aprendido que armonizar con los objetivos —clientes—, era el mejor modo de ganarse su confianza, y en modo alguno podría establecer una firma de seguridad de lujo y seguir conduciendo un Honda Civic. Disimuló una sonrisa. Además, el Civic había sido robado, y con la ayuda de Stoney, por supuesto, había sido abandonado meses atrás.

—¿Vamos al despacho de Tom? —preguntó Rick, apoyando un brazo a lo largo del marco de la ventana.

—No, al mío. —Se deslizó hacia un punto libre a lo largo de la calle y estacionó el coche—. Dijiste que querías verlo.

Rick tenía la mirada fija en el alto edificio propiedad de Donner, Rhodes & Chritchenson al otro lado de la calle.

—Sí, pero…

—Vamos. Por aquí —le interrumpió, disfrutando de su confusión. Aquello no sucedía con demasiada frecuencia—. Y nada de consejos empresariales.

—Haré todo lo que pueda. —La siguió al interior del edificio contrario, por el elegante vestíbulo, y a un ascensor de cromo—. Cinco plantas —advirtió, contemplando la corta hilera de botones y encendiendo uno del centro—. El tercer piso es el tuyo.

—No toda la planta.

Él le dedicó una sonrisa.

—Bueno, todavía no.

Ya estaba de nuevo con sus pequeñas provocaciones, tratando de convencerla para que abriera sucursales por todo el mundo y se convirtiera en una especie de reina de la megaseguridad. La idea en efecto la atraía… de cara al futuro, si su carrera dentro de la ley funcionaba.

Por otro lado, si fingía continuar con su tema de la dominación mundial, le proporcionaría una excusa para pasar de cuando en cuando el fin de semana en, digamos… Venecia. Sam se sacudió. Aun disponiendo de la oportunidad de tocar un Miguel Ángel y de ganar otro millón de pavos, no iba a ir a Venecia. No, no, no.

Condujo a Rick a través de la puerta de la suite y a la desocupada zona de recepción.

—Stoney está recopilando algunos catálogos de muebles.

Rick asintió pero no hizo mención alguna mientras iban de un despacho sin amueblar a otro y a la parte posterior de recepción. Sam trató de simular que no le importaba su opinión, trató de fingir que su aprobación, no sólo como empresario multimillonario, sino como su… amante y amigo, no era importante, a pesar de lo que pudiera decirle a él.

—Es una apuesta segura —dijo tras un momento, sonriendo mientras daba una vuelta más alrededor del despacho lateral que Sam había decidido quedarse para ella—. Buen trabajo, Samantha.

—Gracias.

Rick se detuvo ante la ventana.

—Y a Tom le va a dar un ataque cuando descubra que tu oficina está frente a la suya al otro lado de la calle.

Riendo entre dientes, Samantha se acercó a él.

—Eso es lo que pensé. ¿No es genial? Pero no se lo cuentes a Donner. Quiero hacerlo yo.

—Aquí tienes, cariño —se escuchó la voz de Stoney cuando entró en el despacho. Portaba una delicadísima orquídea de color púrpura en sus largos brazos—. Los propietarios del edificio te envían esto como regalo de bienvenida.

—¡Hala! —dijo, tomando la orquídea y no molestándose en

simular que no había reparado en cómo Rick y Stoney se ignoraban mutuamente—. Un *Epidendrum.* —Sintió la mirada de Rick sobre ella—. ¿Qué? —preguntó.

—Había olvidado lo mucho que te gustan los jardines y las flores —respondió él con voz íntima y serena—. Voy a despejar el área en torno a la piscina. Ya toca una renovación, y es tuya.

Samantha tragó saliva. «Un jardín.» No se puede vagar por el mundo y tener un jardín. Rick sabía que siempre había querido tener uno, pero era imposible que comprendiera lo mucho que aquello significaba para ella. Un jardín era equivalente a un hogar.

—De vez en cuando —susurró, tomándole de nuevo la mano con la que le quedaba libre—, puedes ser muy amable.

—De vez en cuando —respondió, acercándola hacia sí—, me permites que lo sea. —Se inclinó con lentitud y la besó suavemente en la boca.

—Ejem —farfulló Stoney—. He conectado el teléfono y el fax.

«Menuda rapidez.»

—¿De dónde has sacado… —su voz se fue apagando ante el veloz cabeceo de Stoney—… los números de teléfono? —concluyó.

—Kim los instaló anoche.

Sam echó un vistazo a su reloj. Las diez en punto, probablemente una hora decente para responder al fax de Charles Kunz con una llamada telefónica… una llamada que ahora podía hacer desde su propio despacho. Samantha le entregó la orquídea a Rick.

—Gracias, Stoney. Charlad durante un minuto. Tengo que hacer una llamada.

—Sam…

—Enseguida vuelvo.

Richard la observó esfumarse en el área de recepción, luego se dio la vuelta de cara a Walter Barstone. Se las había visto con ejecutivos, subordinados contrariados y escurridizos abogados, pero Stoney era algo nuevo.

—¿Estás disfrutando de tu jubilación?

—En realidad, no. ¿Sam disfruta de la suya?

—Parece hacerlo, sí.

El perista desvió fugazmente la vista hacia la parte delantera del despacho.

—¿Tienes planeado quedarte más tiempo en Palm Beach?

—Evidentemente.

—¿Así que ella va donde quiere y tú la sigues? Eso es…

—Eso no es asunto tuyo —le interrumpió Richard. Era mucho más complicado, y no tenía la menor intención de hablar con Barstone de que sus negocios se encontraban, esencialmente, allá donde estuviera él. La ubicación significaba influencia y prestigio, pero podía operar desde cualquier parte.

—No te ofendas, pero tienes una vida muy ajetreada. Y Sam es un curro a tiempo completo por sí sola. Es que no tiene mucho…

—No te ofendas —le interrumpió nuevamente Richard—, pero no creo necesitar tu consejo.

—Pues no…

—Eh, inglés —canturreó Samantha, entrando de nuevo en la habitación con afectación para coger a Rick de la mano—, ¿quieres salir conmigo esta noche?

Richard no pudo resistirse a lanzarle una mirada engreída a Stoney por encima de su cabeza.

—De hecho, yo iba a hacerte la misma pregunta. Esta noche hay un acto de beneficencia, una especie de grandioso inicio de la temporada de Palm Beach. Es muy exclusivo, pero si quieres, me informaré si quedan entradas disponibles. Consideré que allí podrías encontrar algunos clientes potenciales.

—¿Es el acto de beneficencia del club Everglades?

Él hizo descender una ceja.

—Sí.

Sam soltó un bufido.

—Ya tengo invitaciones.

Richard asimiló aquello. No había bromeado al decir que el evento era exclusivo.

—¿Las tienes?

—Sí —le besó en la mejilla—. Yo también tengo contactos, ¿sabes?

—¿A quién demonios has llamado?

—A la secretaria de Charles Kunz. Él quiere que nos encontremos esta noche en el club. Son sus invitaciones extra.

—Así que, en realidad, estás utilizando mis propios contactos.

—Tú me lo pasaste.

—Así es.

El evento en el club Everglades era una fiesta de beneficencia que se componía de cena, baile y copas, un acto anual que marcaba el inicio de la temporada invernal de Palm Beach. Dado que Richard raramente se encontraba en la ciudad en tan tempranas fechas, jamás antes había asistido. De hecho, no le agradaban particularmente las anticuadas restricciones de afiliación y nunca había solicitado unirse al exclusivo club Everglades. Cuando estaba en Florida, trabajaba la mayor parte del tiempo. Hasta ahora, por lo visto. Y había estado tentado de señalarle a Samantha que no sólo había sido su vida la que había quedado patas arriba durante los últimos tres meses.

El proyecto Kingdom Fittings, por ejemplo, le estaba ocupando mucho tiempo, sobre todo ahora que se veía en la necesidad de trasladar la reunión con la junta directiva de Londres a Palm Beach.

No cabía la posibilidad de darles largas, mucho menos desde que algún visionario les había autorizado a aceptar o vetar cualquier oferta de compra. Con todo, aquello era un desafío, y al parecer era incapaz de resistirse a ello.

Recién pasadas las seis salió de su despacho de Solano Dorado y se dirigió arriba para cambiarse. Samantha no estaba en la habitación, pero había dejado su camisa y sus vaqueros de costumbre pulcramente doblados y los zapatos bajo la mesilla de noche de su lado de la cama; Rick aún no había sido capaz de sacarle de la cabeza la idea de que podría verse en la necesidad de huir en mitad de la noche.

Se puso el traje y entró en el baño para anudarse la corbata negra con una mejor iluminación. Samantha le había dejado una nota pegada en el espejo.

«Estoy en la piscina.»

Un calor eléctrico le recorrió la espalda, transformando su frustración de trabajo en algo más caliente y menos tangible, y mucho más personal. No era más que una maldita nota, pero significaba que ella había tenido en cuenta que la buscaría, y que deseaba que la encontrara.

Tras echar una mirada por encima del hombro, retiró la nota y se la guardó en el bolsillo del pecho. El mundo le consideraba un ejecutivo consumado, no quería ni imaginar lo que se reirían de él si llegaba a su conocimiento que guardaba las notitas de su amante.

Tirando por última vez del nudo de la corbata, se fue hasta las puertas de cristal que daban paso a la pequeña terraza y a la zona de la piscina bajo ésta. Las abrió y luego se detuvo largo rato en la terraza, mirando hacia abajo.

Samantha había elegido ir de rojo. Sabía que le gustaba amoldarse a las situaciones, y el recto vestido de seda con escote bajo y sin mangas encajaría, sin lugar a dudas, en la animada fiesta de clase alta, pero verdaderamente no veía cómo cualquiera que le echase un vistazo iba a poder apartar la vista sin reparar en ella. Se había recogido su rizado cabello caoba, aunque algunos mechones pendían delante de sus orejas y sobre su frente. Incluso se había puesto pendientes, de clip, naturalmente; le había contado que cuando trabajaba no llevaba ninguna joya, por si algo pudiera caérsele o pudiera identificarla más tarde, habiéndosela visto con ello puesto.

Mientras Rick se encontraba en la terraza, observándola, ella deambulaba a lo largo del borde de césped con la mirada fija en la mezcla de helechos y azaleas que bordeaban el medio muro.

—¿Qué haces? —preguntó, dirigiéndose escaleras abajo.

Ella se dio la vuelta hacia él.

—¿Iba en serio lo de dejarme replantar aquí? —Su mirada se agudizó cuando se unió a ella junto a la piscina iluminada—. ¡Caramba! James Bond. Estás guapísimo.

—Gracias. Le haré llegar el cumplido a Armani.

—Pero no es el cuello de Armani al que quiero lanzarme en este momento —respondió, sonriendo de oreja a oreja—. No se trata del traje, inglés. —Levantó los brazos y le colocó la corbata, aunque parecía más interesada en pasarle las manos por las solapas.

Si tuviera el poder de elegir momentos que durasen para siempre, éste sería uno de ellos. Le cubrió las manos con las suyas.

—Tú también estás deslumbrante —murmuró.

—Gracias. Lo encontré en Ungaro. Hasta le he cortado la etiqueta para no poder devolverlo.

Richard le sonrió, esperando que su expresión no se viera tan tontamente ñoña como le parecía.

—Sorprendente. Y sí, haz lo que quieras con el jardín de aquí. A menos que prefieras otra parte.

Ella se puso de puntillas y le besó suavemente.

—No tienes por qué seguir haciéndome regalos. Estoy aquí por ti. No por los Picasso.

—No te gusta Picasso.

—Ya sabes a qué me refiero. Lo único que quiero de ti es tu confianza.

Richard cambió la postura para tomarla de la mano y conducirla hacia el camino de entrada.

—Confío en ti.

—Hum. Te escucho decirlo, pero…

—Sería más fácil si al menos aceptases algo de lo que tengo.

—Más fácil para ti, quieres decir —señaló.

—Lo único que digo es que no adquirí los Picassos o el Bentley siendo malo en lo que hago. Mi asesoramiento está a tu disposición igual que…

A punto estuvo de decir «corazón». ¡Dios!, Sam le estaba volviendo loco… o se estaba volviendo loco por sí solo.

—¿Tu qué? —insistió, arqueando una ceja y evidenciando claramente con su expresión que no era ajena a lo que había estado a punto de decir.

Rick tomó como una buena señal que no hubiera dado media vuelta y echado a correr.

—Mi chef —se corrigió.

—Adoro a tu chef —dijo, riendo entre dientes—. Hans prepara los mejores sándwiches de pepinillo de todos los tiempos. Y agradezco que me ofrezcas tu consejo.

Profundamente sorprendido hasta que consideró que Sam no había mencionado que «aceptaba» su consejo, le abrió la puerta del amplio Mecedes-Benz S600.

—De acuerdo, entonces.

La entrada del club Everglades estaba atestada de limusinas, formando un embotellamiento de doble fila de casi un kilómetro de longitud. Samantha observó a través de los cristales tintados mientras se aproximaban a la alfombra roja y al paseíllo acordonado. Prensa y espectadores se alineaban en la calle y a lo largo de toda la entrada.

—No creía que fuera tan prominente —farfulló, comenzando a pasarse los dedos por su esmeradamente arreglado cabello y deteniéndose seguidamente.

—Es el primer evento de la temporada, propiamente dicho, ¿recuerdas? —respondió Rick, tomando sus nerviosos dedos y dándoles un apretoncito—. Los que fueron, son y serán estarán todos aquí. Ya lo sabías.

—Sí, así es. Lo que sucede es que las cámaras están aquí también.

—Acabarás por acostumbrarte a ellas. En cualquier caso, ahora todos saben quién eres. Otra fotografía no empeorará las cosas.

—Ha dicho el «Súper Hombre Fortaleza» —respondió, concentrándose en respirar hondo.

—Eso es en privado. En público, esto es lo que sucederá.

Así sería mientras estuviesen juntos. Y renunciar a él por un puñado de molestos fotógrafos y reporteros parecía el colmo de lo absurdo. Además, tal como él había dicho, el daño ya estaba hecho. Su imagen había salido en *People* e incluso en el boletín de su club de fans, por el amor de Dios. Y las amorosas chicas ardientes de Rick publicaban con regularidad su fotografía, con bigote y cuernos incluidos, en la página web. Lo único que podía hacer ahora era utilizar su supuesta fama en su provecho y conseguir algunos clientes, comenzando por esa noche.

—¿Y cómo es que yo pude conseguir invitaciones y tú no?

—Podría haberlo hecho —protestó él—. Lo que pasa es que te me adelantaste.

—Ajá. Claro. Continúa repitiéndote eso.

Él se inclinó hacia delante.

—Ben, déjanos aquí.

El chófer asintió sin volver la vista hacia ellos.

—No hay problema, señor Addison.

Sam le miró, horrorizada.

—¿Aquí? Hay un buen paseo hasta el club.

Rick tuvo la mala educación de reírse de ella.

—No voy entrar en el juego del famoseo, luchando por hacer una entrada espectacular. Quiero entrar y bailar contigo.

—Estupendo.

Finalmente se abrieron paso entre la multitud de espectadores hasta las austeras puertas. A pesar de estar molesta con él por hacerla desfilar por la acera, Samantha tuvo que darle algunos puntos a Rick por simular no reparar en que le apretaba la mano con la suficiente fuerza como para romper una piedra, o que la sonrisa de cara al público fuera más falsa que las domingas de la *top-model* que iba delante de ellos.

Si ella podía escuchar las numerosas voces provenientes de ambos lados de «Ooh, es Rick Addison» y «¡Mira, es Rick Addison!», también podía hacerlo su acompañante. Pero la atención de Rick parecía dividirse únicamente entre las puertas y ella.

—¿Qué tal lo llevas? —murmuró.

—Creo que esas chicas de la izquierda con pancartas son miembros de Las chicas de Rick —respondió, en gran medida por ver si podía desconcertarle.

—También tú, ya que recibes el boletín.

Sam sonrió. No podía evitarlo, aun cuando el grueso de *flashes* de las cámaras se incrementó en respuesta.

—Eso es cierto. Oh5, señor Addison, está tan bueno, fírmeme la teta, ¿sí?

Él se inclinó sobre ella, besándole en la oreja.

—Voy a follarte toda la noche —le susurró.

Una serie de escalofríos le recorrió la espalda.

—Debo ser socia de lujo del club.

—Ah, sí que lo eres, Samantha. Sí que lo eres.

Cruzaron las puertas hasta las frías profundidades del club. Después de llevar tres años en Palm Beach, se había acostumbrado a ver los rostros en el periódico, pero resultaba un poco raro tener a ex presidentes, ejecutivos de cosméticos, magnates del petróleo, actores y modelos codeándose entre sí. Y aún más raro resultaba cuántos de ellos conocían y buscaban a Richard para saludarle o intercambiar unas palabras sobre asesoramiento financiero.

—Me pregunto cuántos de estos tipos pertenecen a tu club de admiradores —murmuró, alargando el brazo para tomar una copa de champán y entregarle otra a él.

—Sí, bueno, espero que hayas notado cuántos de estos hombres te miran a ti —respondió, dirigiendo su célebre sonrisa a otro más de sus conocidos.

Sam se había percatado de las miradas a sus pechos y de las expresiones apreciativas a su rostro y su culo. Quienes no sabían que era Sam Jellicoe, experta en seguridad y actual pareja de Addison, probablemente se preguntaban quién era.

A Rick se le había conocido por salir con actrices y modelos y, aunque ella no podría encuadrarse exactamente en esa categoría, hacía deporte, después de todo. De pronto le vino algo a la cabeza.

—¿Hay aquí alguna de tus ex novias?

—Sin duda. ¿Por qué?

—Qué se yo. Se me ocurrió que podríamos comparar notas o algo así.

Él frunció el ceño.

—Ni se te ocurra.

Así que había encontrado un tema delicado. La verdad era que había logrado pasar tres meses en Inglaterra sin tropezarse con su ex esposa, Patricia, pero claro, tampoco es que hubiera estado impaciente por conocer a la dama. Y a menos que estuviera terriblemente equivocada, suponía que tampoco Rick hubiera esperado aquello con ilusión.

—Ahí está Charles Kunz —murmuró un momento después, señalando con la cabeza hacia una de las tres barras—. ¿Quieres que te lo presente?

Una sorprendente ráfaga de nerviosismo se apoderó de ella. Había realizado un par o tres de consultas sobre seguridad para Rick y sus colegas en Inglaterra, pero si no la cagaba, Kunz sería el primer cliente oficial de Jellicoe Security. Samantha se contuvo de fruncir el ceño. Necesitaba un nombre con más gancho.

—No, ya me ocuparé yo —dijo—. Además, la chica de la puerta que viste esas tiritas blancas transparentes no te ha quitado el ojo de encima desde que entramos. Deberías saludarla antes de que el vestido se le caiga del todo.

Liberó la mano, pero Rick la agarró del brazo.

—Me acercaré a verte dentro de unos minutos. —Sus ojos azules se cruzaron con los de ella—. Buena suerte, Samantha.

—La suerte es para los idiotas, inglés, pero gracias.

Tragando saliva, se encaminó entre el resplandor y el perfume hacia el hombre de hombros erguidos que sostenía un vaso medio lleno de licor.

—¿Señor Kunz? —aventuró, deteniéndose frente a su último objetivo, cliente potencial, y reparando, a juzgar por el leve olor en su aliento, en que su bebida era vodka. El brebaje predilecto de su difunto padre.

No era mucho más alto que ella, y lucía un cuarto de su cabello. A menos que supiera *jujitsu* o algo similar, seguramente podría ganarle en una pelea. Pero cuando se volvió hacia ella, su acerada mirada castaña revelaba algunas de las mismas cosas que la de Rick; este hombre acostumbraba a ostentar el control en su mundo, y estaba acostumbrado a ser obedecido. Y también vio algo más: preocupación.

—Samantha Jellicoe —respondió, estrechando la mano que ella le tendía—. La he visto en fotografía.

—Ha habido alguna que otra pululando por ahí —reconoció—. Gracias por hacerme llegar las invitaciones para esta noche.

—Entrada libre o no, sigo esperando que Addison haga una donación. Espero que haya traído su talonario de cheques.

—Tendrá que preguntárselo a él, señor —contestó, haciendo un ajuste mental para adaptarse a su actitud directa. Armonizar siempre era la clave—. ¿Prefiere hablar ahora o deberíamos concertar una cita?

—Ahora es un buen momento. Detesto perder el tiempo en estos malditos eventos de sociedad.

—De acuerdo. ¿Por qué no empieza por contarme qué es lo que le preocupa?

La miró durante un momento sin alterar su expresión.

—Tuvo un cara a cara con Peter Wallis.

—Sí, en cuanto descubrimos que él estaba detrás del robo de las obras de arte de Rick.

—Me refiero a que luchó con él físicamente.

Sam frunció los labios, esperando que a su potencial cliente no le fueran las peleas de barro o ese tipo de cosas.

—Empezó él. —También había sido Wallis quien le causó la conmoción cerebral que la retuvo dos semanas en un hospital de Londres.

Kunz sonrió, algo que le pareció no hacía con demasiada frecuencia.

—Conozco los rumores que corren sobre usted —dijo—, y sobre el historial delictivo de su padre y cómo murió en prisión.

—No he ocultada nada de eso.

—No, no lo ha hecho. Pero no termino de creer que nunca haya seguido el mismo camino que su padre.

Ahora Sam se preguntaba si se trataba de alguna especie de triquiñuela de la Interpol.

—Si no confía en mí, señor Kunz, probablemente debería contratar a otra persona.

—No he dicho que no confíe en usted. —Echó una ojeada en torno a la estancia—. De hecho, me agrada lo que ha hecho con su vida. Se necesitan agallas para abrir esa caja y salir de ella, jovencita.

—Gracias. Pero ¿qué le supone esto a usted?

—Se acabaron los cumplidos, ¿eh? Muy bien. Poseo mucho dinero e influencia, y últimamente algunos de mis conocidos se han interesado por ello. Y las personas que trabajan para mí no son capaces de pensar más allá aunque sus vidas, o la mía, dependieran de ello.

Samantha asintió.

—¿Depende de ello? Me refiero a su vida.

Tras echar otra ojeada, tomó un pequeño trago de vodka.

—Sí, creo que podría ser.

—Entonces puede que necesite un guardaespaldas. Puedo pelearme con el mejor, pero lo mío son más las medidas preventivas.

—He estado sopesando contratar a un guardaespaldas —respondió—, pero, al igual que usted, prefiero una solución a corto plazo más pasiva.

—Pues yo soy su chica.

—Excelente.

Kunz inhaló, sus estrechos hombros se combaron. Había estado preocupado porque ella le rechazara, comprendió Sam. Mierda. Había abrigado la esperanza de que sus servicios fueran «requeridos», pero que fueran algo «necesario»... aquello hacía que a uno se le acelerara su viejo corazón.

—Mire —dijo, bajando el tono voz tanto como le era posible en una habitación ruidosa—. No soy muy amiga de dar parte a la policía, pero cualquier medida de seguridad que decidamos no va a ser inmediata. Si piensa que se trata de una amenaza inmediata, quizá deba considerar hablar con el Departamento de Policía.

—No, para tener éxito hay que...

—Aparentarlo —concluyó—. He oído el sermón. Y no intento imponerme en esto, pero en mi lista, seguir vivo es lo prioritario. Si...

Kunz se rio entre dientes.

—Apuesto a que es toda una lista, señorita Jellicoe.

Sam se encontró devolviéndole la sonrisa.

—Llámeme Sam. Y me parece que es consciente de que no bromeo.

—Lo soy. —Cambió el peso de pie, pasando un dedo alrededor del borde de su vaso—. Tal vez deba... hablar con alguien, supongo. ¿Se le ocurre alguien? ¿Alguien en quien confíe?

Había un policía en quien confiaba. Hablando de contradicciones. Con todo...

—Veré lo qu...

Se escuchó repicar una campañilla.

—La cena está servida —anunció un empleado del club vestido con librea.

Un músculo se contrajo en la mejilla de Kunz.

—Maldita sea. Quiero… —Su mirada se movió de nuevo—. Addison.

—Hola, Charles —respondió Rick, acercándose desde detrás de Sam para tenderle la mano.

Kunz se la estrechó.

—Tu señorita Jellicoe es realmente encantadora.

Rick sonrió.

—Eso pienso yo.

—Muy bien, caballeros —dijo—. Basta de cumplidos. Todavía tenemos asuntos que discutir, Rick. Concédenos un minuto.

—No. —Charles la miró fijamente durante un prolongado momento, como si tuviera algo más que quisiera decirle. Ella aguardó, pero el hombre no tardó en aclararse la garganta—. Venga a mi casa mañana a las dos en punto. Quiero poner en práctica algo referente… a lo que hemos hablado.

—Lo haremos. Le veré mañana, señor Kunz.

—Charles. Sí. Hablaremos entonces. —Inclinó la cabeza—. Buenas noches, Addison, Sam.

Le observó mientras se dirigía al comedor y fue interceptado por una versión de sí mismo de mayor altura y cabello castaño. El hijo, Daniel, supuso. ¿Qué, quién, era lo que le tenía tan preocupado? Daniel y él parecían bastante colegas, aunque con el gentío de por medio era imposible escuchar su conversación.

Un momento después Rick le dio un empujoncito en el hombro.

—¿Hambrienta?

Ella se centró de nuevo.

—¿Alguna vez has tenido esa extraña sensación como si alguien caminara sobre tu tumba?

Rick posó la mano sobre su hombro y la rodeó para situarse frente a ella.

—¿Eso sientes? Entonces no aceptes el trabajo, Sa…

—Yo no —le interrumpió, ignorando por el momento que él intentaba darle de nuevo órdenes—. Él, Charles.

Rick siguió su mirada.

—¿En serio? Lo que yo creo es que ha bebido demasiado.

Sam observó cómo Daniel colocaba un brazo de modo amigable alrededor de los hombros de su padre y se unían a la multitud que entraba en tropel al comedor.

—Quizá. Aun así quiero hablar de nuevo con él más tarde. Si tengo oportunidad de ello. Algo importante le preocupa.

—Si no le preocupara nada, probablemente no hubiera sentido la necesidad de llamarte.

—Así que estás diciendo que atraigo los problemas.

—Me atraes a mí —dijo a modo de respuesta. Rick le ofreció la mano—. Vamos, comamos. Al parecer la cena de esta noche va a costarme diez mil dólares, así que pretendo disfrutarla y, además, repetir.

—Supongo —farfulló, tomando su mano—, que al menos cuando uno comienza la noche histérica, la cosa sólo puede ir a mejor.

—Exactamente —respondió, besándola en la frente—. Así que prepárate para consumir trece kilos de ternera de primera y al menos cuatro litros de vi…

—¿Richard? ¡Oh, Dios mío, eres tú! ¡Richard!

Su mano aferró compulsivamente la de Samantha, luego se relajó de nuevo, y su rostro se quedó completamente inmóvil. «¡Mierda!» Fuera lo que fuese, aquello no era bueno. Únicamente había bromeado sobre el tema de las ex novias, por el amor de Dios. Incluso mientras abría la boca para preguntarle si se encontraba bien, él se volvió de cara hacia la cultivada voz femenina.

—Buenas noches, Patricia —dijo afablemente, sonriendo—. Samantha, te presento a Patricia Wallis. Patricia, Samantha Jellicoe.

«¿Patricia?» ¿Esa Patricia? Y pensar que a Rick le había preocupado exponerla a sus ex novias. Sam se dio la vuelta con presteza para echar un mejor vistazo a la ex señora Addison.

—Hola —dijo, contemplando el magnífico vestido negro de Vera Wang, los tacones de siete centímetros y medio y la arreglada melena rubia dorada. Había visto su fotografía, por supuesto, pero parecía que tenía mejor aspecto en persona, la muy zorra.

—Hola. Pero qué agradable encontrarte después de todo este tiempo —respondió la suave voz con un refinado acento nativo de Londres. Patricia le tendió la mano.

Sam se la estrechó. El apretón fue un tanto flojo y dubitativo, y Patricia se soltó antes de que ella lo hiciera. Estaba nerviosa, decidió Samantha, y trataba de no dar muestras de ello. Pero acercarse a su ex cuando estaba en presencia de su nueva amante debía de requerir agallas.

—¿Qué estás haciendo aquí? —preguntó Richard, su rostro y su voz todavía serenos pero la expresión de sus ojos era mortalmente fría. No perdonaba la traición con facilidad.

—He venido para pasar la temporada —respondió Patricia—. Un poco de emoción, ya sabes. Londres es tan aburrido en estos momentos. —Echó un vistazo en derredor, eludiendo su penetrante mirada—. Tengo una especie de… problema. ¿Podría pasarme a verte por la mañana?

Samantha esperó que él se negara, pero asintió después de un momento.

—A las nueve en punto —dijo, por primera vez su voz sonó atropellada al final—. Para desayunar.

—Espléndido. —Tras dudar de nuevo, Patricia le posó la mano en el brazo, luego se acercó medio paso y le dio un beso en la mejilla—. Gracias, Richard.

—Mmm —musitó Sam cuando Patricia se alejó—. Yo no habría…

—No quiero hablar de ello —refunfuñó Rick en respuesta, nuevamente emprendiendo con ella la marcha hacia el comedor a una velocidad casi turbo.

—De acuerdo. Pero me parece que se ha ido al traste nuestra teoría de que la noche mejoraría.

Antes de que él pudiera responder, apareció una supermodelo que se aferró a su brazo e iniciaron una muy entusiasta conversación sobre las vacaciones invernales en Suiza. Sam también se conocía aquellas vacaciones de invierno, y las joyas que los turistas ricos insistían estúpidamente en acarrear, pero guardó silencio. Si Rick quería que le entretuvieran, a ella no le suponía ningún tipo de problema.

Cuando cruzaron las puertas dobles, Sam alcanzó a ver a unas de las damas de la sociedad desviarse hacia una mesa auxiliar. En un segundo, y con consumado aplomo, un pequeño tintero de cristal desapareció dentro del bolso de la mujer.

—¿Has visto eso? —murmuró, siguiendo con la mirada a la mujer recubierta de diamantes mientras se esfumaba en las entrañas del comedor.

—¿El qué? —preguntó, su tono impaciente y sus pensamientos, sin duda, seguían centrados en su ex.

—Nada.

Mira por dónde. Él deseaba que fuera por el camino recto, en mitad de una sociedad en la que las respetables mujeres de la caridad sustraían baratijas de sus instalaciones. Sam veía ese tipo de cosas todo el tiempo; mujeres, en su mayoría, seguramente desesperadas por llamar la atención o por buscar emociones. Por lo general le divertía, pero esta noche le molestaba... dado que poseía la destreza suficiente como para robar carteras dormidas, se estaba conteniendo, pero la torpe gregaria, adecuadamente casada, podía mangar cualquier cosa que no estuviera sujeta, y sin consecuencias. Hipócritas de mierda.

No era que quisiera autorización para mangar ceniceros, no quería acabar con una pequeña y pulcra colección de llamativas baratijas y llamar a eso su nueva vida. Cuando Rick la condujo a su asiento y luego se sentó a su lado, pasó un momento estudiando su expresión distante. Había otros modos de traicionar a alguien aparte de ponerle los cuernos, y se preguntó si él se daba cuenta de lo cerca que a veces ella se sentía del borde del abismo. Y si la perdonaría si cometía un desliz.

Capítulo cinco

Sábado, 8:18 a.m.

*R*ichard apoyó la cabeza en la mano, contemplando a Samantha mientras dormía. Se sentía como si la pasada noche le hubiesen propinado una coz en la mandíbula, pero al menos había cumplido con sus deberes masculinos y había cumplido su promesa de practicar sexo con ella durante toda la noche.

Alargó la mano y le colocó un mechón de pelo por detrás de la oreja. Había esperado como mínimo un interrogatorio la primera vez que Samantha le pusiera la vista encima a Patricia, aunque la peor situación que se le ocurría venía acompañada de injuriosos insultos y una pelea a puñetazos. Pero se había encontrado cara a cara con Patricia y no había dicho una sola palabra. De hecho se había mostrado reservada y un poco distante durante toda la velada. ¿Qué significado tenía aquello?

Era evidente que el entusiasmo de Samantha se había desvanecido a su regreso a casa. Pero ni siquiera entonces le había hecho una sola pregunta sobre la presencia de Patricia o un solo comentario acerca de que hubiera invitado a desayunar a su ex mujer al día siguiente. Y aquello le preocupaba.

Sus ojos verdes se abrieron pausadamente, inmediatamente despierta y alerta.

—Buenos días —farfulló, frotando la cara en la almohada.

—Buenos días. ¿Por qué pareces tan inocente cuando duermes?

Ella sonrió perezosamente, poniéndose de espaldas y alzando la mano para tocarle la mejilla.

—Me estoy privando para poder ser ladina más tarde sin que lo parezca.

—Lo haces muy bien, si me permites que lo diga.

—Gracias.

Estudió su rostro durante un momento mientras él se mantenía inmóvil y dejaba que le mirase. «Honestidad y confianza.» Dos cosas que jamás hubiera creído hallar en una ladrona, y las dos cosas que más valoraba de ella. Y necesitaba dar con un modo de demostrarle que sí confiaba en ella.

—¿Qué?

—¿Te parece bien que venga de visita Patricia?

Sam había estado precisamente pensando en ello.

—Resulta un poco extraño.

Samantha apartó las sábanas y se puso en pie, desnuda, suave y preciosa como la luz del día.

—Seguro que sí.

—Tan sólo diré que hagas lo que tengas que hacer, Rick. Remarco el «tú». Es ella quien iba follando por ahí. No tienes por qué sentirte culpable por nada.

—Hum —respondió, levantándose por su lado de la cama y echando mano a una bata—. ¿Has detectado todos esos problemas en el horizonte simplemente por un saludo y un apretón de manos?

—Ella es realmente problemática. —Sam le lanzó una sonrisa mientras se dirigía al baño—. Pero también lo soy yo.

—Sí, lo eres. Debo decir que desayunar con las dos va a ser muy interesante.

Ella se detuvo en la entrada.

—Yo no estaré. Tengo que hablar con Stoney y ver si alguien me ha mandado un currículum al fax. Y tengo que prepararme para una reunión.

—Kunz te ha conmovido de veras, ¿verdad?

—Sí, pero no me marcho por eso. Si Patricia tiene algo que decirte, no querrá que esté por aquí. —Se apoyó contra el marco de la puerta—. Estás siendo muy comprensivo.

—Así soy yo.

Durante un momento escuchó el sonido del agua al caer y de cosas tintineando en el botiquín.

—Y ya tengo bastante de lo que preocuparme hoy sin meterme en una pelea con Patricia Addison-Wallis.

De modo que estaba pensando en darle un puñetazo a Patricia.

—Ganarías tú —comentó—. No te ofreceré ayuda para realizar un contrato para Charles, pero estaré aquí redactando un artículo para *CEO Magazine* si quieres que te dé mi opinión sobre algo.

—Estaré bien. —Silencio—. Gracias.

—No hay de qué.

Richard acompañó a Samantha hasta el Bentley y luego se quedó parado en el camino de entrada para verla partir hacia su nueva oficina. Cuando miró su reloj, eran las nueve menos cinco. Si Patricia se mantenía fiel a su costumbre de antaño, llegaría al menos veinte minutos tarde, pero obviamente Samantha no estaba al tanto de eso, y obviamente había querido evitar toda posibilidad de tropezarse con ella.

Exhaló, sintiéndose ridículo por la tensión que le atenazaba los hombros. Por el amor de Dios, con regularidad se sentaba frente a ejecutivos muy poderosos, abogados y jefes de Estado sin siquiera pestañear. De hecho, a menudo era él quien hacía que se estremecieran. Y esa mañana, con la venida de su ex esposa a desayunar, las yemas de los dedos las sentía frías. No se trataba precisamente de nervios, aunque le hubiera alegrado más tenerla de nuevo al otro lado del Atlántico. Tres años atrás la había pillado en la cama con su amigo Peter Wallis. La… cólera que había sentido le había asustado, tanto por su intensidad como por lo que, durante unos ciegos y dichosos segundos, había considerado hacer.

Para su sorpresa, un Lexus negro de alquiler subió hasta la casa a las nueve en punto. «Mmm.» Algo le preocupaba.

—Patricia —dijo, retrocediendo cuando Reinaldo le abrió la puerta del coche para que se apeara.

—Richard. Roberto, me alegro de verte de nuevo. —Se había vestido con recato, para tratarse de ella, con lo que parecía una blusa y una falda de Prada; un sencillo tono azul cielo en la parte superior combinado con un vívido estampado africano en tonos marrones en la parte inferior, largo y suelto y que, sin embargo, conseguía adaptarse a sus torneadas curvas.

El mayordomo ni siquiera se inmutó por lo erróneo del nombre. Después de todo, había vivido más de un año soportando aquello.

—Señora Willis —respondió Reinaldo en cambio, transfiriendo la mano de la mujer a Rick.

—Es Addison-Wallis —dijo alegremente, poniendo los ojos en blanco en beneficio de Rick tan pronto como el mayordomo volvió la espalda.

—Ah, sí, tiene tantos nombres que lo olvidé —replicó Reinaldo con un acento asombrosamente marcado.

Richard le brindó una sonrisa a Reinaldo al tiempo que acompañaba a Patricia hasta la puerta principal.

—Gracias por atenderme —dijo—. No estaba segura de que lo hicieras.

Había dispuesto el desayuno en el comedor, en gran medida porque no quería tener que escuchar su parloteo acerca del bonito entorno de la piscina o sobre el tiempo.

—¿Qué te trae por Florida?

—Eso de la pared, ¿es un nuevo revestimiento? —comentó, deteniéndose a pasar la mano a lo largo de la textura de adobe del acabado en el pasillo de la planta baja—. Es precioso. ¿Has restaurado la galería superior?

—Teniendo en cuenta que tu esposo es quien ordenó que la hicieran volar —respondió, manteniendo un tono templado—, no creo que sea asunto tuyo.

—Mi ex marido —le corrigió, aclarándole la última parte de su frase—: Me estoy divorciando de Peter.

Concediéndose un momento para asimilar esas noticias, Rick le indicó con un ademán que entrara en el comedor y tomara asiento cerca de la puerta. Debido a su reticencia a tenerla allí, había pedido a Hans que tuviera listo el desayuno en vez de esperar a ver qué deseaba tomar. Se sentó frente a ella e hizo un gesto con la cabeza a uno de los dos criados y la comida comenzó a aparecer procedente de las cocinas.

—¿Es que no vas a decir nada, Richard? Me estoy divorciando de Peter.

—¿Por qué?

—«¿Por qué?» Está en prisión, juzgado por el asesinato de dos personas, por contratar a otro asesino y por contrabando y robo. ¿No es suficiente motivo?

—Y yo qué sé, Patricia. No estoy familiarizado con el funcionamiento de tu criterio moral.

—Richard, no lo hagas.

Él tomó aliento.

—Lo que sucede es que encuentro un tanto sorprendente que vinieras a Florida con el solo propósito de confirmarme que has cometido un error de juicio más.

—No sabía que estabas aquí —le respondió. Su mandíbula palpitaba nerviosamente, echó mano al tarro de mermelada de fresa y comenzó a untarla en la tostada—. Pero me alegro de verte.

—Yo me reservo mi opinión.

—Fuiste mi primer amor, Richard. Nada cambia eso. Y los primeros ocho meses de nuestro matrimonio fueron… —Se abanicó la cara con la mano—… excepcionales. —Patricia siguió con la mirada las manos de Rick mientras cortaba un pedazo de melón y se lo llevaba a la boca—. ¿No va a unirse a nosotros tu amiga?

Richard entrecerró los ojos. Una cosa eran los errores pasados, las heridas pasadas y un mal error de juicio, pero ahora había sacado a relucir la parte más importante de su presente y, a menos que aquello acabara con él, su futuro.

—Samantha tiene una cita.

—He oído que está montando una empresa de seguridad. ¿Qué te parece que trabaje cuando…?

—Patricia, ¿por qué has venido? —la interrumpió, permitiendo finalmente que parte de su irritación saliera a la superficie—. Y no me vengas con todas esas memeces sobre el tiempo.

—Está bien. —Bajó la vista, relegando bruscamente al olvido sus huevos demasiado blandos con el tenedor—. Sabes que no me pusiste las cosas fáciles, ni antes ni después del fin de nuestro matrimonio.

—Lo sé. Antes fue culpa mía. Después lo fue tuya. Prefiero dejar los gestos magnánimos para el Papa.

—Tú… —Se detuvo, percatándose sin duda de que si comenzaba a proferir insultos, acabaría sentada de culo en el camino de la entrada—. Me hospedo en un hotel en Palm Beach. Tuve que abandonar Londres, y todos los recuerdos de Peter y a aquella gente, mis ex amigos, a los que había mentido. Y quiero tu ayuda para empezar de nuevo. Esta vez, quiero hacer las cosas bien. Vivo según un presupuesto, tratando de organizar mis prioridades, intentado ser independiente por una vez.

—Si estás siendo independiente, ¿por qué quieres mi ayuda? —respondió, apenas reparando en el resto de lo que ella estaba diciendo.

—Bueno, estoy siguiendo tu ejemplo —dijo, con un inconfundible bufido—. Quiero decir que, mírate. Tú saliste bien parado, has rehecho tu vida, tienes una nueva… amiga y no cabe duda de que no te quiere por el dinero. Necesito tu asesoramiento, Richard. Y tu ayuda y comprensión. Entonces podré ser fuerte e independiente.

Colocó la mano sobre la de él, y Rick no pudo evitar notar que le temblaban los dedos. La conocía lo bastante bien como para estar muy seguro de que por muy hábil que fuera manipulando a las personas, su demostración de impotencia no era una pose.

—¿Qué clase de ayuda quieres? —preguntó de mala gana.

—Yo… pensé que podrías dejarme hablar con uno de los hombres de Tom para obtener una perspectiva de lo que puedo hacer en el divorcio cuando la mitad de los ingresos de Peter, de nuestros ingresos, al parecer provenían de la venta de objetos robados. Y me gustaría alquilar o comprar una pequeña casa aquí en Palm Beach, pero necesito que alguien se encargue de los trámites. Esto…

—¿Esperas que te ayude a mudarte aquí? —interrumpió.

Ella cerró la boca de golpe, con los ojos desmesuradamente abiertos y llenos de dolor.

—Empleé… empleé todo lo que tengo para venir aquí a verte. —Una oportuna lágrima rodó por su mejilla—. Dime qué se supone que tengo que hacer. No puedo quedarme en Londres. Necesito tu ayuda, Rick. Por favor.

—Lo pensaré —dijo, dejando el tenedor con un sonido metálico y poniéndose en pie—. Ahora, si me disculpas, tengo que reunirme con Samantha. Reinaldo te acompañará hasta la puerta.

—Pero...

—Ya has pedido suficiente por un día.

—No solías apartarte de tu rutina para reunirte conmigo durante el día —farfulló, lo bastante alto para que él lo oyera.

Rick no respondió; no estaba seguro de cómo hacerlo, sobre todo porque era cierto. Nunca había dejado sus cosas a un lado, apartándose de su rutina, para acomodarse a Patricia. Jamás le pareció necesario. Había sido su esposa, y su agenda había estado diseñada para acomodarse a la de él. Samantha, por otra parte, era una pasión absorbente.

—Déjale la información de tu hotel a Reinaldo —dijo por encima del hombro, abriendo la puerta del comedor—. Haré que Tom o alguien de su bufete te llame.

—Oh, gracias, Richard. No imaginas cuánto significa esto para mí. Muchísimas grac...

Él cerró la puerta a su falsa gratitud y se fue a recoger su coche. Algo con lo que se podía contar con respecto a Patricia era con que jamás cambiaba. Su aparente encanto y competencia habían sido, precisamente, lo que había deseado en una esposa... o eso había pensado. Cuando comenzó a asumir que el interior era un reflejo de la superficie, y que ni lo uno ni lo otro resultaba particularmente interesante, se había ido distanciando de ella... hasta que ésta había dado el definitivo paso gigante saltando a la cama de Peter.

Tres meses atrás también él había dado un salto, y no estaba seguro de que sus pies hubieran tocado suelo ya. Richard se subió a su Mercedes SLR plateado. Cuando en efecto aterrizara, sabía dónde quería estar. E iba a verla en ese preciso momento.

—¿Y qué te parece esto? —gritó Stoney con voz amortiguada.

—Stoney, no pasa nada. Deja de enredar. —Samantha dejó escapar el aliento, despeinándose el flequillo—. Me da lo mismo qué emisora esté sonando. Lo que quiero es saber de dónde proviene este fax y por qué está etiquetado como «propiedad de Dumbar Asociados».

Su ex perista salió del armario de los trastos.

—Una emisora de radio es cuestión de ambientación, nena. ¿Cómo vas a pillar ricos clientes conservadores cuando tienes a Puff Diddy aporreando en el sistema de sonido?

Con el gesto torcido, Sam se concentró en hojear los planos de la casa de Charles Kunz. Sin duda alguna merecía la pena conservar aún algunos de sus antiguos contactos. Si hubiera atravesado la ciudad para conseguir los planos, hubiera tardado seis semanas.

—Eres un gilipollas, Stoney. ¿De dónde sacaste…?

—Vamos, reconócelo. Necesitas una agradable emisora clásica. Relajante, elegante y…

—Y anticuada. No voy marcharme de la oficina al final de la jornada con el pelo gris y engullendo Geritol. Además, es una emisora comercial —replicó, decidiendo que casi prefería que tratara de convencerla para que realizara la trastada de Venecia—. ¿Y si alguna otra firma de seguridad comienza a anunciarse en nuestro sistema de sonido?

—Sólo observa. Tú…

—La máquina de fax, Walter —le interrumpió de nuevo, frotándose la sien.

Él se dejó caer pesadamente en la silla plegable frente a la de ella.

—No me grites porque ser honrado no sea todo miel sobre hojuelas, cielo.

—¿Tengo que buscar a Dunbar Asociados y hacerles una visita?

—No si estuviéramos en Venecia.

—Stoney…

—Está bien. No existe Dunbar Asociados. Fueron a la quiebra. Big Bill Talmidge ha estado guardando parte de su mobiliario de oficina y se ofreció a llegar a un acuerdo conmigo.

Big Bill Talmidge era un perista con un gusto mucho menos refinado que el de Stoney, pero tenía un negocio adicional de empeños medio honrado.

—Júrame que no es robado.

—No es robado. ¡Por Dios! ¿Cuándo te has vuelto tan escrupulosa?

—Ni se te ocurra preguntarme eso, colega.

Él se quedó sentado durante un momento, y Sam pudo sentir su mirada taladrándole la parte superior de la cabeza. Cambiando de posición, pasó a la siguiente hoja del plano: los esquemas electrónicos de la propiedad de Kunz, Coronado House. Sabía exactamente cómo entrar, lo que le proporcionaba una buena idea de dónde comenzar a reforzar la seguridad. Al igual que la mayoría de las residencias, una vez que alguien entraba, era un bufé libre a excepción de la caja fuerte y los cuadros de las paredes que estaban conectados a la alarma.

«Sí, cualquiera podría colarse y manosear tus cosas.» Sam dio con la frente en la superficie de su escritorio. La maldita Patricia estaba toqueteando aquello que ella más apreciaba en ese preciso momento. Estaba comiendo una de las creaciones de Hans y, probablemente, amenizando a Rick con alguna trágica historia ideada para recuperar su corazón. Y allí estaba ella, dilucidando el modo de proteger las posesiones de un hombre sin hacer uso de sirenas y torretas armadas.

Y cuando Rick decidiera hablarle de aquella mañana, ella, naturalmente, se mostraría como la amiga comprensiva y confidente que sólo quería que él fuera feliz. «¡Mierda!»

—Tal vez deberíamos hacer un descanso —sugirió al fin Stoney en medio del silencio—. Ir a tomar un sándwich o alguna cosa.

Ella se puso en pie como un rayo.

—¿Qué, es mi primer día en mi maldita oficina, y piensas que no puedo con ello?

Stoney alzó las manos a modo de rendición.

—Eres tú quien parece que vaya a explotar. No yo.

—No voy a explo… —Sus palabras se fueron apagando, la tenue voz del locutor finalmente hicieron mella—. ¿Has oído eso?

—¿Que si he oído el qué?

—Cambia la emisora a las noticias. He escuchado el nombre de Kunz.

—Estás siendo paranoica —dijo, aunque se levantó y se dirigió de nuevo al armario de servicio.

—Ahí, déjalo ahí —gritó un momento después.

... el millonario Charles Kunz, residente de toda la vida de Palm Beach. Kunz tenía sesenta y dos años, y deja un hijo, Daniel, y una hija, Laurie. La muerte ha sido dictaminada como homicidio relacionado con un posible allanamiento y robo, y la policía está investigando. Y en cuanto al tráfico local, vamos a...

—¡Dios mío! —farfulló Sam, hundiéndose de nuevo en su silla. El aire abandonó súbitamente sus pulmones, como si le hubieran dado un golpe en el pecho. ¡Dios! Llevaba cuatro días en Florida y ya comenzaban a morir personas de su entorno otra vez. Personas que le agradaban.

—¿Hay alguien? —Llegó la voz de Rick proveniente del mostrador de recepción.

Ella alzó la mirada y vio a Stoney, con el rostro sombrío, en la entrada.

—Aquí —gritó, todavía con la vista fija en ella.

—Espero no extralimitarme, pero deberías tener una campanilla para que tocaran los clientes en caso de que no haya nadie en recepción —comentó Rick, su voz se iba haciendo más próxima hasta que apareció a un lado de Stoney. Se detuvo, paseando la mirada entre Stoney y ella—. ¿Qué sucede?

—Acabo de escuchar algo en las noticias —dijo pausada y reticentemente—. Charles Kunz está muerto.

Por su mirada pasaron un millar de cosas.

—¿Qué? —Se aproximó, pasando por encima de la pila de libros sobre sistemas electrónicos de seguridad que había estado recopilando para detenerse a su lado junto al escritorio—. Cuéntame qué sabes.

Samantha tomó aliento, tratando de recomponer sus pensamientos.

—No mucho. Posible allanamiento y homicidio. Lo han dicho en las no...

—Vamos —dijo, haciéndola ponerse en pie—. Tom está en su despacho. Puede llamar al Departamento de Policía y averiguaremos lo que ha sucedido exactamente.

Asintiendo, se levantó.

—Yo no…

—No es culpa tuya, sucediese lo que sucediera —dijo con gravedad, remolcándola hacia la parte delantera de la oficina.

—Lo sé. Pero él quería mi ayuda. Desesperadamente. Dios mío, Rick, ¿crees que sabía que algo ocurriría?

—¿Una premonición? Yo no creo en esas cosas, y tampoco tú.

—Creíste todo aquello de que alguien andaba sobre mi tumba.

—Creo en tu instinto —respondió—. Y ésta es una desafortunada coincidencia.

—¿Cómo…?

—No te pidió ayuda, Samantha —la interrumpió mientras entraban en el ascensor—. Quería que le presentaras una propuesta comercial, tras lo cual hubiera decidido si contratarte o no.

No, no era eso lo que le había parecido. Precisamente, Charles Kunz le había pedido su ayuda.

—Tal vez podría pensar que no se trataba más que de negocios, si ahora no estuviera muerto.

—Estás exagerando —dijo de plano—. Si Charles hubiera estado realmente preocupado por su seguridad, debería haber llamado a la policía, y hace meses que debería haber contratado a otra firma de seguridad.

Rick siempre comprendía bien la lógica.

—Si todo lo tienes tan bien atado, ¿por qué vamos a ver a Donner?

—Para demostrar lo que digo.

Entraron en el frío vestíbulo de cromo y cristal del edificio de Donner y subieron al último piso en uno de la media docena de ascensores. Rick la estaba manipulando, igual que manejaba cualquier situación comercial. Por lo general, a Sam aquello no le gustaba, pero, sólo por esta vez, era prácticamente un alivio que alguien se ocupara de pensar. Tenía la cabeza en otra parte, sobre todo en la última parte de su conversación con Kunz, en donde a éste se le adivinaba la intención de pedirle algo más.

Había estado considerando seriamente contratar un guardaespaldas, y ella le había convencido con bastante facilidad para que hablara con el Departamento de Policía.

Debería haberle buscado después de la cena y cerciorarse de que no corría un peligro inminente. En vez de eso, había concertado una cita y pasado el resto de la velada tratando de apartar a Rick de sus agrios pensamientos en relación con Patricia. Puede que fuera eso lo que hacían las novias, pero estar con Rick no significaba que debiera empezar a ignorar su instinto. ¡Maldita sea!

—¡Señor Addison! —exclamó la recepcionista, sentada tras una enorme placa dorada con el nombre de la firma grabada en ella—. No le esperábamos esta mañana. Aguarde un momento e informaré al señor Donner de que está aquí.

Agradecida por la distracción pasajera, Sam tomó aliento. Las hipótesis la volvían loca. Necesitaba la realidad por un instante. Y en esa realidad, estaba intentado comenzar un negocio. Escrutó a Judy, tal y como la proclamaba su tarjeta de identificación. Vestido y maquillaje recatados; expresión plácida y afable; eficiente pulsando las teclas telefónicas y conociendo los nombres de los clientes, y poseedora de esa voz suave y profesional que se les exigía a las recepcionistas de clase alta. De modo que eso era lo que se suponía que debía contratar. «Mmm.» Apostaría algo a que los posibles clientes del bufete de abogados no aparecían muertos. Por lo visto, eso era obra suya.

—¡Rick! —Tom Donner, alto y desgarbado rubio tejano, entró en el vestíbulo de recepción. Sonriendo ampliamente, el abogado agarró la mano de Rick y la estrechó con entusiasmo—. Gracias a Dios que estás aquí. Casi tuve que asistir a la reunión financiera mensual.

—Celebro ser útil. —Rick se hizo a un lado y señaló a Sam—. ¿Te acuerdas de Samantha?

La mirada que Donner le dirigió era cómica y furiosa en igual medida.

—¿Todavía no te han arrestado, Jellicoe?

—Aún no. También tú sigues sin tener un trabajo de verdad, ¿eh, Yale?

—Tom, ¿dispones de unos minutos? —intercedió Rick.

—Claro. ¿Qué es lo que ha hecho esta vez?

Mientras los conducía a las entrañas del bufete, Sam le sacó la lengua. Odiaba a los abogados por norma general, y le ponía de mala leche que, en el fondo, respetara a aquel abogado en cuestión.

A medida que pasaban por delante de cubículos y elegantes despachos, Sam se percató de que todos los empleados parecían saber quién era Rick, y que asimismo Rick conocía todos sus nombres. Aquello no le sorprendía en absoluto... probablemente Rick los consideraba empleados suyos, y siempre estaba al tanto de quién trabajaba para él. «Detalles», siempre decía él. «Todo estaba en los detalles.» También era ésa su filosofía... aunque sus detalles se referían más bien a la longitud del corredor y a la combinación de la caja fuerte.

El despacho de Donner estaba situado en el rincón del edificio. De modo que su oficina daba a la de ella. Aquello era para partirse el culo... o lo habría sido si hubiera logrado sacarse de la cabeza la imagen de Charles Kunz, su vaso de vodka medio vacío y su serena mirada de preocupación.

—He oído que tienes un despacho propio —dijo Donner, dirigiéndole un vistazo al tiempo que tomaba asiento tras su escritorio—. Rick dice que tendré que preguntarte dónde está.

Ella meneó el pulgar hacia la ventana más próxima.

—Allí.

—¿Al norte de Worth? Es una buena ubicación.

—No. Allí. En ese edificio. —Se acercó a la ventana—. ¿Ves la ventana con las persianas subidas? Es la mía.

No se quedó boquiabierto, precisamente, pero la expresión estupefacta de su semblante fue bastante sencilla de interpretar.

—No me jodas.

—Pásate a tomarte un café —le invitó—. Pero tendrás que traerlo tú. Todavía no tenemos cafetera. Ni tazas. No traigas desechables. Son una horterada.

—¿Tenemos? —repitió, mirando a Rick—. ¿Vosotros dos?

Rick se aclaró la garganta.

—Samantha y Walter Barstone.

Las cejas de Donner salieron disparadas hasta la raíz de su rubio cabello.

—¿Aquel perista?

Samantha acertó a sonreír. Esto era demasiado bueno como para hacer caso omiso, fueran cuales fuesen las circunstancias.

—Ex perista. Ahora somos socios. —Se preguntó si él sabía quiénes eran Dumbar Asociados, pero ¡joder!, no era más que una máquina de fax.

—¡Estupendo! —El abogado echó un nuevo vistazo a la ventana de su despacho—. Qué espanto.

—Gracias.

—No estamos aquí por eso —intervino Rick.

Sam se alegraba de que hubiera sacado el tema; viniendo de ella, se hubiera asemejado demasiado a pedir un favor, y si había algo que no quería, era estar en deuda con un maldito abogado. Samantha tomó aliento y se sentó en una de las sillas de suave piel de la oficina. Estupendo. Le diría a Stoney que le gustaba el cuero.

—Si la idea no era provocarme un aneurisma, ¿qué es lo que sucede?

Rick se sentó junto a ella, tomándole la mano en la suya. Posesión, implicación, tuviera el significado que tuviese aquello, en ese instante le era indiferente.

—¿Te has enterado de las noticias de Charles Kunz?

Donner asintió.

—Uno de mis abogados criminalistas estaba en comisaría cuando recibieron el aviso por radio.

—¿Se enteró de algo interesante?

La mirada del abogado se desplazó de Rick a Samantha, su expresión divertida se profundizó en sospecha.

—¿Por qué?

—Curiosidad —respondió Rick.

—No, no, no. Es más que eso. Lo siento. Jellicoe tiene algo que ver en ello. ¿Qué? Como abogado tuyo que soy, debes avisarme cuando…

—¡Yo no tengo nada que ver! —protestó Samantha—. ¡Dios, mira que eres paranoico!

—Lo que tengo es experiencia —remarcó Donner—. Ésa es la diferencia. ¿Y bien? ¿A qué se debe tu interés por Kunz?

Sam hubiera respondido, pero desistió cuando Rick le apretó la mano con mayor fuerza.

—Ayer le solicitó a Samantha asesoramiento sobre su sistema de seguridad —le informó—. Antes de hablar de esto con alguien, preferiría contar con algunos detalles más acerca de su muerte.

—Estupendo. —Donner se puso en pie de nuevo—. Espera aquí un minuto. Iré a hacer algunas llamadas y veré lo que puedo averiguar.

Después de que se cerrara la puerta, Samantha se soltó de la mano de Rick y se levantó para pasearse de un lado a otro de la ventana.

—¿Por qué tengo la sensación de que podría haber hecho esas llamadas desde aquí?

—Está tratando de distanciarme, de distanciarnos a ambos, de cualquier pregunta.

—¿Qué, es que tiene un vídeo teléfono espía aquí para que sus informadores puedan vernos? Lo que quiere es que yo no escuche lo que sucede.

Rick no pareció en absoluto perturbado por la espantada de Donner.

—Es más probable que no quiera que critiques sus métodos de recabar información, amor.

Ella se tomó un momento para asimilar aquello.

—¿Quieres decir que le pongo nervioso?

—Me parece que si quisieras, podrías poner nerviosa a mucha gente. Eres muy inteligente, ¿sabes?

—Claro, para tratarse de una niña que en total ha asistido unos dos años a la escuela y que ha viajado mucho.

Él le dedicó aquella cálida y encantadora sonrisa que le hacía desear cubrirle de besos y murmurar toda clase de sensiblerías.

—No, para tratarse de cualquiera. Pero no le cuentes a Tom que lo he dicho.

Profundamente halagada, Samantha le sonrió.

—Sí, él se gastó una pasta en ir a Yale.

Richard se rio entre dientes.

—En realidad, Tom fue becado.

—Mierda. Muy bien, se ha ganado un punto a su favor.

Al menos había logrado distraerla durante un rato, pensó.

Su primer cliente oficial, y Kunz tenía que aparecer muerto. Desde luego que lo sucedido a Charles no era culpa de ella, pero Richard no pudo remediar reparar en la rectitud de su espalda y en la tensión que recorría sus hombros. Kunz la había impresionado, y ella hubiera realizado un trabajo excelente para él. Una vez que el informe de Tom aclarara los detalles, podría deshacerse de la persistente sensación de que ella se estaba tomando todo aquello de un modo demasiado personal.

Cuando Tom cruzó de nuevo la puerta, Richard se puso en pie con demasiada brusquedad. No tenía intención de dejar que un mal comienzo echara por tierra su mejor oportunidad de reformarse… y de continuar siendo honrada.

—¿Qué tienes?

—La hija de Kunz lo encontró en el suelo de su despacho con un agujero de bala en el pecho. Llamó a la policía y ésta sigue peinando el lugar. Está claro que ha desaparecido un montón de pasta, y un juego de joyas de rubíes… y todo cuanto tenía en la caja fuerte de su despacho. Y creen que alguna obra de arte.

Richard no pudo evitar lanzar una mirada a Samantha. Aparte del agujero de bala, aquello se asemejaba a algo que ella pudiera haber llevado a cabo en su vida anterior.

—¿Tenía algún maldito sistema de alarma? —preguntó, descubriendo que estaba al menos tan enfadado con Kunz como con su asesino. El hombre podría haber tomado algunas medidas para proteger su propiedad y su persona.

—Sí —respondió Samantha.

Tom asintió igualmente.

—Los samaritanos se están lanzando al cuello los unos a los otros afirmando que la alarma posiblemente no debía de estar activada. Yo no esperaría que dijeran nada diferente. «Mierda, no funcionó» seguramente no resultaría beneficioso para su negocio. —Volvió a posar la mirada en Samantha—. Puede que también tú quieras tener eso presente.

Ella entrecerró sus ojos verdes.

—Hum, con un consejo como ése, no es de extrañar que tengas tanto éxito. Gracias, Yale.

—Al menos mi primer cliente no fue asesinado —replicó, señalando a Richard.

—Lo cual es gracias a Samantha —señaló Richard—, teniendo en cuenta que me salvó la vida. Y Kunz no firmó ningún acuerdo con ella, de modo que no es, no era, su primer cliente.

—Sí, lo era —interrumpió Samantha—. ¡Bien por nosotros!, me alegra que Rick siga respirando, pero…

—Gracias —dijo secamente el aludido, sin tomarse de modo personal su sarcasmo.

—Pero ¿podemos ser un poco más constructivos? ¿Tiene algún sospechoso la policía?

Tom se aclaró la garganta.

—Mi hombre dice que continúan tomando declaración a la familia y al personal. Pero ¿por qué habría de preocuparnos? El tipo está muerto, pero has dicho que no existe ningún documento que vincule a Jellicoe con él. Está limpia —hizo una pausa—. ¿No es así?

—Sí, está limpia. —Richard jamás admitiría que había estado preocupado por un solo instante—. Es por curiosidad —prosiguió—. Me estoy refiriendo a que el día después de interesarse por aumentar la seguridad, aparece muerto. Es un poco extraño, ¿no te parece?

—¿Quieres que yo les pase dicha información a la policía en tu lugar? —preguntó Tom, situándose de nuevo tras su escritorio.

Samantha sacudió la cabeza.

—Su secretaria sabe que contactó conmigo. Nos concertó una cita, y me envió las invitaciones para el baile del club Everglades.

—Entonces, la policía se pondrá en contacto contigo si es necesario —respondió el abogado, encogiéndose de hombros—. ¿Hay algo más que quieras que haga?

—No. —Samantha hizo una mueca—. Supongo que debo darte las gracias.

—Claro, no te pongas sensiblera. —Tom tendió la mano para estrechar la de Richard, pero se conformó con dirigir a Samantha una inclinación de cabeza. Era evidente que el abogado recordaba aún el día en que se conocieron, cuando le arrojó a la piscina de Solano Dorado después de que la agarrara del brazo con demasiado énfasis.

Ella no se demoró en salir por la puerta y dirigirse hacia el ascensor con un alivio que ni siquiera sus considerables habilidades pudieron disimular. El único lugar que parecía más reticente a visitar que el despacho de un abogado era una comisaría de policía.

—¿Sirve de algo? —preguntó Richard cuando se cerraron las puertas del ascensor.

—Supongo que sí. —Le sostuvo la mirada durante largo rato—. ¿Alguna vez has tenido la sensación de que, a pesar de que todo parezca perfecto, todo está a punto de irse a la mierda?

—A menudo —respondió, recordando que todavía no le había hablado de su consentimiento en ayudar a Patricia. Si se enteraba antes de que él pudiera confesar, el delgado lazo de confianza entre ellos bien podría quedar deshecho. Lentamente alargó el brazo para tocarle la mejilla, continuando la caricia con un suave beso. Podría soportar un sinfín de cosas, pero no eso.

—¿Preparada para el primer ataque?

Samantha cerró los ojos por un instante mientras respiraba hondo.

—Muy bien. Dispara.

Durante un solo momento consideró qué quería contarle primero: que Patricia deseaba mudarse a Palm Beach, o que le había pedido ayuda para hacerlo.

—Patricia se está divorciando de Peter —comenzó, decidiendo empezar con la menos explosiva de las noticias y seguir desde ahí.

Ella asimiló aquello durante uno o dos segundos.

—Eso es bueno. Entonces, es verdad que ignoraba que Peter te estaba robando.

—Eso ya lo pensabas antes.

—Lo sé, pero esto lo demuestra. Tiene ciertos principios morales, después de todo.

Richard resopló.

—No los suficientes como para impedirle tirarse a Peter mientras estaba casada conmigo, pero los suficientes como para distanciarse de él en cuanto fue arrestado.

—Yo no dije que tuviera claras sus prioridades —respondió Samantha, saliendo primero del ascensor cuando se abrieron las puertas—. Pero, si piensas en ello, es probable que Peter se haya vuelto realmente impopular. No quiere que la echen de su círculo social de amistades... ¿Cómo lo llamaste, la pandilla de Patty?

—Ese término no es para el consumo público. Y hablando de la posible exclusión de Patricia —dijo, lanzando una mirada a su perfil y preguntándose cómo iba a tomarse aquello—, quiere establecerse en otro lugar que no sea Londres.

Samantha se detuvo, sus recelosos ojos verdes chispeaban cuando se dio la vuelta para mirarle.

—¿En dónde? —preguntó sin más.

—Está pensando en...

—Aquí —le interrumpió, cruzando los brazos sobre sus erguidos pechos—. En Palm Beach.

Ya no tenía sentido suavizarlo.

—Sí, aquí. En Palm Beach.

—Quiere que vuelvas. —Le sostuvo la mirada una media docena de segundos antes de apartarla, acelerando el paso por el vestíbulo y saliendo al cálido aire de enero en la parte oriental de Florida.

Richard la siguió, una docena de negativas y refutaciones luchaban por ganar la posición.

—No es así.

—Oh, buena respuesta. Demuéstralo.

—Necesita a alguien que se ocupe de los trámites y soy el único que se le ocurrió para hacerlo. Yo paso tiempo aquí. De ahí, Palm Beach.

—Necesita...

—Y —la interrumpió, excitado por la discusión—... y se siente cómoda entre el tipo de sociedad de aquí. Una docena de su pandilla de amigas posee casa de invierno en la zona. No me la imagino mudándose a Dirt, Nebraska. ¿Y tú?

Samantha se subió al Bentley estacionado en la acera y por un momento dudó antes de abrirle la puerta del pasajero.

—No, pero sí me la imagino en París, Venecia, Milán o Nueva York —repuso—. Pero, como has dicho, tú estás justamente aquí. Y, eh, don Desmentido, si su pandilla está en la ciudad, ¿por qué te recluta a ti para que te ocupes?

Richard apenas tuvo tiempo de cerrar la puerta antes de que se apartara bruscamente del bordillo.

—Estás celosa.

—Eres un gilipollas.

—Brillante respuesta, Samantha. Me has intimidado. ¿Adónde vamos?

—De vuelta a Solano Dorado. Necesito pensar. —Cambió de marcha cuando dejaron Worth Avenue, volando a lo largo de la playa a velocidad de vértigo—. ¡Por Dios, Rick, qué ciego estás! —Estalló al fin—. Viene aquí a jugar a la damisela en apuros y tú te lo tragas todo.

—Ella no…

—«Oh, Richard, necesito tu ayuda» —la imitó, simulando sorprendentemente bien el suave y refinado acento británico de Patricia, mucho más teniendo en cuenta que ambas mujeres apenas habían intercambiado un total de cinco palabras—. «He abandonado a Peter y deseo tanto comenzar de nuevo, pero no sé cómo hacerlo sola. Eres tan grande y fuerte, y tienes tanto éxito, ¿es que no estás dispuesto a ayudarme?» —Samantha le miró de reojo—. ¿Fue algo parecido?

«¡Dios santo!»

—Tal vez —dijo con evasivas—. Pero…

—¿Lo ves? Quiere que vuelvas con ella.

—Bueno, no puede tenerme. Ya estoy ocupado. Pero me pidió ayuda y soy en parte el motivo de que se encuentre en esta tesitura.

—No, fue ella misma la que se abrió de piernas y después tú diste el siguiente paso.

—Aun así…

—No puedes resistirte a ponerte tu brillante armadura, ¿verdad? —dijo con más calma, exhalando—. Y si yo lo sé, también ella lo sabe.

—Francamente, Samantha, me parece que esto tiene más que ver con que Patricia está desvalida que con que esté actuado para obtener mi ayuda. Dudo que pueda encontrar un supermercado ella sola, mucho menos el pasillo de la pasta de dientes.

—Pero no es pasta de dientes lo que busca.

Cuando se detuvieron en un semáforo, Richard se acercó y

tomó el rostro de Samantha en su mano, besando apasionadamente su sorprendida boca.

—No te preocupes por esto. No tendrás que tratar con ella.

—Puede que yo no, pero tú sí. Y ten presente que tiene una página web de abonados donde da consejos sobre cómo evitar que te jodan en un divorcio.

—¿De veras?

—Sí. Interesante información. En serio, tienes que pasar más tiempo navegando por la red.

—Mierda. —Antes de que Samantha pudiera concluir su expresión arrogante con más comentarios, tomó aliento—. Me ocuparé de que cerrar la página sea una condición para obtener mi ayuda.

—Estupendo. De todos modos, no necesitará la página, porque estará ocupada jodiéndote en persona.

—Nadie me jode, Samantha. Jamás.

—Todavía, chico listo. Todavía.

Capítulo seis

Sábado, 10:15 a.m.

*P*atricia Addison-Wallis se colocó las gafas de sol y se hundió en el asiento del conductor de su Lexus negro de alquiler mientras un nuevo modelo de Bentley Continental GT pasaba a toda velocidad por Ocean Boulevard. No cabía duda de que a Jellicoe le traía sin cuidado la ley. Pero Patricia ya sabía eso de la puta ladrona. Consideró el seguirla, pero tenía mejores cosa de qué ocuparse. Se dirigirían a Solano Dorado, y ella tenía una cita en un *spa* dentro de cuarenta minutos. Si la cancelaba con menos de una hora de antelación, le cobrarían igualmente la sesión, y en esos momentos necesitaba economizar. Con un suspiro de irritación, Patricia se apartó del bordillo y se dirigió de nuevo hacia el norte, a lo largo del boulevard hacia el hotel Breakers.

Ver a Samantha Jellicoe con Richard resultaba espantoso. Una semana o dos deberían haber bastando para que él se sacase a la golfa de dentro, y, sin embargo, seguían juntos tres meses después. Por el amor de Dios, prácticamente se le caía la baba por ella. Siempre le había considerado terrible y absolutamente inflexible y, sin embargo, ahí estaba él, sentado en el asiento del pasajero mientras que esa maldita mujer conducía su precioso Bentley.

Pensaban que no tenía conocimiento de lo que había estado tramando Peter, robando obras de arte de esta y aquella propiedad de Richard por toda Europa. Bueno, puede que no estuviera al tanto entonces, pero se había enterado de algunas cosas, sobre todo después del arresto. Peter se había encargado de que alguien contratase a Jellicoe para perpetrar un robo. Durante semanas había buscado el modo de demostrarlo sin contar con la palabra de Peter y conseguir que arrestaran a la zorra, pero no había sacado nada en claro.

Patricia se miró en el espejo retrovisor cuando se detuvo en una señal de tráfico. Lo malo de Florida, aun en invierno, era que el brillante sol hacía que se le formasen arrugas en los rabillos de los ojos. Menos mal que el hotel contaba con un *spa*. Sobre todo con la cena que tenía esa misma noche. Más cuando Daniel seguía empeñado en asistir, aun a pesar de la muerte de su padre. Era por caridad, después de todo, y uno de los predilectos de Charles.

Menuda suerte que Daniel hubiera estado al fondo de la habitación cuando tropezó con Richard y Jellicoe en el club Everglades. Richard hubiera estado menos dispuesto a ayudarla si supiera que se veía con alguien. Patricia sonrió. No es que no fuera a dejar a Daniel en el caso de que Richard volviera a fijarse en ella una vez más.

Al fin y al cabo, era humana. Había sucumbido a un momento de debilidad y caído en brazos de otro hombre. Sucedía en ocasiones… y con el estilo de vida de Richard y ella, había tenido demasiadas tentaciones. Se había disculpado repetidamente, ofrecido a ver a un consejero matrimonial, pero él no había querido saber nada de eso. De modo que había hecho lo necesario para demostrar que no iba acostándose con hombres como norma general. Se había casado con Peter Wallis. En cuanto al matrimonio, bueno, Peter había estado más obsesionado con Richard que ella.

De modo que ahora estaba sin marido, apenas tenía dinero y solamente contaba con un novio y un plan en ciernes… y su ex marido seguía siendo el hombre más rico, guapo y encantador sobre la faz de la tierra. Y allí estaba Sam Jellicoe, conduciendo su Bentley nuevecito, durmiendo en una mansión de treinta habitaciones, compartiendo la cama con su ex esposo y, al parecer, capaz de vivir la vida tan al margen de la legalidad como le placía.

Sam. Qué nombre más estúpido, masculino y poco favorecedor. Pero, a pesar del nombre, la tipeja tenía a Richard. A juzgar por lo que Patricia había podido determinar, se habían conocido la noche de la explosión en Solano Dorado, cuando ella había ido a robarle. ¿Acaso aquello era lo que ahora le excitaba? ¡Cielos! Debía de haber sido una crisis prematura de los cuarenta, ya que sólo tenía treinta y cuatro. Bueno, si lo que le excitaba a Richard era el poco respeto que Samantha tenía por las convenciones legales, entonces podría jugar al mismo juego. Se pasó la lengua por el carmín de larga duración color rubí mientras se le aceleraba el corazón. También ella se excitaba con sólo pensar en eso, y en Richard.

Cuando el Bentley tomó la última curva de la calle frente a Solano Dorado, Samantha pisó el freno. Un Ford Taurus de 1997 bloqueaba las verjas de entrada. Apoyado contra el parachoques trasero, un enjuto hispano con un poblado bigote canoso comía pipas de girasol.

—¿Qué demonios? —Rick se agarró al salpicadero cuando se detuvieron en seco.

—Dime que has invitado a Frank Castillo a comer —dijo, observando mientras el detective de policía se enderezaba y les saludaba con la mano.

—No.

El pecho se le encogió.

—Así que el *poli* de homicidios se ha acercado simplemente a saludar. Podría ser eso, ¿verdad?

—¿Lo averiguamos, cariño? —dijo Richard con voz mucho más serena que la suya.

No quería averiguar nada semejante. Dios, si seis meses atrás hubiera visto a un policía ante su puerta, habría dado media vuelta y echado a correr sin volver la vista atrás, tanto si había hecho un trabajito como si no. Lo único que ahora le impedía dar un giro de ciento ochenta grados era que conocía a Frank, sabía que era un policía honesto e inteligente. Si hubiera mantenido su reunión con Charles Kunz, Castillo hubiera sido el policía con quien le hubiera recomendado hablar.

—Vamos —farfulló con los dientes apretados, indicando a Frank que volviera a subir a su coche.

Con una risilla, Rick alargó el brazo para apretar el botón de la verja, y se situó detrás del Taurus mientras subían el camino de entrada hasta la puerta de la casa. Sabía que a Richard le agradaba Frank Castillo; Dios santo, debía reconocerle al policía la ayuda para salvar su vida. Eso era una auténtica exageración, dado que lo único que Frank había hecho era realizar una llamada a larga distancia a la policía de Londres para que echasen abajo la puerta y arrestasen a un sospechoso… no era más que una coincidencia que a Rick y a ella casi les hubieran dado una paliza de muerte detrás de esa misma puerta.

—Buenos días, Frank —dijo Richard, bajando del Bentley tan pronto como ella hubo aparcado.

Samantha permaneció sentada en su sitio durante un momento. Stoney le había dicho en diversas ocasiones que tenía un radar para los problemas y la mala cabeza de zambullirse en ellos. La sola aparición de Frank significaba que algo sucedía, y teniendo en cuenta que el día anterior había conocido a un hombre que había muerto la noche pasada, tenía más que una ligera sospecha de a qué se debía su visita. «¡Maldición!»

—Samantha, ¿no vas a bajar del coche? —gritó Rick.

«No.» Con un suspiro de irritación, abrió la puerta del coche y salió con presteza.

—Hola, Frank —dijo, acercándose para estrechar la mano del policía de homicidios.

—Sam. Tienes un aspecto estupendo.

—Sí, bueno, no te ofendas, pero me sentía mejor antes de verte.

Castillo se rio entre dientes.

—No lo dudo. Sabes por qué estoy aquí, ¿no?

—¿Por qué no nos lo cuentas, Frank? —dijo Rick, su mano tomó la de Sam.

No estaba seguro de si el gesto fue de apoyo o para evitar que saliera huyendo, pero el contacto le produjo cierto consuelo… a menos que tuviera que echar a correr y él tratara de detenerla. No pensaba ir a la cárcel. Por nada del mundo.

—Charles Kunz. Llevo el caso.

—Sí, hemos oído en las noticias que ha sido asesinado. Espero que no pienses que Samantha tiene algo que ver con ello. —Rick se acercó un paso a ella—. Estuvo conmigo toda la noche.

—Pienso que probablemente dirías cualquier cosa para protegerla, Rick, pero en realidad sólo vengo para hacerle a Sam un par de preguntas sobre su encuentro de ayer con Kunz. Tu secretaria me dijo que tenía una cita contigo.

—Yo...

—¿Necesitamos un abogado, Frank? —la interrumpió.

—No, todavía no.

—Pero soy una de esas «personas de interés», ¿verdad? —Samantha insistía en la transparencia en lo que a policía y esposas se refería.

—No si tu coartada se confirma. Existe un motivo por el que yo mismo me presté a preguntarte. —El detective adoptó una expresión irónica—. De hecho, me alivió descubrir que Kunz se había encontrado contigo, Sam. Tienes buen instinto y pensé que podrías haberte percatado de si algo le preocupaba.

De acuerdo, no se sentía aliviada, pero al menos Castillo parecía dispuesto a creerla. Tal vez conocer a un policía tenía un lado positivo.

—En este momento iba a comer algo —comentó—. ¿Tienes hambre?

—Claro. ¿Sigue haciendo tu chef esos sándwiches de pepinillo?

—Esté seguro de que sí.

Rick hizo una seña a Frank para que se dirigiera a la puerta de entrada y se puso a su lado, Samantha iba justo detrás de ellos. Cuando escuchó las noticias acerca de Kunz no había pensado más que en el suceso en sí mismo y en cómo éste le hacía sentir, y en si hubiera podido o no hacer algo para evitarlo. Se estaba volviendo demasiado condescendiente. De otro modo, ver a un poli ante su puerta nunca la habría sobresaltado tanto. Dios bendito, jamás hubiera quedado delante de su puerta para que la encontrara un policía. Había cometido un error, y la circunstancia actual era pura suerte. Y ella no operaba según la suerte.

—¿Estás bien? —le susurró Rick cuando cruzó la puerta.

Sam asintió.

—Debería haber considerado con más detenimiento los hechos.

—La mayoría de los ciudadanos normales no esperarían ver a un policía ante su puerta.

—No soy una ciudadana normal, Rick.

Él la besó en la mejilla.

—Y todos los días doy gracias a Dios por eso.

¡Vaya! Lo que había dicho sí que era algo ridículamente bonito. Tan sólo deseaba disponer de tiempo para meditar un poco sobre ello. Pero debía estar alerta en presencia de la policía. Incluso con aquellos que podrían estar dispuestos a creerla inocente.

Rick llamó a la cocina para pedir el almuerzo, y luego los tres se dirigieron a la zona de la piscina. Sam tomó asiento en la mesa de la terraza que daba al camino de entrada delantero, aunque ya era un poco tarde para comenzar a prestar atención.

—¿Qué necesitas? —preguntó cuando ya no pudo soportar escuchar por más tiempo la trivial conversación entre los dos hombres.

—¿Por qué quería verte Kunz? —inquirió Castillo, sacando su sempiterna libreta y un bolígrafo.

—Estoy poniendo en marcha una empresa de seguridad —respondió.

Él levantó la vista hacia ella.

—Lo sé. De hecho, el Departamento de Policía de Palm Beach al completo lo sabe. Es probable que también el FBI y la Interpol. Jellicoe Security.

—¿Y cuál es la opinión generalizada? —medió Rick.

—Bueno, todos están interesados. Esperando a ver en qué termina todo.

Sam cruzó los tobillos.

—¿Y eso qué significa?

—No estoy seguro. Si hay una oleada de robos donde haya estado trabajando, seguramente va a…

—No lo habrá —interrumpió—. La idea es evitarlo.

—De acuerdo —consultó nuevamente su libreta—. De modo que, ¿pidió Kunz verte o fuiste tú quién lo solicitó?

—¿«Solicitar»? —repitió, enarcando una ceja.

—Vamos, Sam, únicamente busco tu opinión sobre esto. Si fuera otro quien tuviera un encuentro de cinco minutos con un tipo en una fiesta, probablemente enviaría a Barney Fife a investigar. Pero tú te fijas en las cosas.

Fijarse en las cosas le había salvado la vida en más de una ocasión. Y suponía que estaba en deuda con Castillo.

—Fue él quien pidió verme.

—¿Por algo en concreto?

—En realidad, no. Me envió entradas para la fiesta del club Everglades. Por lo que sé, fue solo. Su hijo, Daniel, estaba allí, pero no estaban juntos cuando aparecí. Kunz estaba bebiendo vodka. Demasiado, creo. Quería hablar de trabajo, pero tenía que desahogarse. Dijo que algunos conocidos suyos habían mostrado últimamente mucho interés en su dinero e influencia. Por nuestra conversación deduzco que estaba pensando seriamente en contratar a un guardaespaldas. Le sugerí que hablase con la policía. Debía de ser algo grave, porque al final accedió. Se suponía que debíamos encontrarnos hoy a las dos para hablar de los detalles.

Castillo tomaba nota, alzando la mirada únicamente cuando ella hacía una pausa.

—¿Te contó algo más específico?

Samantha negó con la cabeza.

—No. —Su expresión distante le fastidió y lanzó una mirada a Rick—. Estaba preocupado. No se trataba simplemente de la indefinible paranoia típica de la gente de dinero. Estaba verdaderamente preocupado.

—¿Creía que su vida corría peligro?

—Ya sabes, no habló nada de proteger sus pertenencias. Fue más sobre tomar medidas preventivas en general. De modo que sí, creo que sospechaba que alguien quería matarle.

—De acuerdo. ¿Algo más?

Tomó aire, esperando que no comenzara a preguntarle sobre sus fuentes.

—Esta mañana le eché un vistazo a sus planos, para prepararme para nuestra cita.

—¿Y bien?

—Contaba con un sistema de seguridad, pero tenía más agujeros que un queso emmental.

—Un trabajo bastante sencillo para un ladrón, ¿no?

Ella dudó. Eso era lo que la tenía preocupada, que sus ex compañeros supusieran que se había convertido en una soplona. Su vida no valdría nada si tal cosa sucedía.

—No si quien entró conocía el sistema de la casa. Por supuesto que podría haber sido pura suerte. ¿Estaba apagada la alarma? —preguntó, a pesar de que ya conocía la respuesta. Pero escuchar otra versión aparte de la versión depurada de Donner podría resultar útil.

—No. Nadie se dio cuenta de que algo sucedía hasta que su hija fue a buscarle para ver por qué se había saltado el desayuno.

—¿Cuántas personas viven allí?

Consultó sus notas de nuevo.

—Ocho, incluyendo al hijo y a la hija.

—Con tanta gente merodeando por allí, es posible que cualquiera con una linterna y una par de tenazas pudiera haberlo hecho.

—Entonces, ¿piensas que fue algo aleatorio? —preguntó Rick serenamente.

Ahí estaba él, tratando de convencerla de que no había desoído su instinto y dejado caer la pelota. Si Castillo no hubiera estado allí, seguramente le hubiera bajado la cremallera de los pantalones a Rick en ese preciso momento. Dios, cuánto le gustaba tenerle cerca en algunas ocasiones. A pesar de que le hiciera tener pensamientos y discusiones que prefería no considerar.

—No, en realidad, no.

El detective levantó la cabeza.

—¿Por qué no?

—Kunz es igual que Rick —respondió—. Acostumbrado a estar al mando, a que la gente le escuche. Seguro de sí mismo, un poco arrogante. Ah, no me mires así —dijo cuando Rick frunció el ceño—. Para ti, es un cumplido. —Tomó aire, retomando el tema que tenían entre manos—. Creo que me hubiera contado algo más si no nos hubiera interrumpido el aviso para la cena. Tras la cena, todo se volvió demasiado… caótico. —Y había permitido que su atención se centrara en Rick en vez de en el trabajo.

Llegaron los sándwiches y los refrescos, y Castillo comenzó

a comer. Rick hizo lo mismo, algo lógico, teniendo en cuenta que seguramente no había comido mucho durante el desayuno con su ex. Sam no tenía demasiado apetito, ni siquiera tratándose de sándwiches de pepinillo y mayonesa.

—Coincido en que pensar en un guardaespaldas viene a significar que temes por ti mismo, no por tu dinero. De modo que estás segura sobre esto, ¿verdad? —continuó Frank después de que hubiera desaparecido medio bocadillo.

—Estoy segura de que ésa fue mi impresión.

Castillo masticó y tragó.

—No es mucho con que dirigir una investigación, Sam.

—Ése no es mi problema.

—Lo sé. Es el mío. —El detective suspiró sonoramente.

—Por si significa algo, Rick no hubiera accedido a hablar con la policía sin reflexionar seriamente. Kunz tampoco lo habría hecho a la ligera.

Maldita sea, había tenido la sensación de que él necesitaba su ayuda. Por norma no era una samaritana ni de lejos, pero la había buscado por un motivo. Y, a propósito o no, le había fallado.

—Muy bien. —Castillo dio otro bocado al sándwich, ayudándose a tragar con media lata de Coca-Cola Light—. ¿Alguna cosa más? ¿Impresiones generales?

—Me agradaba. —Durante un momento escrutó el honesto y competente rostro del detective. Gracias a Dios que él había sido el detective asignado para investigar la explosión en Solano Dorado tres mesas atrás. De haber sido otro policía, éste podría no haberle dado la oportunidad de limpiar su nombre, y puede que ella no hubiera sido capaz de quedarse el tiempo suficiente como para comunicarse con Rick Addison—. ¿Puedes… me avisarás si descubres algo?

—Creo que puedo arreglarlo —consultó su reloj—. Mierda. Tengo que pasarme por el juzgado de instrucción—. Se puso en pie, echando mano al último cuarto de sándwich—. Gracias por el almuerzo.

—Cuando quieras, Frank. Te acompaño a la puerta. —Rick también se levantó, deteniéndose a darle un beso a Samantha en la cabeza—. Espérame aquí, cariño.

—No esperes que tu sándwich esté aquí cuando vuelvas —dijo automáticamente, acomodándose para mirar más allá de la piscina.

Si ése era el mundo de la legalidad, no le gustaba. Samantha tomó un pequeño sorbo de su refresco. Había evitado delatar a nadie, pero mientras Castillo sintiera que eran colegas, continuaría sonsacándole información. Y en cuanto conociera a sus potenciales víctimas —clientes— en persona, iba, por lo visto, a sentirse… responsable de ellos y de su seguridad. ¡Menuda mierda!

Aunque, tal vez, no debía desentenderse de todo aquello. Era demasiado tarde para salvar a Kunz, pero no lo era para ayudar a descubrir lo que le había sucedido. Quizá fuera eso lo que Charles Kunz había querido de ella en realidad: asegurarse de que alguien supiera que algo sucedía. Y puede que descubrir de qué se trataba.

Capítulo siete

Domingo, 8:40 a.m.

*R*ichard introdujo un dedo en su boca para chupar el sirope de frambuesa.

—Y deja de cambiar de tema.

—No estoy cambiando nada. Eres tú quien tiene que volar a Londres.

«¡A la mierda con eso!»

—Ya he dispuesto el traslado de Leedmont y de su junta directiva a Palm Beach. Puedo comprar Kingdom Fittings con la misma facilidad aquí que en Londres.

—Ri…

—Así que, volvamos a lo que decía. No me vengas con que no te molesta que Castillo haya venido a hacerte algunas preguntas —la interrumpió—. A mí sí que me molesta.

Samantha parecía querer arrojarle la Coca-Cola Light a la cara, pero en vez de eso apretó el tenedor con los dedos y se llevó otro bocado de tostada francesa a la boca.

—Y veintidós horas después sigue dale que te pego con lo mismo —farfulló con la boca llena.

—Sólo porque tú sigues sin responderme.

—¿Cuántas veces tengo que repetirte que ya soy mayorcita, Addison? Ayuda a tu ex. Haz una buena obra. Ve a Londres a tu reunión, o negocia aquí. Te avisaré si necesito ayuda con las amables preguntas del *poli*. —Le miró, agitando las pestañas—. A menos que Patricia y tú estéis planeando volver juntos o algo así. ¿Has elegido la porcelana?

—No seas tonta.

—Eh, que fuiste tú quien te casaste con ella. No yo.

Sí, así había sido. Y una vez amó a Patricia, aunque tal hecho tendía ahora a horrorizarle. Hoy en día podía ridiculizar la afición de Patricia por la ropa bonita, las uñas perfectas y por relacionarse con gente adecuada, pero esas mismas cualidades habían hecho de ella la elección perfecta como esposa… sobre todo para un hombre que se movía en círculos donde la arrogante fe en la perfección era tan común como los diamantes y las cuentas bancarias sobrecargadas.

—¿Rick?

Él salió de sus cavilaciones.

—¿Mmm? Discúlpame. Me has hecho recordar.

—Bromeaba con lo de Patricia, ya lo sabes.

Por supuesto que sabía que Samantha se preocupaba por él; no se hubiera quedado de no ser así. Jamás diría que le necesitaba, porque en algún momento de su vida había decidido que necesitar era equivalente a debilidad, y en su mundo sólo sobrevivían quienes eran autosuficientes. Pero al fin había sido capaz de reconocer que realmente quería tenerle cerca, y para alguien con su duro exterior, eso era algo valioso.

—Sé que estabas de broma. Pero yo no. Dije que la ayudaría, y le echaré un ojo. Nada más.

—Tal vez debieras decírselo a ella. Después de todo, ya en una ocasión halló el modo de meterse en tus pantalones.

—¡Qué bonito! —Tendió el brazo sobre la mesa y le tomó la mano con tenedor y todo—. No voy a marcharme de Palm Beach hasta saber que todo va bien con Castillo y contigo, y con todo este asunto de Kunz.

—Ya lo suponía. —Hizo una mueca, soltando su mano—. No pienso cruzarme de brazos a esperar que las cosas se calmen. Kunz me pidió ayuda, tanto si sabía algo concreto como si no. Le fallé.

—Sam…

—Lo hice. Y me fallé a mí misma. Joder, me refiero a que Kunz hubiera sido mi primer cliente de verdad. En cierto modo, todavía lo es.

La miró durante un momento, tratando de decidir el mejor modo de discutir con ella sin empeorar las cosas.

—Ya que la mitad del personal ha respondido de tu presencia aquí la noche pasada, no eres sospechosa por el momento. Pero si comienzas a hacer preguntas por ahí, eso podría cambiar. Tienes cierta reputación, aunque haya sido o no probada.

Le lanzó una fugaz sonrisa.

—No te preocupes por eso. Dudo que hable con nadie que fuera a la policía.

Eso le hizo detenerse. Cualquier cosa que dijera ahora, seguramente la animaría a implicarse más en ese juego en el que él no deseaba que tomase parte.

—Castillo dijo que te tendría al tanto de los hechos —dijo fríamente—. Si la fastidias con los sospechosos, los testigos o las pruebas, podrías comprometer la investigación, a Frank, y la opinión que la policía tiene de ti.

—Sí, bueno, tú haz las cosas a tu manera, que yo las haré a la mía. —Tomó otro bocado de tostada francesa—. Después de todo, eres un boyante hombre de negocios, y yo soy una próspera ladrona. Creo que es más de mi estilo que del tuyo. A mí no me pillan.

—Salvo yo.

—Tal vez, pero estoy convencida de que dejé que me atraparas.

Rick podía refutar eso, pero no le serviría de nada. Por el contrario, se terminó su taza de té.

—¿Qué tienes planeado para hoy?

—Me acercaré por el despacho y le echaré un vistazo a Stoney. Creo que tenemos algunas solicitudes para el cargo de recepcionista.

—¿Y luego?

—Ah, he pensado en allanar un par de casas y puede que en darle salida a tu nuevo Rembrandt.

De modo que así era como pretendía jugar. Muy bien.

—No es un día normal y corriente. Me reservo el derecho de preocuparme por ti de cuando en cuando. Si piensas que eso muestra falta de confianza por mi parte, estás equivocada.

Sam se puso en pie, dejando la servilleta junto al plato y rodeando la mesa para colocarse detrás de él.

—Eso está bien. Ni siquiera has pestañeado cuando hablé del allanamiento. Tendré cuidado.

Richard echó la cabeza hacia atrás para alzar la vista hacia ella.

—¿Lo prometes?

Con una leve sonrisa pasó las manos por ambos lados de su cara alzada antes de darle un cálido, suave y enloquecedor beso en la boca.

—Lo prometo —murmuró, y se marchó.

Él aguzó el oído en busca de movimiento en el pasillo, pero a Sam era notoriamente complicado seguirle el rastro una vez adoptaba lo que ella calificaba como «modalidad sigilo». Incluso relajada, tenía tendencia a moverse de modo tan silencioso y discreto como… como nadie que hubiera conocido.

Y ahora había decidido salir a cazar a un asesino. Consideraba aquello como hacer algo por alguien a quien había fallado, pero el punto de vista de Rick era un tanto más cínico. Kunz había muerto, y ella pretendía plantarse justo en medio de algo peligroso y más que probablemente ilegal. Rick exhaló, poniéndose en pie. El concepto que Sam tenía del peligro y el grado de preocupación de Rick por ella aún no estaban al mismo nivel. Dios, ni siquiera se encontraban en el mismo hemisferio. Tenía que hacer algunas llamadas más de las que había previsto.

Samantha pidió que el Bentley fuera llevado a la entrada principal, luego se colocó una banda elástica alrededor de la muñeca y se echó el pelo hacia atrás para recogérselo en una coleta mientras bajaba la escalinata delantera. No era ésa la imagen que deseaba llevar a Worth Avenue y a su oficina, pero primero tenía que pasarse por casa de Stoney. Allí guardaba un par de prismáticos de reserva, junto con algo más de equipamiento pequeño necesario para estudiar a un blanco y prepararse para un robo. O, en este caso, para investigarlo, supuso.

Le había dicho a Rick que se pasaría por su oficina, y lo haría. Stoney había mencionado que esparciría sus tentáculos para ver si alguien de su círculo se había hecho con algún tesoro en los dos últimos días. Le vendría bien saber con exactitud qué había sido robado de la residencia de Kunz, pero haría cuanto pudiera.

Tenía algo de material en Solano Dorado, desde luego, pero sólo era para emergencias extremas, y no pondría a Rick en peligro marchándose de la casa con ello en las presentes circunstancias. Puede que Castillo dijera que no era sospechosa, pero le había advertido que no era el único que estaba al corriente de que se encontraba en la ciudad, y sin duda alguna no era el único que conocía los rumores sobre su vida anterior. Lo último que quería era que el FBI o la Interpol llamaran a la puerta de Addison y encontraran su reluciente juego de ganzúas.

Abrió la puerta de la casa y a punto estuvo de chocarse con la persona que había ante ella, alzando el brazo para llamar. Retrocedió de modo instintivo y se hizo a un lado, evitando la colisión. Sólo entonces se percató de quién había ido de visita.

—Patricia —dijo, apretando el pomo de la puerta con los dedos—. Rick no mencionó que fueras a venir hoy.

—No lo sabía —respondió la ex con una sonrisa forzada en el rostro—. Me arriesgué por si le pillaba en casa.

—¿Cómo has entrado?

—Todavía sé el código de la verja. —Patricia profirió una breve carcajada—. Si fuera tú, habría saltado por encima de la pared, supongo.

Estupendo. Todo el mundo sabía que solía contravenir la ley. De acuerdo, solía hacerla picadillo. Y hoy mismo iban a cambiar el maldito código de las verjas.

—Seguramente habrías disparado la alarma —respondió, asomándose de nuevo al interior de la casa—. «¡Reinaldo!»

—¿Puedo pasar? —dijo la ex, con un acento británico tan tenso como su culito de gimnasio.

—Dejaré que eso lo decida el mayordomo —respondió Sam, entregándole el control de la puerta a Reinaldo cuando éste apareció en el vestíbulo.

Pasando por al lado de Patricia, bajó los escalones a toda prisa y se subió al Bentley. Un Lexus negro le bloqueaba parcialmente la salida, pero lo rodeó, con suficiente proximidad como para, con un poco de suerte, molestar a la ex. No debería enfadarle que Patricia quisiera la ayuda de Rick; él había dejado claro que no deseaba tener nada que ver con ella. Si pensaba en ello, probablemente lo que le sacaba de quicio era la sola idea de que Patricia hubiera acudido a Rick en busca de ayuda. Patricia había jodido —literalmente— su oportunidad con Rick ella solita. En semejantes circunstancias nada hubiera podido inducir a Samantha a enfrentarse a él de nuevo, y mucho menos a suplicar su ayuda.

Sam tomó aliento. Ah, sí, qué fácil era decir que conservaría su independencia mientras recorría el anodino puente Palm Beach en un Bentley de camino a Worth Avenue y después de pasar la noche practicando sexo del bueno en una finca de cuarenta acres.

—Estupendo, Sam. Aférrate a tus principios y todo te irá bien. O estarás muerta.

—No —dijo Richard al teléfono de su escritorio, reflejando que tal y como Samantha le había informado en diversas ocasiones, quizá estaba demasiado acostumbrado a conseguir lo que quería—. Eso no es necesario. Bastará con que avise al detective Castillo de que he llamado. Sí, sabe cómo ponerse en contacto conmigo. Gracias.

Podría llamar al jefe de policía para presionarle y sacarle más información sobre la muerte de Kunz, pero en cuanto se involucrara de modo activo en el asunto, la atención también se volcaría en Samantha. Y si había algo que no deseaba, era que sus acciones supusieran una amenaza para ella. Por sencillo que pudiera resultar, no podía imponerse en esto. Por lo visto precisaba una herramienta más sutil.

Su interfono sonó.

—¿Señor Addison?

Apretó el botón del aparato.

—¿Qué sucede, Reinaldo?

—Tiene una visita. La señora Wallis.

«¡Maldita sea!»

—¿Dónde está?

—La conduje a la terraza del ala este.

—Enseguida bajo. —Maldiciendo de nuevo, dejó el interfono. Cuando solicitó el divorcio, lidiar con Patricia, con sus cosas y su pandilla de amigos había sido exasperante. Ahora suponía una molestia, pero también algo más que eso. Ella era su gran fracaso, y para ser del todo franco, hubiera sido mucho más feliz si ella se largaba. Era evidente que su ex tenía otra idea.

La encontró en la terraza interior de la planta baja, mirando el cuadro de Manet que había sobre la chimenea.

—Patricia.

—Recuerdo cuando compraste éste. En esa subasta de Christie's —dijo, volviéndose hacia él—. Pasamos la noche en el palacio de Buckingham, invitados por la Reina.

Richard asintió, apretando la mandíbula.

—Lo recuerdo. ¿Qué quieres? Te dije que hablaría con Tom.

—Me he disculpado, Richard. Un millón de veces. —Se acercó lentamente, descarada y perfecta con su blusa azul de Ralph Lauren y sus pantalones de pinzas color tostado—. Y he cambiado.

—Sólo de lugar. Tengo trabajo pendiente, así que, dime qué es lo que quieres o te pido que te marches.

—¿Qué pasaría si robara a la gente? —dijo súbitamente, acercándose un pasito más.

Él se quedó paralizado por un instante, luego siguió su camino hasta la ventana.

—¿Qué?

—¿Y si me meto en las casas de la gente y en sus habitaciones y robo sus objetos de valor? Podríamos estar en una fiesta, y mientras tú distraes al anfitrión yo podría escabullirme en otro cuarto y coger un diamante, o lo que sea, y nadie sabría quién lo ha hecho. Nadie salvo tú y yo.

Richard la miró fijamente. De modo que Samantha había estado en lo cierto; Patricia quería que volviese con ella. Por el amor de Dios, en menudo embrollo se había convertido todo.

—¿Piensas que convertirte en una especie de ladrona de guante blanco volvería a unirnos? —preguntó con sosiego, muy consciente de que tenía que tratar el tema con tacto. Por lo visto Patricia sabía o había conjeturado mucho más sobre Samantha de lo que había imaginado.

—Parece ser que en nuestro mundo está de moda robar y matar como medio de ganarse la vida. ¿Y quién encaja mejor en nuestro mundo que nosotros? ¿Te excitaría eso, Richard, saber que estamos en una casa ajena para robarles, mientras que ellos nos sirven champán y caviar?

—No podrías parecerte a Samantha aunque quisieras —dijo taxativamente—. Si piensas que es eso lo que estás intentado, te sugiero que lo dejes. Si tuvieras idea de lo que me excita de ella, no te molestarías con este… patético intento de «a ver quién es el mejor»… o lo que creas que estás haciendo.

—Pero es una ladrona. ¿Qué otra cosa si no podría interesarte de ella?

—Todo.

Rick pudo ver la repentina ofensa en su sorprendida y fría expresión. Obviamente ella había considerado con cuidado su plan de ataque, y había decidido que pretender aparentar que podía ser mejor que Samantha que la propia Samantha era el mejor modo de suscitar su interés. Ya tenía más que suficiente con una maldita ladrona a la que reformar. Aparte de eso, no lograba imaginarse a Patricia haciendo lo que hacía Samantha. Su ex esposa no era lo bastante independiente, ni tenía suficiente coraje, para arriesgar su vida y su libertad en pos de la emoción y de un sueldo.

Un músculo bajo su ojo izquierdo palpitó y seguidamente se echó a reír.

—Por supuesto que la encuentras interesante. Es diferente. Y bastante encantadora, de un modo algo extraño. Lo de robar cosas no era más que una broma. Te dije que Peter era una mala influencia para mí. Por favor, haz que Tom me llame lo antes posible. Necesito cortar mis lazos con Peter, cuanto antes mejor. Pero no sólo necesito ayuda legal, Richard.

—¿Dinero? Pensé que estabas siendo ahorrativa.

—Así es.

—Entonces, tal vez deberías procurar comprar en Wal-Mart en vez de hacerlo en Ralph Lauren.

—Tengo que encajar —espetó, manifiestamente molesta—. Tú te has fijado en si visto de Ralph Lauren, Padra, Diane von Fustenberg u otro. Me alojo en un Motel 6 o en El Breakers.

Como hace todo el mundo. Trato de economizar, pero no creo que deba renunciar a todos y a todo lo que estoy acostumbrada.

La miró con escepticismo.

—Pensé que la idea era que encontrases un nuevo grupo de amigos que no estuvieran familiarizados con tu vida y tus costosos gustos.

Sus hombros se combaron.

—Mi vida está arruinada. No me quedan más que unos pocos amigos que comprendan lo que me ha sucedido, y algunos menos que quieran relacionarse conmigo.

—Parece que necesitas contratar a un asesor de imagen. Ésa no es mi especialidad. —Dio un paso a un lado y tomó el teléfono del extremo de la mesa, y pulsó el interfono—. ¿Reinaldo? Ten la amabilidad de acompañar a la señora Wallis a la puerta.

—Pero...

—Discúlpame, tengo una conferencia telefónica.

Sin aguardar una respuesta, Richard salió por la puerta y subió de nuevo la escalera. Al igual que el día anterior, lo primero en que pensó fue que deseaba ver a Samantha. Desechó la idea de modo severo y furioso, y regresó a su despacho. ¡Maldita Patricia! Lo último que necesitaba era agobiar a Sam a fin de asegurarse de que ella le pertenecía, de que no era Patricia, y de que él no era el mismo hombre que había amado a esa mujer cinco años atrás.

Patricia había estado en lo cierto en una cosa; que fuera una ladrona era parte de lo que le excitaba de Samantha, aunque jamás lo admitiera. Ella tenía la habilidad de entrar y salir de las vidas de la gente, de liberarlos de sus posesiones sin que éstos fueran siquiera conscientes de ello hasta después de su marcha. El hecho de que él sí fuera consciente de eso, de que aun con todas sus habilidades le hubiera sido imposible salir de su vida —de que no hubiera querido salir de su vida—, hacía su presencia mucho más excitante. El problema era que no se le podía permitir hacerlo de nuevo. Desconocía el efecto que aquello tendría en su relación, pero no era algo que pudieran evitar. No si querían seguir juntos. Él deseaba que así fuera, y creía que posiblemente también ella lo deseara.

Tan pronto llegó a su escritorio, marcó el número directo del despacho de Tom Donner. Ayudar a Patricia se había convertido en una prioridad, aunque no fuera más que para que le dejara en paz. Tenía que concentrarse en otra persona… y cometer un error con respecto a Samantha podría significar mucho más que perderla. En lo concerniente a ella, los errores podían ser fatales.

Echando un vistazo en derredor al tiempo que se sentaba al volante del Lexus, Patricia le dedicó una sonrisa forzada a Reginald. Aquello no pintaba bien. En cuanto regresó a las calles de Palm Beach, se volvió vulnerable. Sin duda Daniel había disfrutado de su noche juntos después de su pequeño experimento en la cena de los Harkley. También ella había disfrutado. Por el amor de Dios, no era de extrañar que Sam Jellicoe robase objetos. Jamás se había sentido tan excitada en toda su vida.

Patricia jugueteó con el anillo de diamantes que llevaba en el bolsillo y dobló hacia North Ocean Boulevard. No tenía sentido. Esa perra americana robaba cosas, y a juzgar por el modo en que Richard y ella se pegaban el uno al otro a la menor oportunidad, estaban follando como conejos. Pero cuando lo hacía ella —lo sugería, siquiera—, le pedía que se largara.

Ahora tenía un anillo de diamantes robado y a nadie que le ayudara. No podía inventarse alguna excusa para visitar a Lydia Harkley y devolverlo a su sitio, porque la policía vincularía de inmediato la desaparición y reaparición con su persona. No podía contárselo a Rick, pues prácticamente la había llamado imbécil por pensar en hacer algo semejante. Peor aún, únicamente la acusaría de tratar de imitar a esa zorra.

Aguarda un momento. «Esa zorra.» La idea la dejó pasmada, pero Jellicoe sabría qué hacer con el anillo.

Patricia tomó aliento. Si tenía suficiente cuidado, podría incluso ponerle el anillo a Jellicoe en el bolsillo. Luego podría llamar a la policía y ser una heroína. La policía iría detrás de la perra, y sería la perra quien iría a la cárcel, y Richard se quedaría sin nadie.

Según le había contado Daniel, Jellicoe tenía una oficina en Worth Avenue. Sonriendo, Patricia se dirigió al distrito comercial. El robo podía perfectamente resultar rentable, después de todo.

Samantha se detuvo en la entrada del área de recepción de su oficina. Sentadas en los mullidos sillones de piel que cubrían la pared lateral y la del fondo, había nueve personas jóvenes, vestidas de modo profesional, todas ocupadas rellenando impresos de papel. Stoney se encontraba tras el mostrador de recepción con el teléfono pegado a la oreja.

No fueron tanto las siete mujeres jóvenes y los dos tipos bronceados lo que hicieron que Sam se detuviera, sino ver el mobiliario… y a Stoney vistiendo chaqueta y corbata.

—¿Qué demonios pasa? —preguntó, cerrando la puerta al entrar.

—Ah, señorita Jellicoe. ¿Puede concederme un momento en su despacho? —respondió un hombre mayor, una blanca sonrisa delgada se extendía en su sombrío rostro.

—Claro.

Cruzó la puerta más próxima que conducía al fondo de la recepción y al pasillo y despachos de detrás. Cuando dobló la esquina, el trasero de Stoney desapareció dentro de su despacho delante de ella, y Sam aminoró un poco el paso para concederle un momento para pensar. Dos cosas le resultaban extrañas: una, la mitad del despacho del fondo estaba atestada de mobiliario de al menos dos siglos distintos; y dos, Stoney vestía un maldito traje de chaqueta.

—¿Dónde te has metido? —preguntó tan pronto como ella hubo entrado en la habitación.

—Tuve que hacer un par de recados —dijo—. Tu vecino de al lado estaba cogiendo tus rosas otra vez.

Su mirada se agudizó.

—¿Estuviste en mi casa? ¿Qué equipo te llevaste?

—Unos prismáticos y el juego extra de ganzúas.

Samantha pasó un dedo a lo largo del borde del escritorio que ahora ocupaba su despacho.

—Mmm, es auténtica caoba.

Stoney sonrió.

—Claro que lo es. Sabía que lo apreciarías. Pero no te encariñes demasiado. Sólo disponemos de este material durante seis semanas.

—¿Lo has alquilado? ¿Por qué no...?

—Nosotros no alquilamos nada.

Samantha regresó a la entrada del despacho y se asomó para echar un vistazo a la desparejada pila de mesas, lámparas y sillas de la sala común. Era de su gusto. Stoney la conocía mejor que nadie, de modo que eso no era sorprendente, pero resultaba... extraño.

—De acuerdo, explícate.

—Estamos almacenándolo.

—¿Almac...?

—Sé que estás tratando de mantenerte en el buen camino, así que no tienes nada de qué preocuparte, nena.

—Pero...

—Oye, si no te gusta, búscate tus propios muebles.

Genial. Ahora podía cabrear a Stoney o arriesgarse a que le arrestaran por esconder muebles robados.

—De acuerdo. Confío en ti. ¿Quiénes son los estirados de la sala delantera?

—Uno de ellos va a ser tu recepcionista, supongo. No han hecho más que comenzar a llegar. No deberíamos haber publicado la dirección en el anuncio de empleo.

—Probablemente no.

—Hace una hora había treinta y tres. Tuve que cruzar la calle para ver a Donner y hacerme con algunos impresos que darles para mantenerlos ocupados.

—Ya somos populares. Eso es bueno.

—Es bueno si estás aquí para echarme una mano, Sam. De lo contrario, es una mierda. El resto de los entrevistados son tuyos.

Samantha parpadeó.

—¿Yo? No pienso entrevistar a nadie. Ése es tu trabajo.

—No, de eso nada. Dijiste que soy tu socio. Eso no significa que tenga que cargar con las entrevistas en vez de depositar un cuarto de millón de pavos en mi cuenta de Suiza. Y he conseguido los muebles, ¿recuerdas?

—No seas tiquismiquis, Stoney. Algunas semanas más como la última que pasé como ladrona y llevarás ese traje en mi funeral.

Él hizo una mueca.

—De acuerdo. Muy bien. Pero ahora mismo soy el socio que se va a almorzar.

—Tú... —Cerró la boca, echando una nueva ojeada a su atuendo—. Vas a almorzar con la agente inmobiliaria, ¿verdad? Con Kim.

—Eso no es asunto tuyo, niña. —Le entregó una carpeta sujetapapeles—. Toma. Escribí algunas preguntas para que empieces con ellas. Buena suerte.

Se marchó del despacho. Con el corazón palpitándole con fuerza, Samantha corrió tras él.

—Espera un minuto. ¿Cuándo vas a volver?

—Si tengo suerte, mañana. La llave de la puerta está en la puerta derecha del mostrador de recepción. No te olvides de conectar la alarma. Las instrucciones están en el mismo cajón.

—No necesito instrucciones para una alarma —le respondió, corriendo todavía tras él. Esto era absurdo. Tenía que investigar un asesinato. Y había nueve, nueve malditas personas ahí, todas esperándola.

—Stoney, no puedo...

—Claro que puedes. Eres la jefa.

Él desapareció por la puerta de recepción. Samantha se detuvo frente a ésta. «¡Mierda!» Irritada e incluso un poco nerviosa, no le ayudó darse cuenta de que había estado abusando del apoyo de Stoney en esta aventura, sobre todo teniendo en cuenta que éste parecía más reacio a retirarse de lo que había imaginado. Pero se suponía que podía aprovecharse de él. Para eso estaba la familia.

Un espejo había sido colocado en el reverso de la puerta del área de recepción, probablemente para que los anteriores ocupantes del lugar pudieran comprobar su aspecto antes de salir a recibir a un cliente. Miró su reflejo, todavía con la coleta, una sencilla camiseta verde con una camisa blanca abierta sobre ella y unos vaqueros azules. Tenía una muda en el coche, en caso de necesidad, pero ya todos la habían visto.

Samantha expulsó el aire. Muy bien, podía hacerlo. Dios, comparada con otras situaciones por las que había pasado, aquello sería pan comido. Tal y como había dicho Stoney, ella era la jefa. Todos querían algo de ella. Otro día más en la vida de Samantha Elizabeth Jellicoe.

Sam salió afuera.

—Bien, ¿quién es el siguiente?

Unas caras agradables la miraron, mientras que ella les devolvía la mirada. Al cabo de un momento, se puso en pie una chica joven que parecía tener más o menos su misma edad.

—Me parece que soy yo —dijo con un suave acento sureño.

—Bien. Entremos y charlemos un rato.

Tras la tercera entrevista le había pillado el tranquillo; a la gente le gustaba hablar, de modo que lo único que en realidad tenía que hacer era formular una o dos preguntas capciosas en relación a las horas a las que podían trabajar y sobre el tipo de salario que esperaban. De inmediato recibía un flujo de información sobre las tribulaciones de ser madre soltera, los créditos pendientes para la universidad, o sobre el dolor de espalda o los pésimos ex maridos. ¡Por Dios! Si la gente aprendiera a escucharse y a pensar en las impresiones, tendría más posibilidades de conseguir un empleo, y Stoney y ella sólo hubieran tenido tres personas a quienes entrevistar en vez de veintitrés.

Acompañó de nuevo a la víctima número cinco hasta la puerta de la recepción.

—Gracias por venir. Tomaremos una decisión en los próximos días.

—Gracias, señorita Jellicoe. Estoy verdaderamente impaciente por trabajar con usted —dijo Amber, dando un paso adelante—. ¿Puedo preguntarle si su novio viene por la oficina?

Genial. Otra de las subscriptoras del boletín de Las chicas de Rick.

—Sí, Stoney siempre está aquí —respondió, esbozando una deslumbrante sonrisa.

—Pero…

Sam abrió la puerta y la hizo salir.

—Gracias de nuevo. ¿El siguiente?

Uno de los dos tipos, el que parecía el socorrista de la piscina de un hotel, rematado con pelo rubio verdoso, se puso en pie. Pero antes de que pudiera aproximarse, otra figura se le adelantó bruscamente.

—Soy yo —dijo Patricia Addison-Wallis, su deslumbrante sonrisa la hizo frenarse en seco.

—No voy a contratarte —dijo, antes de poder reprimirse.

Patricia se rio entre dientes.

—Por supuesto que no, querida. Jamás trabajaría para ti. Me pregunto si tienes tiempo para una taza de café.

—¡Vaya! Rick ha vuelto a echarte, ¿no?

Con una mirada exasperada a su ahora embelesada audiencia, Patricia la agarró del brazo y prácticamente la obligó a cruzar la habitación privada hasta el fondo. Obviamente Patricia ignoraba lo poco que le agradaba que la agarrasen. Pero en lugar de sentar de culo a la ex, Sam señaló y consintió que la condujera hacia la nueva cafetera que había aparecido en la pequeña sala de conferencias.

—Tengo entrevistas pendientes —dijo innecesariamente, deliberando que seguramente Patricia lo sabía y no le importaba lo más mínimo.

—Sí, ya lo he visto. Bonita oficina. ¿Quién es tu decorador? ¿Trezise?

—Yo soy la decoradora. —Bueno, lo era Stoney.

—Naturalmente, querida. —Patricia tomó asiento en la mesa de conferencias—. Es muy ecléctico.

—También lo soy yo. —Comenzando a sentirse divertida, Samantha sirvió una taza de café a la ex—. Con mucho azúcar, ¿supongo? —preguntó.

—Tres terrones, por favor. ¿No vas a tomarte tú uno?

Sam se sentó en la silla de en frente.

—Yo no bebo esa mierda. ¿Qué pasa, Patty? No te importa que te llame Patty, ¿verdad?

La sonrisa de la mujer se tensó.

—Prefiero Patricia. Se me ocurrió que debíamos charlar. Estar con Richard es una perspectiva complicada, después de todo, y dado que él me está ayudando tanto, pensé que tal vez podía ayudarte yo a ti.

—Ayudarme —repitió Samantha—. Tú.

—Bueno, sí. ¿Quién comprende mejor a Richard que yo? Por desafortunado que fuera el final, estuvimos casados casi tres años.

—Te refieres a que fue una pena que te pillara tirándote a Peter Wallis —apostilló Samantha. Si iban a charlar, no pensaba encajar ningún golpe. No con esta mujer. No después de saber cuánto daño le había causado a Rick—. Te acuerdas, el tipo que trató de matarnos a Rick y a mí.

—Yo no tuve nada que ver con eso. —Patricia bajó la vista a su taza de café, removiendo perezosamente el azúcar en la mezcla—. Cometí un terrible error con Richard, y luego otro con Peter. No es algo que pueda olvidar. Jamás.

«Mmm.» Samantha había visto a Rick cuando decidía que alguien no le agradaba. No cambiaba de parecer, y su ira podía ser… devastadora. Por otro lado…

—Así que, sólo quieres charlar —musitó, llevándose la mano al bolsillo de su camisa abierta—. Y darme regalos, ¿imagino? —Con la mirada clavada en el rostro de Patricia, sacó un anillo de diamantes y lo dejó sobre la mesa entre ambas—. Bonitos, además.

—¿Cómo…? —La ex la miró fijamente durante un instante, luego rompió a llorar—. ¡Odio esta ciudad! Nunca nada me sale bien.

—Teniendo en cuenta que por un minuto pensé que me estabas palpando y que casi te rompo la nariz, yo diría que las cosas han ido bien. —Samantha se puso en pie, se dirigió hacia la pequeña nevera del rincón y sacó una Coca-Cola Light para ella. Sí, Stoney la conocía pero que muy bien—. ¿Y bien, de quién es esto? No es tuyo, o no me lo habrías dado.

—No te lo doy, zorra estúpida.

De modo que ambas estaban siendo francas.

—De acuerdo, me lo estabas endosando. Lo cual no responde a mi pregunta. ¿A quién pertenece?

—¿Por qué iba a decírtelo? —Patricia se sentó erguida—. Ya

que ahora tiene tus huellas dactilares. Lo has cogido. Y voy a llamar a la policía.

A pesar de la acuciante reacción inmediata de huir por parte de Samantha, volvió a sentarse y abrió la lengüeta de su refresco.

—Adelante. ¿Qué vas a contarles?

—Que robaste el anillo.

—¿Y cómo sabes que es robado? —Sam tomó un trago—. Deberías considerar esto con cuidado, sabes. La policía es muy perspicaz por estas latitudes.

Bueno, algunos de ellos sí lo son.

—Tú me dijiste que lo habías robado.

—Así que soy idiota. ¿Y tú quién eres, Lara Croft en *Tomb Raider*? Dame un respiro, Patty. ¿De dónde proviene?

—Me llamo Patricia —espetó la ex—. No seas condescendiente conmigo.

—No intentes chantajearme. Tu maridito lo intentó y mira de lo que le sirvió.

—Mi ex esposo. ¡Ex, ex, ex!

—Como si me importara una mierda. Acabas de colocarme un anillo. Robado, obviamente. —Tomó aire, realizando una rápida valoración de la situación—. Y por mucho que deteste utilizar al gran jefazo como apoyo, tengo a Rick de mi lado. Desembucha.

—Te odio.

—Pues qué bien. —Desenganchó el móvil del cinturón y abrió la tapa—. Tengo marcación rápida en el uno, Patty.

—¡Patricia! —Patricia estampó la mano abierta sobre la mesa—. ¡Todo esto es culpa tuya! El modo en que te mira… pensé, bueno, a esa puta le funcionó. Puede que sea su nuevo don, su crisis de la mediana edad que hace que le guste tirarse a ladronas. Y luego le mencioné lo indecoroso que sería para los dos, y prácticamente me echó de la casa.

—Difícilmente puedes culparle por eso.

—Ésa solía ser mi casa —prosiguió Patricia—. Y ahora tengo… tengo que cargar con esta estúpida cosa —y agitó el puño hacia el anillo—, y tú vas a estropearlo todo. ¡Adelante! ¡Iré a la cárcel! Quizá me pongan en una celda contigua a la de Peter.

—No, irás a la cárcel de mujeres —la corrigió Samantha.

Lloriqueando, Patricia hundió la cabeza entre sus brazos cruzados. Samantha creyó que aquello no era más que un espectáculo, pero la ex en efecto tenía ciertas aptitudes para la interpretación. Muy buenas. Pero a juzgar por lo que Rick había dicho y lo que ella había observado, esta desvalida rutina podría no ser una farsa. Era una esnob fría y arrogante, eso seguro, pero también poseía el peor juicio de la historia.

Samantha tomó el anillo. Era platino de buena calidad, y el diamante parecía muy auténtico. Incluso sin la ayuda de una lupa parecía tener quizá cinco quilates. Miró el interior de la alianza. «Para mi amor, LH», leyó.

—¿Irrumpiste para cogerlo o simplemente te colaste en el dormitorio de alguien cuando no miraban?

—¿Qué importancia tiene?

—La tendrá cuando llamen a la policía y la víctima comience a repasar quién estuvo allí cuando desapareció.

Patricia arqueó una ceja. Llevaba máscara de pestañas resistente al agua, pero eso no impidió que sus ojos estuvieran rojos e hinchados.

—¿La víctima? —repitió—. ¿De qué demonios hablas?

—La víctima, Patty. Responde a la pregunta. ¿Allanamiento o conveniencia?

—Estuve en una cena en casa de los Harkleys. Subí al piso de arriba al lavabo y estaba sobre la mesita de noche del dormitorio principal. Pensé… pensé…

—Ya sé lo que pensaste. —Samantha cerró la mano en torno al anillo—. Los Harkleys. —Recordaba haberlos visto en el club Everglades, una pareja mayor con una tonelada de dinero heredada de la minería y el petróleo. Y recordaba cinco años atrás cuando poseían una calavera maya de cristal. Esa cosa le había puesto la carne de gallina. Jamás se había alegrado tanto de deshacerse de un objeto a manos del comprador—. ¿Cuándo lo cogiste?

—Anoche.

A juzgar por la expresión del rostro de Patricia, se había dado cuenta de que debía cooperar con las preguntas. Nadie podía afectar sentir esperanza, y la señora Addison-Wallis mostraba gran cantidad. Sam frunció el ceño. Estaba siendo una boba e iba a lamentarlo. Y al mismo tiempo, sabía lo mucho que debía haberle herido a Patty que Rick le diera la espalda, independientemente de quién tuviera la culpa de aquello. La idea de que él estuviera lo bastante cerca para poder tocarla y no querer tener nada que ver con ella... El dolor que le provocaba esa idea la impactó como si de una bala en el pecho se tratase.

Y, además, había otra cosa. La atracción del peligro, la emoción de ir a algún lugar en el que se suponía no debía estar... le tentaba. Había rechazado Venecia; ¿acaso no merecía algo a cambio? Sobre todo si podía valorarlo como una buena obra.

—¿Samantha? ¿Sam? ¿Crees que...? ¿Querrías...?

Se guardó nuevamente el anillo en el bolsillo de su camisa mientras tomaba aire. Una buena obra. Eso era todo. Algo que le concediera algunos puntos a favor en el karma.

—Me ocuparé de ello. Pero si le cuentas una sola palabra de esto a alguien, a quien sea, me encargaré de que tengas una muerte horrible, dolorosa y lenta.

Tanto si creía su amenaza como si no, Patricia asintió enérgicamente.

—No lo haré. No diré una sola palabra. Lo juro. No lo olvidaré, Samantha. Avísame si necesitas cualquier cosa.

—De acuerdo. —Vomitaría si tenía que aguantar un poco más toda esa mierda del cachorrito feliz. Sobre todo cuando ya vibraba al pensar en un rápido allanamiento de morada. Samantha se puso en pie—. Tengo que terminar con las entrevistas.

—Desde luego. Entonces, te dejo que sigas con ello.

Patricia la condujo hasta la puerta que daba a recepción. Pero antes de que pudiera abrirla, Sam la bloqueó con la mano.

—Una cosa, Patricia.

La ex tragó saliva con manifiesta irritación.

—¿Sí?

—No te acerques a Rick.

Con una carcajada, Patricia cruzó la zona de recepción hacia la puerta de salida.

—Por supuesto.

Ya. Como que Samantha iba a creérselo.

Capítulo ocho

Domingo, 11:48 p.m.

*R*ichard estaba ante la ventana de la biblioteca, con la mirada bajada hacia el iluminado camino de entrada mientras el Bentley ascendía. Se quedó donde estaba, bebiendo coñac, mientras Samantha se apeaba del coche y subía animadamente los llanos escalones de mármol, perdiéndose de vista a medida que se acercaba a la puerta principal.

Había dicho que tenía que tratar con un cliente y que llegaría a casa a medianoche. Había llegado doce minutos tarde. Quienquiera que fuera el cliente, al parecer mantenía un intempestivo horario de oficina. Rick esbozó una lenta sonrisa. La última vez que se había reunido con un cliente, había llegado a casa y le había atado para practicar un sexo increíble capaz de romper una silla. No era que le agradase que estuviera aburrida y frustrada, pero parecía ser su deber ayudarla a superar esas cosas. Y el día que había pasado coordinando reuniones y renovando ofertas no había sido precisamente emocionante.

Tras llenar de nuevo su copa, se dirigió al pasillo y bajó la escalera principal, encontrándose con ella en el segundo descansillo.

—¿Qué tal ha ido? —preguntó, ofreciéndole un trago.

Ella tomó la copa y tomó un sorbo.

—Aburrido. Siento haberme perdido la cena. ¿Me habéis guardado algo, chicos?

—¿«Chicos»? —repitió—. Imagino que te refieres a Hans y a mí.

—Sois mis chicos —convino, dejando la copa sobre el pasamanos e internándose en el círculo de sus brazos para un largo y profundo beso—. Sabes a chocolate y a coñac —murmuró, frotando la cara contra su pecho.

—Pastel de chocolate. A Hans le afectó mucho que no estuvieras aquí para probarlo recién salido del horno. Y sí, también te hemos guardado carne asada. —Sus brazos la rodearon con lentitud por la cintura, bajando el rostro hasta su ondulado cabello caoba. El paraíso. Pero al mismo tiempo no daba la sensación de que fuera a ser una noche de sexo salvaje—. Vamos arriba —murmuró—. He cogido prestado el bote de la nata montada.

—Mmm, eso engorda mucho.

Aquélla no era la respuesta que Rick esperaba. La erección que había estado fomentando desde que ella había llegado se atenuó un poco.

—¿Te encuentras bien?

—Estoy bien. Me he traído algunos formularios para echarles un vistazo. Puedo hacerlo mientras me tomo esa carne asada.

Se zafó suavemente de sus brazos, volvió a coger el coñac y se dispuso a bajar de nuevo. Rick estudió su relajado y grácil descenso durante un instante mientras apoyaba los codos sobre la barandilla. No parecía una ex ladrona que se había estado ocupando de frustrantes tareas mundanas durante toda la tarde y que necesitara descargar algo de adrenalina.

—¿Con quién te reuniste? —preguntó.

Samantha le lanzó una mirada por encima del hombro.

—Con nadie que conozcas. No creo que sea un trabajo. En realidad, es más un ensayo. Subiré dentro de un ratito. —Con eso desapareció en dirección a la cocina.

Richard ya conocía su rutina. Cuando estaba aburrida y frustrada, quería desahogarse… generalmente con él, desnudo. La mujer que acababa de entrar en la cocina para comer carne asada se mostraba relajada y soñolienta. Ya había tenido su dosis de adrenalina de la noche.

Atormentado por la preocupación, Rick la siguió. Hans se había acostado ya, pero había dejado un plato cubierto en el horno con unas instrucciones. Detalladas. Resultaba obvio que también el chef conocía muy bien a Samantha.

—¿Te importa que te haga compañía? —preguntó Richard, sentándose en la silla de la cocina que había frente a la suya.

Sam empujó la copa de coñac en su dirección, luego se puso en pie para coger un refresco de la nevera de las bebidas.

—Claro. ¿En qué piensas?

—Me parece que es más interesante en qué piensas tú.

Golpeando con los nudillos sobre una carpeta llena de papeles, Samantha pasó de largo, cogió un salvamanteles y sacó alegremente su plato del horno.

—En contratar a una recepcionista. Deberías haber visto a algunos de los candidatos. Había un par de tipos, y te juro que uno de ellos es un culturista. Está en lo alto de mi lista.

—Qué divertido. ¿Cómo sabes que no conozco a tu posible cliente? Jellicoe Security sólo trabaja con los mejores, y ésas son también las personas que se mueven en mi círculo.

—Engreído.

—¿Quién es, Samantha?

Levantó la vista hacia él mientras quitaba la cubierta de papel de aluminio.

—Eres mono cuando sospechas.

Ya estaba bien de sacudir el árbol, aunque, en cualquier caso, se le había ocurrido otra idea.

—Estabas escarbando en la vida de Charles Kunz, ¿verdad? Frank te dijo que te mantendría informada. Déjale la investigación a él.

—Imagino que puedo averiguar más que él y en mucho menos tiempo. Además, me evitará problemas. Quieres que no me meta en líos, ¿no?

—No me parece que merodear en la oscuridad y hablar con tus antiguos colegas sea evitar meterse en líos.

—¿Qué te parece si tú haces las cosas a tu manera y yo las hago a la mía? —Ensartó una judía verde—. Y resolveré esto antes de lo que haga la *poli*. De hecho, te apuesto cien pavos a que lo resuelvo antes que Castillo.

—No voy a apostar por algo que podría lastimarte.

—¡Ja! —replicó, tomando otro bocado y alentando claramente la discusión—. No apuestas porque sabes que tengo razón. Mi método contra el de la *poli*. —Tragando, le brindó una sombría sonrisa—. Vamos, Rick. Apuesta conmigo. Respalda esa vehemencia con tu cartera repleta de pasta.

No cabía la menor duda de que Sam iba a indagar en la muerte de Kunz tanto si él lo quería como si no. Por consiguiente, si podía aprovechar esta oportunidad para demostrarle que su nefasta vida no podía reportarle resultados mejores o con mayor celeridad que los de la policía, merecería la pena. Quería que siguiera por el buen camino, aunque no fuera más que porque de no hacerlo, la estela de robos que había dejado tras de sí con el tiempo acabaría por alcanzarla. Aquello podría arruinarle, pero no estaba precisamente preocupado por sí mismo. Además, su parte mercenaria no podía evitar pensar que podía demostrarle a Sam que estaba equivocada, podría utilizar eso para apartarla más de su antigua vida y sumergirla en la de él.

—Acepto —dijo de forma concisa, ofreciéndole la mano—. Cien dólares a que Castillo y el trabajo policial legal resolverán este caso y hallarán al asesino antes de que puedas hacerlo tú.

Ella dejó el tenedor y le asió los dedos.

—Hecho, inglés.

Castillo tenía que trabajar deprisa, porque si había algo que Richard sabía, era que Samantha odiaba perder… y que no era algo que hiciera con frecuencia. Pero él tenía sus propios contactos, y siempre y cuando fuera legal, no veía por qué no podía echarle una mano al Departamento de Policía de Palm Beach. Ya se sabe, responsabilidad civil y todas esas cosas. Samantha perdería, y él ganaría… lo cual, en lo que a él respectaba, sería lo mejor para ambos.

Entrar en casa de los Harkleys la noche anterior y volver a colocar el maldito anillo había sido pan comido. Ni siquiera habían actualizado su seguridad en los últimos cinco años desde la última vez que estuvo allí, lo cual convertía todo el episodio en algo casi demasiado sencillo. No había estado nada mal, casi había resultado emocionante, pero definitivamente no había superado sus requerimientos. Por una corazonada se había hecho con la cinta de vídeo de la noche anterior mientras desactivaba el equipo para su propio paseo nocturno. Contar con algo de munición extra que utilizar contra Patricia podría resultar útil.

Sin embargo, la apuesta con Rick... no había ninguna pega a eso. Tenía, sin el menor género de dudas, cierto potencial. Lo primero que debía hacer era averiguar más acerca de las joyas y pinturas que habían desaparecido en el momento del asesinato. Eso podría servirle para responder a la pregunta de si el plan había sido un asesinato y, además, un robo, o si lo primero había sido, simplemente, cuestión de conveniencia y mala fortuna.

Pero no creía demasiado en la suerte, y por eso decidió comenzar la mañana con una llamada de teléfono a Frank Castillo a fin de obtener un punto de partida. Eso, no obstante, conllevaría librarse de Rick Addison, y en ese momento estaba disfrutando enormemente de su situación actual.

Jadeando ante el ritmo cada vez mayor con que su duro cuerpo se deslizaba dentro del de ella, Samantha levantó los talones y le rodeó con ellos las caderas.

—Rick —gimió sin resuello, recorriendo con sus dedos su liso y duro pecho.

Calor, excitación y seguridad. Esas tres palabras eran embriagadoras, y hallarlas todas en la persona de Rick Addison era suficiente como para provocarle orgasmos múltiples. En ese instante estaba intentando alcanzar el tercero.

—Más rápido —jadeó, alzando las caderas para salir al encuentro de su envite.

—No —gruñó, capturando su boca en un apasionado y profundo beso—. Voy a tenerte aquí toda la mañana.

«¡Toma ya!»

—Es una forma de ganar la apuesta —acertó a decir entre espasmos de puro placer, luego tiró de él y se dio la vuelta. Ella acabó encima, a horcajadas sobre él y completamente empalada—. Oh, Dios —murmuró, alzándose arriba y abajo sobre él—. Pero tal vez no te deje.

Las elegantes manos de Rick masajearon sus pechos, sus caderas se elevaron para hundirse en ella una, otra y otra vez.

—Eso es hacer trampa —gimió.

Después de eso ambos parecieron perder la habilidad de comunicarse verbalmente. El cuerpo de Sam se contraía y distendía. Se desplomó sobre el pecho de Rick con un sollozo, mientras él empujaba sus caderas hacia abajo y acababa completamente dentro de ella.

Sam yacía sobre él, jadeando, y esperó a su segunda parte favorita de hacer el amor. Rick alzó los brazos lentamente para rodearla con ellos, no de modo restrictivo, sino relajado. Seguro.

Había tenido diversas relaciones con anterioridad, todas ellas efímeras, y la mayoría acabaron porque se aburría o perdía interés, o porque tenía que marcharse del país para llevar a cabo un trabajo y el tipo decidía que ella debía buscarse otro amante. Nunca había estado con alguien durante tres meses, y jamás había deseado a alguien del modo en que deseaba a Rick Addison. Y no sólo en la cama; le gustaba hablar con él, comer con él, y el modo en que él siempre se inventaba una excusa para tomarla de la mano.

—¿Samantha? —murmuró, acariciándole el pelo.

Ella le besó en la garganta, sintiendo su fuerte y acelerado pulso bajo los labios. Embriagador… y ella nunca empleaba aquel término a la ligera, o con frecuencia. De hecho, no hasta que le había conocido.

—¿Mmm?

—No voy a intentar hacerte cambiar de opinión sobre Kunz, pero…

—Bien —le interrumpió, irguiéndose sobre las manos para mirarle—. Porque no pienso cambiar de opinión.

—Déjame terminar, yanqui. Ten cuidado, ¿de acuerdo? Quiero que estés fuera de la cárcel tanto como tú.

Ella se relajó.

—Siempre tengo cuidado —canturreó, estirando sus piernas junto a las de él.

—No, no lo tienes.

—He comprado algunas revistas para la oficina —dijo, rodeándole el hombro con el brazo libre, apoyando la mejilla sobre su pecho. Le encantaba escuchar el latido de su corazón—. *Cosmo, Harper's Bazaar, Woman's Day*, ese tipo de cosas.

—¿Y?

—Y ¿sabías que después de tres meses las parejas comienzan a salir del período de luna de miel, dándose cuenta de los defectos de sus parejas y centrándose menos en el sexo?

Rick dejó escapar un bufido.

—Entonces, estamos a salvo. Yo ya conozco tus defectos, y yo no tengo ninguno.

—Gilipollas.

—Y en cuanto a lo de centrarse menos en el sexo —prosiguió, tirando de ella y levantándole la cara para mirarla a escasos centímetros de distancia—, quiero follarte cada minuto de cada día. Ya sabes lo que siento por ti.

Con el pecho encogido, Samantha se zafó de su abrazo y se incorporó. Odiaba que hablara de ese modo; no porque no le gustara oírlo, sino porque cada vez le gustaba un poco más. Si lo permitía, Rick la consumiría, la atraparía en su vida y le haría pensar que eso era exactamente lo que ella deseaba. Pudiera ser, a la larga, pero no podía permitirse caer en ello sin analizar quién era el que deseaba aquello, y qué era lo mejor para ella.

Mierda, se había pasado sus veinticuatro años de vida aprendiendo que no podía depender de nadie que no fuera ella misma, y que inevitablemente la gente se preocupaba por su propia seguridad, comodidad y felicidad antes que por la de otra persona. Y tampoco ella era estúpida. Si la pillaban mientras estaba con Rick, sería el imperio de éste el que sufriría las consecuencias por su metedura de pata. De modo que, naturalmente, al alentarla a reformarse velaba por sí mismo tanto como por ella. Así era como funcionaba el mundo, incluso para los peces gordos como Rick.

—¿Samantha? —dijo en voz baja, sentándose a su lado—. Que no te entre el pánico.

—No estoy flipando. Incluso con la extraña jerga eres guay… ya te lo he dicho. —Se sacudió. Había allanado una casa la noche pasada, y él ni siquiera lo sabía, y mucho menos la policía. Pero el hecho era que no podía, o quería, hablarle de su incursión… Joder, tenía que centrarse—. Pero creo que intentas distraerme y ganar la apuesta —improvisó.

Él la besó en la espalda.

—Hazlo a tu manera, cariño. Nada me corre prisa salvo el desayuno.

Ella tomó aire.

—De acuerdo, está bien. Puede que al final recobre la cordura. Voy a darme una ducha. Quédate fuera. Y pregúntale a Hans si me prepara unas crepes, ¿quieres?

Antes de que pudiera bajarse de la cama, Rick la tomó de la mano.

—No me has dicho que vas a tener cuidado.

—Ya lo hice ayer.

—Eso fue ayer.

—De acuerdo, su señoría. Tendré cuidado.

Tan pronto como se hubo duchado y hubieron desayunado junto a la piscina, Samantha se subió al Bentley y se dirigió a la ciudad. Llamó a Frank Castillo al móvil mientras iba de camino. Fuera lo que fuese lo que Rick pudiera haber supuesto acerca de sus viles métodos de investigación, Samantha necesitaba saber qué había desaparecido de la casa de Charles Kunz.

—Castillo.

—Frank. Soy Sam Jellicoe. ¿Tienes un segundo?

Samantha pudo apreciar la sorpresa en su voz.

—Claro. Estoy en la comisaría.

—¿Podemos vernos en alguna parte?

Silencio.

—Claro. En la comisaría.

—Frank, no seas…

—¿Es un favor para mí o para ti, Sam?

Ella frunció el ceño.

—Está bien. Pasaré a verte a la comisaría —dijo, mientras se le constreñía la garganta.

—De acuerdo. Te traeré unos bollos.

—De chocolate con azúcar glas. Te veo dentro de quince minutos.

Le temblaba la mano cuando cerró la solapa del teléfono con la barbilla. Su padre debía de estar revolviéndose en la tumba ante la idea de que su hija se prestara voluntaria para acercarse a la comisaría. Nueva vida, nueva locura, supuso. Y había hecho una maldita apuesta con Rick… una apuesta que no pensaba perder. Mucho menos cuando eso significaría fallarle a Charles Kunz.

Cayó en la cuenta de que no le había preguntado a Rick por la visita de Patricia de la mañana anterior; teniendo en cuenta lo que había sucedido, el allanamiento que había cometido para devolver el anillo de diamantes, eludir el tema por completo le parecía lo más prudente. Al mismo tiempo, tampoco él había sacado a colación a Patty. Con todo ese rollo del caballero al rescate que tanto le gustaba a él, su silencio no era demasiado alentador. Al menos Solano Dorado no contaba con una casa de invitados a la que pudiera mudarse su ex, aunque, a Dios gracias, aquél no parecía el estilo de Rick.

Secretos. Ambos guardaban secretos, y cuanto mejor conocía a Rick, menos le gustaba que él los tuviera. Tal vez por primera vez, comprendió la frustración que le hacía sentir.

Sonó el teléfono. Echó un vistazo al identificador. «Desconocido», musitó, presionando el botón de recibo de llamada.

—«Hola.»

—¿Hola? —respondió una voz con marcado acento británico—. Con Samantha Jellicoe, por favor.

—Al habla.

—Llamé a su despacho y su ayudante me dio este número. Trabaja en seguridad, ¿no es así?

Estupendo. Stoney no estaba nada contento, si es que iba dándole su número de móvil a desconocidos. Sam cambió de calle, pasándose el teléfono a la otra oreja. Tenía que hacerse con uno de esos de manos libres.

—Sí, así es.

—¿Me pregunto si podríamos vernos?

—Eso depende —dijo, girando a la derecha después del semáforo—. ¿Quién es usted?

—Ah, sí. Bueno, eso… eso es un poco embarazoso. Primero debo pedirle discreción.

Ella frunció el ceño.

—Soy muy discreta.

—Muy bien. —Se aclaró la garganta, logrando que incluso el sonido aquel pareciera británico—. Me llamo Leedmont. John Leedmont.

Samantha frenó de modo tan brusco que a punto estuvo de chocar con un Mercedes de color rojo. Haciendo caso omiso de la pitada, estacionó el Bentley.

—¿John Leedmont de Kingdom Fittings?

—Ha oído hablar de mí.

—Rick Addison está llevando a cabo la compra de su compañía. Naturalmente que he oído hablar de usted.

—Está intentando comprar mi comp…

—¿Qué es lo que desea? —le interrumpió—. Porque si va a intentar chantajearme o algo por el estilo, me gusta el chocolate… pero Addison no acepta consejos laborales de mí.

—Me temo que es un asunto personal, señorita Jellicoe, pero no deseo discutirlo por teléfono.

—De acuerdo, quiere una cita. ¿Qué le parece en mi oficina, dentro de una hora?

—De ningún modo. ¿Qué le parece en Howleys's en South Dixie, dentro de media hora?

El hombre conocía Palm Beach. Y el lugar era lo bastante público como para atenuar su paranoia en cierta medida. Sam echó un vistazo a su reloj.

—Dentro de cuarenta minutos. Le veré allí.

Colgó el teléfono, lo lanzó al asiento del pasajero y se adentró de nuevo entre el tráfico. Aquello era extraño, pero considerando cómo iba transcurriendo la semana, eso era decir demasiado.

John Leedmont, el rey inglés de los accesorios de fontanería quería reunirse con ella en privado. Debería llamar a Rick, pero era más lógico descubrir primero qué estaba tramando.

Samantha casi estuvo agradecida cuando entró en el aparcamiento de la comisaría de policía. Al menos el ver una docena de coches patrulla aparcados detrás del edificio le daba algo más inmediato de qué preocuparse. Estaba mal de la cabeza.

Preguntó por Castillo en el mostrador principal, y no pudo evitar echar un vistazo alrededor para ver si tenían carteles de los más buscados pegados a las paredes. Cierto era que su rostro no aparecería en ninguno de ellos, pero era sólo porque la ley no estaba al corriente de quién había perpetrado todos los robos que había llevado a cabo. Pero ahora era alguien público, y tenían todo el tiempo del mundo para hurgar en su pasado. O intentarlo, en cualquier caso.

—Sam —surgió la voz de Castillo, y ella se dio media vuelta.

—Frank. —Le tendió la mano, ridículamente aliviada de ver un rostro relativamente amigo.

—¿Quieres acompañarme a mi cubículo? —preguntó, su expresión divertida tras el denso bigote canoso—. O podemos salir al aparcamiento si eso te hace sentir mejor.

—Qué gracioso —farfulló, indicándole con un ademán que volviera por donde había venido—. ¿Dónde está mi maldito bollo?

Sam podría jurar que la mitad del departamento dejó lo que estaba haciendo para echarle un vistazo al pasar. El Departamento Antirrobo probablemente estaba en alerta máxima. Mierda.

—Aquí tienes —dijo un momento después, tomando asiento tras un feo escritorio de acero gris y empujando una servilleta con una magdalena de chocolate hacia el asiento del invitado.

—¿Dónde está mi azúcar glas? —preguntó, sentándose a regañadientes.

—Los de servicios especiales llegaron temprano del entrenamiento. Se llevaron todas las que había de azúcar.

—De acuerdo. —Tomó aire—. Necesito un favor.

—Lo suponía. —El detective la escudriñó durante un momento—. Me ayudaste a resolver un triple homicidio internacional. Aparte de eso, me caes bien. Así que haré lo que pueda, pero no voy a poner en peligro ninguna investigación, y no…

—Frank, colega. Que sólo quiero saber si puedes contarme qué fue robado exactamente de casa de Kunz.

—Sam…

Samantha podía apreciar la reticencia en su voz.

—Él acudió a mí en busca de ayuda —dijo—, y tú también. Tan sólo quiero saber qué falta.

Él expulsó el aliento.

—De acuerdo, pero si esto se divulga, sabré de dónde ha salido.

—Como si tuviera a alguien a quien contárselo. —En cualquier caso, a nadie que fuera a decírselo a un *poli*.

—Lo que desaparecieron fueron joyas de rubíes. Una colección completa. Kunz la había comprado hacía unos diez años a un coleccionista privado. Algo sobre la realeza flamenca.

Sonó la campana.

—La colección Gugenthal —dijo tras un momento.

Castillo la miró.

—Correcto. Y sabías eso porque...

—Rubíes y realeza flamenca. Me mantengo al día de las cosas.

—Lo supongo.

—¿Cuánto se llevaron?

—A juzgar por los informes preliminares de la aseguradora, en torno a los doce millones de pavos en dinero en efectivo y en joyas.

Sam tamborileó los dedos sobre el muslo.

—¿Y las obras de arte?

—Un Van Gogh y un O'Keeffe.

—Extraño emparejamiento.

—Ambos estaban en su despacho —informó Castillo, comprobando sus anotaciones—. Al parecer acababa de regresar de un viaje como coleccionista.

Mmm. Si tal era el caso, también podían faltar piezas de cuya existencia ni siquiera la familia tenía conocimiento. Otra complicación.

—Pero ¿no desapareció nada de cualquier otro punto de la casa?

—No.

—De modo que primero fue un asesinato, con el robo tal vez como medio de encubrirlo.

Recostándose en su silla, Castillo le dio un bocado a su bollo recubierto de crema de leche.

—Piensas como un policía. ¿Lo sabías?

«¡Genial!»

—Gracias, supongo. ¿Alguna pista de qué es?

—¿Qué opinas tú?

—¿Yo? —Había algunas otras cosas que sabía, o sospechaba, pero eso era asunto suyo. Ayudar a la *poli* sólo le serviría para perder la apuesta—. Kunz sabía que algo iba a pasar, y por parte de alguien cercano —informó—. Las personas como él no tienen demasiados puntos débiles, y no dejan que un desconocido los vea a menos que no puedan evitarlo. Y si lo único que le preocupaba eran las joyas o el dinero en metálico, podría haber hecho que lo cambiaran a una caja de seguridad o algo parecido.

El detective había dejado a un lado su bollo para tomar más notas.

—Eso tiene sentido. Y todo encaja con tu teoría del guardaespaldas.

—¿Cuándo es el funeral? —preguntó de pronto Samantha. No asistía a muchos; cuando sus amigos o colegas fallecían, normalmente no estaba en situación de dejarse ver en público. Pero deseaba asistir al de Charles Kunz, si le era posible, para hacerle saber que tenía intención de mantener la promesa que le había hecho y también para ver qué, o quién, se arrastraba a plena luz del día para asistir.

—Pasado mañana. Será privado, pero voy a asistir en nombre del Departamento de Policía. —Tomó aire—. ¿Quieres ser mi acompañante?

Sin duda alguna, su relación había cambiado desde que se conocieron, cuando la había apuntado con una pistola.

—Rick podría conseguir una invitación. De lo contrario, entonces, sí, te lo agradecería.

—Cuenta con ello. Pero Sam, si me pides esto porque intentas resolver el caso, no lo hagas. Es mi trabajo, y yo me ocuparé de ello. No quiero que la jodas. Y, entre tú y yo, hay tanta gente a la que le gustaría verte dar un paso en falso que ni siquiera deberías cruzar sola la calle.

Con una sonrisa, ella se puso en pie.

—Frank, no tengo ni idea de lo que me estás hablando. Mi padre era el ladrón, y cumplió condena por ello. ¿Recuerdas? Yo soy la experta en arte y seguridad.

—Claro, y yo soy Fidel Castro. Mantente lejos de mi radar… y del de cualquier otro.

—No te preocupes por eso, Fidel. Te llamaré mañana.

Samantha salió del Departamento de Policía tan rápidamente como pudo sin parecer un criminal a la fuga. «¡Jo, colega!» Aquello la había impactado más que un allanamiento fallido. Respirando profundamente, se subió de nuevo al Bentley y se dirigió hacia Howley's.

Había visto a John Leedmont en tan sólo una ocasión, cuando se había reunido con Rick en su oficina de Londres para almorzar justo cuando el director general de Kingdom Fittings se marchaba. Era alto y distinguido, y había sentido el impulso de empezar a cantar *The very model of a modern major general*, de *The Pirates of Penzance*.

Cuando entró en Howley's para encontrarle sentado en una de las mesas de formica, lo primero que le vino a la cabeza fue que ese día no parecía capaz de inspirar música. No, parecía preocupado. Las cosas estaban llegando a un punto en que todo el que deseaba hablar con ella estaba preocupado por algo. Pero la gente feliz probablemente no necesitaba sus servicios.

—Leedmont —dijo, retirando la silla frente a la de él.

Él se puso medio en pie, y realizó una reverencia británica cuando ella tomó asiento.

—Señorita Jellicoe. Gracias por acceder a verme.

—Claro. ¿Qué sucede?

—Trabaja en seguridad.

—Eso ya me lo ha preguntado. La respuesta sigue siendo sí. —Se acercó una camarera y pidió una Coca-Cola Light.

—Y me ha prometido su discreción. Si esto llega a hacerse público, estaré arruinado. Y me aseguraré de que Addison nunca ponga las manos en Kingdom Fittings.

Sam se recostó.

—Dios mío, hace que parezca tan atractivo. ¿Y qué me ofrece, aparte de amenazas?

—Una tarifa neta de diez mil dólares, americanos.

No era mucho en lo que a tarifas tradicionales se refería en su caso, pero sí lo suficiente como para cubrir el primer mes del alquiler de la oficina.

—Suena bien —dijo pausadamente—, pero primero, sigo queriendo saber qué servicio debo prestar.

—El servicio. Claro. —Se aclaró de nuevo la garganta—. Esta mañana metieron esto por debajo de la puerta de mi habitación de hotel.

Con una profunda inspiración sacó un sobre del bolsillo interior de su chaqueta y lo dejó sobre la mesa entre ambos.

Sam, suspicaz de inmediato, colocó las manos sobre su regazo. No iba a dejarse engañar para tocar propiedad robada de otra persona o dinero sucio en público.

—¿Por qué no lo abre y me lo enseña? —sugirió.

—Preferiría no hacerlo aquí.

—Usted acordó esta reunión. Soy asesora en instalaciones de seguridad y esto no se asemeja en nada a eso.

—No, no lo es. Pero necesito su ayuda. —Torciendo el gesto, abrió el sobre y depositó el contenido sobre la mesa frente a ella.

Samantha bajó la vista.

—Mierda.

La camarera apareció con su refresco y Sam le dio la vuelta a la foto con brusquedad. Una vez quedaron de nuevo a solas, la volvió de nuevo. Borrosa, posiblemente sacada con teleobjetivo y de noche, no podía distinguir quién era la mujer. Sin embargo, era difícil no reparar en ese bigote blanco.

—Así que le hicieron una mamada —dijo, manteniendo la voz muy baja para que nadie de las mesas próximas pudieran oírla—. Bien por usted.

—¿Ha leído el pie de foto?

Se acercó la fotografía. Con letra negra y pequeña, a lo largo del borde blanco de la instantánea, pudo descifrar las palabras «50,000$, P.O. Box 13452, Palm Beach 33411-3452».

Samantha miró de nuevo la fotografía. Había sido tomada desde arriba, mirando hacia el asiento delantero del descapotable. El volante se encontraba a la izquierda, y la mujer, de cabello liso y moreno y sin rasgos faciales visibles, llevaba una camiseta de tirantes roja y unos pantalones cortos blancos.

—Se tomó aquí —dijo—. ¿Y lleva en la ciudad, cuánto, desde ayer?

—Prácticamente saltó dentro del coche.

—Y aterrizó justo sobre su polla. Asombroso.

—Pero no fue así. No recibí nada, y no le pagué por ningún servicio. Me pidió que le diera un paseo y eso fue lo que hice.

—Si alguna vez viera *Cops*, vería que el noventa y cinco por ciento de los tipos a los que arrestan dicen lo mismo. —Levantó de nuevo la vista hacia las huesudas manos que asían una taza de té—. Está casado —afirmó, contemplando la gruesa alianza de oro en su dedo anular izquierdo—. Y ésta no es su esposa.

—No, no lo es.

—Pues pague el dinero.

—No sin tener la garantía de que esta foto no volverá a aparecer de nuevo, y de que no reciba otra copia con la petición de una suma adicional de dinero más tarde.

—Si es que dice la verdad, ¿cómo terminó la chica con la cara en su regazo?

—Estoy diciendo la verdad. Eligió el lugar en el que debíamos aparcar —dijo tras un momento, con la voz teñida de reticencia—, y cuando detuve el coche para dejarla bajar, se le cayó el mechero, luego se agachó para cogerlo. Eso duró tal vez un segundo, y luego bajó del coche y me dio las gracias, y continué de regreso al hotel. Hasta esta mañana, pensé que eso era todo. Mi buena obra, por así decirlo.

—Las buenas obras no existen —respondió Samantha, comenzando a creerle muy a su pesar—. ¿Así que cree que alguien le pagó para tenderle una trampa?

—No sé cómo explicarlo si no. —Alargó la mano y puso de nuevo la foto a la vista—. ¿Me ayudará, señorita Jellicoe?

—No tengo mucha experiencia en materia de chantajes —dijo, esquivando la respuesta, muy consciente de que Stoney estaría de nuevo esperándola en el despacho hecho una furia.

—Si hubiera sucedido en Londres, habría contactado con personas en cuya ayuda puedo confiar. Aquí, a pesar de que tengo muchos conocidos, no diría, precisamente, que confíe en ninguno de ellos.

—Sobre todo después de que alguien tomara esa foto.

—Exactamente. Y pedirle a mi gente que venga ahora atraería demasiada atención negativa. Sé que se encargó de una situación delicada para Addison y el instinto me dice que puedo confiar en usted. Cualquier información de por qué ha ocurrido esto sería útil, aunque, naturalmente, sólo recibirá sus honorarios si yo recibo la fotografía original, el negativo, en caso de haberlo, y una razonable garantía de que todas y cada una de las copias han sido destruidas.

—Si es una fotografía tomada en digital, podría estar bien jodido, perdone el juego de palabras.

—Sigo queriendo saber quién hizo la foto.

Le agradaban los hombres que trataban de mantener una conexión razonable con la realidad aun cuando sus vidas se estuvieran yendo al traste.

—Veré qué puedo hacer —dijo, introduciendo de nuevo la foto en el sobre—. ¿Dónde se aloja?

—En el Chesterfield. Habitación 223.

—Estaré en contacto. —Se puso en pie tras apurar su refresco.

—No tendré esto dando vueltas en mi cabeza mientras negocio con Addison —dijo con claridad.

Eh, que todavía no había visto un duro y el tipo ya estaba lanzando amenazas y ultimátums… no es que pudiera culparle por ello.

—Le llamaré mañana por la mañana —rectificó, colocándose el sobre bajo el brazo y encaminándose de nuevo hacia el coche.

Para su sorpresa, la recepción de su oficina estaba desprovista de aspirantes cuando llegó a la sala. Los sofás de piel eran más llamativos y realmente bonitos. Una vez más se preguntó a quién pertenecían.

—¿Stoney? —llamó, pasando a la parte trasera.

—Aquí —respondió—. En tu despacho.

—Oye, que tienes tu propio despacho —repuso—. El grande que hay allá en la esquina. Deja de robarme mi helado de ment…

Se detuvo al doblar en la entrada. Stoney estaba sentado en su silla, de cara a la puerta. Patricia ocupaba una de las dos sillas que había enfrente, con su rubio cabello recogido en una coleta que se asemejaba mucho a la de Samantha.

—¿Qué narices haces aquí?

Patricia se puso en pie con fluidez.

—Tan sólo quería charlar. Ver qué tal pasaste la noche.

—De acuerdo. ¿Por qué no salimos a tomar un café? —Si había algo que no deseaba, era que Stoney averiguara en qué había estado metida la noche pasada y por quién lo había hecho… sobre todo después de que hubiera rechazado el trabajito de Venecia. Lo único peor que eso sería que Rick lo descubriera—. ¿Starbucks u otro?

—Ah, sí. —Tras saludar a Stoney con la cabeza, Patricia se reunió con ella en el pasillo—. El negro es muy grande —susurró cuando Sam le señaló hacia el vestíbulo.

—Sí, creció así. Una vez más, ¿qué estás haciendo aquí?

—Quería saber qué fue del anillo. No esperarás que me quede esperando sin hacer nada a que la policía llame a mi puerta.

—La esperanza es lo último que se pierde.

—Perdona, ¿cómo dices? Dijiste que me ayudarías. Si crees que puedes utilizar esto para intentar poner a Richard en mi contra, me aseguraré de que te culpen a ti por ello.

Samantha se mordió la lengua para no responder. En su conversación con Castillo se había cuidado de no reconocer haber hecho nunca nada ilegal. Con Patricia tenía que tener al menos la misma precaución… sobre todo ahora que había entrado en una casa para ayudar a la ex. Sí, su instinto había sido acertado en lo relativo al dinero cuando se llevó aquella grabación de seguridad.

—Me aseguraré de que la policía no se te acerque, Patty. Sé buena y yo me ocuparé de que todo siga así.

—¿Qué se supone que quiere decir eso? —preguntó Patricia tensamente.

—Espero que no tengas que averiguarlo. —¡Toma! Eso parecía bastante impreciso, considerando que todavía no sabía con exactitud qué había en la cinta.

—De acuerdo.

—Bien. Ahora, si no te importa, tengo trabajo pendiente. —Sam pulsó el botón del ascensor y seguidamente dio media vuelta hacia la oficina.

—Pero pensé que íbamos a tomar un café.

Samantha cerró los ojos por un instante. «¡Mierda!» Ya tenía ganas de hacer pis.

—Una taza —dijo, dándose otra vez la vuelta.

El Starbucks que había calle abajo tenía media docena de mesas agrupadas en la terraza. Cuando llegaron, Patricia tomó asiento en una de las mesas que había libres.

—Tomaré un café de moka con leche —dijo, dejando su bolso Vera Wang sobre su regazo.

—Pues ve a pedirlo —respondió, apoyándose contra la pared—. Ni siquiera me gusta el café.

Patricia se aclaró la garganta.

—No me gusta pedir cosas —dijo con voz más baja—. Dentro es todo muy confuso.

Lo más probable era que aquello fuera rebajarse. Tras inhalar una profunda bocanada de aire Samantha se apartó de la pared y entró en el establecimiento. De acuerdo, así que sus motivos para soportar a Patty eran egoístas; sentía auténtica curiosidad por la mujer que había pescado a Rick Addison, por poco que ahora pareciera agradarle Patty. Por fortuna Starbucks tenía granizados de fresa sin café, de modo que se pidió uno para ella junto con el café de moka con leche de la ex. Pagó, cogió las bebidas y se dirigió a la puerta. Ahora Patricia le debía cuatro pavos además de su libertad. Pero se detuvo en la entrada.

Sentado junto a Patricia había un hombre rubio y alto, de más o menos su edad. Era guapo, bronceado al estilo Florida, llevaba unas Ray-Bans y tenía un cuerpo con abdominales tipo tableta de chocolate. Algo en él le resultaba muy familiar, y pasó un momento estudiándole. «Maldita sea si no es Daniel Kunz.» El hijo de Charles.

Se inclinó sobre Patricia y la besó en la boca, luego retiró su silla y se puso en pie. Como no quería que se le escapase hasta que tuviera un poco más de información sobre este interesante giro de los acontecimientos, Sam abrió de golpe la puerta de cristal.

—Aquí tienes, Patty —dijo, dejando el café de moka en la mesa—. ¿Quién es tu amigo?

Las mejillas de Patricia se pusieron realmente como la grana.

—Él… yo…

Mientras Patricia balbucía, él le tendió la mano.

—Hola. Soy Daniel Kunz. Tú debes de ser Sam Jellicoe.

—Lo soy. Y sentí mucho lo de tu padre —dijo, estrechándole la mano. Apretón firme, sin vacilación.

—Gracias. —Tanto su apretón como su mirada se postergó durante un momento antes de soltar la mano y tornar la mirada hacia Patricia—. Nos vemos en la comida, ¿verdad?

—Por supuesto, Daniel.

—Fue un placer conocerte, Sam —dijo, asintiendo. Le dio a Patricia otro breve beso en los labios, luego se fue calle abajo hacia el grupo de edificios de oficinas de lujo.

Eso sí que era interesante… y posiblemente muy útil. Samantha tomó un sorbo de granizado de fresa mientras esperaba a que Patricia elaborara la versión que le viniera en gana o que se le acabara de ocurrir.

—Daniel es un viejo amigo de la familia —dijo la ex al cabo de un momento, mientras jugueteaba con el envoltorio de cartón que rodeaba su taza de café—. Es muy amable.

—Claro. A mí no me ha besado de ese modo. Es él quien te introdujo en el club Everglades, ¿no? —Aquello tenía sentido; si incluso Rick había tenido dificultades para conseguir invitaciones para el exclusivo evento, aun con más razón hubiera resultado imposible para alguien que llevaba tres años sin pasearse por Palm Beach. Sobre todo para alguien con unos ingresos relativamente reducidos.

—¡No puedes contárselo a Richard! —estalló—. El que esté sola no significa que me interese Daniel. Sólo somos amigos.

—Eso ya lo has dicho. —Samantha frunció los labios. Era obvio que a Patricia le reconcomía la impresión de que podría estar engañando a Rick, pero Sam tendía a ver el asunto de otro modo. Daniel Kunz, que vestía un polo blanco y pantalones cortos, parecía como si acabara de abandonar la pista de tenis. En forma, relajado y descansado, pensando en comida y en mujeres… la mirada que le había dirigido a ella no había sido simplemente casual. Era un tipo al que le gustaba follar y que sin duda era en eso en lo que había estado pensando.

Pero no le había dado la impresión de ser un hijo que acabara de perder a su padre, ni siquiera un amigo íntimo de duelo por un amigo.

Tampoco le había parecido preocupado porque lo sucedido a papá pudiera sucederle a él.

—¿Dónde vais a almorzar? —preguntó.

Patricia vaciló.

—A su casa. Le estoy ayudando a organizar las cosas para el velatorio.

—Llévame contigo.

—¿Qué? ¡No!

—El padre de Daniel era… amigo mío —dijo con evasivas. De haber tenido la oportunidad de conocerle mejor, pensaba que eso podría haber sido cierto—. Me gustaría ayudar.

—No necesitamos tu ayuda. Dudo que hayas dado una fiesta en tu vida.

—He asistido a muchas. —Claro que había asistido para poder examinar el lugar y robarlo después, pero eso no venía al caso—. Además, creo que tal vez podría ayudar a mi amigo, el detective Castillo. Lleva el caso de Charles.

—¿Eres amiga de un policía? —Patricia alzó una ceja delicadamente arqueada—. Qué fascinante.

—Fascinante cuanto quieras, pero vas a llevarme a comer.

—De eso nada.

Muy bien, ya era hora de dejar de andarse con delicadezas.

—Tengo el vídeo en el que sales cogiendo el anillo.

Ella palideció.

—¿Tie...?

—Me lo llevé para protegerte y lo guardo para protegerme yo. No me obligues a mandárselo a mi amigo el detective.

Patricia agarró la taza de café con tanta fuerza que saltó la tapa de plástico.

—No te atreverías.

—Me atrevería a hacer casi cualquier cosa. Lo único que quiero es acceso a esa casa.

—Supongo que no me queda elección, ya que me estás chantajeando.

Vaya, sin duda ése era el tema del día.

—Cierto. Te estoy haciendo chantaje. ¿A qué hora te recojo?

—A mediodía. Me alojo en Breakers. No entres. Me reuniré contigo bajo el pórtico.

—El hotel Breakers. Qué bonito. Tiene un magnífico spa. Nada de hoteles de lujo, ¿eh?

—En tus sueños —farfulló Patricia.

Dijo algo más mientras se llevaba el café a la boca, pero Samantha no consiguió discernirlo. En cualquier caso, a Sam no le importaba lo más mínimo qué fue; había hallado un modo de entrar en casa de Kunz. ¿Quién hubiera pensado que el hecho que Patricia Addison-Wallis robara un anillo pudiera ser de utilidad?

Capítulo nueve

—*E*spero que no tengas pensado firmar esto —dijo Tom Donner, hojeando el contrato de treinta páginas—. Este tipo tiene pelotas. Me sorprende que se haya visto obligado a vender de este modo.

—Casi podría pensarse que intenta que sobrevalore Kingdom Fittings. Prepara nuestra versión del acuerdo y veremos si logramos que Leedmont entre en razón. —Richard se recostó contra el respaldo de su silla, de espaldas a la mesa de conferencias y de frente al estanque de carpas que había en la parte delantera de su finca—. Ha venido a Palm Beach, de modo que está impaciente por entrar en razón. Excluye la cláusula indefinida, incluye un programa escalonado para empleados a largo plazo y presentemos a la junta directiva una contraoferta razonable que no me obligue a mantenerlos durante el resto de sus vidas.

—Entendido.

Durante largo rato Richard no escuchó nada a excepción del susurro de papeles. En alguna parte, más allá del estanque y de los conjuntos de palmeras, oculta entre paredes de vidrio y acero, Samantha Jellicoe estaba de caza. Debería haber mantenido la maldita boca cerrada. En cambio, al intentar demostrarle que podría vivir sin recurrir a sus viejas costumbres, la había forzado a hacer uso de ellas. Hablando de tirar piedras a su propio tejado, ahora debía asegurarse de que ella perdía la apuesta... por el bien de ambos.

—¿Has traído el informe de la policía? —preguntó al fin.

—Lo he traído. Al capitán no le hizo gracia entregarlo. Em-

NO BAJES LA VISTA

piezo a deber favores a la gente, Rick. Y eso significa que tú eres el que realmente los debe.

—Me ocuparé de ello. —Richard se dio la vuelta, cogiendo la carpeta que Tom le pasó—. ¿Algo interesante?

—No solíamos trabajar de este modo.

—Las cosas cambian.

—Tío, me pregunto por qué. —Tom exhaló sonoramente—. El informe no está completo, ya que la investigación está en curso.

—Han realizado muchos progresos.

—El homicidio tuvo lugar hace sólo un par de días. Deduzco por qué a Jellicoe le interesa; además, todo el asunto del robo, ella siente…

—¿Qué quieres decir con «todo el asunto del robo»?

—Bueno, ella era la mejor ladrona de por aquí, y ahora alguien ha realizado un trabajito delante de sus narices. Apuesto a que eso la cabrea.

—Las cosas no son así —dijo Richard con tirantez.

—De acuerdo. Entonces es que se siente culpable por fallarle a Kunz. Algo completamente egoísta.

—¿Y qué es lo que quieres decir?

—¿Por qué eres tú, en vez de ella, quien me pide que consiga informes policiales?

De haber sido otra persona, Richard no hubiera respondido. Tom, sin embargo, era su mejor amigo desde hacía diez años. Y Tom le aportaba cierto equilibrio de juicio en lo que a Samantha se refería… un equilibrio que de otro modo no existiría.

—Hice una apuesta con Samantha —dijo con hosquedad, acomodándose en su asiento para hojear con más atención el informe de la policía. Tom estaba en lo cierto; ahí no había demasiado.

—¿Qué clase de apuesta?

—Cien dólares a que la policía puede resolver el asesinato mediante procedimientos legítimos con más rapidez de lo que podría hacerlo ella a través de cualquier medio que se le ocurra.

—Cien pavos es una bagatela para vosotros.

—Lo importante no es la suma. Podría haber sido un penique y llevaríamos el asunto del mismo modo.

—Así que te expones a que viole la ley —apostilló Tom.

—No. Iba a violar la ley de todos modos. Le dije que las autoridades podrían llevar a cabo la investigación mejor.

—De ahí el débito de favores para hacerte con informes policiales confidenciales cuya existencia es desconocida incluso para la familia de Kunz.

Richard levantó la vista hacia el abogado.

—Tan sólo sigo la pista a mi equipo. Y continuaré haciéndolo.

—De acuerdo. ¿Quieres que te consiga alguna otra cosa? ¿El dibujo de la porcelana de la despensa de Kunz? ¿O debería limitarme a trabajar en este acuerdo internacional de doce millones de dólares con la compañía de accesorios de fontanería?

—De hecho —replicó Richard, manteniendo un férreo control sobre su explosivo temperamento—, ¿puedes ocuparte de que tu secretaria concierte una comida con el gobernador? Para hoy, si es posible. Mañana sería también aceptable.

—Rick…

—Jamás trates de superar a un inglés en sarcasmo, Tom. Y voy a ganar la apuesta. Consígueme ya la nueva propuesta.

Rick se puso en pie, llevándose consigo la carpeta cuando salió de la sala de conferencias. Puede que Donner tuviera razón sobre su enfoque, pero en su obsesión no había espacio para la lógica. Samantha andaba por ahí y, si él ignoraba dónde, al menos podría saber qué estaba haciendo. Y para saber eso tenía que pensar igual que ella. Por fortuna, el informe le proporcionaría algunas pistas. Cierto era que había bordeado la ley. Sin embargo, eso no significaba que tuviera que limitarse a cruzarse de brazos a observar.

—Rick.

Él se dio la vuelta cuando Tom le alcanzó por el pasillo.

—¿Qué?

—No te cabrees conmigo, pero si quieres el trato con Kingdom Fittings, va a requerir más que el que mi equipo reescriba la propuesta. Todavía tienes que convencer a Leedmont para que venda. Él es el voto clave.

—Estoy en ello.

—No, no lo estás. Estás ocupado en ganar una apuesta de cien pavos, no una empresa de doce millones de dólares.

—Me ocupo de ambas cosas. Y coordino ese programa de ayuda humanitaria en el este de África, presido un comité sobre usos de la energía solar, examino una declaración preliminar de beneficios, renuevo una propues…

—Está bien. Lo capto.

—Así que, si vas a empezar con esa mierda sobre que Samantha es un riesgo demasiado grande y nada beneficiosa para mi fortuna o con lo que intentaras la última vez que estuve en Florida, ahórrate el esfuerzo. Haz tu trabajo.

—Lo hago.

Richard dio un paso hacia Donner.

—Samantha no va a marcharse a ninguna parte si yo puedo evitarlo. Si no puedes con eso, estás en tu derecho de mandarme tu carta de renuncia por fax o por correo electrónico.

—Por Dios, Rick. Que no voy tras Jellicoe. —Tom se aclaró la garganta—. Tan sólo digo que jamás te había visto perder la concentración durante una negociación. Ni siquiera cuando estabas librándote de Patricia. Esto es difere…

—Es diferente. —Respirando profundamente, Richard se obligó a retroceder—. No estoy perdiendo la concentración. La estoy expandiendo. Sam lleva limpia tres meses, pero tengo la sensación de que está… buscando una excusa para cometer un desliz.

—Tiene que ser duro para ella, lo reconozco. Es como ser una especialista en tu campo y verte obligada a trabajar en fiestas infantiles como payaso.

—Gracias por la comparación.

—Sí, bueno, no he acabado. ¿Y si le ofrecen trabajar en la nueva película de Vin Diesel o algo parecido? ¿Piensas que seguiría haciendo figuras de animales con globos?

—Más le vale.

—Ajá. Las amenazas funcionarán.

—Bueno, por suerte soy más importante para ella que su antigua vida —repuso Richard, harto de situaciones hipotéticas—. Si nos separamos, no será por algo que haya o no haya hecho. No pienso cometer un error con Samantha. Llegado el caso, todo puede irse a la mierda. La amo.

—De acuerdo. Eso es lo que necesitaba saber. —Tom le asió

del hombro, luego pasó por su lado, continuando su camino hacia la puerta principal—. Me aseguraré de que nada se vaya a la mierda. Si necesitas algo, estaré en el despacho.

Richard lo vio dirigirse escaleras abajo.

—Gracias, Tom.

—Está bien así, si quieres darme las gracias, deja de despedirme.

—Nada de promesas.

El teléfono móvil que llevaba enganchado del cinturón se puso a sonar con el familiar tono que significaba que Samantha estaba llamado. Saliendo de sus pensamientos, descolgó.

—¿Estás ya en la cárcel? —preguntó.

—He estado y he salido, bombón. Yo...

—¿Qué? —La interrumpió, dando media vuelta de nuevo hacia su despacho y cerrando la puerta mientras uno de los guardias de seguridad recorría el pasillo durante una patrulla—. ¿Estás bien? ¿Qué ha pasado?

—Dios mío. Y yo que pensaba que estarías cabreado por llamarte «bombón» —respondió con voz relajada y divertida.

Entonces, no se encontraba en peligro inminente. Por bien que se le diera seguir el juego, él todavía podía descifrar el tono de su voz. Haciendo rotar los hombros, se sentó tras su escritorio.

—Me lo estaba reservando para después.

—De acuerdo, entonces. Solamente me he pasado por el despacho de Castillo. Que no te dé un infarto.

Richard se tomó un momento para asimilar eso. Era significativo que visitara de modo voluntario una comisaría y que le hablara de ello.

—Muy bien. Nada de infartos.

—Bien. Tan sólo quería avisarte de que voy a asistir al funeral de Charles Kunz con Frank en el caso de que tú no vayas. ¿Vas a asistir?

—La invitación me llegó esta mañana por mensajero —respondió—. Pensé que querrías ir.

—Genial. Llamaré a Frank y lo anularé. Y puede que tenga algo más en marcha que te contaré, pero antes debo averiguar un par de cosas.

Cada vez se le daba mejor volverle loco.

—Me parece bien —dijo fríamente, negándose a morder el anzuelo. Confianza. Tanto si confiaba en que no se metiera en líos como si no, ella tenía que creer que así era.

—De acuerdo —guardó silencio durante un momento—. ¿Rick?

—¿Sí, mi amor?

—Me alegro de que no te quedases en Inglaterra.

—Yo también.

Rick sonrió, hundiendo los hombros cuando puso fin a la llamada. Viniendo de ella, una admisión así era tan reveladora como un beso o una caricia. Responder a la pregunta de Tom era simple: mientras Samantha continuara probando su modo de vida, sí, él se arriesgaría a perder uno o dos negocios. Llamó a su oficina de Nueva York con una leve sonrisa y luego abrió su ordenador para realizar la revisión de una declaración conjunta.

Samantha entró en el pequeño establecimiento de reparación de televisores de Pompano Beach. Una mujer de aspecto preocupado transmitía información del teléfono móvil pegado a su oreja al tipo joven de cabello desaliñado que había sentado en un taburete tras del mostrador. Entre ellos se encontraba un enorme y achaparrado aparato de televisión con los cables y las tripas fuera.

—Eh, Tony —dijo, y el dependiente levantó la vista.

—Julie. Está en la trastienda.

Tras asentir con la cabeza, Samantha se adentró por entre el desorden hasta la puerta situada al fondo de la tienda. Tony creía que ella era una drogadicta y que su jefe era su camello, pero a Sam eso no le preocupaba lo más mínimo.

—Bobby. ¿Qué tal te va?

El orondo hombre de cabello ralo, que estaba sentado en una silla que parecía demasiado endeble para su volumen, bajó la revista de ciclismo.

—Julie Samacco —dijo con voz sonora—. Cuánto tiempo sin verte.

Colega. Sentía vergüenza cada vez que escuchaba aquel seudónimo. A Dios gracias que Rick no tenía conocimiento de él, o se moriría de la risa. Con todo, servía a su propósito y era fácil de recordar.

—He estado fuera de la ciudad —respondió—. Tengo una pregunta para ti. La respuesta vale cien. —Colocó cinco billetes de veinte sobre un televisor cercano.

—Tu pregunta.

Bobby LeBaron era uno de esos peristas de poca monta que compraban candelabros de bronce y tostadores. A juzgar por la diversidad de artículos de elevado valor que habían desaparecido de la propiedad de Kunz, no se había tratado de un ladrón caro contratado por un comprador particular. Un rufián callejero no podría haber entrado y salido sin alertar a los moradores de la casa, pero cualquier ladrón con experiencia sí podría. Y Bobby conocía a muchos tipos de ésos.

—¿Sabes algo de un ratero con un montón reciente de pasta en metálico disponible?

—No.

—De acuerdo, ¿qué me dices de rubíes o de un Van Gogh? —Ambas cosas estaban muy por encima de sus posibilidades, pero no estaba de más el preguntar.

—No.

—¿Te importaría hacer unas preguntas por ahí para mí? Eso vale otros cien.

Bobby se levantó con un gruñido fruto del esfuerzo.

—¿Sabes qué tipo de establecimiento es éste?

Samantha frunció el ceño.

—Sí.

—De reparación de televisores. ¿Sabes lo que eso significa?

—Ilústrame, Bobby.

—Significa que tenemos un montón de televisores. Y que están puestos durante todo el día. Pillamos programas de entrevistas, culebrones, repeticiones de programas de la noche anterior. Cosas de ésas.

A Sam comenzó a erizársele el vello de la nuca.

—Me alegro por ti —respondió, tomando nota del destornillador que había a unos centímetros de su mano izquierda. Siempre había pensado en Bobby LeBaron como en un tipo grosero y un poco pintas, pero, por lo demás, inofensivo. Pero se había equivocado en muy contadas ocasiones, y no iba a hacer caso omiso de la sospecha que trepaba por su espalda.

—Sí, bien por los dos. Sobre todo me gusta Hollywood at Seven. Dan estrenos de películas, como el de la nueva película de Russell Crowe en Londres hace dos meses.

«¡Mierda!» No le importaba que algunos de sus contactos de mayor categoría supieran quién era ella, pero un despojo como Bobby la vendería a la policía. Dios, sólo le conocía porque en ocasiones Stoney y ella solían volver a las andadas cuando ella era una niña. Claro que la policía sabía dónde vivía en ese momento, y Bobby no tenía más contra ella de lo que tenía la policía. Era el maldito abecé del asunto.

—Así que, ¿no sabes nada porque no te dije mi auténtico nombre o porque en realidad no sabes nada?

Unos ojos castaños la perforaron con una mirada furiosa.

—Mierda. He tenido a la cría de Martin Jellicoe corriendo mis apuestas, y Stoney nunca me dijo nada. ¿De verdad te has vuelto honrada?

—Probablemente.

—Es una verdadera lástima. No. No he oído nada de un ladrón con un fajo de pasta ni sobre cuadros que valen millones de pavos. Y si te has reformado, de ahora en adelante concierta una cita como cualquiera de mis clientes.

—Muy bien. —Cuando Samantha se dio media vuelta hacia la puerta, cogió ochenta dólares del montón que había dejado—. En ese caso, pagaré las mismas tarifas que el resto de tus clientes. El cartel dice veinte pavos por consulta. Que tengas un buen día.

—Zorra.

Dejó que el hombre se quedara con la última palabra. Después de todo, tenía una respuesta y había recuperado ochenta pavos. La vida de cuestionable naturaleza podría resultar costosa y puede que necesitara el dinero para otra cosa.

—¿Cuántos trabajos tienes en perspectiva para Jellicoe Security?

—Uno. —Samantha volvió la espalda para que Stoney pudiera subirle la cremallera del vestido amarillo de Chanel que llevaba puesto. Había bajado la persiana de la ventana de su despacho, no tenía sentido darle un alegrón a Donner, pero necesitaba dar la imagen adecuada cuando recogiera a Patty para ir a almorzar.

Stoney le subió la cremallera.

—¿El de Kunz o uno de verdad donde te pagan?

—Uno de verdad. Y con unos honorarios fijos de diez de los grandes.

—Bien, eso nos costeará la Coca-Cola Light. ¿En qué casa? ¿Es uno de los amigos de Addison?

Samantha vaciló.

—No se trata de una casa, y desde luego no es uno de los amigos de Rick. Justo lo contrario.

—Está bien. —Dio un paso atrás cuando se dio la vuelta—. Que soy yo, Sam. El tipo que te dijo que el ratoncito Pérez era una farsa.

Los labios de Samantha se contrajeron en una amplia y efímera sonrisa. Ésa sí que había sido una conversación interesante.

—No es culpa mía que creyera que se trataba de un ladrón.

—¿Y quién no? —respondió—. Aclarado eso, puedes decirme qué sucede. Sé que sigues trabajando en el caso Kunz.

—Ah, ¿piensas que este nuevo cliente es una invención mía? —Meneó los dedos delante de él—. Uuuuuhhh, es invisible.

—Mientras que su dinero no sea invisible. Alguien tiene que pagar por tus servicios.

—Eso ya lo sé. Y lo hará. Pero esto es algo bastante... raro, así que voy a hablar primero con Rick.

Él la miró.

—Pero no conmigo.

—El cliente no es tu rival en los negocios. Intento ser buena, Stoney, pero soy novata en ello.

—Y hasta ahora esto parece mucho más divertido que ganar un millón de pavos por dos días de trabajo en Venecia.

Ella cerró los ojos durante un segundo. Acabaría partida en dos, con Stoney y Rick tirando de ella en direcciones opuestas.

—Tal vez no sea más divertido, pero intento adquirir cierto gusto por hacer lo correcto, ¿vale?

Stoney respiró hondo.

—De acuerdo. ¿Hay algo nuevo sobre el cliente muerto que no paga?

—Sigo intentando descubrir qué sucedió. ¿Y si fuera relevante el hecho de que muriera justo después de contratarme por cuestiones de seguridad?

—Puede que así fuera, pero eso no hace que sea culpa tuya... ni que sea problema tuyo. Tu verdadero problema es el alquiler de doce mil dólares que tienes que pagar todos los meses, y parece que tienes dificultades con eso. Claro que también parece que intentas hacerlo todo tú sola y que estás exagerando un poco.

—Los negocios son una mierda.

—Sam...

—De acuerdo, está bien. No quería decir eso. Todavía no, en cualquier caso. Dame un par de días. Entonces pondremos algunos anuncios en los periódicos y en la radio y comenzaremos a actuar como una empresa de verdad.

—Trato hecho. Por ahora. Revisaré las llamadas respondidas. Y, oye, ¿cuántos cuadros crees que necesitamos para decorar esto?

Sam dudó.

—Depende. ¿De dónde provienen los cuadros?

—Del mismo lugar que los muebles. Yo me ocuparé de ello.

—¿Otra vez alquiler por seis meses?

Stoney esbozó una amplia sonrisa.

—Todavía no lo sé.

Samantha metió la mano en su bolso, asegurándose de que tenía un par de clips y algo de cable de cobre además de las llaves. Las herramientas del oficio... de su oficio, en cualquier caso. En una ocasión Rick la había acusado de intentar ser MacGyver, pero ¡qué demonios!, Mac podía construir un avión con simplemente unos clips. Ella tan sólo podía abrir puertas con ellos.

—¿No vas a decirme adónde vas tan peripuesta?

Alguien debía saberlo, por si las moscas.

—Voy a almorzar con Patricia. Va a llevarme a casa de Kunz.

Stoney se detuvo en seco.

—¿Que vas a hacer qué?

—Ella conoce al hijo. Daniel. Dije que iría a ayudar a distribuir mesas y con la decoración para el velatorio.

—Ay, por Dios bendito —dijo en voz baja, agarrándola del brazo—. Tan sólo recuerda dos cosas, Samantha Elizabeth Jellicoe.

Su segundo nombre. Oh, oh.

—Una: puedes acercarte todo lo que quieras a esta gente, pero no se te ocurra olvidar que has robado a la mitad de ellos. No son tus amigos. Son tus víctimas.

—Clientes —le corrigió—. Ahora son mis clientes. Posibles clientes, en cualquier caso. ¿Cuál es la segunda?

—Número dos: sea cual sea mi opinión acerca de que finjas echar raíces con Rick Addison, él no es bueno para ti. Es una mala idea que vayas por ahí con su ex. Muy mala idea.

Ella no estaba tan segura de estar fingiendo nada.

—Estoy recabando información sobre Kunz. Eso es todo.

—Claro que sí.

«Claro que lo era.»

Patricia estaba esperando a un lado del área de acceso porticada del Breakers. Se había puesto un bonito vestido en tonos pastel verde y amarillo con cuentas metálicas en torno a la cintura y al bajo. Debía ser un Donna Karan o un Marc Jacobs. Samantha contuvo la sonrisa cuando desconectó el seguro de la puerta del pasajero. Previamente se había cerciorado de saber qué diseñadores estaban más en boga porque tenía que mezclarse con víctimas que gastaban gran parte de sus ingresos en ir a la moda. Ahora, teniendo a Rick como pareja, se había convertido en miembro de la élite de la moda.

Patricia llevaba, además, un ondulante pañuelo blanco sobre el pelo y se había colocado un par de gafas de sol. Resultaba evidente que no quería que nadie la reconociera y se percatara de con quién se paseaba por la ciudad.

—Bonito pañuelo —dijo Samantha mientras abandonaba la entrada y ponía rumbo a North Ocean Boulevard.

—Fue un regalo —dijo Patricia con hosquedad.

—¿De Daniel?

—Eso no es asunto tuyo.

Samantha sonrió de nuevo.

—Únicamente intentaba entablar una conversación.

Las gafas de sol descendieron durante un instante mientras unos ojos azules la miraban fijamente por encima de ellas.

—No me gustas.

—Tampoco yo soy tu mayor admiradora, Patty. Lo que le hiciste a Rick fue…

—No fue peor que lo que él me hizo a mí.

—¿De qué narices me estás hablando?

—Me ignoró. Ah, cuando le era conveniente o necesitaba una acompañante me llevaba a cenar, a comer, o a fiestas, pero eso era todo. El resto del tiempo lo pasaba que si en una reunión en Tokio, que si en una firma de contrato en Milán… La mitad del tiempo no sabía dónde estaba. Y después de un tiempo dejó de importarme.

—Me dijo que no te gustaba viajar.

—Existe una diferencia entre viajar y lo que él hacía. ¿A quién le agrada volar hasta Tokio para que la dejen tres días metida en un hotel? Me harté después de pasar los tres primeros meses en un avión sin saber siquiera dónde aterrizaríamos. Ya lo entenderás.

Samantha miró de reojo a la pasajera. Rick se había esforzado por estar junto a ella tanto como le era posible, pero todo aquello era demasiado precioso y nuevo como para utilizarlo a fin de presumir delante de Patty. Y, en cualquier caso, no tenía ninguna garantía de que la ex no estuviera describiendo su propio futuro. Pero ella se habría marchado muchísimo antes de estar tan desesperada como Patty.

—Eh, yo sólo me quedo porque tiene dos cocineros personales —dijo, en cambio.

Patricia agitó la mano con desdén.

—Cualquiera puede tener un cocinero personal —respondió—. Peter y yo teníamos uno. Tuve que despedirlo cuando Peter fue arrestado. Malditos honorarios legales. Ahora sólo tengo una mujer que viene a cocinar y a limpiar.

—Así que todavía tienes la casa de Londres —dijo Samantha, subiendo hacia las verjas de hierro forjado de la propiedad de Kunz. Cononado House tenía algunos acres y unos cuantos miles de metros cuadrados menos que Solano Dorado, pero eso pasaba con casi todas las propiedades que no eran Mar-a-Lago de Donald Trump.

—Mi abogado la pondrá en el mercado el día menos pensado. Por desgracia, los abogados de Peter ya han antepuesto un embargo preventivo.

—¿Más honorarios legales? —Bajando la ventanilla, Sam presionó el interfono.

—Para cuando hayan concluido el juicio y las apelaciones, estaré en la absoluta pobreza. Peter es muy egoísta al hacerme esto. Podría haber admitido todo e ido a prisión. Entonces me habría quedado algo al menos a mí.

—¿Quién llama? —dijo la voz del interfono.

Más valía no confundir a nadie hasta estar dentro, decidió Sam.

—Patricia Addison-Wallis, para ver a Daniel.

—¿Y quién eres tú? —exigió la voz.

—Ah, por el amor de Dios —farfulló Patricia, inclinándose sobre Samantha—. Es una amiga. No pienso quedarme aquí fuera para que me interroguen.

La verja se abrió.

—Qué bonito —la halagó Samantha.

—No tiene nada que ver contigo —replicó Patricia—. No es correcto que la vean a una esperando aquí fuera.

Coronado House contaba con tan sólo dos plantas, y la expansión del edificio no era tan pronunciada como en Solano Dorado. La arquitectura de ambas pertenecía al mismo estilo mediterráneo, al igual que la mayoría de las grandes propiedades de Palm Beach; por aquellos lares prácticamente se adoraba al arquitecto Addison Mizner como si de un Dios se tratase. Todo cuanto era digno de tener en cuenta debía estar construido a semejanza de sus gustos.

Había visto los planos, pero éstos no describían la decoración. Sorprendentemente, el tributo de Coronado House al antiguo estilo español concluyó en cuanto un mayordomo, de semblante severo con un crespón negro alrededor del brazo, les hizo entrar en el vestíbulo. El vestíbulo era, más bien, un atrio, una bóveda de acero y cristal en forma de telaraña que se abría a la luz del cielo de Florida. Plantas tropicales pendían de la telaraña en cestas de alambre, mientras que enormes palmeras suavizaban las líneas de la escalera y las entradas en forma de arcos sin puerta que comunicaban con otras dependencias de la casa.

Mientras que en la casa de Rick todo reflejaba una antigüedad y sofisticación atemporal, Coronado hablaba de naturaleza manipulada.

—Es bonito —dijo Samantha, moviéndose lentamente en círculo, sin sorprenderse de preferir el control sutil y el sentido de la elegancia de Rick.

—Mmm —murmuró Patricia—. Siempre tuve la sensación de necesitar un aerosol antibichos.

—¿Siempre? —repitió Sam—. ¿Cuántas veces has estado aquí?

—Patricia —dijo una voz de mujer por encima de ellas.

Sam se dio la vuelta para ver como una esbelta morena, vestida con unos holgados pantalones negros de Versace ajustados a las caderas y una camisa blanca, bajaba la curvada escalera con elegancia. Ahora que conocía el rostro de Daniel, fue sencillo reconocer a otro Kunz de edad similar. La mujer debía de ser Laurie, la hija. La difunta esposa de Kunz debió de ser Miss América para superar la falta de estatura y protuberantes apéndices de su esposo en su descendencia.

—Muchas gracias por venir a ayudarme con esto —prosiguió Laurie mientras descendía—. Todo es tan… abrumador. Es evidente que a quienquiera que se le ocurriera la idea de dar una fiesta cuando alguien muere no tuvo que hacerlo él mismo.

—Celebro poder ayudar —dijo Patricia cariñosamente, adelantándose a saludar a Laurie y darle dos falsos besos en las mejillas al pie de las escaleras.

—Con todos los eventos ya programados para la temporada, ha sido casi imposible contratar un servicio de catering. —Laurie devolvió los besos y luego se colocó de cara a Samantha—. Tú eres Samantha Jellicoe —dijo.

—Patricia dijo que podrías necesitar algo de ayuda —declaró Sam, sin acercarse ni ofrecerle la mano o las mejillas. «¡Vaya!» Reconocía la hostilidad cuando la veía.

—¿Estás segura de que no has venido para robar algo?

Las alarmas comenzaron a dispararse en la cabeza de Samantha.

—Perdón, ¿cómo dices? —respondió, decidiéndose por un tono de desdeñosa incredulidad y declinando señalar que, a juzgar por sus observaciones, era más plausible que el velatorio de Kunz fuera el blanco de hastiadas damas de sociedad que de ella. Se negó a continuar sorprendiéndose por el número de personas que conocían su identidad secreta.

—Ignoro por qué quería contratarla mi padre —prosiguió Laurie, describiendo un lento círculo en torno a Samantha—, pero encontré el expediente que estaba preparando sobre ti.

—¿Un expediente? —dijo Patricia, volviendo a la vida—. ¿Qué tipo de expediente?

—Recortes de periódicos de sus apariciones con tu ex marido, unos pocos artículos de archivo de Internet sobre su padre… murió en prisión, ¿no lo sabías? Y algunas notas sobre robos cuya autoría mi padre creía probablemente suya.

«Genial. Una emboscada.»

—Pensar es fácil —respondió Samantha—. Demostrarlo es complicado. Mi padre hizo algunas cosas malas. Pagó por ellas —y por algunas de las suyas—. Pero no somos en absoluto como nuestros padres, ¿verdad, Laurie?

—No sabía que ibas a traer a una amiga, Patricia —dijo la suave voz de Daniel desde la entrada de la izquierda.

Se había puesto unos vaqueros y un polo holgado, la quintaesencia del niño de papá y holgazán de playa Florida con sus chanclas negras. Su mirada, al igual que esa mañana, más centrada en Sam que en Patricia.

—Ah, no es una amiga —dijo Patricia, pasando por al lado de Sam para llegar hasta Daniel—. No conoce a nadie en Palm Beach y me compadecí de ella.

Aquello se ponía cada vez más interesante. Por mucho que Samantha quisiera ver el resto de la casa, la información que estaba obteniendo justo allí, en el vestíbulo, era probablemente más útil que la visita. Ya conocía la distribución por los planos.

Pero la hostilidad comenzaba a interferir con la tarea que la ocupaba. Tenía que analizar todo aquello, pero no mientras esas personas intentaban acusarla de cosas.

—Conozco algunas personas en Palm Beach —remarcó, fijando su atención en Daniel. Supuso que era el instinto lo que siempre la llevaba a buscar una grieta, un punto débil, un modo de conseguir lo que deseaba. Y tenía la sensación de que era más probable que lo obtuviera de él que de Laurie—. Únicamente estoy aquí porque me agradaba tu padre. Que tengas suerte en encontrar el catering.

No deseando que regresara el mayordomo y le abriera la puerta, se encaminó de nuevo hacia el pasillo de entrada donde estaba el Bentley. No le preocupaba Patricia; la mujer, a pesar de su manifiesta ineptitud en algunos aspectos, tenía un verdadero don para conseguir lo que deseaba. Con una excepción.

Una vez que estuvo de nuevo en la calle, Sam sacó su móvil y llamó a Rick por marcación rápida. Su padre le había enseñado que la persona en que debía pensar y preocuparse ante todo era ella misma. Eso había cambiado durante los últimos meses, y esa debilidad seguramente era el motivo principal por el que había decidido retirarse de la vida del crimen. Enfadada o no con él, frustrada por el modo en que continuaba intentando manipular su vida y convertirla en lo que él deseaba, la imagen de Rick era la primera que le venía a la mente por la mañana y la última que invocaba cada noche. Y si algo le conocía, era probable que para entonces hubiera descubierto algunas pistas por sí mismo.

—Estaba pensando en ti —llegó su voz, sin preámbulos.

Ella sonrió.

—¿De veras? ¿Qué he hecho esta vez?

—Nada. Decidí tomarme una Cola-Cola Light.

Samantha se echó a reír.

—Genial. Me asocias con una bebida sin alcohol.

—Es algo así como tu rúbrica, ¿no te parece?

—Supongo que podría ser peor.

Él guardó silencio durante un momento.

—¿Qué sucede?

Dios, Rick siempre lo sabía. Pero podía utilizar aquello en beneficio propio.

—No demasiado. Se ha cancelado mi cita para comer.

—Pues es una suerte que estuviese a punto de salir para comer en el café L'Europe a comer.

—Ah, ¿sí, verdad? ¿La Coca-Cola era sólo para abrir el apetito?

—Tenía sed. ¿Estás lo bastante cerca para reunirte conmigo?

—Claro. ¿En veinte minutos?

—Te veo allí.

Parafraseando a Sherlock Holmes: algo sucedía. El cosquilleo de su sentido arácnido le decía que no había nada ordinario ni accidental en la muerte de Charles Kunz. Como mínimo, algunas de las respuestas seguían estando en Coronado House. A menos que estuviera equivocada, ya había visto algunas de las pistas. Y tal vez Rick tuviera algunas más para ella, si se lo pedía del modo adecuado.

Capítulo diez

Lunes, 12:53 p.m.

*R*ichard entregó la llave de su SLR al aparcacoches, Samantha se aproximó hasta él desde la parte baja de la calle. Habría aparcado el Bentley al doblar la esquina; detestaba ceder sus llaves y la ubicación de su coche a otra persona.

Algo la preocupaba. Lo había apreciado en su voz por teléfono y ahora podía verlo en su semblante. Richard tomó aire, avanzando los últimos pasos para encontrarse con ella.

—Estás estupenda —dijo, tomando sus manos y extendiendo sus brazos para verla mejor con su corto vestido amarillo y las sandalias que llevaba a juego.

Se había citado con alguien que esperaba esa clase de atuendo. Posiblemente podría sacar algunas conjeturas, pero significaría mucho más si ella se lo contaba. Siempre había sido un hombre paciente, pero desde que conocía a Samantha, había aprendido a convertirlo en una forma de arte.

—Tú también —dijo, inclinándose para depositar un pequeño beso en sus labios mientras le alisaba las solapas de su chaqueta gris marengo.

—Eso no basta —respondió, tirando de ella y bajando la boca hasta la suya. El calor se extendió por su cuerpo ante el contacto, como siempre sucedía. Obsesión. Parecía que cuanto más refinados eran sus gustos, más primitivas eran sus necesidades. Y ella había copado el primer puesto de la lista desde que se habían conocido. Había dejado de intentar descifrarlo con lógica, porque obviamente la lógica nada tenía que ver con ello.

—De acuerdo, estás realmente estupendo —se corrigió, regalándole una sonrisa al tiempo que liberaba su boca y una de sus manos—. Invítame a unos tallarines chinos.

—No creo que sirvan tallarines chinos en el café L'Europe, pero veré qué puedo hacer. ¿Un perrito con chile, tal vez?

—Con Bratwurst.

—Si comes eso, no vendrás a casa.

El *maître* les saludó con la cabeza cuando entraron en el restaurante. A pesar del pequeño gentío que aguardaba mesa en el restaurante, había una mesa reservada para ellos en el comedor principal, o debería haberla, dado que Rick había llamado para hacer la reserva en cuanto había colgado el teléfono a Samantha. Al cabo de un mero momento de disimulada búsqueda, apareció el camarero jefe para conducirlos por la fresca y poco iluminada estancia hasta un lugar frente a la enorme ventana principal.

—Gracias, Edward —dijo Rick, estrechando la mano del camarero antes de retirar la silla a Samantha.

—¿Cuánto le has dado? —murmuró Samantha, tomando asiento.

Él se sentó frente a ella.

—Eso es una torpeza. Mi gratitud se verá reflejada en la propina. —Apareció otro camarero y pidió un té helado para él y una Coca-Cola Light para Samantha.

Ella aguardó hasta que estuvieron de nuevo a solas, luego tamborileó los dedos sobre la cuchara.

—Ya has comido, ¿verdad?

—Tomé una manzana —reconoció, sin mencionar el pollo asado y el pan recién hecho, gracias a Dios que siempre llevaba caramelos de menta.

—Eres un buen tío.

Él sonrió.

—No dejo de repetírtelo.

La sonrisa de Samantha se unió a la de él, sus pensativos ojos verdes escudriñaron su rostro.

—¿Sabes qué es lo que quiero hacer ahora mismo?

Rick se colocó la servilleta sobre el regazo. Debería haber pedido una mesa más resguardada.

—Cuéntamelo.

Samantha cogió un palito de pan, lo examinó durante un momento, seguidamente lo lamió lentamente por entero.

—Mmm, qué salado —murmuró.

—Por Dios. Déjalo antes de que reviente la cremallera.

—Ah, entonces tendría que sentarme en tu regazo con mi corto vestido para proteger tu modestia. —Se inclinó hacia delante, mirándole con serenidad—. ¿Estás cómodo?

Él emitió un bufido, sin estar seguro de si ella se sentía de veras tan cachonda o si intentaba distraerle para que no le hiciera preguntas incómodas.

—No. Mi único consuelo es que después voy a ocuparme de que hagas todo lo que acabas de sugerir.

Samantha se enderezó de nuevo y mordisqueó un pedazo de pan.

—Hasta entonces, ¿puedo compartir algo contigo?

Y allá iba ella, cambiando de nuevo de personaje.

—¿Se supone que ya soy capaz de pensar? —respondió, dividido entre la diversión y el resentimiento—. Has hecho que toda la sangre abandonara mi cerebro.

—Sigues siendo más listo que el cavernícola común. —Tomó otro bocado—. ¿Qué opinas de los hijos de Kunz?

Su cerebro comenzó a llenarse de nuevo, deshinchando su verga. Todo un profesional en ese instante.

—Eso depende.

—¿De qué?

—De si esto es relativo o no a la apuesta. Apuesta que tú propusiste, por cierto.

Samantha le sacó la lengua e hizo un gesto burlesco.

—Pues muy bien. Siempre puedo colarme en su casa y averiguarlo yo sola. —Se recostó y se terminó el panecillo—. O puede que Laurie necesite una nueva y mejor amiga. —Sonrió sin humor—. O puede que Daniel…

«¡Maldita sea!»

—¿Qué quieres saber?

—¿Conoces bien a Daniel?

—A Daniel. Mejor que a un simple conocido, no tan bien como a un amigo —respondió.

—¿Qué opinas de él? ¿Cómo es?

Richard echó un vistazo alrededor, cerciorándose de que ningún otro comensal pudiera escuchar su conversación. Uno no criticaba a sus colegas en público, sólo delante de compañía selecta que no le atribuyera a uno el rumor.

—Oficialmente, es el vicepresidente de Kunz Manufacturing Company. Extraoficialmente, dudo que haya entrado en la oficina salvo para echar un polvo con la última secretaria de su padre.

—No parece estúpido —comentó, desviando la mirada más allá de él y enderezándose—. No por lo que he visto, en cualquier caso.

No necesitó mirar para saber que el camarero se acercaba con sus bebidas. Samantha pidió los *fettuccini* mientras que él pidió una ensalada con vinagreta. Tan pronto se marchó nuevamente el camarero, Samantha empujó la cesta de colines hacia él.

—¿Ensalada de la casa? Espero que tu primer almuerzo fuera más sólido, porque vas a necesitar más energía para más tarde, querido.

Al menos esa mañana Sam no había corrido un peligro mortal en la misión para la que había necesitado llevar ese vestido amarillo tan sexy y sofisticado, o no hubiera estado tan excitada por él. Se preguntó si ella se daba cuenta de lo bien que podía calarla.

—Me las arreglaré —respondió, deseando que pudieran dejar a un lado la comida—, y no, Daniel no es estúpido. Lo que pasa es que es vago para los negocios.

—Todo el dinero procede del esfuerzo de papá, ¿verdad?

—Sí. Pero Charles y él siempre parecieron llevarse bien. Charles podría haberse sentido decepcionado por su falta de ambición, pero Daniel ha ganado algunos trofeos de tenis y regatas. Me parece que eso satisfacía a todos.

—Para haberlo calificado entre conocido y amigo, parece que conoces muy bien su carácter.

Él asintió.

—Soy observador.

—¿Qué me dices de la hija, Laurie?

—Laurie posee una agencia inmobiliaria —comentó, comenzando a preguntarse si se trataba de simple curiosidad por parte de Samantha, o era algo más. Tal y como había dicho, había conseguido gran parte de su fortuna siendo observador—. Es la hija lista. Por lo que puedo decir, Charles parecía adorarla, incluso más que a Daniel.

—Probablemente porque ella se ganaba el dinero. ¿Y qué pasó con la madre?

—Murió de cáncer. Hace unos nueve años, creo.

—¿A quién le afecto más?

Samantha no mostró compasión alguna, pero, claro, su madre la había expulsado de su vida cuando tenía cinco años.

—En realidad, lo ignoro. Daniel debía de estar todavía en el instituto. También Laurie, o acababa de comenzar la universidad. Por entonces, no los conocía.

—Muy bien. —Los cubitos de hielo repicaron cuando ella meneó su vaso. Miró el refresco con el ceño fruncido—. ¿Alguna vez has estado en su casa?

—¿En Coronado? Una vez, en una fiesta del Cuatro de julio. Lo siento, pero no me fijé en la seguridad.

—No pasa nada. De todos modos, no sé lo que estoy buscando. Tengo los detalles en los planos.

—Así que «sí» se trata de la apuesta.

Samantha esbozó una amplia sonrisa.

—Tal vez.

—Mmm, hum. Cambia de tema.

—De acuerdo. ¿Qué tal la mañana?

—Rechacé una oferta de venta de Leedmont y se la devolví a Tom para que hiciera revisiones, y telefoneé a Sarah a Londres para disponer que el resto de la junta directiva de Kingdom Fittings vuelen a Palm Beach a expensas mías.

—Rick, no tienes que…

Él alzó una mano.

—Si yo no puedo hacerte sugerencias de trabajo, cariño, tampoco tú puedes hacérmelas a mí.

Sus ojos se entrecerraron.

—Hablando de lo cual, hay algo que posiblemente debería contarte.

—Pues cuéntamelo.

—No va a gustarte.

Richard la miró fijamente.

—Eso nunca te ha impedido…

—¿Quién es ése? —le interrumpió, la mirada fija en algún punto más allá de su hombro.

En cierto modo contento de que el caos de sus diversos negocios le hubiera en parte preparado para la ágil mente de Samantha, se movió para echar un fugaz vistazo a su espalda.

—¿Quién?

—El tipo que está con Laurie Kunz.

—¿Cómo sabes que ésa es Laurie? —Que él supiera, Samantha nunca le había puesto la vista encima a la hija mayor de Kunz.

Ella le lanzó una mirada furibunda al tiempo que aparecía el camarero con su almuerzo. Mientras éste depositaba los platos sobre la mesa, Samantha le tocó la mano y le sonrió.

—¿Podría ayudarme? —dijo con voz cantarina, toda ingenuos ojos verdes y descarada inocencia—. Quería expresarle mis condolencias a Laurie Kunz, pero no recuerdo cómo se llama el hombre que está con ella.

El camarero, de hecho, se ruborizó.

—Yo… —Miró por encima del hombro—. Ah. Es Aubrey Pendleton. —El camarero se inclinó—. Es un acompañante.

—Oh, ¿de veras? —Samantha enarcó una ceja—. Muchísimas gracias.

—No hay de qué, señorita Jellicoe.

Richard engulló su ensalada. Ignoraba por qué, pero había ocasiones, frecuentes ocasiones, en que sentía que de nuevo estaba en el colegio en lo que a Samantha se refería. Ojalá fuera tan simple, ojalá pudiera tatuarse su nombre sobre el corazón y saber que ella no estaba jugando. Cambiar la naturaleza camaleónica de su carácter podría alterar la esencia de su persona… y no estaba seguro de querer eso.

—¿Ya te sientes mejor? —preguntó, al fin.

—Sin duda. Aubrey Pendleton no es nada feo.

Mientras simulaba tomar un sorbo de té helado, Rick lanzó otro vistazo al gentío del restaurante. Alto, de cabello rubio que comenzaba a encanecer y un bronceado a lo George Hamilton, Pendleton poseía el apuesto aspecto atemporal de lo que era exactamente: un acompañante profesional. A ninguna mujer de Palm Beach le agradaba asistir sola a un evento social, de modo que los acompañantes como Pendleton estaban disponibles para realizar tareas de acompañamiento lo mismo de mujeres jóvenes que de cierta edad. Su presencia junto a Laurie Kunz era un tanto sorprendente dado que, por lo que Rick sabía, ella jamás había carecido de compañía, pero tal vez el hombre no era más que un amigo de la familia.

Samantha sabía más de lo que admitía, pero aquél no era lugar para explorar tal hecho. Ambos sabían que, en lo concerniente a la apuesta, las cosas no podían continuar con los dos persiguiendo fines opuestos y con ella estirando los límites —o amenazando con hacerlo—, pero él había hecho sus deberes durante los tres últimos meses. Observar y escuchar frecuentemente le acarreaba más de una confrontación. La última vez que él había impuesto sus planes, ella se había marchado hacia el aeropuerto. Con el acuerdo con Kingdom Fittings pendiente, no disponía de tiempo para ir tras ella. «Con miel, Rick, no con vinagre.»

Ella se detuvo y se llevó un bocado a la boca.

—No es tan guapo como tú, por supuesto.

—Gracias.

Con una risita bebió de su refresco.

—No es más que una aclaración. Y gracias por quedar conmigo para comer.

—Es un placer. —Sí, la miel era sin duda el modo de proceder.

Su sonrisa se hizo más amplia.

—¿Crees que con el tiempo acabaremos matándonos el uno al otro?

Richard sonrió de oreja a oreja.

—Probablemente.

Los dos volvieron a encender sus respetivos teléfonos móviles cuando se marcharon del restaurante. El de Samantha sonó de inmediato, con el tono «gotas de lluvia» asignado a Stoney.

—Hola —dijo por costumbre. Mezclarse era la clave, y el

que la llamada proviniera del móvil de Stoney no indicaba necesariamente que fuese él mismo quien llamara.

—Cariño, creo que he encontrado algo que podría interesarte. ¿Podemos encontrarnos en Antigüedades Gressin?

—Me encuentro a unos quince minutos de distancia. —Miró hacia Worth Avenue—. ¿Quién hay en la oficina?

—Un letrero que dice VUELVO EN CINCO MINUTOS —respondió su ex perista—. ¿Vienes?

—Enseguida voy.

Antes de que pudiera dirigirse calle abajo hasta donde había estacionado el Bentley, Rick la asió del brazo.

—¿Qué ibas a contarme que no me agradaría?

Puede que fuera ella quien poseyera una memoria casi fotográfica, pero tampoco él se olvidaba nunca de nada. ¡Mierda! Tenía que hablarle de Leedmont, pero estaba muy segura de cómo reaccionaría él… y tenía que verse con Stoney. Con todo, cuando más guardara silencio, peor sería cuando soltara la historia.

—Primero, una cosa. No conozco todos los detalles, pero suceda lo que suceda, tienes que fingir que no sabes nada.

—Eso es un poco vago.

Sam se cruzó de brazos.

—Lo digo en serio, Rick. Estoy convencida de que no debería contarte nada de esto. Es cuestión de ética. De modo que tienes que prometérmelo.

Aquello no le gustaba; Sam podía verlo en su rostro. A las personas como Rick no les agradaba que les dieran órdenes. Pero tampoco les gustaba quedarse al margen. Él asintió al cabo de un prolongado momento.

—Continuaré en la ignorancia, digas lo que digas. A menos que ponga en peligro tu integridad o la mía. Lo prometo.

Expulsando el aliento, Sam echó un último vistazo alrededor. No había nadie lo bastante cerca como para imaginarse de lo que estaban hablando, siempre y cuando no comenzaran a vociferar.

—Esta mañana he conseguido un encargo remunerado.

—No me sorprende.

—Gracias —respondió, de corazón—. En realidad, no es mi

especialidad, pero el cliente no tenía a quién más recurrir y creo que le están jodiendo.

—De acuerdo.

—El cliente es John Leedmont.

Rick parpadeó.

—El mismo John Leedmont con quien pugno por Kingdom Fittings.

—Sí.

—Comprendo. —Sus labios se tensaron, dio un par de pasos calle abajo y luego regresó hasta ella—. ¿Con qué objeto te ha contratado?

Samantha sacudió la cabeza. Puede que la ética fuera un asunto complicado, pero ella sabía unas cuantas cosas al respecto.

—Eso queda entre él y yo.

—Sam…

—No, Rick. Te lo he contado porque hacéis negocios juntos, y no quería que fueras dando palos de ciego. Pero no voy a ponerte al tanto de los detalles.

—Sabes que puedes confiar en que no traicione tus confidencias.

—Sé que puedo. Pero ése no es el tema. Si quieres pelear por esto, de acuerdo, pero preferiría no hacerlo.

—Joder —farfulló—. No espero que cotillees conmigo. Pero tampoco esperaba que tu primer cliente fuera alguien de cuya compañía intento tomar el mando. ¿Y si…?

Ella le puso una mano sobre los labios.

—Si se presenta algún «y si», pensaré seriamente en hablar contigo.

—De acuerdo. —Con una leve sonrisa le retiró un mechón de pelo detrás de la oreja—. Gracias por contármelo.

—Oye, lo estoy intentando.

¡Vaya! Teniendo en cuenta que había estado previendo una encarnizada discusión, no había ido nada mal. Durante todo ese tiempo él había tratado de inmiscuirse en sus asuntos y ahora era ella quien aterrizaba en mitad de los suyos. Rick mantenía muy bien el equilibrio. Eso le gustaba a Sam. Tal vez estuviera aprendiendo, después de todo.

El teléfono de Rick sonó por cuarta vez.

—Es Donner —dijo.

—Ésa es mi entrada para salir de escena. Tengo que reunirme con Stoney.

Él la tomó nuevamente de la mano antes de que pudiera emprender el camino.

—Aguarda un minuto. Hay otra cena de beneficencia mañana. Si vamos, tengo que pedir las invitaciones —dijo, alzando el teléfono—. Tom.

Mientras Rick escuchaba al abogado, su mano se apretó alrededor de su muñeca. Ella levantó la vista de su reloj mientras él cerraba el móvil sin siquiera despedirse, su mirada prácticamente la estaba perforando.

—¿Y ahora, qué pasa? —preguntó, soltando su brazo y dando un sutil paso atrás.

—Es Katie Donner. ¿Te acuerdas de Kate?

—Por supuesto. La esposa de Tom. ¿Se encuentra bien?

—Te vio.

Ella frunció el ceño.

—Entonces debería haberme saludado.

—Conducías el Bentley. En realidad, estabas aparcada junto a la verja de Coronado House.

«¡Mierda!» Casi había olvidado aquella estupidez.

—No deseaba tener que explicártelo —dijo pausadamente, dando otro paso atrás. «Que no te pillen. Que nunca te pillen.» Aquélla era la principal de las tres lecciones sobre latrocinio que le había enseñado su padre.

—¿Qué diablos hacías con Patricia… y en Coronado House? Lo de antes no era sólo curiosidad, ¿no es así? Entraste.

Y ésa era la causa de que prefiriera tanto armonizar como el anonimato. Ahora la conocía demasiada gente.

—De acuerdo. Patricia conoce a Daniel, y yo quería hallar un modo de entrar en la casa que no pareciera del todo falso. Pero no funcionó, porque al parecer papá Kunz me investigó un poco y sus hijos están al corriente del legado Jellicoe. Me largué y te llamé para ir a comer. Punto y final.

—Así que utilizaste a mi ex esposa para obtener acceso ilegal a la casa.

—No hubo nada ilegal en ello.

—Y me mentiste acerca de que conocías a Daniel y a Laurie. Ella frunció el ceño.

—De acuerdo, mentí. Intento ganar la apuesta.

—Una apuesta que comienzo a lamentar haber aceptado. —Sus ojos azules continuaron fulminándola—. ¿Cómo sabías que Patricia conocía a Daniel?

—Los vi pasear juntos —mintió. El asunto del anillo y todo lo que le rodeaba seguía siendo un secreto entre Patty y ella. Le había dado su palabra al respecto y, con sus evidentes sospechas, no había modo de que confesara haberse colado en una casa, aunque hubiera sido para reponer un objeto en vez de para llevárselo.

—De modo que la llamaste, le pediste que te llevara a Coronado House y ella accedió —dijo con su grave voz tensa debido al sarcasmo.

—Así es. Me parece que sigue intentando formarse una opinión sobre nuestra relación. La tuya y la mía. Buscar pistas y esas cosas. De modo que yo la utilicé a ella y ella me utilizó a mí. Y todos contentos.

—Todos salvo yo, por lo visto. ¿No se te ha ocurrido que preferiría que no te compincharas con mi ex mujer o simplemente no te importa?

—Puede que no sólo se trate de ti —repuso cuando el aparcacoches llegó con el SLR plateado—. Por si no te acuerdas —prosiguió, mientras Rick se subía al asiento del conductor—, tú no me preguntaste si aprobaba que ayudases a Patty con sus problemillas, pero yo no te monté una pataleta.

Sam le dejó en el SLR y comenzó a bajar la calle en dirección contraria hacia el Bentley. Maldita sea, nadie se le había metido tan dentro como él.

El SLR dio marcha atrás, asomándose a su visión lateral cuando él dobló la esquina, adaptándose a su paso.

—¡Samantha!

—Estoy ocupada —espetó, incrementando su paso y sabiendo que ambos seguramente proyectaban la imagen de dos completos chiflados. Pero, maldita sea, había estado haciendo concesiones, tratando al menos de mantenerle al tanto de lo que investigaba, aunque no de cómo lo hacía.

El coche continuó retrocediendo marcha atrás a su lado.

—No voy a dejar de discutir sólo porque tú te alejes —dijo un momento después.

Ella se detuvo, inclinándose por la ventana abierta del pasajero.

—Bien —farfulló, mirándole a los ojos y retrocediendo de nuevo a continuación—. Pero más vale que tengas una buena razón para luchar. Patty no lo es. Te veré luego. Tengo que reunirme con Stoney.

Samantha continuó andando, fingiendo no escuchar mientras subía la ventanilla, cambiaba de marcha y el motor aceleraba cuando Rick se incorporó de nuevo a la carretera. El coche valía sin duda el medio millón que había pagado por él el mes pasado. Pero de pronto la asaltó la preocupación de que llegara un momento en que Rick no se molestase en discutir, en que se diera cuenta que cada vez que cedía, en realidad ganaba. O peor aún, en que decidiera que su supuesto estilo de vida no merecía el riesgo que suponía para él o para su compañía.

Pero, por Dios bendito, hasta el momento le encantaba jugar con fuego... siempre y cuando no bajase la vista. En cierto modo, aquello hacía que toda su vida resultara un subidón de adrenalina. Si se mareaba y caía, entonces sería culpa suya.

Antes de entrar en Antigüedades Gressin, Sam se tomó un momento para mirar a través del escaparate. Muebles; candelabros; vasijas; un caballito balancín del siglo XIX... objetos de decoración. Frunció el ceño, despejando su expresión antes de abrir la puerta y pasar adentro. Allí no habría ninguna pieza de la colección de joyas Gugenthal ni ningún Van Gogh u O'Keeffe digno de mención, aun cuando alguien hubiera tratado de venderlos en un establecimiento legal de antigüedades.

—Sam. —La voz de Stoney llegó desde el rincón de la derecha al fondo de la tienda.

Divisó su frente ahuevada a través de un bosque de pantallas de lámparas con flecos y cruzó el revoltijo en dirección a él.

—Ya tenemos muebles de oficina —dijo en voz baja cuando llegó hasta él—. ¿O se trata de la próxima entrega?

—Qué graciosa. —Pasó el dedo por un pequeño joyero de madera de caoba—. ¿A que es bonito?

—Es muy bonito. ¿Qué…?

Él abrió la tapa de golpe. Una enorme «G» labrada en pan de oro decoraba el interior de la tapa recubierta de terciopelo rojo.

—¿Gugenthal? —murmuró entre dientes—. Un poco chapucero, ¿no te parece?

—A eso me refiero, cielo —repuso el grandullón—. No está exactamente a la altura de las expectativas del resto de la colección… como si tal vez datase de justo antes de que los Gugenthal tuvieran que vender.

—Un pobre intento de retornar a los días de gloria. Si no puedes hacer que sea caro, haz que sea llamativo. —Cerró la tapa de nuevo, girando la caja con delicadeza en busca de cualquier marca—. Está hecho a mano —reconoció tras un momento, pasando un dedo sobre el emblema grabado de lo que parecía un diminuto pino—. Posiblemente en Bélgica. Podría proceder de la familia Gugenthal. Pero…

—Pregunté cuándo llegó. El propietario dijo que ayer.

—Espera. —Abrió la solapa del móvil y tecleó, al menos tan horrorizada como divertida de tener memorizado aquel número en particular—. ¿Frank? Soy Sam. ¿Por casualidad no habrá algún joyero listado entre los objetos robados a Kunz?

—No —respondió el detective al cabo de un minuto—. ¿Por qué, has encontrado algo?

—Puede. Sobre todo me preguntaba cómo estaba de organizado el robo. ¿Cosas dispersas o cirugía láser?

Aquello no era del todo una mentira y pareció satisfacer a Castillo.

—Sobre todo dispersas, supongo. Es una buena comparación. ¿Te importa que lo utilice en mi próxima reunión?

—Tú mismo. Pero no me atribuyas ningún merito por ello.

—Como si quisiera que alguien supiera que te conozco.

Ella colgó, volviéndose para echar un nuevo vistazo a la caja.

—No ha sido denunciado como robado.

—Eso no hace que sea más bonito.

Sam se frotó la sien.

—Muy bien, partiré desde esta perspectiva: es feo, está vacío, así que deshagámonos de él. Quiero decir que, siendo relativamente malo, diría que vale, ¿cuánto, quinientos o seiscientos pavos?

Stoney asintió.

—Setecientos veinticinco con el margen de beneficio de la tienda.

—No es muy sentimental por parte de la familia… si es que procede de Coronado House. El patriarca puede que en realidad muriera en la habitación con ello, después de todo.

Su ex perista torció el gesto.

—No estoy seguro de esa parte. El tiempo es correcto, pero dijiste que Daniel era un tipo castaño y bronceado.

—Sí.

—El vendedor era rubio.

—¿Conseguiste un nombre?

—Pregunté, pero ya sabes lo especiales que son los comerciantes de antigüedades. «Un caballero rubio» fue lo único que pude sacarle.

Samantha sonrió.

—Indícame la dirección de ese petimetre.

Stoney señaló hacia la parte delantera de la tienda y luego se dirigió a la salida. Al menos alguien sabía y apreciaba su modo de trabajar lo suficiente como para concederle un poco de espacio.

Le gustaban las tiendas de antigüedades y no sólo porque en contadas ocasiones había podido adquirir un objeto bajo contrato de uno de los establecimientos más elitistas… y porque irrumpir en un negocio era más sencillo que hacerlo en una casa. Esa tienda en particular era de nivel medio y nunca antes la había explorado. Se preguntó fugazmente si era ahí donde las damas de la alta sociedad dejaban las cosas que mangaban en las fiestas.

Seguramente el propietario nunca había sido guapo, y ahora había adelgazado y perdido el trasero tal como tendían a hacer los hombres de edad madura. Ahora se había convertido prácticamente en la estereotipada figura de póster del sabiondo petimetre entrado en años. El pobre tipo llevaba incluso gafas de culo de botella.

—Hola —dijo, dedicándole una deslumbrante sonrisa cuando llegó al desordenado mostrador.

—Buenas tardes. ¿Es usted la joven interesada en el joyero de caoba del siglo XVII?

—De principios del XX, quiere decir —le corrigió—. Los clavos de las bisagras son de aluminio.

—Así que conoce los joyeros —reconoció el vendedor, dejando a un lado el periódico que había estado examinando concienzudamente—. Su compañero dijo que así era.

—Es una afición. Siempre le pido al señor Barstone que esté alerta. —Cambió el peso de pie, apoyando un codo sobre el mostrador y proporcionándole una visión de su sujetador rosa—. Es danés, ¿verdad? O más bien flamenco.

—De acuerdo con la firma del artesano, sí.

—¿Fue una pieza de subasta?

—El caballero que lo trajo dijo que había sido un regalo. Me había traído piezas con anterioridad y no tengo motivos para dudar de él.

—¿Cree que tenga algunas cajas más en su poder? ¿Flamencas, pero más antiguas?

—Puede tener acceso a algunas —dijo el vendedor a regañadientes.

Sam reconoció la indecisión y el motivo que se escondía tras ella. Le lanzó una sonrisa coqueta.

—Yo podría tener acceso a algunas cosas que le beneficiarían, si me echa una mano.

—Per… perdón, ¿cómo dice?

Se inclinó un poco más, cerciorándose de que él pudiera ver las copas de encaje rosa de la talla B.

—Ya sabe. Usted me rasca la espalda y yo le rascaré la suya.

—Ay, dios mío. —Buscando a tientas la Rolodex, asintió de modo tan enérgico que a Sam le preocupó que pudiera rompérsele una vértebra—. Le daré el número del señor Pendleton. Estoy seguro de que no le importará.

—Eso es estupendo —respondió, empleando toda su experiencia para lograr no inmutarse debido al nombre. Pendleton. ¿Aubrey Pendleton, el acompañante de Laurie?

Dio de nuevo las gracias al comerciante de antigüedades y se encaminó a la calle, donde Stoney estaba apoyado contra su Chevy y sorbía un refresco para llevar.

—¿Tenía yo razón? —preguntó.

—Eso parece. El vendedor era Aubrey Pendleton. Le vi hace una hora con Laurie Kunz.

—Joder, qué bueno soy —declaró Stoney, apurando su refresco y apartándose del coche—. Será mejor que regrese a la oficina. Tenemos de camino algunos armarios archiveros y una mesa de conferencias.

Ella se negó a picar el anzuelo y preguntar por la procedencia de dichos muebles.

—Te seguiré. Tengo algunas llamadas que hacer. —Tenía que encontrar un acompañante y quería saber por Leedmont en qué esquina había subido la chica a su coche, y dónde se habían detenido cuando ella cayó sobre su regazo. Mmm, algunas veces parecía que los buenos días de antaño eran más glamurosos que su nueva andadura.

Capítulo once

—¿*C*uánto tiempo vas a quedarte mirando por mi ventana? —preguntó Tom Donner, levantado la vista del montón de papeles sobre su escritorio.

Rick bajó de nuevo la mirada a la lista revisada de demandas de Leedmont.

—No me he quedado mirando —gruñó—. Estaba echando un vistazo.

—Has estado echando muchos vistazos.

—Jellicoe parece capaz de cuidarse solita.

Podía, pero no se trataba precisamente tanto de lo que estaba haciendo como de con quién lo hacía. Patricia, Leedmont... no podía estar más implicada en su vida, y aun así continuaba protestando siempre que él le ofrecía consejo sobre sus asuntos.

—Sabía que no debería haberte llamado cuando Kate me telefoneó.

—Siempre debes llamarme. —Lo único que le faltaba era que su ex esposa y su amante actual salieran juntas por ahí sin que nadie le avisara de ello.

—Sí, bueno, pensé que era muy interesante. No sabía que te pondrías hecho un basilisco.

—Bien que lo sabías. De lo contrario habrías hecho que Kate me llamara para darme la noticia. Querías que Sam y yo discutiéramos.

—De acuerdo, puede que sí.

Rick se tomó un momento para fulminar al abogado con la mirada.

—¿Y eso por qué?

—Jellicoe solía buscar puntos débiles en la seguridad. Se imagina que Patricia conoce todos los tuyos, de modo que está claro que quiere hacerse colega suya. Afróntalo, Rick. No eres más que otra víctima,

—No soy una maldita víctima, Tom —replicó—. Y si me repites esas opiniones a mí o a cualquiera, voy a dejar de fingir que te despido y a hacerlo de verdad.

—Entonces, ¿puedo simplemente decir que estás loco?

—Eso puedes decirlo. —En esos momentos estaría de acuerdo con tal afirmación—. Una vez —exhaló. Mantener su... frustración a raya iba a provocarle un ataque al corazón. Maldita sea, estaba acostumbrado a la acción. Visto el problema, se solventa. Se hace desaparecer, o se le da la vuelta en beneficio propio. Que fuera otra persona quien le impusiera la dirección a seguir... eso era algo nuevo. Y era extremadamente difícil, aunque era importante que le concediera a ella su espacio.

—Bueno —prosiguió Tom después de largo rato de silencio—, a juzgar por lo que has dicho, Jellicoe estaba utilizando a Patricia para ganar la apuesta. Dudo que las dos vayan a ir juntas de compras. Es probable que sólo fuera algo puntual.

Dios, eso esperaba. A veces deseaba que Samantha fuera la clase de chica que sólo iba de compras. Pero si se hubieran conocido en Neiman Marcus, jamás hubiera llegado a conocer a la verdadera Sam Jellicoe. Ella jamás se hubiera ofrecido voluntariamente a revelarle a nadie sus secretos. Tan sólo el hecho de que la hubiera pillado colándose en Solano Dorado y que los dos hubieran estado a punto de volar por los aires cinco minutos después de eso... aquélla era la única razón por la que había llegado a conocer a la verdadera Samantha Jellicoe. Y daba gracias a Dios de que ambos hubieran sobrevivido a su primer encuentro, y por cada día que pasaba con ella desde entonces.

Richard se obligó a centrar la atención de nuevo en el periódico que tenía delante.

—¿Me tienes ya preparada esa cláusula laboral?

—Debería salir de la impresora ahora mismo.

Rick asintió.

—Me la llevaré y la revisaré esta noche. Si supera la inspección, se la enviaré a Leedmont. Sería agradable que estuviera de mi parte cuando el resto de la directiva lo vote.

—Tengo la impresión de que es más terco que sensato.

Y por tal motivo hubiera sido útil saber por qué Leedmont había contratado a Samantha.

—No le necesito si consigo un voto unánime del resto de la junta. Simplemente lo haría todo más sencillo. Imagino que el mejor modo de proceder es presentar a la junta la nueva propuesta justo antes de que suban al avión. Eso les concedería unas pocas horas sin interrupciones para considerar su futuro sin que Leedmont les persuada para que rechacen mi oferta.

—Más te vale que hagas acopio de bebidas alcohólicas en el avión —dijo Tom, siguiéndole hasta la impresora de su secretaria que se encontraba fuera de la puerta del despacho—. Lo necesitarán.

—Cabría esperar que así fuera.

Rick esperó mientras Shelly guardaba el documento revisado en una carpeta, luego se encaminó hacia el aparcamiento y a su SLR. Antes de acomodarse para analizar las revisiones del contrato, iba a hacer caso de la sugerencia de Tom y a tomarse una copa. Una copa muy larga.

—Me estás diciendo que está mal que utilice una posible fuente de información sólo porque resulta que ésta tiene una historia con el tipo con el que me acuesto.

—Sam, lo único que te digo es que yo me quedo al margen. —Stoney no se molestó en disimular su sonrisa al tiempo que volvía a cotejar el mobiliario de oficina de una lista en una carpeta sujetapapeles. Una lista que no iba a mostrarle—. Estoy en Illinois, estoy muy lejos de todo ello.

—Se lo habría dicho si surgiera algo importante. Pero ella apenas vale la gasolina que gasté. —Por supuesto, Patricia seguía prácticamente a su merced siempre que tuviera la cinta de seguridad del robo del anillo. Pero cuanta más gente tuviera conocimiento de aquello, menos influencia tendría ella. Por tal motivo mantenía el pico cerrado sobre el trato con Patty—. En realidad, ni siquiera sé qué fue lo que Rick vio en ella.

—Uf, me voy más lejos. Ahora estoy en Idaho. Y no me sigas.

Samantha realizó un nuevo giro en la mullida silla verde de recepción. A pesar de las buenas noticias y de la posible pista del joyero Gugenthal, lo que principalmente ocupaba su mente era la estúpida discusión con Rick. Por supuesto que le había cabreado que estuviera frecuentando a Patty… tanto si la mujer la estaba volviendo medio loca como si no. Gracias a Dios que no le había ocultado lo de Leedmont.

—Stoney, tú eres mi Yoda. Aconséjame.

—Hace tres meses te dije que era un error enrollarte con Richard Addison. Después de eso todo es culpa tuya, cielo. Soy yo quien te organizó unas vacaciones pagadas en Venecia. —Examinó el número de serie de un armario archivero y lo cotejó en su carpeta.

—No vamos a encontrar a Jimmy Hoffa en uno de éstos, ¿verdad? —preguntó, dando un golpecito con los nudillos al archivero de metal.

—Si lo hacemos, tendrás que hacer tú las entrevistas para la televisión. —Stoney tomó aire—. De acuerdo. Un pequeño consejo. Si te gusta Addison, y el que salgas con su ex mujer le molesta, no lo hagas.

—Jamás se pronunciaron palabras más sabias —manifestó una voz con acento sureño procedente de la puerta.

Samantha dio la vuelta en la silla. Alto, atlético y rondando los cincuenta, Aubrey Pendleton entró por el vestíbulo.

—Señor Pendleton —dijo, poniéndose en pie.

Le tendió la mano y él la tomó, aunque en vez de estrechársela con un típico «encantado de conocerte», se llevó sus nudillos a los labios.

—Usted debe de ser Samantha Jellicoe. Me sorprendió su llamada.

—¿Cómo es eso? —preguntó, retirando la mano.

—Las mujeres que tienen como acompañante a Rick Addison normalmente no necesitan los servicios de otro caballero —respondió, saludando a Stoney con la cabeza—. Aubrey Pedleton.

—Walter Barstone —respondió Stoney, adelantándose un paso para tenderle la mano.

Aubrey no besó a Stoney en los nudillos, lo que probablemente era algo bueno. Sam dio un rodeo hasta la puerta de recepción y la abrió, indicándole al señor Pendleton que le acompañara. Él así lo hizo, contemplando las paredes desnudas, la apagada pintura y la ecléctica colección de muebles.

—Este lugar perteneció a una compañía de seguros —comentó, siguiéndola hacia su despacho—. Se dice que no pudieron hacen frente al alquiler.

—Genial —gruñó Stoney detrás de ellos.

Pendleton le dedicó una sonrisa de dientes perfectos.

—Personalmente, pensé que o bien atraían a la clientela equivocada o bien habían elegido la zona errónea de la ciudad para sus negocios. Con sus conexiones, dudo que tenga usted problema alguno.

¡Vaya! Todo el mundo sabía quién era y con quién se acostaba. Sam se preguntó qué más sabría el hombre.

—Hablando de conexiones —dijo, simulando su sosegado y firme estilo de conversación—. Resulta que esta tarde estuve en Antigüedades Gressin. Por casualidad no tendrá otros joyeros de origen flamenco disponibles, ¿verdad?

—Ah, qué sutil, señorita Jellicoe. Mis felicitaciones.

Ella sonrió.

—Llámeme Sam.

—Jamás me dirijo a una mujer por su nombre de pila —respondió—. Una dama se merece que la traten con más respeto. ¿Podría llamarla señorita Jellicoe?

—Claro. —Rick raras veces la llamaba Sam, pero supuso que tan sólo era un alarde británico. Pero todo eso del respeto… era agradable—. ¿Joyeros?

Tomaron asiento en las sillas para invitados de su despacho, mientras Stoney retomaba la tarea de cotejar el mobiliario. Sam podría jurar que el sillón de su escritorio había cambiado su estilo dos veces y de color en tres ocasiones.

—Joyeros —repitió Pendleton—. Sabe, una bonita selección de reproducciones de grandes maestros le conferiría a esto un refinado sentido de la elegancia.

Así que quería charlar sobre el tema. De acuerdo, podía hacerlo.

—Ya hay algún Monet en el pasillo común.

—Demasiado europeo —dijo con voz lánguida, pareciendo desdeñoso—. Algo más cercano a casa. O'Keeffe, tal vez.

—¿Vida en el desierto? Difícilmente la quintaesencia de Palm Beach.

Él rio entre dientes.

—Diego Rivera, pues.

Sam le miró con la cabeza ladeada.

—¿Se trata de un concurso sobre arte? Rivera es sudamericano, pero en absoluto es un artista cumbre. ¿Por qué no me seduce con algunos nativos desnudos como Gauguin?

Asintiendo, él se acomodó en la silla y cruzó los tobillos.

—Laurie Kunz me dio el joyero hace dos días y me pidió que me deshiciera de él por ella. Dijo que nunca le había gustado, y que con el fideicomiso inmovilizado por el momento, no le vendría mal el efectivo para pagar al personal extra para el velatorio.

Sam se tomó un momento para escudriñar su expresión y el tono de su voz.

—No lo aprobaba —dijo finalmente.

—Charles, algunos caballeros más y yo solíamos jugar al póquer la noche de los jueves cuando estaba en la ciudad.

—Le agradaba Charles.

—Sí, así es.

—También a mí —reconoció.

Pendleton asintió.

—Y a él le gustaban sus colecciones. Me ofrecí a prestarle a Laurie algunos fondos. Ella no tenía motivo para deshacerse del joyero salvo por el hecho de que podía hacerlo. No considero que sea apropiado.

—Pero hoy fue a comer con ella.

Su blanca sonrisa volvió a aparecer.

—Uno debe ganarse la vida, señorita Samantha. Y hay familias a las que no se enoja si se desea seguir formando parte del círculo social de Palm Beach.

—Cotillear conmigo, o con cualquiera, no parece una buena forma de seguir siendo popular —advirtió.

—No, es vital poseer información, y saber con quién se

comparte es casi igual de importante. —Extendió una elegante mano para tocar a Sam en la rodilla—. Elijo compartirla con usted.

—¿Por qué?

—Nuestras ocupaciones no se diferencian tanto, querida. En gran medida, ambos… vivimos del esfuerzo de otras personas. O usted lo hacía, más bien. Debe avisarme de lo bien que le sienta tener una ocupación legal.

Sam se echó a reír.

—Si supiera de lo que habla, sin duda le mantendría al tanto.

—Muy justo, aunque le aseguro que soy la discreción en persona. ¿Alguna cosa más?

Ella dudó durante un mero segundo. Vivir gracias a su instinto nunca antes le había fallado, y tenía la sensación de que podía confiar en Aubrey Pendleton.

—¿Conoce a alguien que tiende trampas a tipos ricos o turistas con una prostituta y luego saca fotos para chantajearlos?

—He escuchado rumores acerca de una estafa burda con una mujer y fotografías. Y algo sobre un apartado postal.

«¡Bingo!»

—Tengo la sensación de que no fue algo puntual. ¿Ninguna pista de quién hay detrás de ello?

Aubrey rio entre dientes.

—Cariño, quienquiera que sea, no forma parte del círculo social de Palm Beach. He visto cosas así antes. El *beau monde* preferiría pagar unos dólares que reconocer al parásito llamando a la policía y denunciándolo.

—Muy bien. Gracias.

—Ha sido un placer. En realidad es emocionante investigar un asesinato y vandalismo. Me siento como en «CSI Miami».

Samantha sonrió. El hombre parecía estar disfrutando verdaderamente de aquello, y sin duda había sido franco. Una pregunta más no haría daño.

—¿Cree que sus hijos tuvieron algo que ver con el asesinato de Kunz?

Él arqueó ambas cejas.

—Independientemente de mi recién descubierta afición por las emociones, no me relacionaría de forma intencionada con asesinos. Entre usted y yo, son unos mocosos malcriados, pero ¿asesinos? No lo creo.

¡Mierda! Vuelta a empezar… aunque no pensaba eliminarlos sólo porque alguien se lo dijera.

—Gracias de nuevo, señor Pendleton.

—Llámeme Aubrey, por favor. Y manténgame informado en todos los aspectos, si es tan amable. Lo encuentro fascinante.

—Trato hecho.

Aubrey se puso en pie, ofreciéndole una elegante reverencia a la antigua usanza.

—Llámeme siempre que lo desee, por negocios o por placer. —Sonrió de nuevo; un caballero sureño hasta la médula—. Y por cierto, según mi experiencia, hay dos modos de hacer que un hombre olvide una discusión: la comida y el sexo.

Vaya, la cosa se ponía interesante.

—¿Cuántas compañeras femeninas están al corriente de su vasto conocimiento sobre los hombres?

Le guiñó un ojo y salió por la puerta.

—Tantas como saben que he venido aquí a hablar con usted.

—Lo tendré en cuenta —dijo, con un tono de voz lo bastante elevado como para que él la oyera. Aubrey Pendleton tenía razón: ambos tenían algunos secretos.

Cuando Rick llegó a casa ya tenía dos mensajes en espera de Shelly en el despacho de Tom. Le devolvió la llamada, sólo para descubrir que el *Wall Street Journal* había estado llamando para confirmar su adquisición de Kingdom Fittings.

—Espléndido —farfulló. No había nada como el interés de la prensa para comenzar a elevar el precio de las cosas. Ni siquiera habían aceptado un acuerdo todavía, mucho menos el precio de venta—. Dales largas hasta el viernes, al menos —ordenó—. Diles que mañana asisto a un funeral.

El teléfono volvió a sonar nada más colgarlo y lo cogió automáticamente. No mucha gente tenía el número privado de su despacho.

—Addison.

—Hola, Richard —se escuchó la cultivada voz de Patricia.

Él frunció el ceño.

—Estoy ocupado en este momento, Patricia. Te llamo más tarde.

—Tan sólo me preguntaba si has hablado con Tom. Estoy un tanto impaciente por establecerme aquí.

—¿Y eso por qué? —preguntó. Por muy a la ligera que fingiera tomarse las advertencias de Samantha, no podía hacer caso omiso de ellas. Patricia raras veces hacía algo que no le beneficiara—. ¿Por qué en Palm Beach?

—Eso ya lo hemos hablado.

—Pues hablémoslo de nuevo, ¿te parece?

Ella se echó a reír, un sonido que solía encontrar atractivo. Ahora se le asemejaba más a campanas de advertencia.

—¿Por qué no Palm Beach? Como he dicho, el tiempo es agradable, está lejos de la órbita de influencia y de las amistades de Peter, e incluso tiene sociedad y una temporada para la aristocracia… o lo que se considera aristocracia en América. Además, la mayor parte de los amigos que me quedan tienen casa de invierno aquí.

Claro. La maldita brigada de cotillas de Patty. Se compadecerían por ella, sin duda… o su ex no estaría tan entusiasmada por vivir allí, pero no le subvencionarían su nueva vida. Por lo visto ése era su trabajo.

—¿Y si te pido que te instales en otra parte? —sugirió—. ¿Y si me ofrezco a pagarte por ello?

Ella no pronunció palabra durante un momento.

—¿Es que tu perra americana teme un poco de competencia? —espetó finalmente, su afectación zalamera abandonó su voz.

—Samantha no le teme a nada —replicó—. Intento hacerte un favor a ti. No a ella. Y no es ninguna perra, querida. —El orgullo le incitó a decirlo. Samantha podría no tener un linaje con pedigrí, pero era seguramente la persona más pura que había conocido en su vida.

—Cualquier cosa que contribuya a tu vida de fantasía, querido —repuso, luego tomó aire de modo audible—. Por favor, ayúdame, Rick. No tengo a nadie más a quien recurrir. Peter traicionó a todos los hombres que conozco, incluido a ti, y tú eres el único con quien todavía puedo… contar.

A pesar de que era consciente de ello, seguía sin poder evitar lo que Samantha denominada su propensión a actuar como un «caballero de brillante armadura».

—Tom está en ello. Me ocuparé de que te llame mañana.

—Oh, gracias, Richard.

Rick apretó el teléfono.

—Si quieres darme las gracias, Patricia, aléjate de Samantha.

—Dile a la perra que se mantenga alejada de mí. No es idea mía que me vean con ella.

El teléfono comunicó y colgó el aparato. Sorprendentemente, no estaba tan cabreado como divertido. Al parecer su novia andaba a la busca de su ex mujer, la cual no iba a dejarle en paz. No cabía duda de que últimamente llevaba una vida extraña.

Se dio la vuelta al oír la llamada a su puerta. «Hablando del rey de Roma.»

—Hola.

Samantha le observó durante largo rato antes de entrar en la habitación.

—¿Seguimos peleando?

—No lo sé. ¿Seguimos?

—En cierto modo, eso espero. Alguien acaba de decirme que las dos mejores formas de hacer que un hombre olvide una pelea son la comida y el sexo.

Richard cerró el expediente de la propuesta.

—Eso parece interesante —dijo, poniéndose en pie para acercarse a ella—. Porque estás irresistible con ese vestido.

Ella dibujó una amplia sonrisa.

—Gracias. Pero, en realidad, pensaba en la tarta de chocolate de Hans. —De espaldas, retrocedió pausadamente hasta el pasillo.

Rick se quedó en la entrada durante un momento, observando el suave vaivén de sus caderas mientras retrocedía y sintiendo que la sangre abandonaba su cerebro para dirigirse más abajo. Así que ya no estaban discutiendo. Nada estaba zanjado, pero tampoco pretendía pasarse la noche durmiendo solo.

—Me gusta la tarta —dijo, alcanzándola para tomarla de la mano.

—Creía que todavía estarías cabreado —remarcó, mirándole de soslayo.

—Soy mayorcito. Además, me encanta tenerte en vilo.

—Se te da bien. —Se detuvo al pie de las escaleras—. Crecí sin poder contarle a nadie cómo nos ganábamos la vida mi padre y yo —dijo de pronto—. Estoy acostumbrada a los secretos. Y con toda sinceridad, sabía que te cabrearías si descubrías que estaba hablando con Patricia. Así que mantuve el pico cerrado. No pretendía enfadarte.

Lentamente Rick la atrajo hacia él.

—Me casé con ella. Negar eso sería una completa estupidez. Y también la quise durante un tiempo.

Ella comenzó a zafarse.

—Rick…

—Lo sé, lo sé —sonrió—. Tan sólo quería decir que la magnitud de mi experiencia es ahora más amplia y que me gustaría pensar que soy más sabio y más cauto. —Se inclinó hacia delante, levantándole la barbilla con los dedos y besándola—. Puedes pensar que admitir ciertas cosas es mostrar debilidad, pero resulta que yo creo que es mostrar fortaleza. Y por eso he decidido que vas a tener que acostumbrarte a escucharlas. Te quiero, Samantha.

—Tú…

Él contuvo su protesta, o lo que fuera, con otro beso, profundo y pausado.

—Te quiero —susurró, empujándola suavemente hacia atrás hasta que sus caderas toparon con la barandilla de la galería—. Te quiero.

Ella no respondió, y Rick no esperó que lo hiciera, pero a juzgar por el modo en que sus brazos le rodearon el cuello, sus dedos se hundieron en sus músculos mientras su boca se encontraba ávidamente con la de él, sentía algo. Más que algo. Fuera lo que fuese lo que le impedía pronunciar las palabras, comprendía la emoción.

—¿Señor Addison?

Con una maldición ahogada Richard separó la suya de la boca de Samantha y desvió la vista hacia el vestíbulo donde se encontraba su mayordomo.

—¿Qué sucede, Reinaldo?

—Disculpe, señor, pero la cena está preparada.

Samantha le lamió la oreja.

—Mmm, y yo con esta hambre —murmuró.

«¡Dios santo!»

—Disponlo todo en el comedor y luego dales a todos el resto de la noche libre.

El cubano esbozó una fugaz sonrisa.

—Enseguida, señor.

—Vaya, qué generoso —murmuró Samantha.

Rick le recorrió la espalda con las manos, deteniéndose para tomar su trasero en ellas y acercarla a él.

—En absoluto. ¿Sabes lo mucho que te deseo?

Su gemido de respuesta hizo que se pusiera duro.

—Me hago una idea —susurró, meneando las caderas contra él.

—Bien. Ahora camina delante de mí hasta el comedor para que pueda conservar algo de dignidad.

Samantha rompió a reír.

—Si no estuvieras tan generosamente dotado, no tendrías ese problema.

La soltó, colocándola de modo que le precediera al bajar las escaleras.

—Sí, pero tendríamos otro problema distinto.

—Cierto. Prefiero éste.

Cuando llegaron a la planta baja, Rick se movió detrás de ella, pasándole el cabello sobre los hombros para poder besarla en el cuello.

—Tal vez soy generoso —reconoció, un agradable calor se extendió bajo su piel— porque pretendo darte toda mi dotación.

Ella suspiró de modo casi silencioso y trémulo.

—Acabas de hacer que me humedezca —susurró.

Si no ponían freno a esto, Rick jamás lograría llegar al comedor. Y más valdría que Reinaldo hubiera sacado a todos de allí.

A Dios gracias, el comedor estaba desierto, con dos servicios colocados uno frente al otro en un extremo de la larga mesa. Al parecer la cena de esa noche estaba completamente dedicada en honor a Samantha y sus gustos, porque había una humeante cazuela de chile en medio de los servicios, con montones de nachos en ambos platos. Más allá de la mesa, aguardaba una tarta de chocolate coronada con nata montada.

—Oh, sí —canturreó, tomando asiento en una de las sillas—. Hans es un genio. —Degustó un crujiente nacho, volviéndose para alzar la vista hacia él con un hilillo de queso medio fundido cayéndole por la barbilla.

Rick se inclinó con una sonrisa en los labios para mordisquear el queso que había escapado. Mientras ella se levantaba para servirse con la cuchara chile sobre los nachos y el queso, él asió su plato y lo desplazó hasta el lugar contiguo al de ella.

—Toma —le dijo, poniendo la mano bajo una generosa cantidad de chile y nachos.

Estaba más picante de lo que Rick esperaba, pero cuando ella se afanó en desabrocharle los botones de la camisa mientras él masticaba, no se le ocurrió realizar ningún comentario. Le dio a ella el siguiente bocado, aprovechando el momento para agacharse y quitarle a Samantha las sandalias amarillas. Rick se descalzó a continuación, y luego ella se puso en pie para que él pudiera bajarle la cremallera de su vestido de Chanel, besando la cálida piel de sus hombros a medida que los dejaba al descubierto.

—Me parece que los nachos no son la más aromática de las comidas —le dijo, bajándole el vestido hasta los pies. Llevaba el sujetador y las braguitas rosas con encaje en los bordes.

—Ambos estamos comiendo de ellos —respondió, arqueando la espalda cuando él la recorrió con los dedos.

Rick la hizo volverse, besándola profundamente. Sam tenía razón; sabía a chile y a jalapeños, lo cual, en realidad, encajaba adecuadamente con ella. Centrando la atención en su cuello, Richard deslizó las manos alrededor de ella hasta el broche de su sujetador. Todas las bromas del almuerzo y luego la pelea… en cierto sentido, Samantha sabía de lo que hablaba. No era complicado canalizar toda esa frustración y convertirla en excitación.

Le retiró los tirantes del sostén de los hombros. Riendo de forma un tanto entrecortada, Samantha le dio de comer otro nacho. Sin tener por el momento un mejor uso para su boca, Rick rozó con los dedos sus pezones, disfrutando de su jadeo. Por Dios, qué caliente le ponía.

Ni siquiera pudo apartar los ojos de ella mientras daba un paso atrás para desabrocharse los pantalones y dejar caer la camisa al suelo. Samantha le consumía, y tan sólo en momentos como ése, cuando estaba a punto de entrar en ella, de oírla gemir de placer y de hacer que se corriera, sentía verdaderamente que era suya. A punto estuvo de perder el control cuando ella pasó con lentitud las palmas de las manos por su abdomen y luego se inclinó para lamer su tetilla izquierda.

—¡Dios mío! —acertó a decir, estremeciéndose.

Samantha rio por lo bajo, el sonido reverberó dentro de su pecho.

—Qué facilón eres.

Richard deslizó una mano dentro de sus coquetas braguitas, moviendo los dedos hacia arriba para sentir la caliente humedad en su interior.

—No soy el único.

—Muy bien, se acabaron las provocaciones, colega —gimió, retorciéndose contra él—. Quiero el plato principal.

—No he terminado con el aperitivo —respondió, levantándola hasta el borde de la mesa y bajándole las bragas en un mismo movimiento. Las arrojó por encima de su hombro a algún lugar.

—¡Oye! Ya he perdido la cuenta de los pares de bragas que he extraviado desde que te conozco —protestó con la voz ronca por la pasión y la diversión.

—Te compraré una tienda entera. —Rick ocupó la silla vacía y se inclinó para besar la parte interna de sus muslos.

Samantha retiró los platos a un lado y se tumbó. Colocándose en posición, lamió sus suaves pliegues. Ella se estremeció de pronto, incorporándose para aferrarle del pelo y apartar su rostro de ella.

—¡Dios mío!

Él parpadeó.

—¿Qué? ¿He hecho algo que…?

—Cómo pican esos jalapeños, tío —jadeó, riendo sin resuello—. Hazlo otra vez.

Así que la comida picante y el sexo tenían una ventaja añadida. Richard se puso de nuevo manos a la obra con los dedos y la boca, despiadado e implacable, mientras ella se retorcía debajo de él.

—De acuerdo, basta, basta —suplicó al fin—. Ven aquí y fóllame, Rick.

Deseaba hacerlo; la espera le estaba matando. Pero aún no había terminado de torturarla. Era el momento de la venganza.

—Todavía no he tomado el postre —murmuró, alargando el brazo para enganchar la tarta y acercarla.

Dos bocaditos de nata montada cayeron pesadamente sobre sus pechos y él se inclinó sobre su cuerpo para lamerlos con un dedo todavía introducido en su interior. Sam se sacudió y se corrió, gritando su nombre. Aquello casi acabó con él. «Todavía no», le ordenó a su verga, respirando profundamente varias veces y esforzándose por controlarse.

Samantha golpeó la superficie de la mesa con los puños y resolló en busca de aire.

—Me estás matando, cabrón inglés.

Él sonrió de oreja a oreja.

—Pero menudo modo de morir.

Incorporándose, le besó, lamiendo la nata de su barbilla.

—No creo en el juego limpio, ya lo sabes —murmuró, hundiendo la mano en la tarta.

Richard la observó con cautela.

—Samantha, puedo recordarte que…

Ella aferró su dura verga, extendiendo chocolate y nata montada por toda su longitud.

—Oh, oh. Ahora tendremos que limpiarlo.

«¡Ay, Dios bendito!» Empujándolo de nuevo contra la silla, se bajó de la mesa y se arrodilló entre sus muslos. Rick perdió el habla cuando su boca caliente se cerró a su alrededor. Lo único que pudo hacer fue enroscar las manos en su cabello e intentar esforzarse por respirar y no eyacular hasta que estuviera preparado para hacerlo. Y eso significaba no hacerlo hasta estar dentro de ella.

Su inquieta y acariciante boca recorriendo su longitud era más de lo que podía soportar.

—Para, para —gruñó cuando no pudo aguantar la tortura por más tiempo, apartándola. Agarró una servilleta para limpiarse los restos de chocolate y seguidamente se arrodilló para mirarla de frente. La desequilibró, empujándola hacia atrás sobre el suelo de mármol, cayó sobre ella, capturando su boca y posicionándose para introducirse en su interior.

Sin tiempo para sutilezas, se limitó a sujetarla contra el suelo y embestir salvajemente hasta que se corrió con urgencia. Se desplomó sobre ella, pronunciando su nombre con los dientes apretados.

Samanta le abrazó fuertemente y luego se relajó poco a poco.

—Te dije que seguramente acabaríamos matándonos el uno al otro —jadeó.

Él la besó otra vez, con más pausa y delicadeza en esta ocasión.

Capítulo doce

Jueves, 2:21 p.m.

Samantha odiaba los funerales. En toda su vida había asistido tan sólo a tres: uno, el de la madre de Stoney; otro, por un viejo colega de su padre que se había retirado a un país sin ley de extradición y el tercero por su propio padre, aunque aquél no había sido más que un brevísimo oficio justo fuera de la prisión donde cumplía condena, y ella había estado observado con unos prismáticos desde una colina próxima mientras algunos agentes del FBI y el capellán de la prisión formaban un círculo y cuatro prisioneros cavaban el hoyo y metían dentro el ataúd.

Éste era diferente de los otros, pero igual al mismo tiempo. Había más de doscientos dolientes de pie bajo una carpa blanca con doseles o sentados en sillas blancas de madera, acompañados por ramos y coronas por valor de varios miles de dólares, y ataviados con trajes y vestidos por un valor de varios millones de dólares. Pero al igual que en los otros, todo estaba demasiado en silencio, y alguien como ella, que confiaba en saber qué decir y con quién hablar, se había quedado sin palabras.

—¿Te encuentras bien? —susurró Rick, rodeándola con el brazo.

Por una vez no le importó el contacto restrictivo. Lo agradeció, de hecho, y se apretó contra su pecho.

—Sí. Es decir, apenas lo conocía.

—Seguro que lo conocías mejor que algunos de sus amigos —respondió con el mismo tono de voz quedo, señalando con la cabeza el grupo disperso de ancianos caballeros sentados a un extremo del féretro. A juzgar por lo que le había contado Aubrey, probablemente se trataba de los compañeros de póquer de Kunz.

La policía mantenía a la prensa a una distancia respetuosa, pero en medio del sigiloso murmullo podía escuchar el *click* de los obturadores. Una vez más, no le importó. Aunque reconoció a gran cantidad de los asistentes, algunos le eran desconocidos. Y lo más probable era que los rostros y nombres de al menos algunos de ellos aparecerían en los periódicos locales del día siguiente. En ese momento todos eran sospechosos, y Sam deseaba saberlo todo de ellos.

—Laurie no tiene buen aspecto —comentó Rick, cuando el grupo central de asistentes desembarcaron de sus limusinas y se dirigieron hasta el lugar por entre las elegantes lápidas y mausoleos desperdigados.

—El negro no le sienta bien —convino Sam, observando a los hermanos Kunz aproximarse cogidos del brazo.

—Eso es un pelín sarcástico, ¿no te parece?

—Ni siquiera tiene la nariz enrojecida. ¿Cómo sabes que ha tenido mejor aspecto en otras ocasiones?

Él se encogió de hombros a su lado.

—En realidad, lo ignoro. Supongo que no es más que algo que se dice en los funerales.

Sam volvió la cabeza para alzar la vista hacia él.

—Hablo en serio. ¿Te parece alguien que ha perdido a un padre, cuando al parecer estaban tan unidos que vivían en la misma casa? Ayer fue la primera vez que la vi.

—Qué se yo, Samantha —le respondió en un susurro—. Y es una casa grande. Compartirla con un miembro de la familia no significa necesariamente que estuvieran unidos.

—Lo dices por experiencia, ¿no?

—Shhh. Podemos hurgar en mi armario personal en otro momento. Pero ya te lo he dicho, Charles adoraba a sus dos hijos.

—Claro. Lo que pasa es que no lo parece al verlos. —Escudriñó de nuevo el creciente gentío, tratando de no detenerse en el ataúd que estaba siendo cuidadosamente colocado en el mecanismo de bajada—. Algo he pasado por alto —gruñó—. Sé que es así, y no tengo idea de qué.

—Rick, Sam. —La voz de Castillo surgió desde detrás de ellos.

—Hola, Frank —respondió por encima del hombro—. ¿Algo nuevo?

Sam sintió un tirón en el respaldo de su silla cuando el detective se aproximó.

—Nada. Tengo algunos hombres registrando casas de empeño y peristas desde aquí a Miami. Hemos cotejado todas las huellas dactilares de la casa y todas pertenecen a la familia, personal de servicios y amigos.

—Con lo que te estás imaginando que quien lo hizo fue un familiar, alguien del personal o un amigo —respondió, omitiendo por el momento el hecho de que ella no hubiera dejado huellas de haber cometido el robo.

—Sí, bueno, siendo policía, necesito alguna prueba, y eso me deja con un montón de gente a la que investigar —apuntó Castillo—. ¿Has reparado en algo extraño aquí?

—Laurie no tiene la nariz enrojecida —apostilló Rick, intensificando la presión de su mano sobre el hombro de Sam—. ¿Podemos hacer esto en otra parte? No es correcto.

Su silla se sacudió cuando Castillo la soltó.

—Claro.

No estaba nada segura de si la reprimenda se debía al esnobismo, al sentido británico del decoro de Rick o a otra cosa, pero la sorpresa le hizo guardar silencio.

—¿Te encuentras bien? —murmuró.

—Malos recuerdos —dijo en voz baja—. Presentemos nuestros respetos y vayámonos.

—Tengo que ir al velatorio —agregó un momento después—. Pero si no deseas ir, acompañaré a Fr…

—Voy contigo, mi amor.

Se inclinó para besarle en la mejilla, luego se acomodó de nuevo cuando la ceremonia dio comienzo. Lanzando una mirada en derredor, buscó… algo. Parecía una estupidez que pudiera aparecer alguien y ponerse a bailar claqué sobre la tumba de Kunz, pero sabía que era capaz de calar a la gente, y alguien había hecho aquello. Alguien había asesinado a Charles.

Cuando sus ojos llegaron hasta Daniel Kunz, se sorprendió

al ver que él la estaba mirando. Parecía cansado, más que su hermana, pero tenía asimismo los ojos secos. Tal vez en la familia no eran propensos a llorar. Él le sostuvo la mirada sin pestañear, y fue Sam la primera en apartarla.

Había visto con anterioridad aquella expresión en los ojos de los hombres, más marcadamente en los de Rick. Daniel estaba interesado. Y eso le recordó algo que prácticamente había olvidado: Patricia. ¿Dónde estaba? ¿Estaba tan obsesionada en parecer disponible y vulnerable a juicio de Rick que había olvidado la oportunidad de cumplir con Daniel?

Entonces divisó a Patty, sentada por la parte delantera pero tan tapada, con un sombrero negro con velo de redecilla, gafas negras y un vestido Vera Wang del mismo color, que estaba casi irreconocible. Sam era consciente de que lo compasivo y honorable por su parte sería mantener la boca cerrada sobre la presencia de la ex.

—Patricia está aquí —murmuró, indicando la dirección con un solo dedo.

—¿Me pregunto quién la ha invitado? —dijo Rick.

—Éste es hoy el lugar en el que hay que estar. Pero ella está en los asientos buenos.

Comenzaron los testimonios, conducidos por una serie de colegas de póquer de Charles y de socios del club Everglades. Se preguntó por qué no habían efectuado aquello en una iglesia, pero los elegantes atuendos y el pelotón de medios de comunicación respondía a aquello. Alguien deseaba publicidad, o, al menos, figurar en la foto. Lo que venía a significar que se trataba de algún miembro de la familia, puesto que habían sido ellos quienes se encargaron de los preparativos. Por otra parte, a toda la sociedad de Palm Beach le encantaba la publicidad. Eso no convertía a nadie en un asesino, pero todo tenía su significado.

Laurie se desplazó finalmente al frente y habló por espacio de unos minutos sobre las contribuciones de su padre a la comunidad, y luego acerca de cómo la había apoyado en su decisión de entrar en el negocio inmobiliario y de lo orgulloso que había estado de sus logros y de los de Daniel, incluido el trofeo de regatas que éste había ganado el año anterior. Seguidamente el párroco avanzó de nuevo para dar la bendición final y recordar que el velatorio tendría lugar en Coronado House. Daniel no pronunció palabra alguna.

Rick se puso en pie cuando los asistentes comenzaron a dispersarse.

—Ha sido un bonito servicio —dijo, ayudándola a ponerse en pie a su lado.

—Ha sido triste.

Con una leve sonrisa, Rick posó ambas manos sobre sus hombros y la besó en la frente.

—Charles es afortunado por haber hablado contigo aquella noche.

Ella le devolvió el beso pero en los labios.

—¿Por qué lo dices?

—Porque ahora puede estar seguro de que, de un modo u otro, alguien descubrirá lo que sucedió. —Cuando Sam se asió de su brazo, Rick emprendió camino hacia el Mercedes-Benz S600.

—¿Significa esto que ahora estás de mi parte?

—Quiero que quien mató a Charles vaya a prisión. Mantengo mi opinión de que la policía puede arreglárselas sin tu ayuda y que resolverán esto antes que tú. Y deseo que limites tu participación a charlar con Frank.

—Frank y yo intercambiamos información. —Sabía por qué Rick había aceptado la apuesta y por qué se mantenía en sus trece, pero no podía quedarse cruzada de brazos sin hacer nada. Ella no era así. Y a él le encantaba su particular modo de ser—. Sinceramente, ¿qué dirías si hiciera lo que deseas? ¿Si mantuviera las manos lejos del bote de las galletas? ¿Si jamás volviera a coger galletas?

—Diría: «Gracias a Dios, puedo descansar un poco mejor porque sé que está a salvo» —respondió sin demora.

—Claro. Y podría emplear mi tiempo libre en tejerte jerséis de cuello vuelto y en aprender a tocar el piano. ¡Sería la alegría de la huerta! Probablemente tú te jubilarías para no perderte un segundo de mi excitante compañía.

Él la miró fijamente durante largo rato.

—Creo que deberías intentar llevar una vida normal antes de descartarlo como algo mundano.

«Mundano.» Eso era algo que nunca quería ser. Y era lo que Rick no comprendía, que si renunciaba totalmente a su antigua vida, la cambiaría por completo a ella y todo lo que había entre los dos. Simplemente sería otra de las mujeres de su vida, nada especial, nada extraordinario. Mundana.

—No estoy segura de saber qué es normal —dijo, porque él esperaba que respondiera con una evasiva. Era él mismo quien necesitaba imaginarla llevando una vida normal antes de intentar imponérselo.

Se unieron en silencio a la serie de vehículos, conducidos en su mayoría por chóferes, que entraban y salían por las verjas de Coronado House en un círculo interminable.

—No tenemos por qué quedarnos mucho tiempo —dijo ella, tomando aire laboriosamente mientras Rick le daba unas palmaditas en la rodilla. No había nada fuera de lo común. Tan sólo era la vieja y nada mundana Sam—. Solamente quiero echar un vistazo y ver quién habla con quién.

—A juzgar por lo que me contaste sobre el otro día, puede que no seas bienvenida, Samantha.

—Lo seré si estás tú aquí, cariño.

—Estupendo. Ahora soy tu salvoconducto para el latrocinio.

Samantha salió pausadamente del vestíbulo y de la zona en que se ubicaba el salón y se dirigió hacia el patio en el centro de Coronado House. En su opinión, no existía mucha diferencia entre un velatorio de la alta sociedad y una fiesta propiamente dicha, y éste no era una excepción.

No veía a Rick, que se encontraba en algún lugar a su espalda, pero podía cuidarse sola. Dios, él se ganaba la vida codeándose con la gente. Ella les birlaba sus posesiones… o, más bien, solía hacerlo. Hoy hubiera sido una tarea sencilla de realizar.

El patio descubierto estaba casi tan concurrido como el interior, pero le proporcionaba una vista a través de la ventana del despacho de Charles sin tener que irrumpir en la habitación. Se apoyó contra una palmera para echar un buen vistazo. Ninguna de las ventanas estaban rotas o resquebrajadas, lo cual no le sorprendió, pero las diminutas líneas de las molduras eran todas regulares y estaban levemente descoloridas en igual grado por el sol. Quienquiera que hubiera entrado en el despacho no lo había hecho a través de aquellas ventanas.

Una mano le rozó su hombro desnudo.

—Hola.

Ella se sobresaltó, inclinándose por un lado de la palmera. «¡Mierda!»

—Daniel, hola. Fue un bonito servicio.

—Gracias, supongo que sí. Me alegra que estés aquí.

—¿De veras?

Daniel asintió. Se había despojado de la chaqueta, pero con su camisa azul oscuro, corbata y pantalones de pinzas de color gris seguía teniendo el aspecto de un modelo que acabara de salir de la revista *Hunk*.

—Laurie fue un poco dura contigo ayer —dijo con una cautivadora sonrisa—. Está pasando un mal momento con todo esto.

—Bueno, en cualquier caso, habéis encontrado un servicio de catering —respondió, señalando una fuente que pasaba, repleta de galletitas saladas y de paté.

—Por suerte, tiene muchos contactos gracias a su negocio. —Daniel alargó el brazo y le retiró un mechón de pelo detrás de la oreja—. De modo que quería disculparme.

—No es necesario. —«Como si disculparse fuera lo que estaba haciendo»—. Ambos tenéis mucho en qué pensar.

—Sí, así es. —Acercándose lentamente, la asió del brazo—. Oye, te gusta el arte y las antigüedades, ¿no es cierto?

—Claro.

—Ven a echarle un vistazo a esto.

Durante un breve instante sopesó mantenerse apartada de Daniel como le sugería su instinto con lo que podría descubrir si le acompañaba. La oportunidad era demasiado buena para dejarla pasar.

Él no la tomó de la mano, pero que con ella la guiara ponía de manifiesto que estaban juntos. La presunta posesión la molestó, a pesar de que el mismo gesto proveniente de Rick le provocaba, en la mayoría de las ocasiones, unos cálidos y confusos sentimientos que la llevaban a todo tipo de preocupaciones sobre su futuro e independencia.

Para su sorpresa, no fueron a una caseta solitaria junto a la piscina ni nada por el estilo, sino directamente al despacho de Charles. De acuerdo, o bien se trataba de buena suerte por su parte, o de algo extraño por parte de él. Bajo ninguna circunstancia consideraría colarse en el despacho de alguien al que habían enterrado una hora antes.

—¿Qué te parece? —preguntó Daniel, señalando hacia una pequeña caja de cristal colocada sobre un largo aparador de madera de caoba.

Ella se relajó un tanto. En cualquier caso, Daniel no iba a realizar un asalto frontal. Sacudiéndose mentalmente para salir de sus cavilaciones, se aproximó para echar un vistazo más de cerca, reparando en el enorme Renoir sobre la pared a su derecha. Un falso Renoir, decidió tras un segundo. Normalmente habría tardado más en llegar a aquella conclusión, pero la enorme pintura, junto con la gruesa división entre el despacho y el baño del otro lado, decían a gritos «caja fuerte». Nadie con un poco de gusto pondría un cuadro auténtico en un lugar en que tendría que ser colgado y descolgado de la pared o ubicado en un panel con bisagras. El aceite de la piel, huellas dactilares y el ajetreo en general eran terribles para los valores de reventa.

Ella se inclinó para mirar la caja de cuatro caras que Daniel le había indicado.

—Es bonita —dijo un momento después, contemplando la esbelta y alargada mujer de bronce sin rasgos encerrada en su interior.

—¿Sabes qué es? —preguntó, inclinándose para mirarla a través del ángulo derecho del cristal.

—¿Y tú?

Él se enderezó al tiempo que ella lo hacía.

—Ni idea. No he podido encontrarla en ningún inventario o listado de la aseguradora.

—¿Lleva mucho tiempo aquí?

—No había reparado en ella hasta la semana pasada. Papá acababa de regresar de Alemania, así que pensé que tal vez la había comprado allí. Él siempre hace, hacía, eso.

Así que el hijo no compartía el amor de Charles por el arte.

—Bueno —dijo, inclinándose brevemente para mirarlo de nuevo y pensando que probablemente él la agarraría del culo si se demoraba en tal posición—, no es una antigüedad, y en realidad no proviene de ningún medio que conozca.

—Mierda. Así que no sabes qué…

—Pero aventuraría que posiblemente se trate de un Giacometti, quizá un prototipo para una de sus obras a tamaño natural.

Él se acercó un paso, acariciándole la línea de su muñeca con el pulgar.

—¿Cuánto vale algo como eso?

Así que Daniel imaginaba que debía flirtear para obtener información. Normalmente, tres meses antes, hubiera dudado si seguir el mismo plan. Pero ahora tenía a un inglés muy celoso en la otra estancia y a la ex mujer de éste merodeando en las proximidades. Sam se encogió de hombros.

—Hace un par de años, una de sus esculturas de tamaño natural estaba en torno a los tres millones.

—¡Vaya!

—Hay muchas falsificaciones y reproducciones por ahí.

—Papá no las hubiera comprado. —Daniel la tomó de la barbilla, alzándole el rostro hacia el suyo—. ¿Estás segura de que ese lord inglés no es demasiado aburrido para ti?

Ella sonrió.

—Me parece que tú ya tienes una dama inglesa.

—¿Patricia? Detesto limitar mis opciones. —Se inclinó y le rozó los labios con los suyos.

Samantha podría haberlo detenido, tirarlo al suelo si así lo deseaba, pero a menos que estuviera terriblemente equivocada, Daniel tenía algo que ver con la verdadera historia de Coronado House. Pero tampoco hizo intento alguno de devolverle el beso.

—Eso ha sido un tanto presuntuoso, ¿no te parece?

Él ladeó la cabeza, su cabello castaño dorado le cayó sobre un ojo.

—Eso depende de lo que hagas a continuación. —Aguardó un momento, luego sonrió—. No pensé que echarías a correr. —Hurgando en su bolsillo, sacó una tarjeta de visita—. El número de mi móvil está en el reverso. Es privado.

—¿Haces que te las preparen de antemano? —preguntó, dándole la vuelta a la tarjeta para ver la serie de números escritos a mano.

—Esperaba que vinieras. —Tocó de nuevo su mejilla—. Soy un tipo generoso, Sam. Comparto lo que tengo. Ten eso en cuenta.

Ella sonrió con cautela.

—¿Intentas sobornarme?

Daniel negó con la cabeza.

—Intento seducirte.

—Estás aquí, Samantha. —La voz de Rick llegó desde la puerta antes de que ella pudiera responder con algo atrevido aunque evasivo—. Tengo esa conferencia telefónica… Ah, Daniel. —Se aproximó a él, luciendo aún esa amistosa expresión insípida que generalmente adoptaba para las grandes reuniones. Y Sam no pensó ni por un instante que él no hubiera visto la caricia—. Mis condolencias.

—Gracias, Rick. Acabo de preguntarle a Sam si sabe qué es eso —respondió Daniel, apuntando un dedo hacia la caja.

La mirada de Rick no se apartó del rostro de Daniel.

—Ella es una experta en arte. —Tendió con lentitud la mano hacia ella. Cuando Sam la asió, ésta temblaba ligeramente—. Discúlpame, pero tengo que…

—Sin problemas. Gracias de nuevo, Sam.

—No hay de qué.

Mientras se dirigían hacia la puerta principal, Rick sacó su teléfono móvil y llamó a Ben, su chófer, para que se reuniera con ellos en la entrada. Samantha se guardó la tarjeta de Daniel en el bolso y mantuvo la boca cerrada.

Rick se desplazó al borde del asiento una vez estuvieron dentro de la limusina.

—Ben, necesitamos un poco de privacidad, por favor.

—Sí, señor.

La mampara divisoria entre el asiento trasero y el delantero se alzó en silencio. Dado que ignoraba por completo cómo reaccionaría él a su encuentro con Daniel, Samantha decidió contraatacar primero.

—Rick…

—Calla. Necesito pensar.

—Oye, que yo no le besé a él.

Rick la miró fijamente durante un momento.

—Me he dado cuenta. ¿Por qué pensó que besarte sería buena idea? Aparte de por tu atractivo general, claro está.

«Bueno, nada de gritos.»

—Creo que supuso que tenía que darme algo a cambio de la información sobre la escultura.

—¿Y no llevaba un cuarto de dólar en el bolsillo?

—Yo que sé. No le registré los bolsillos.

—¿Algún descubrimiento más? Si no pone en peligro la apuesta, por supuesto.

—Qué más quisiera. Voy tan adelantada que ni siquiera puedo ver a Castillo —mintió.

—Pues desabrocha.

Ella parpadeó.

—¡Colega! ¿Estás cachondo, eh?

—¿Qué? No. Quiero decir que desembuches, yanqui.

—Deberías haber dicho eso desde un principio.

—Lo hice. Déjate de rodeos.

—Está bien. Creo que lo más importante de su vida para él es él mismo —respondió, relajándose junto a Rick. Si de verdad desconfiaba de ella, estaba consiguiendo ocultarlo bien—. No le importa la disponibilidad o los intereses de nadie que no sean los suyos propios. Y no le di una patada en los huevos porque algo ocurre en esa casa. Sé que es así, Rick. Y creo que él sabe de qué se trata.

Con un suspiro la rodeó con los brazos, acercándola contra sí.

—¿Existe alguna razón por la que no debería reducir sus negocios a cenizas?

Muy bien. Aquello si era típico de Rick.

—Porque hasta la semana pasada eran los negocios de su padre, y porque ahora mismo no es más que un pelota y un egoísta. Puedes arruinarle si tiene algo que ver con el asesinato de Charles. —Le besó en el cuello—. Pensé que estarías más cabreado.

—Hay veces en que me sorprendo a mí mismo. Estaba dispuesto. De haber sido otra persona, lo habría estado. Mis seres queridos no tienen precisamente un buen historial de fidelidad en lo que a mí respecta.

Dios, ni siquiera había pensado en eso. Se había encontrado a Patricia revolcándose con su antiguo compañero de cuarto en la universidad y aquello no había acabado bien para ninguno.

—Ni siquiera me gusta —declaró.

—Lo sé. Y, francamente, estás tan condenadamente buena que no puedo resistirme a ti. —La besó, profunda y suavemente.

—Bueno, doy gracias a Dios por eso —dijo, fingiendo que prácticamente no acabara de provocarle un orgasmo.

—¿Y ahora, qué?

—Tengo que hablar otra vez con Castillo. —Y seguramente iba a tener que realizar una llamada telefónica, después de descubrir un modo de mantener a Daniel Kunz interesado pero a una distancia segura.

—¿Eso no es hacer trampa?

—«A mi modo» abarca todos y cada uno de los medios de obtener información, colega. Tan sólo tengo que unir las piezas antes que lo hagan los policías.

—No esperes que te desee buena suerte.

—La suerte es para los tontos.

Así que Samantha había decidido utilizar a Daniel y a Patricia para ayudarse a resolver su rompecabezas. Richard frunció el ceño mientras se sentaba al escritorio frente al fajo de documentos que acababan de llegar de Londres. Esta maldita apuesta había sido ideada para enseñarle una lección a Sam, no para proporcionarle los medios para volverle loco.

Exhaló. En el mejor de los casos, no estaba acostumbrado a sentarse a esperar que una situación se resolviera por sí sola. Cualquier otra cosa que tuviera en el plato, ayudar a Castillo y al Departamento de Policía de Palm Beach, no sería hacer trampa; simplemente sería dar buen uso a su vasta experiencia, recursos y contactos.

Si Samantha pensaba que Daniel tenía información en su poder, entonces también Laurie podría saber algo útil. Y, además, ella poseía un negocio inmobiliario y él había prometido ayudar a Patricia a encontrar un lugar en Palm Beach. Con una lúgubre sonrisa sacó su Palm Pilot, buscó el número telefónico de la agencia de Laurie y le dejó un mensaje para que le llamara. Samantha no era la única que podía poner en práctica el juego del encanto.

—¿Rick? —Samantha asomó la cabeza en la habitación al tiempo que llamaba al marco de la puerta.

—Entra —dijo, cerrando la Palm Pilot y metiéndola en el cajón de su escritorio. Contempló sus pantalones vaqueros cortos y la camiseta verde que llevaba—. ¿No vas a trabajar?

—No. Stoney tiene una cita, y yo... sólo quería el resto del día libre.

Él se puso en pie, sumamente consciente de la callada tristeza que traslucía su voz. Una ladrona con más compasión que la mayoría de los supuestos amigos e incluso la familia de Kunz. Y con papeleo o no, su trabajo se tornó de pronto en intentar animarla.

—¿Una cita? ¿Walter?

—Bueno, sí —sonrió—. Le he prestado el Bentley.

—¿Le h...? Es tu coche.

—Y que no se te olvide, querido. —Dirigió la mirada hacia su aparador—. ¿Por casualidad no tendrás un pedazo grande de papel cuadriculado?

—Imagino que sí. —Fue hasta su armario de suministros y rebuscó en él hasta que dio con una libreta a medio usar—. ¿Estás haciendo un esbozo detallado del despacho de Kunz?

—Qué buena idea. Eso haré. —Le dio un besito en la mejilla al tiempo que le quitaba el cuaderno—. Gracias.

—¿Para qué lo necesitabas antes de que yo te diera esa brillante idea?

—Para la zona de la piscina. Se me ocurrió hacer algunos bosquejos y ver algunas revistas de jardinería.

—Ya sabes que puedes contratar a un arquitecto paisajista. Ella le lanzó una sonrisa.

—¿Estás seguro de que no quieres darme un lugar en el que no puedan verse los resultados?

—Confío en ti. Sólo decía que...

—No, me parece que hoy es un buen día para mirar flores. Todo eso de la «normalidad» de lo que hablabas. Creo que puedo plantar sin que tú estés merodeando. Puedes venir para llevarme el bolígrafo, si quieres.

Samantha le estaba invitando. Aquello no sucedía muy a menudo, y Rick contaba cada ocasión como si se tratase de una preciosa pepita de oro.

—Tengo que ponerme al habla con Tom y, después, dalo por hecho.

—De acuerdo. Estaré junto a la piscina.

Sam colocó el fajo de revistas de jardinería sobre una de las mesas de hierro forjado junto a la piscina y dejó una lata helada de Coca-Cola Light al lado de éstas. Tenía algunas ideas sobre lo que quería hacer, pero considerando que aquélla era su primera incursión en la jardinería y que Rick utilizaba Solano Dorado como lugar de reunión así como atracción turística —y que cada habitación interior del ala oeste tenía vistas a la piscina—, su única intención era la de remover las malas hierbas sin contar antes con la aprobación tácita por su parte.

Sin embargo, cuando se sentó y abrió la libreta de papel cuadriculado la otra sugerencia de Rick hizo mella en ella. Todo poseía un significado, y en el despacho de Kunz había habido pruebas en abundancia, independientemente de si la policía las tenía o no en consideración.

La policía. Que el escenario del homicidio estuviera abierto al público menos de una semana después del suceso y antes de que se hubiera nombrado a algún sospechoso resultaba, de por sí, algo extraño. Sabía por experiencia que el Departamento de Policía de Palm Beach estaba acostumbrado a tratar con ricos y famosos y que habitualmente se mostraban protectores y respetuosos, pero ese caso era de Castillo, y a él se le daba bien lo que hacía. Dios, a punto había estado de «pillarla», en una ocasión.

Dibujó pausadamente lo que recordaba de la pared en cuyo interior se encontraba la caja fuerte. No había recibido ningún tipo de educación formal en arte, pero había pasado la mayor parte de su vida entre célebres obras de arte, y en numerosas ocasiones le habían dicho que poseía talento. Aquello le hacía bastante gracia; una ladrona de arte que sabía dibujar.

Lo más valioso era su memoria casi fotográfica, y tenía más que una ligera impresión de que ése era el motivo por el que hoy estaba tan preocupada. Había visto algo, y hasta que no comprendiera de qué se trataba, aquello continuaría reconcomiéndola.

El esbozo a lápiz de la pared y el grabado del Renoir no le decían nada, de modo que pasó al escritorio y al aparador, recreando sobre la página lo que había visto en persona unas pocas horas antes. Hizo una pausa y comenzó a trabajar en la caja que contenía la figura de Giacometti. «Aguarda un momento.»

Si en efecto aquel era un prototipo para *Mujer en pie*, la obra más famosa de Alberto Giacometti, probablemente valdría cerca de un millón. Con toda franqueza, a menos que alguien estuviera familiarizado con Giacometti, no parecía demasiado impresionante, pero ella lo había reconocido, y asimismo lo habría hecho un ladrón lo bastante bueno como para no dejar signo alguno de su entrada o salida. A juzgar por lo que Daniel había dicho, no estaba incluido en ninguno de los informes de la aseguradora. Eso haría que fuera mucho más sencillo traficar con ella. Además, había estado a plena vista de todos, sin ninguna alarma conectada a ella, durante el robo y el asesinato.

Sin embargo, el asesino había optado, en cambio, por tomarse el tiempo de forzar la caja fuerte y robar el dinero en metálico y las joyas bien documentadas, y los mucho más reconocibles Van Gogh y O'Keeffe. Interesante y no demasiado brillante. Considerando el desconocimiento por parte de Daniel del valor de la mujer, dejarse olvidado aquello no decía mucho en favor de su inocencia. Se preguntó si Laurie tenía más conocimientos sobre arte, moderno o de otro tipo, de los que poseía su hermano.

Por primera vez comprendió que sospechaba concretamente de Daniel. Parecía que debía suponer un gran problema, pero no lo sentía realmente así; era como si hubiera sido consciente de ello en todo momento. A menos que él hubiera contratado a alguien para que matase a su padre, su ignorancia en arte tornaba lógicas las circunstancias del crimen. Casi todo el mundo conocía a Van Gogh y a O'Keeffe, y el valor de los rubíes y el dinero en metálico era obvio.

Lo que necesitaba era a alguien con algo más de entendimiento acerca de la familia Kunz. Echando un vistazo por encima del hombro para ver si Rick se aproximaba o no, desenganchó su teléfono móvil del cinturón y marcó.

—Hola —respondió la lánguida suave voz sureña después de un tono.

—Aubrey, soy Samantha Jellicoe. ¿Puedes hablar?

—Nunca nadie ha sido capaz de impedirme hacerlo antes, cariño. Pensé que estarías en el velatorio. Te he estado buscando.

—¿Sigues ahí?

—Jamás me pierdo una fiesta, sean cuales sean las circunstancias.

—Lo siento. Entonces, te llamaré más tarde.

—Espera un segundo. —Ella aguardó, escuchando el eco de voces y algún tipo de música *reggae* sonando de fondo. Mmm, había creído que Charles era más de los que apreciaban la música clásica. Pero no mucho en el funeral o el velatorio le había parecido típico de él—. De acuerdo, señorita Samantha —prosiguió un momento después—. Estoy en la biblioteca.

—¿Solo? —le urgió. Si alguien escuchaba su conversación, ella perdería cualquier ventaja que tuviera con Daniel y su libido.

—Dudo que la mayoría de invitados sepan dónde está la biblioteca. ¿Qué te preocupa?

—¿Cuál es el objeto más famoso que poseen los Kunz?

Él guardó silencio durante un momento.

—Diría que los rubíes Gugenthal. Charles tiene… tenía, un Manet en la sala de la planta de arriba, pero no lo mostraba demasiado.

—Pero a ti te lo mostró.

—Pensó que yo lo apreciaría. Y lo hice.

—¿Y cuál era el objeto de mayor valor de la familia?

—Los rubíes. ¿Tienes algún sospechoso en mente? Esto se está poniendo muy emocionante.

Ella sonrió ampliamente ante el entusiasmo que traslucía la voz del hombre. Al parecer Aubrey Pendleton había estado verdaderamente privado de estímulo intelectual. Probablemente

Charles no había tenido tiempo de mostrarle a su amigo sus nuevas adquisiciones. Ahora éstas le pertenecían a otra persona; a alguien más interesado en el color del dinero que en la verdad y en la belleza.

—Nada con seguridad —respondió—. Pero ¿me harías un favor? Si alguien del círculo familiar te pregunta si conoces a algún perista bueno y de confianza, ¿le darás el nombre de Walter? —recitó el antiguo número de trabajo de Stoney y escuchó a Aubrey sacar un papel y apuntarlo.

—Después de esto voy a tener que conseguirme una licencia de sabueso privado —dijo.

—Me parece que ya nadie responde a ese calificativo.

—Está claro que todavía soy un novato.

—Eres un estudiante espabilado, Aubrey. Gracias de nuevo.

—Gracias a ti, cariño. Te mantendré informada.

—¿Aubrey? —Llegó la voz de Rick desde la derecha a su espalda cuando colgó el teléfono.

—Dios mío. Cada día espías mejor.

—No estaba espiando. ¿Aubrey Pendleton? ¿El acompañante?

Se retorció para mirarle a la cara, percatándose de que también él se había puesto unos pantalones cortos. Mmm. Tenía unas estupendas piernas de futbolista, y no las enseñaba demasiado a menudo.

—Sí. Es un hombre muy interesante. —Sam captó la expresión de su fría mirada y le tiró de la mano para que se sentase en la silla al lado de la suya—. No te preocupes. Es más fan tuyo, ojitos azules, que mío.

Rick enarcó una ceja.

—¿De veras?

—Sí. Pero es un secreto. Y me está ayudando.

—Su secreto está a salvo conmigo. —Cogió su refresco y tomó un trago—. ¿Qué tienes hasta el momento?

Tardó un segundo en recordar que se refería a sus ideas para el jardín.

—No demasiado —confesó—. Estaba un tanto distraída.

Le colocó un mechón de pelo detrás de la oreja. Qué gracioso, dicho gesto por parte de Daniel la dejaba vagamente indignada, pero los dedos de Rick rozando su sien le hacían estremecer.

—Pues sentémonos y tomemos tranquilamente un refresco.

Eso sonaba sorprendentemente agradable.

—¿Podemos ojear fotografías de jardines? —preguntó, tirando del fajo de revistas para acercárselas.

Necesitaba hacer un breve recado en Lantana Road para poder buscar la posible ubicación del fotógrafo de Leedmont, pero prefería no hacerlo a plena luz del día, y no se sentía lo bastante... capaz para ser sigilosa y lista esa noche. Y dado que estaba en punto muerto con los Kunz hasta después del velatorio y hasta que pudiera tomarse un momento para hablar de nuevo con Frank Castillo, bien podría relajarse por un día. Y pasar tiempo con Rick sin hacer nada era todavía lo bastante extraño y nuevo como para que no pareciera algo ordinario y mundano.

—Me encantaría —respondió él, sonriendo.

Capítulo trece

*E*l gran tiburón blanco emergió bruscamente sobre la superficie del agua turbia, directamente hacia ella. Los ojos de Samantha se abrieron de golpe y se incorporó, un grito se alzaba en su garganta. Al escuchar la banda sonora de *Tiburón* sonando en la mesilla de noche, reprimió el chillido y agarró el teléfono.

—¡Joder! —farfulló, descolgándolo—. ¿Sabes qué hora es?

—¿Querías o no que hiciera algunas preguntas por ti, bizcochito?

Respondió la voz de Bobby LeBaron. Se apartó el cabello revuelto de los ojos, mirando a su alrededor en busca de Rick aunque probablemente éste ya estuviera trabajando en su despacho.

—¿Qué has averiguado?

—Lo primero es lo primero, Jellicoe. Esto tiene un precio.

—Te dije que valdría cien pavos.

—Ajá. El amorcito de Richard Addison puede pagar mil pavos por lo que yo tengo.

Samantha exhaló. Codicioso hijo de puta. Con todo, ya había jugado antes a ese juego.

—Doscientos, o ve a vendérselo a otro.

Él hombre vaciló. Sam podía prácticamente escuchar los engranajes girar en su cerebro.

—Quiero el dinero por adelantado.

Bueno, la cosa no iba a ponerse mejor.

—¿Estás en la tienda?

—Sí. Algunos trabajamos temprano.

—Y algunos trabajamos hasta tarde. Estaré allí en media hora.

—Utiliza la puerta de atrás. No abro hasta las diez.

Samantha cerró el teléfono y buscó algo de ropa en el armario. Cualquiera que fuera la información, ya era hora de que algo saliera bien. Con sospechas o sin ellas, necesitaba esa dichosa prueba con la que Castillo no paraba de darle la tabarra.

Se cepilló los dientes y se recogió el pelo en una coleta, luego recorrió el pasillo hasta el despacho de Rick.

—Buenos días —dijo, asomándose.

Él levantó la vista del ordenador.

—¿Es más tarde de lo que pienso o algo anda muy mal? —preguntó, echando un vistazo al reloj.

—No pasa nada —dijo, acercándose para darle un beso en su ondulado cabello negro—. Tengo que realizar el seguimiento de una cosa.

—¿Una pista?

—Tal vez. Seguramente también me pase por la oficina, así que te veré más tarde.

Rick le aferró la mano cuando pasaba por su lado.

—¿Necesitas un compinche?

—No. Sólo es cuestión de conversar. —Genial. Rick le preguntaba en vez de exigirle. El corazón le dio un divertido vuelco. Segura como estaba sobre sus sentimientos, el hecho de que hubiera comenzado a hacer concesiones a su extraño modo de vida parecía algo… bueno. Le besó de nuevo, esta vez en su sensual boca—. Llamaré para que sepas que no me he muerto.

Con una veloz sonrisa Rick regresó a su ordenador.

—Eso estaría bien. Llévate el SLR.

Samantha estacionó en una de las plazas del área de carga en la parte trasera de la zona de comercios adosados. El SLR no era el coche más discreto del mundo, pero no tenía pensado quedarse mucho tiempo.

Llamó suavemente a la blanca puerta de metal. Considerando que Bobby tendría, de hecho, que levantarse para atender su llamada, no le sorprendió tener que esperar casi tres minutos antes de que el pomo se moviera y la abriera.

—Muy bien, ¿qué tienes? —preguntó, colándose en la trastienda y poniendo un par de pasos de distancia entre el perista y su persona.

Jadeando, éste cerró la puerta y se apoyó contra ella. A Sam le incomodó aquello; su sola corpulencia hacía de él una barricada temible. Las ventanas y la puerta de delante estaban atrancadas, pero en caso de emergencia seguramente podría arrojar un televisor y salir. Jamás la atraparía en la calle.

—¿Dónde está la pasta? —preguntó.

Sacando el fajo del bolsillo de su liviana chaqueta, lo dejó sobre un armario.

—Aquí mismo. Pero no te lo quedarás si no me gusta lo que tienes que decir.

—Ah, claro que te gustará. Estás buscando un Van Gogh auténtico, ¿no? ¿*Nenúfares azules*?

«El mismo.»

—¿Dónde lo has visto?

—No lo he visto. Recibí una llamada. Un tipo con una de esas voces alteradas artificialmente tipo *Darth Vader* buscaba nombres de peristas que pudieran manejar esa clase de mercancía.

—¿Y qué le dijiste?

Él extendió una rolliza mano.

—La pasta primero, pastelito.

Dado que había identificado el Van Gogh, su información era probablemente fidedigna. Se lo entregó con el ceño fruncido, esquivando sus dedos cuando él trató de sujetarle la mano.

—Habla, Bobby.

—Ya sabes, estaba pensado. Addison tiene un montón de objetos de valor. Podríamos pensar en algo para recolocarlos. Sería pan comido. Y tú seguramente podrías vaciar media casa antes de que él se diera cuenta.

Samantha cruzó los brazos a la altura del pecho.

—Sabes, el dinero era por la información, pero patearte el culo es gratis.

—Vale, de acuerdo. Le dije que posiblemente podría ayudarle si se pasaba por aquí antes de las nueve.

Echó un vistazo a su reloj. Eran casi las ocho en punto.

—Muy bien. No te importa que me quede por aquí, ¿no?

—Claro que sí. No eres buena para el negocio, Jellicoe. Los tipos con los que me muevo saben que te has reformado. Escóndete donde quieras, siempre que nadie te vea. No quiero que te vean.

—De acuerdo. ¿Va a venir por la puerta trasera o por la principal?

Él se encogió de hombros.

—Yo qué sé. Piérdete.

—Quítate de en medio.

Con un gruñido divertido Bobby se hizo pesadamente a un lado. Sam agarró el pomo de la puerta y la abrió antes de que éste pudiera cambiar de opinión.

—Resulta extraño, ¿no? —dijo Bobby a sus espaldas.

—¿El qué?

—Que ahora no te quiera la escoria con la que antes no te relacionabas por ser demasiado buena para ella.

Ella se dio la vuelta para mirarlo a la cara.

—Tú has aceptado mi dinero, Bobby. Si me delatas a este tipo, no vas a estar muy contento conmigo.

El SLR no podía quedarse, pero no estaba segura de dónde podía aparcarlo para que siguiera allí cuando fuera a por él. La próxima vez que saliera en busca de los malos se llevaría un maldito coche menos llamativo y mucho menos valioso. Finalmente optó por aparcarlo detrás de la gasolinera de la esquina. Era un lugar menos idóneo para seguir de cerca a alguien, pero no contaba con demasiado tiempo para planearlo.

A las ocho y cuarto escaló por la tubería junto a la puerta trasera de Bobby y se afianzó sobre el plano tejado. Allí arriba hacía calor aun a tan temprana hora de un día de primeros de enero y se quitó la chaqueta, utilizándola para apoyar los codos en ella. Alcanzaba a oler los bollos recién hechos de la cafetería que había a un extremo del centro comercial y el estómago le gruñó a modo de respuesta. Pero, habida cuenta de que las indicaciones de Bobby habían sido «antes de las nueve», tenía que quedarse donde estaba.

A las ocho y veinte pasadas, un Chevy del 84 se detuvo delante de la parte trasera de la tienda. No reconoció al tipo que se bajó, pero Sam se relajó de nuevo cuando éste alargó la mano al asiento de atrás y sacó un televisor. Por lo visto Bobby realizaba la mayoría de sus actividades como perista antes de su horario normal de trabajo. Estupendo. Siempre y cuando la policía no apareciera y la encontrara vigilando en el tejado, le traía sin cuidado lo que él hiciera. El tipo del televisor se marchó escasos minutos después sin el aparato y Sam se volvió a acomodar.

Eran pasadas las nueve menos veinte cuando otro coche entró en el área de carga. Samantha se inclinó sobre el borde del tejado para echar un vistazo. Un reluciente BMW negro. Muy bien, eso era interesante. El coche no encajaba más de lo que lo hacía el suyo.

El vehículo redujo la marcha, luego pasó por delante de la tienda de televisores y dio la vuelta hasta la parte delantera. Alguien estaba nervioso. Arrastrándose a cuatro patas, se acercó poco a poco hacia la parte de delante del tejado. El BMW llevaba las ventanillas tintadas y Sam pudo únicamente distinguir que había una sola persona en el asiento delantero.

Al cabo de dos minutos, la puerta del conductor se abrió unos centímetros, luego un poco más. Sam contuvo el aliento. Aquél era el tipo. Quienquiera que se apeara del coche era quien había acabado con la vida de Charles Kunz.

De su cintura comenzó a sonar *Raindrops Keep Falling on My Head*. A todo volumen.

«¡Mierda, mierda, mierda!» Agarró el teléfono y lo apagó. Cuando lo hizo la puerta de abajo se cerró de nuevo de golpe. El BMW arrancó y dio marcha atrás. Acababa de joderla.

Consiguiendo ponerse en pie con dificultad, se balanceó sobre la angosta cornisa y saltó al suelo. Echó a correr hacia su coche, pero el BMW había desaparecido rumbo oeste por el bulevar. Había cogido el maldito número de la matrícula, pero también había visto la pegatina de la empresa de alquiler del parachoques. Quienquiera que tuviera el Van Gogh sabía algo sobre cómo protegerse.

—¡Joder! —gruñó, arrojando el teléfono móvil al asiento del pasajero. Por eso mismo no llevaba teléfono cuando estaba trabajando.

Ahora tenía que decidir si le pasaba o no el número de matrícula a Frank, lo cual sería una decisión difícil de tomar teniendo en cuenta que, a menos que delatara a Bobby LeBaron, no había nada ilegal o sospechoso en que alguien condujera hasta una tienda de reparación de televisores. Entretanto, ahora tenía que colarse en la oficina de una empresa, a menos que se le ocurriera algo más efectivo. Todo aquello se ponía cada vez mejor.

—No voy a fingir que trabajo para Rick Addison —declaró Stoney, cruzándose de brazos.

—Es para ayudarme a mí, no a él —respondió Sam, aparcando el SLR plateado—. Vamos. Echaste por tierra mi vigilancia. Me lo debes.

—Deberías haberme dicho lo que hacías. No puedo creer que fueras a ver a Bobby LeBaron en vez de a mí.

—Estás retirado. Necesitaba a alguien en activo.

—Eso es. Estoy en activo.

—No, no lo estás. —Gracias a Dios que no sabía nada del allanamiento de Harkley. Esto ya era lo bastante malo—. Vamos, Stoney, podemos discutir más tarde. Por cierto, alguien podría llamarte para vender un prototipo de Alberto Giacometti. Actúa como si estuvieras interesado.

Él asintió.

—Podría estarlo, de hecho. ¿Quién, deliberadamente…?

—Por última vez —le interrumpió—, si yo estoy retirada, tú estás retirado. Nada de trabajar con algún pringado que te lleve a la cárcel. Eres mi única familia, ¿recuerdas?

—Lo recuerdo. Claro que también recuerdo que me dijiste que me asociara con otro para lo de Venecia.

—Porque sabía que no podrías dar con nadie que pudiera realizar ese trabajo.

—Claro. Y es una verdadera lástima ver perder el coraje a la mejor ladrona del mundo.

Ella le miró con el ceño fruncido.

—No he perdido nada. Corta el rollo.

Dándole una palmadita en la rodilla, Stoney le brindó una amplia sonrisa.

—Lo que tú digas, cariño. ¿Y el Giacometti?

—Está en la finca de Kunz. Pero con la investigación por homicidio en curso, la compañía aseguradora no suelta nada. Aunque la estatua no figura en el listado de la aseguradora.

—Estupendo.

—«Estás retirado.» Bueno, ¿vas a ayudarme con esto otro o no?

Él suspiró.

—¿De qué se trata?

—Sólo hay que entrar en la oficina y darles este número de matrícula —dijo, entregándole el pedazo de papel—. Diles que Rick tuvo un accidente y que quien conducía este coche es el único testigo. Necesitamos un nombre y un número de teléfono.

—¿Y tú no puedes hacerlo porque…?

—Porque yo no trabajo para Rick. La gente conoce mi cara.

Stoney cerró de golpe la puerta del pasajero.

—Demasiada gente conoce tu cara. Volveré enseguida.

Ésa era la mejor forma y la más legal que se le ocurría de obtener información acerca del conductor del BMW. A Rick no iba a gustarle que fueran dando su nombre por ahí, pero tal como ella había dicho, sus métodos abarcaban cualquier cosa que pudiera hacerle ganar la apuesta. Claro que ya se había gastado doscientos veinte pavos para ganar una apuesta de cien dólares, pero nunca había sido cuestión de dinero.

Stoney regresó justo cuando estaba a punto de empezar a morderse las uñas.

—¿Lo has conseguido? —preguntó cuando él volvió a sentarse pesadamente en el coche.

—Claro, pero no va a gustarte. —Le entregó un pedazo de papel pulcramente impreso.

—¿«John Smith»? ¿Me tomas el pelo, no?

—Por lo visto el tipo tenía un carné de identidad falso. Pero he conseguido una dirección, además del número de teléfono.

Ella le echó un vistazo.

—Es el puerto deportivo. El club Sailfish.

—¿El qué?

—La dirección. Es probable que también el teléfono.

—Lo siento, cielo. Punto muerto.

Se guardó lentamente el papel en el bolsillo.

—No lo creo. Posiblemente sea alguien que conoce el club Sailfish. Yo no lo escogería como teléfono de referencia. ¿Tú sí?

—No. Pero eso es bastante débil.

—Lo sé. Pero algo es algo. Ahora tengo que descubrir qué hacer con ello.

Desperezándose, Samantha echó un vistazo a su reloj. Eran casi las diez en punto de la noche. Durante dos días había pospuesto ir a Lantana Road, pero ya no podía retrasarlo por más tiempo. A su lado, en el mullido sillón, Rick escribía en los márgenes de la propuesta revisada de Leedmont.

Samantha sonrió. La mayoría de los magnates de negocios que conocía se involucraban activamente hasta cierto punto, pero Rick había elevado aquello a una forma de arte. Con anterioridad le había dicho que disfrutaba con lo que hacía; pero ella lo hubiera sabido tan sólo por el modo en que trabajaba un contrato. Cambiar una o dos palabras podía alterar el curso de millones de dólares, y él se conocía cada truco del manual. Caramba, probablemente había sido él quien había escrito el manual.

Rick alzó la vista hacia ella.

—¿Qué?

—Solamente pensaba que estarías muy mono con un par de esas gafas de leer de la abuelita.

—Mmm. ¿Vas a comerte el resto de las palomitas? Sólo pregunto porque has estado acaparando la fuente.

—No estás viendo la película, así que no puedes comer palomitas —respondió, indicando la enorme pantalla que había bajado de su hueco en el techo.

—Estoy viendo la película.

—Demuéstralo: ¿Cómo se llama el monstruo con alas?

Rick dejó el papeleo a un lado.

—Ésa es una pregunta trampa. El monstruo alado de una cabeza es Rodan y el que tiene tres cabezas es Monster X.

Le entregó la fuente de las palomitas con una amplia sonrisa.

—Excelente. Tengo que hacer un recado. Volveré a las once y media.

Él se puso en pie cuando ella lo hizo.

—Iré contigo.

—No, no vendrás. No se trata de nada peligroso. Tan sólo tengo que emparejar una fotografía con una localización y, antes de que lo preguntes, debido a la iluminación y otras cosas, no puedo hacerlo durante el día.

—De acuerdo. —Sus ojos azules la estudiaron—. Pero dime al menos adónde vas.

Eso era justo. No le había hecho una sola pregunta sobre su viaje a la tienda de Bobby LeBaron.

—Un poco al norte del centro.

—A las once y media.

—Sí. —Aferró la parte delantera de su camisa con ambas manos y tiró para darle un beso—. Dime cómo acaba la película.

—Ya lo sabes.

—No es por mí. Es por ti. Es un juego de preguntas.

—Estupendo. Sam, ten cuidado —dijo, bajando las manos por sus hombros para tomar las suyas—. Me gustas enterita, tal y como estás.

—No te preocupes.

¡Uf! Que sólo iba a echar un vistazo, por el amor de Dios. Para ser una ladrona de éxito, necesitaba poseer una confianza absoluta en sí misma y una buena dosis de precaución… y la capacidad de dejar inmediatamente lo último de lado en favor de la total imprudencia. Quizá no fuera a robar nada esa noche, pero seguían vigentes las mismas reglas. Y estaba tan impaciente que le dolía físicamente.

Se dirigió al garaje. Stoney tenía el Bentley pero, de todos modos, esta vez quería algo menos llamativo. Se detuvo justo en la puerta del garaje.

—Corriente. De acuerdo. —No en aquel garaje.

Después de un momento abrió la puerta del porta llaves y tomó el juego del Mustang del 65. Aficionado o no a la sutil sofisticación, Rick seguía siendo un hombre. Y a los hombres les encantaban los coches potentes.

Era de color rojo cereza con la matrícula personalizada RA 65, pero nada de eso importaba demasiado en aquel instante. Abrió bruscamente la puerta del garaje y bajó rugiendo el camino de entrada ¡Como la seda!

Las verjas se abrieron a su orden y se dirigió hacia el noroeste. Sería demasiado esperar que la prostituta y el fotógrafo estuvieran trabajando esa noche pero, a pesar de eso, podía investigar un poco.

Leedmont le había dicho que se había detenido en algún punto de Lantana Road. Eso suponía una buena sección de la ciudad, lo cual tenía lógica. Ningún tipo rico querría detenerse por diversión o para realizar una buena obra si pensaba que podrían atracarle o robarle el coche. Pero un jueves a las diez en punto de la noche la zona estaba bastante desierta.

Samantha se metió en el aparcamiento de un McDonald's y sacó la foto que Leedmont le había dado. El hombre no había estado seguro de la localización exacta de la calle donde la chica se había echado encima de él, pues en aquel momento no lo creyó demasiado significativo.

A juzgar por el ángulo de la foto, el fotógrafo se encontraba en un tercer piso. Había varias tiendas de dos pisos en cuyos tejados podría haber aguardado y también un puñado de pisos y edificios de apartamentos.

Al menos sabía en qué dirección de la calle se dirigía Leedmont, lo cual reducía a la mitad el número de posibles ubicaciones. La posición del alumbrado de la calle las reducía todavía más. Sería más sencillo hacerlo desde arriba mirando hacia abajo, pero en aquel punto no estaba ansiosa por colarse en tantos lugares. Dos o tres, vale, pero no diez o doce.

Dio una veloz pasada de este a oeste, luego dio la vuelta para hacerlo de nuevo a menor velocidad. Su vista de ladrona le permitió eliminar un par de tejados por ser demasiado visibles y un puñado de apartamentos con macetas de flores y gatos posados en los alféizares. No era que las personas con flores y gatos no pudieran tomar fotos para chantajes, pero sin duda ocupaban la parte más baja de la lista.

Se detuvo de nuevo, esta vez en una gasolinera e hizo un bosquejo de la parte sur de la calle hasta una extensión de cuatro bloques, luego tachó las posiciones menos plausibles y las que obviamente no encajaban con la iluminación callejera de la fotografía.

—Seis —contó en voz alta. Dos apartamentos, un piso y tres tejados.

El próximo paso era conseguir los números de los apartamentos y ver qué se le ocurría en Internet para dar con los nombres que les correspondían. Pero antes de que sus dedos pudieran acometer la tarea, necesitaba hacer algo con los pies.

Aparcó y subió hasta el edificio de apartamentos. Las puertas de cristal estaban cerradas y había un telefonillo a un lado. Sólo entrada permitida.

—De acuerdo.

Sacó un clip sujetapapeles y un imán del bolsillo de sus pantalones cortos. En doce segundos había abierto la puerta y entrado en el edificio.

Se paró en el tercer piso frente a la primera de las dos posibilidades. Llamó a la puerta y esbozó una sonrisa levemente torcida para la mirilla.

—¿Rob? —llamó—. ¿Robby?

La puerta sonó y se abrió. Un hombre moreno de aspecto cansado, que rondaba los treinta y cinco años, la miró fijamente.

—Aquí no vive ningún Robby —dijo.

—¿No? Estoy segura de que es el número de apartamento que me dio —profundizando la sonrisa, se apoyó contra el marco de la puerta.

Detrás del hombre en la televisión se veía una canción cantada por los teleñecos bailarines. Cuando se arriesgó a echar un vistazo en las profundidades de la estancia principal, una versión más bajita del hombre pasó tambaleándose por delante de la puerta.

—Pues sigue sin vivir aquí ningún Robby.

—De acuerdo. Siento haberle molestado. Le llamaré.

Retrocedió y el hombre cerró la puerta. Uno menos, quedaba otro más en ese edificio. Y luego estaban el apartamento y los tejados. Contó diez puertas, se detuvo y llamó de nuevo.

—¿Hola? ¿Robby?

Nada.

Samantha esperó unos segundos, a continuación volvió a llamar.

—¿Rob? ¿Estás bien? Creía que habíamos quedado en vernos esta noche, bombón. —Aquello sonaba bastante inofensivo, decidió. Si uno se tropezaba con un chiflado o un acosador, nadie en su sano juicio abriría la puerta.

El apartamento estaba completamente en silencio al otro lado de la puerta. La ventana se veía oscura desde la calle, pero eso no significaba nada necesariamente. Con todo, no podía marcharse sin echar un vistazo dentro.

—De acuerdo, Robby —dijo en voz alta—. Espero que no estés desnudo porque voy a utilizar mi llave. —O un clip sujetapapeles.

Entró en la oscura habitación familiar y cerró rápidamente la puerta. Si había alguien al acecho, no quería que se viera su silueta a contraluz desde el pasillo. Durante largo rato se quedó inmóvil, escuchando, a continuación sacó un par de guantes de piel del bolso y se los puso.

A esas alturas de su carrera había desarrollado un don para palpar sus alrededores y su instinto le decía que no había nadie en la casa. Con las luces apagadas sorteó el sillón y la mesita de café, deteniéndose para ojear la pila de correo que había sobre ésta y reparando sutilmente en el nombre del destinatario, Al Sandretti, antes de encaminarse hasta la ventana.

Si aquélla hubiera sido su casa, habría puesto una docena de macetas con plantas, probablemente unos helechos y algunas orquídeas, en el ancho alféizar. Pero Al Sandretti lo había dejado vacío. Bueno, no del todo vacío, se percató cuando giró la manivela para abrir las persianas de madera algunos centímetros. La luz de la calle se filtró para revelar una cámara colocada en un extremo del alféizar.

En vez de cogerla, tocó las persianas con los dedos y miró hacia la calle. Una pausada emoción le recorrió los huesos. El ángulo encajaba a la perfección con la fotografía de Leedmont.

—¡Bingo! —susurró.

Samantha cogió la cámara. Era de película de 35 milímetros en vez de digital y eso le sorprendió. Pero probablemente carecía de importancia la facilidad con la que el fotógrafo podría publicar fotografías digitales en Internet, si tan sólo le preocupaba conseguir un cheque. Por supuesto, el tipo podía tener fobia a la tecnología, pero los motivos para ello no venían al caso.

Lo único relevante en ese momento era que la película significaba un número finito de copias y un juego de negativos. Dejó la cámara y se dispuso a registrar.

Era un espacio bastante reducido y la búsqueda tan sólo le llevó unos minutos. Hiciera lo que hiciese el tipo para ganarse la vida durante el día, mantenía organizado el material para su trabajo nocturno. El armario archivero de dos cajones del dormitorio estaba cerrado, pero no tardó más que un segundo en abrirlo. Unos cincuenta archivos, pulcramente ordenados alfabéticamente, cada uno de ellos con un número diferente de fotografías y negativos, llenaban ambos cajones.

Obviamente el fotógrafo acudía a una tienda de revelado en una hora y hacía copias dobles o triples. Leedmont había estado en lo cierto: algunos de los archivos contenían anotaciones de tres, cuatro e incluso cinco pagos distintos. Por lo visto Al Sandretti se limitaba a enviar demandas regulares hasta que una víctima se cansaba de pagar. Ignoraba si la esposa de la víctima entraba o no en el juego después de eso.

Aunque no le suponía ningún problema que un tipo fuera estafado por engañar a su ser amado, al menos la mitad de las fotografías que veía fácilmente podrían haber sido un montaje como la de Leedmont. Y tanto si Sandretti llevaba a cabo sus amenazas como si no, sería prácticamente imposible para la víctima negar haber tonteado con una prostituta y que alguien le creyera.

Sam frunció los labios.

—¡Qué demonios! —decidió, y comenzó a vaciar todos los archivos en uno. Ahora ella era uno de los tipos buenos. Y, además, aquello era simplemente rastrero.

Concluido aquello, cerró de nuevo el cajón con llave, tomó la abultada carpeta que había sacado y se encaminó hacia la puerta. Sam dio un pequeño paso atrás, esbozando una sonrisa cuando apareció un alto y bronceado aspirante a Schwarzenegger.

—Hola, nena —farfulló, fijándose en su pecho al pasar por su lado.

—Hola —respondió tímidamente, desviándose a un lado hacia el ascensor para resguardar parcialmente la carpeta de la vista del hombre. A menos que todos sus instintos estuvieran equivocados, aquél era Al Sandretti. ¡Uy! ¿Quién iba a pensar que el Increíble Hulk era real?

Normalmente no se tropezaba con sus víctimas al salir de sus casas. El encuentro hizo que su adrenalina se disparara mientras corría de nuevo hacia el Mustang.

Todo el trabajo había resultado demasiado fácil. Había previsto tener que vigilar el apartado postal de correos y realizar algo más de trabajo detectivesco para encontrar el archivo de fotos en formato *bmp* o el negativo.

Dejó la carpeta en el asiento del pasajero a su lado y arrancó el coche. Leedmont iba a ponerse contento; y ella acababa de ganar diez de los grandes.

No estaba mal para una noche de trabajo, según su opinión.

A las once y cuarenta y dos minutos Rick se sentó en el borde de la cama para calzarse sus zapatillas de deporte. «Al norte del centro» era bastante vago, pero le daba un lugar por donde comenzar a buscar.

Ben decía que se había llevado el Mustang, lo cual significaba que no se había dirigido a algún lugar particularmente elegante y discreto. Además, vestía pantalones cortos y una camiseta. Aquello dejaba aún gran cantidad de lugares para alguien con sus habilidades.

Haciendo un alto en su despacho, abrió el armario del fondo y sacó una pistola Glock de treinta milímetros que se guardó en el bolsillo de la chaqueta. Estuviera donde estuviese, iría preparado para sacarla. Para el común de los mortales, llegar doce minutos tarde era apenas algo digno de mención. Samantha Jellicoe trabajaba en incrementos de un segundo y, en su trabajo, pasado o no, cualquiera de esos segundos podía matarla.

Ya la había llamado tres veces al móvil, pero volvió a marcar de nuevo mientras se dirigía a la planta baja. Un segundo después se escuchó el eco de la melodía de James Bond desde la cocina y la puerta del garaje.

El sonido cesó.

—Hola —respondió su voz en el teléfono—. Sólo llego diez minutos tarde.

Apareció en el vestíbulo por debajo de él todavía con el teléfono en la oreja. Richard retiró el teléfono móvil cuando terminó de descender y un agudo alivio se apoderó de su pecho. Deseaba agarrarla, pero ella se ofendería por su falta de fe en sus habilidades.

—¿La canción de James Bond? —dijo, en cambio.

—Parecía apropiada. —Samantha le miró de arriba abajo, deteniéndose justo delante de él—. ¿Vas a alguna parte?

—Ya no. Tendrías que cambiar mi tono.

—No. Tú eres James Bond. —Acercándose lentamente, le dio un suave y pausado beso en los labios—. Gracias por estar preparado para acudir en mi rescate.

—Sí, bueno, es lo que hago.

—Mmm, hum. Y resulta que yo estoy de humor para que me excites y me hagas estremecer. ¿Qué opinas de eso?

Él sonrió ampliamente, tomando su mano libre para dirigirse con ella de vuelta al dormitorio. Fuera lo que fuese en lo que había estado metida, había vuelto sana y salva.

—Estoy a tu disposición.

Richard estaba abajo, terminado de desayunar y leyendo el *Wall Street Journal*, cuando llamó Laurie Kunz. Después de intercambiar cortesías y charlar durante unos minutos, ella accedió a recibirle en su despacho aquella mañana.

Naturalmente, ella era una mujer de negocios profesional. Pero, al mismo tiempo, permanecían en su memoria los comentarios de Samantha sobre lo profundamente que había o no afectado a los hijos el asesinato del padre. Sam se había pasando las dos últimas noches dando vueltas en la cama, cosa que sabía porque en dos ocasiones había estado a punto de aplastarle la cabeza, e incluso se había levantado a ver la televisión por espacio de una hora antes del alba. Por lo que sabía, Sam seguía en la cama. Pero Laurie, que había enterrado a su padre hacía dos días, estaba en pie a las siete y concertando reuniones de negocios.

—Como si nada —farfulló, bebiendo un sorbo de té. Quizá ella tuviera su modo particular de llorar la pérdida, pero para un observador ocasional aquello no pintaba nada bien. Y las apariencias lo eran todo en la sociedad de Palm Beach. Por otra parte, se estaba acostumbrando a fijarse en cosas que al resto de la sociedad le pasaban inadvertidas.

Su teléfono sonó de nuevo al tiempo que Samantha entraba trastabillando en el comedor y se hacía con una magdalena de chocolate del aparador.

—Buenos días, cariño —dijo lánguidamente, mirando el número del identificador al coger el teléfono—. Es Sarah.

Ella asintió, desplomándose en la silla junto a la de él y sonriendo sólo cuando apareció Reinaldo con un vaso de Coca-Cola Light helada. Richard reprimió una sonrisa cuando su secretaria en Londres le informó de la agenda laboral del día. Sin embargo, la hizo detenerse a la mitad.

—Llegan mañana —dijo, frunciendo el ceño—. El sábado. Para la reunión que tenemos el lunes.

—También yo tengo entendido eso, señor —respondió la eficiente voz de su secretaria—. Pero cuando me puse al habla con el despacho del señor Leedmont para confirmar los detalles del vuelo, me informaron de que el resto de la junta de Kingdom aterrizaría en Miami hoy a la una en punto, hora local. Y la reunión ha sido cambiada para el sábado a las diez de la mañana.

«¡Mierda!»

—¿Por qué no me han avisado?

Rick apreció la incertidumbre de la mujer.

—Afirman haberlo hecho, señor, pero estoy completamente segura de que no hemos recibido nada. Comprobé tres veces el correo y todos mis mensajes de voz y…

—Te creo a ti antes que a ellos, Sarah —interrumpió. Richard sabía perfectamente que en la compra de una empresa, el contrato no era más que una mínima parte del proceso. El temple tenía igual o más peso—. Nos amoldaremos. ¿Has puesto a Ben al corriente?

—Sí, he actualizado su agenda. Y he reservado media docena de habitaciones en el hotel Chesterfield, dado que es ahí donde se hospeda el señor Leedmont.

—Excelente. Gracias por los quebraderos de cabeza, Sarah. Ten la bondad de enviarme por correo electrónico la última lista de asistentes y mándala también al despacho de Donner.

Colgó el teléfono y lo dejó con brusquedad sobre la mesa, maldiciendo entre dientes.

—¿Qué sucede? —preguntó Samantha.

—Leedmont trama algo. Ha hecho que el resto de su junta directiva se desplace aquí un día antes y ha cambiado la reunión a mañana.

—Pero ¿no se trata de tu propia reunión?

—Por lo visto he sido informado del cambio de planes.

Ella dejó escapar un bufido.

—Seguro que es uno de esos problemas de realidad alternativa. ¡Sucede a todas horas en *Star Trek*!

Naturalmente, un cambio de planes no iba a desconcertarla.

—Mmm, hum.

—Por otra parte, puede que Leedmont sólo desee que puedan disfrutar del agradable tiempo de Florida.

—Tu otra teoría es mejor.

—Gracias. Pues fija de nuevo la reunión para la fecha original.

—No puedo. Eso significaría que soy mezquino y que no puedo manejarle. —Se preguntó fugazmente si ella sabía algo útil, pero se contuvo de preguntar. Había dicho que le avisaría si su trabajo afectaba al suyo. Richard exhaló—. Debería cancelarlo todo. En vez de eso, podríamos irnos a pescar.

—¡Oh! ¡A pescar! —Sacudió la cabeza—. Te he metido tanto en mis líos y distraído cuando tienes tus propios asuntos de trabajo… Lo siento.

—Nadie me empuja a nada que yo no desee. Ni siquiera tú. A decir verdad, no tengo tanto interés en ello. Es una buena inversión, pero los repuestos plásticos de fontanería en realidad no…, ¿cómo lo decís los yanquis?, no son santo de mi devoción.

—Pues imponte por la fuerza y, para la próxima vez, busca algo que te interese más —declaró con semblante sorprendentemente serio—. ¿No te parece? Es decir, ¿qué haría Rick Addison si de pronto dejara de gustarle su trabajo?

Él le tomó la mano.

—¿Se trata de mí o de ti?

Samantha se encogió de hombros.

—No lo sé. Estás harto de una reunión que puede reportarte ocho millones de pavos, y yo tengo a tu rival y a un tipo muerto que no puede pagar como cliente. Tal vez deberíamos mudarnos a Detroit y vender piezas de coches.

Riendo, Richard besó sus delicados dedos de ladrona.

—Eso sí que sería aburrido. Incluso teniéndote a ti como socia.

Ella dejó escapar un profundo suspiro.

—Supongo que tienes razón. Muy bien. Me voy a trabajar. ¿Qué tienes en tu nueva y mejorada agenda?

—Más vale que termine con las revisiones del contrato para que la oficina de Tom pueda elaborar nuestra propuesta, y tengo que trabajar un poco en el proyecto de Patricia.

—Estupendo. Tan sólo recuerda que sugerí lo de las piezas de coches —asintió y se dispuso a levantarse, apurando de un trago su refresco al hacerlo.

Richard la rodeó por la cintura con el brazo y la sentó de nuevo sobre su regazo.

—Salgamos a cenar esta noche. Tú eliges el lugar.

—Mañana tienes una reunión.

—Me las arreglaré. Quiero ir a cenar contigo.

—En fin, eso es mejor que ir a pescar. —Tomó su mejilla en la mano libre y le besó—. Tenemos una cita. ¿Puedes prestarme otra vez el Mustang? Stoney todavía tiene el Bentley.

Estaba a punto de sugerir que Ben la llevara a trabajar, pero éste tenía que acercarse a Miami a recoger a la junta directiva de Leedmont.

—Por supuesto. Pero no le hagas ningún arañazo.

—Nunca me has pedido eso con el Bentley.

—El Bentley es tuyo. No voy a entregar el coche de mis amores a nadie.

Ella se echó a reír. Le abrazó y le lamió la curva de la oreja.

—Qué pena que esté Reinaldo —susurró—. En estos momentos tendrías mucho más que suerte.

Se bajó de un brinco de su regazo y desapareció por el pasillo, todavía riéndose. Torciendo el gesto, Rick simuló leer de nuevo el *Journal* hasta que pudiera levantarse sin ponerse en evidencia.

No había rastro del Bentley cuando Samantha entró en el aparcamiento. Estacionó el Mustang, pero su mano quedó suspendida antes de terminar de apagar el motor. ¿Qué iba a hacer ella en el despacho? ¿Revisar solicitudes para recepcionista? Por lo que sabía, Stoney ya había contratado a alguien. ¿Orquestar una campaña de publicidad? Oh, ésa sí que era buena. Quizá podría hallar un modo discreto de anunciar que su primer cliente potencial había sido asesinado el día antes de contratarla, y que de paso se hacía cargo de un caso de chantaje.

—¡Joder! —farfulló, sacando de malos modos la tarjeta de Daniel Kunz del bolsillo. Tenía que resolver todo aquello antes de que pudiera dedicarse a cosas mundanas como pedir sus propias tarjetas. Y ahí estaba aquella maldita palabra otra vez. «Mundano.»

Requirió cinco tonos hasta que se estableció la conexión.

—Más vale que sea importante —llegó la voz grave y furiosa de Daniel.

¡Oh, oh! Había olvidado que apenas eran las ocho en punto.

—Hola, Daniel. Soy yo. Sa…

—Hola —la interrumpió, su voz se hizo más aguda—. Dame un número y te llamaré en cinco minutos.

Sam le dio el número y colgó. Mmm. Nada de nombres por su parte. El nombre de «Sam» no era tan sospechoso, a menos que la otra persona a quien quería incluir en la conversación supiera quién era Sam. De modo que Daniel y Patricia se acostaban juntos. Y Daniel estaba ligando con ella al mismo tiempo.

—¡Menudo cerdo!

Se tomó esos cinco minutos para llamar a Castillo.

—¿Fuiste al velatorio? —preguntó Frank en cuanto se inició la llamada.

—¿Tú no?

—Sí, claro. ¿Algo interesante?

—¿Cómo es que pude entrar en el despacho de Charles

Kunz en Coronado House sin problemas? —le interrumpió—. ¿Te quedaste sin cinta amarilla?

—Oye, si hubiera dependido de mí, toda la casa estaría precintada. Pero no depende de mí, y la Oficina del Forense sacó todas las huellas y tomó todas las fotos que necesitaba. Así que, ¿para qué me llamas? ¿Para reírte de la distribución de mi cinta?

—Si alguien de la familia vende algo de Charles en estos momentos, ¿puede hacer eso?

—Técnicamente, no. Es una investigación de homicidio; y aunque no lo fuera, la aseguradora tiene los activos incautados. Hay muchas manos que quieren un trozo del pastel. ¿Por qué?

No pensaba hacer referencia al BMW, sobre todo si eso ponía a Daniel sobre aviso de que estaba fisgando en sus cosas. Samantha entornó los ojos.

—Tengo una corazonada. Te avisaré si resulta. Pero ¿de qué manos hablas?

—Sam, si sabes algo…

—Frank, ¿qué manos?

—¡Por Dios! Me gustaba más cuando no me llamabas. Lo de siempre… una hermana y su familia, dos socios de negocios, y sus hijos.

—¿Dos socios de negocios?

—Sí. No se ha descartado a nadie pero… bueno, entre tú y yo, quieren que descongelen los activos de su empresa.

Puede que así fuera, pero tanto si apostaba por Daniel como si no, no iba a descartar a nadie.

—De acuerdo. Gracias.

—Sam. Espero que me cuentes cualquier cosa que sepas…

Sam colgó el teléfono. Ése era el problema: en su trabajo no existía demasiada diferencia entre saber y sospechar. Sin embargo, Frank requería molestas cosas, como pruebas.

El Bentley se colocó a su lado.

—De acuerdo —dijo Stoney mientras se apeaba del coche—. Ya entiendo por qué te gusta ir por ahí en uno de éstos.

—¡Ja! —se carcajeó—. Ya te lo he dicho. ¿Cómo vas a volver al *cacharro-móvil* después de esto?

—Puede que me busque algo —reconoció, asomando la cabeza por la ventanilla abierta del asiento del pasajero del Mustang—. Pero no será tan llamativo. Tal vez un Lexus.

—Es un comienzo —admitió—. Oye, sube aquí un minuto.

Él accedió, se montó en el Mustang y cerró la puerta. Después, subió manualmente el cristal de la ventanilla. Se conocía el juego. No tenía sentido dejar que alguien de los honrados negocios vecinos escuchara sus conversaciones privadas.

—¿Qué sucede ahora? No pienso volver a fingir que soy el mayordomo de Addison.

—Nada parecido. ¿Te ha llamado alguien en referencia al Giacometti?

—No. Ni por la escultura, ni por las pinturas.

¡Maldita sea! Tenía la esperanza de no haber espantado al ladrón. Al menos éste no le había visto la cara… pero tampoco ella había visto la suya.

—Vale. Si…

Su teléfono sonó de nuevo. Cinco minutos justos. El corazón de Samantha palpitó con algo más de fuerza al responder. El acostumbrado subidón de adrenalina.

—¿Hola?

—Sam —respondió la voz de Daniel—. Pensé que era posible que llamases.

—Ah —contestó, insuflando timidez en su tono de voz—, ¿y eso por qué?

Él dejó escapar una risita.

—¿Rompió el inglés un maldito vaso cuando nos vio juntos?

—No, me parece que creyó la historia sobre el Giacometti. ¿Tenías algo especial en mente o sólo querías saber si llamaría?

—Eso depende —respondió, todo impregnado de un sutil encanto—. ¿Qué te parecen los barcos?

Barcos. Los barcos significaban agua, que a su vez significaba aislamiento, tiburones, ahogamiento y ni la más mínima posibilidad de escapar. Ya era bastante malo que Rick continuara intentado convencerla de hacerse a la mar para pescar.

—Prefiero los coches.

—Bueno, este barco te gustará. Reúnete conmigo en el embarcadero del club Sailfish, amarradero treinta y ocho, dentro de media hora.

—No vo…

—Vamos, Sam. Seré un perfecto caballero. Permíteme que te deslumbre con mi encanto y mi magnífico físico.

—De acuerdo. Dentro de media hora.

—¿Qué demonios ha sido eso? —exigió Stoney cuando ella volvió a colgarse el móvil del cinturón.

—Sigo una corazonada. —En el club Sailfish. Qué interesante.

—¿Una corazonada sobre quién? —preguntó con claridad, la desaprobación escrita en su amplio rostro.

—Sobre Daniel Kunz —respondió. Ocultar secretos a Stoney era contraproducente y potencialmente peligroso; si ella desaparecía, alguien tenía que saber dónde había ido.

—Vi su fotografía en el periódico de la mañana —dijo Stoney, mirando por el cristal delantero—. No es nada feo.

—Ah, venga ya. No son más que negocios y lo sabes.

—Puede que yo lo sepa, pero me he dado cuenta de que has atendido aquí esa llamada, no en casa de Rick.

—¿Por qué provocar olas cuando lo único que quiero es echar un vistazo bajo la superficie? Ahora, baja del coche. Tengo que ir al embarcadero.

Él no se meneó.

—No me gusta esto, Sam. Deberías decírselo a Addison o a alguien.

—¿Por qué? ¿Qué más daría?

—Sí que tendría importancia.

En lo referente a su seguridad, se lo había contado a la persona indicada, pero sabía a qué se refería Stoney. Para tratarse de un tipo que no había estado nunca casado, tenía buena mano para las relaciones.

—Está bien. Me pasaré por el despacho de Donner y se lo contaré —decidió. Luego si el abogado la delataba ante Rick, al menos ya habría estado en el barco.

—De acuerdo. —Abrió la puerta de nuevo y bajó del Mustang—. Y por cierto, ¿es que no vamos a contratar a una recepcionista?

—Creía que tal vez… Sí. Limítate a hacer… lo que haces y yo me pondré de nuevo con ello en un par de días. Anoche gané diez de los grandes. Tan sólo tengo que llamar a Leedmont y recoger el cheque.

—Bueno, siempre y cuando ganemos pasta. Ni siquiera te mencionaré que diez de los grandes no es más que calderilla para ti.

—Gracias —dijo con sequedad.

—No dejes que te maten mientras trabajas para el tipo muerto. —Sacudiendo la cabeza, se marchó del garaje. Sam tomó aire, luego prosiguió, pero cruzó Worth Avenue hasta el edificio de vidrio y cromo donde se encontraba Donner, Rhodes & Chritchenson. No le sorprendió que el *boy scout* ya estuviera trabajando, pero sí que accediera a verla sin demora.

—¿Qué has hecho ahora? —preguntó, simulando relajarse tras su gran escritorio de caoba.

—Nada.

—De acuerdo. Es una visita social.

Resultaba tentador discutir con el abogado por principio, pero tenía únicamente veinticinco minutos para estar en el amarradero treinta y ocho.

—Voy a dar una vuelta en barco con Daniel Kunz —dijo, cruzando los brazos sobre el pecho—. Sólo te lo digo por si me sucede algo, así Rick no se preguntará dónde he desaparecido.

—«En barco con…» —repitió, enderezándose un poco—. ¿Por qué narices?

—Porque me ha invitado.

—Eso es una gilipoll…

—Creo que podría tener algo que ver con la muerte de su padre, o al menos con el robo. Así que cotillea sobre mí si lo crees necesario, pero sólo quería que alguien en quien Rick confía… alguien en quien yo… confío, lo supiera.

—¡Vaya! Seguro que te ha dolido.

—Cierra el pico, Yale. ¿No tienes que trabajar en un contrato para Rick? —Se apartó de la ventana y se dirigió de nuevo hacia la puerta—. La junta directiva viene con antelación, y esa reunión ahora es el sábado.

—Ya me ha llamado. No soy yo quien anda distraído —replicó.

—Rick está muy centrado. Si no lo estuviera, sería probablemente porque alguien no deja de cotillear sobre el paradero de su novia cuando investiga un asesinato. —«¡Toma eso!»

—Tan sólo pienso en lo mejor para Rick.

Ella le sacó la lengua.

—También yo. —Con eso, regresó nuevamente a la parte principal del bufete y a los ascensores.

De acuerdo, era en el bien de Rick y en el suyo propio en lo que pensaba. Y tal vez, en ocasiones, eran cosas distintas. Pero esa mañana, habida cuenta del limitado tiempo con el que contaba para descifrarlo, hacer lo que mejor se le daba parecía la forma lógica de actuar. Aun cuando eso incluía a Daniel Kunz y un barco.

Capítulo catorce

*S*amantha aparcó el Mustang en el club Sailfish a la orilla de Lake Worth y encontró el amarradero 38 sin problemas. Daniel la estaba esperando en el embarcadero con una cesta de picnic en la mano. Miró más allá de su hombro hacia el agua.

—Eso no es un barco —declaró, apartando a un lado el recuerdo de su sueño del tiburón de la otra mañana. Ya había cambiado el tono del móvil de LeBaron.

Él se echó a reír.

—Técnicamente, es un yate. Uno pequeño. Ten cuidado con dónde pisas —dijo, ofreciéndole la mano para ayudarla a subir a la pasarela.

Ella podía haber subido la pasarela con los ojos cerrados, pero obviamente a Daniel le gustaba alardear, de modo que aceptó su mano y saltó con delicadeza a bordo.

—¿Cómo lo llamas?

—Es «ella» —la corrigió, saltando a bordo—, se llama *Destiny*.

—Qué bonito. ¿Es tuyo o de la familia?

—Ahora es mío, o lo será tan pronto concluya el papeleo. Papá lo compró para mí, principalmente.

¿Era impaciencia lo que apreciaba en su voz? Esa molesta investigación por homicidio podría estar retrasando sus planes. Sam retuvo aquello en su mente.

—¿Porque compites con ellos?

—Porque gano. Como he dicho, es pequeña, pero tiene un gran motor.

—Ah. Justo como me gustan.

—Bien. —Con una encantadora sonrisa, dejó la cesta y subió la escalera hasta el pequeño puente—. ¿Puedes desatar aquella cuerda en la proa? —preguntó, señalando.

—Claro. ¿Es la parte delantera, verdad?

—Sí, es la parte delantera.

Hasta el momento, todo bien. Cuanto más ignorante pudiera ser, más podría hablar él y ser el chico grande del campus... o del yate, mejor dicho. Cuando desató la pesada cuerda automáticamente se percató de dónde se encontraban los salvavidas de cubierta y dio subrepticiamente con el pie a la caja de proa rotulada como BALSA. Parecía bastante sólida. Estaba cerrada, pero eso no suponía un problema.

Ni siquiera saber dónde se encontraba todo el equipo para emergencias la hizo sentir mejor. En tierra siempre podía hallar el modo de salir en caso de problemas. En el agua tal planteamiento era mucho más complicado. Aviones o barcos; ambos le hacían sentir una fuerte desazón.

—Sube aquí —dijo Daniel cuando el yate se apartó, rugiendo, del embarcadero.

Con un profundo suspiro, Sam subió la angosta escalerilla para unirse a él.

—Qué bonito es esto —mintió, posando una mano en el panel de control para apoyarse—. ¿Con qué frecuencia sales a navegar?

—Con tanta como me es posible —le lanzó una mirada—. Rick tiene un yate aquí. ¿No sales a navegar con él?

—Nunca me lo ha pedido. Ni siquiera sé dónde está aparcado.

Daniel se rio de nuevo entre dientes.

—Amarrado, quieres decir. En realidad está justo allí.

Señaló al reluciente yate blanco amarrado a uno de los embarcaderos vecinos. Era, con mucho, el yate más grande del club, y probablemente de todo Lake Worth, haciendo que el resto de botes a su alrededor parecieran enanos. A diferencia del *Destiny*, éste había sido, sin duda, construido para resultar lujoso más que veloz.

—¿Sabes su... nombre?

—Antes se llamaba *The Britannica* —respondió—, pero fue rebautizado hace un par de semanas.

—¿De veras?

Daniel asintió.

—Mmm, hum. Como *The Jellicoe*.

Ella parpadeó.

—¿Como el qué?

—¿No lo sabías?

—No me lo ha contado.

—Si yo le pusiera el nombre de alguien a un yate, se lo diría.

—También yo. —Bueno, eso sí que era interesante, pero ni mucho menos era el tema a debatir por el que se había embarcado. Y en medio del agua no iba a perder la concentración—. ¿Por qué me diste tu número el otro día —preguntó pausadamente—, cuando sabías que Rick le había puesto mi nombre a su yate?

—Porque vi cómo me mirabas cuando Patricia nos presentó, y luego me miraste de nuevo cuando hiciste que te llevara a Coronado House con aquella pobre excusa sobre la decoración para el velatorio. —Se desvió, haciendo pasar el yate bajo el puente en ángulo y hacia las aguas abiertas del océano Atlántico—. Y luego, en el velatorio, te estuve observando. Te marchabas en cuanto alguien comenzaba a hablar con Rick. Pensé que podrías estar buscándome.

«Tal vez, pero no por los motivos que él pensaba.»

—Estás muy seguro de ti mismo.

Empujó la palanca del acelerador y el barco aumentó de velocidad.

—Sé lo que me gusta —dijo sin más.

Al menos parecían dirigirse costa arriba en vez de mar adentro.

—¿Y qué es lo que te gusta? —ronroneó, deseando haber añadido unos largos de natación a su plan de ejercicios.

—Dime antes una cosa: ¿Es cierto que tu padre era Matin Jellicoe, el ladrón?

—Es cierto.

—¿Has robado alguna vez a alguien?

Así que de eso se trataba. Quería una confesión suya para estar ambos más a la par, aunque no significaba eso que él hubiera confesado nada. Todavía.

—Podría ser —respondió, disimulando su reticencia con una sonrisa.

—¿Cómo es?

—No me gusta airear mis pecados en público —dijo, posando una mano sobre su brazo.

Él le brindó de nuevo aquella encantadora sonrisa.

—Vamos, puedes confiar en mí. Me gusta pecar.

—Seguro que sí. Te mostraré los míos si me muestras los tuyos.

—Ya veremos. Te dije que hoy sería un perfecto caballero.

Le pondría a la defensiva si le presionaba más. Y, afortunadamente, tenía historias de sobra, aun cuando tuviera que dar detalles; después de todo, la ley de prescripción de algunos de sus trabajos ya había vencido.

—De acuerdo. Es un subidón. Pura adrenalina.

—Lo comprendo —dijo, sonriendo de oreja a oreja al viento—. Yo practico esquí extremo. Es salvaje.

Hablaron durante un rato sobre esquí y regatas, en gran medida para que él pudiera sentirse cómodo alardeando y soltado la lengua mientras ella escuchaba y emitía sonidos de admiración. Después de veinte minutos comenzó a acercarse más a la costa, entrando con facilidad en una pequeña cala.

—Entre tú y yo, aún continúas haciéndolo, ¿no es cierto? —preguntó de pronto—. Me refiero a robar cosas.

Durante un breve segundo Sam se preguntó si él estaba llevando a cabo su propia investigación. ¿Pensaba acaso que era ella quien había asesinado a Kunz? Sin embargo, eso haría que fuera completamente inocente, y, en lo más profundo de su receloso ser, Sam no lo creía en absoluto. Era más probable que estuviera buscando un posible chivo expiatorio en caso de que algo saliera mal. En tal caso, buscaba a la chica equivocada.

—No desde hace mucho. No es bueno para mi salud.

Él asintió, reduciendo la velocidad.

—También comprendo eso. Me rompí la pierna por tres sitios la última vez en Vail. Menos mal que existen otras formas de conseguir el subidón. —Daniel inhaló, pellizcándose la nariz.

«¡Estupendo!» Aunque aquél podría ser un motivo para un robo. Samantha soltó una carcajada forzada.

—Eso he oído, pero creo que robar es menos perjudicial para el bolsillo. —Miró hacia la costa—. Qué bonito. ¿Dónde estamos?

—Es mi lugar privado para almorzar y recrearme.

—Mmm, hum. ¿Venís aquí Patricia y tú?

Daniel acarició entre los dedos un mechón de su cabello llevado por el viento.

—Estoy aquí contigo.

Sam permitió la caricia, pues imaginó que eso le proporcionaría algo más de margen para insistir.

—Quizá sea un poco indiscreta, pero asesinaron a tu padre durante un robo. Esperaba que no te excitara tanto invitar a una ladrona, aunque esté retirada, a almorzar.

—Esto tiene que ver con la atracción, no con mi padre —respondió, utilizando ahora ambas manos para jugar con su cabello.

Se inclinó y la besó. Sam también permitió aquello.

—Oye, pensé que ibas a ser un caballero —dijo, empujándole lentamente. Lograr que tal gesto pareciera reticente precisó más control de lo esperado. Tuviera o no una bonita cara, hacía que se le pusiera la carne de gallina. Rick decía que poseía su propio sentido del honor, independientemente de que fuera o no convencional, y Daniel lo estaba pisoteando.

—¿Qué me dices de la atracción? Sé que la sientes.

—Puede que así sea. —Sam le evaluó con la mirada—. Pero, francamente, Daniel, necesito más que un paseo en barco para convencerme de que puedes hacer más por mí que Rick Addison.

—Colega, qué mercenaria —dijo, riendo de nuevo.

Podría decir lo mismo de él, pero se guardó el comentario. Teniendo en cuenta que dos días antes había asistido a un funeral, parecía estar de bastante buen humor, de hecho… como si pensara que había salido impune de un asesinato o algo similar. Pero ¿lo había hecho el despreocupado Daniel o había contratado a alguien? Le encantaría saber si había alquilado un BMW.

—Tan sólo soy práctica.

—Me parece justo.

Arrojó el ancla al agua y apagó el motor. La absoluta falta de preocupación con la que él contemplaba su presencia, considerando que fácilmente podría haber estado involucrada en el fallecimiento de su padre, le inquietaba un poco. No era exactamente una declaración de culpabilidad por su parte, pero si tan seguro estaba ya de que ella no lo había hecho, era porque sabía quién lo había hecho realmente. Bajando lentamente la corta escalera, Daniel recogió la cesta de picnic y la colocó sobre la pequeña mesa empotrada de cubierta.

—¿Tienes hambre?

—Claro. ¿Qué has traído?

—Es un poco temprano para almorzar, de modo que hice que el cocinero pusiera en su mayoría fruta, pan y queso. Y una botella de vino, por si no es demasiado pronto para eso.

—¡Dios mío! —dijo parsimoniosamente, acercándose a él—. Podría pensarse que intentas impresionarme.

—Ya estás impresionada, o no estarías aquí. Patricia te llama la perra americana, pero imagino que eres más sofisticada que la mayoría de las mujeres que conozco.

—Gracias, supongo.

—No, en serio. Patricia no distinguiría una obra de arte de un trozo de tostada. Sabe de moda, pero eso es todo lo profunda que llega a ser.

—¿Y a ti te gusta la profundidad?

—Me gusta tu profundidad. —Daniel dispuso un plato con uvas y rodajas de mango, animándola con un ademán a sentarse mientras él ocupaba el banco frente al de ella—. ¿Qué es lo que haces para divertirte?

—Para divertirme. Estoy montando una consultoría de seguridad, pero eso ya lo sabes.

—Tienes uno de esos teléfonos que tiene melodías diferentes según la persona, ¿verdad? ¿Te ayuda a no confundir a tus clientes?

Así que quería saber acerca de su teléfono. Eso no pintaba nada bien.

—Tengo el teléfono en modo vibrador —sonrió ampliamente—. Lo prefiero de ese modo.

—Seguro que sí. Si mi padre te hubiera contratado, ¿qué habrías hecho para proteger Coronado House?

—En realidad no he pensando en ello —mintió—. Resultó mejor para mí que lo asesinaran antes de que firmáramos el contrato, ¿no te parece?

—Vamos —la persuadió—. Puedes especular, ¿no? ¿Más cámaras de vídeo? ¿Más sensores de movimiento? ¿Algunos de esos rayos infrarrojos?

—¿Qué importancia tiene? Ya es demasiado tarde.

—Sí, pero ese tipo sabía bien por dónde iba, cómo entrar, dónde estaba mi padre, cómo salir. ¿Crees que toda esa mierda tecnológica le habría detenido?

Dios santo. Ahora andaba en busca de cumplidos. Le miró fijamente a los ojos.

—No. Era demasiado bueno. El mejor que he visto, en mi opinión. ¿Tiene alguna pista la policía?

—Ni una sola. Si es tan bueno, tal vez lo conozcas. —Se metió una uva en la boca—. Puede que sea famoso.

¿Acaso deducía demasiado de la conversación porque quería que fuera culpable? ¿Estaba en realidad Daniel forzando su suerte tal como ella sospechaba?

—«Yo» no era tan buena —mintió, bajando la vista y fingiendo decepción o vergüenza o lo que fuera que le hiciera sentirse aún más superior.

—Seguro que podías jugar con los chicos grandes, Sam. Yo dejaría que jugases conmigo.

Ella alzó de nuevo la mirada, sonriendo.

—¿Eres uno de los chicos grandes?

Él se acercó lentamente para susurrarle al oído.

—El más grande.

Samantha se rio entre dientes.

—Y rico, también. Cada vez resultas más atractivo.

Daniel ladeó la cabeza hacia la escotilla de debajo de la cubierta.

—Entonces, ¿quieres que hagamos guarrerías?

Al menos lo había preguntado, en vez de abalanzarse sin más sobre ella. No estaba segura de poder llevar de vuelta aquel maldito barco ella sola.

—Todavía no estoy del todo convencida.

Él se puso en pie.

—De acuerdo, pero yo voy abajo a refrescarme. Enseguida vuelvo.

—Aquí estaré, disfrutando de la vista.

Cuando Daniel desapareció por la achaparrada puerta, Samantha se recostó. Habida cuenta de sus sospechas, había esperado que Daniel estuviera más a la defensiva y se mostrara considerablemente más esquivo. Naturalmente, no había esperado que estuviera colocado; eso hacía que calarle resultara más sencillo y complicado a un mismo tiempo. Rápidamente sacó su móvil y lo puso en modo vibrador; a pesar de que no tenía idea de si alguien podría contactar con ella allí.

Echó un fugaz vistazo hacia la escotilla. Probablemente estaría colocándose más en ese preciso momento, cosa que podría explicar su acuciante necesidad de dinero y su asunción de que saldría impune del asesinato. ¿Charles le había idolatrado tal como Rick afirmaba? Sería complicado de demostrar. Las familias, sobre todo las de dinero, no eran dadas a airear sus problemas internos. Necesitaba echarle un vistazo a los documentos legales de Charles para ver si los fondos de Daniel habían sido restringidos por algún motivo.

Debido a la excitación le sobrevino un rápido y fuerte calor. Lo único que necesitaba era una pequeña prueba, y podría acudir a Castillo. Y lo mejor de todo, entregar a Daniel sería del todo distinto a entregar a uno de sus ex compañeros. Sin división de lealtades, sin riesgo a represalias.

Claro que todavía tenía que volver a la orilla y luego hallar el modo de echarle un vistazo a esos documentos. Y encontrar las pinturas y los rubíes sin duda resultaría útil. Samantha suspiró. Por lo visto de nuevo iba a tener que ser amable con Tom Donner.

Cuando Daniel emergió otra vez a la luz del sol su sonrisa era todavía más amplia… y en efecto tenía restos de polvo sobre el labio superior. O bien Daniel Kunz era verdaderamente listo o bien realmente arrogante y estúpido.

—Te has dejado una mancha —apuntó, señalando hacia su labio superior.

Con una risita impenitente, agachó la cabeza para limpiarse la nariz.

—¿Y bien, por dónde íbamos?

—Estabas a punto de decir que habías hecho algunas cosas malas en tu vida y que me invitarías a unirme a ti en la próxima.

—Claro —convino, asintiendo mientras alargaba el brazo para hacerse con la botella de vino—. Podríamos ser los Bonnie y Clyde modernos. Seríamos una pareja muy atractiva.

—Imagino que sí. Me has hecho una interesante proposición.

Le entregó un vaso de vino a Sam y tomó otro para sí.

—Brindo por las proposiciones interesantes.

Ella tomó un trago. «Y por las conclusiones interesantes.»

—Cuéntame cómo aprendiste a pilotar yates.

Rick estacionó en el pequeño aparcamiento fuera de la inmobiliaria Paradise cinco minutos antes de las diez. Laurie conducía un BMW, y todavía no había rastro de éste, de modo que apagó el motor del SLR y llamó a Tom.

—Donner —respondió el abogado al primer tono.

—Tom, ¿recibiste el correo electrónico que te mandé?

—Rick. —Silencio—. Claro, lo tengo aquí mismo. ¿Vas a venir hoy?

—Esta tarde. Antes tengo que ocuparme de algo.

—Muy bien. No hay problema. Tenemos ya listas las páginas actualizadas.

Richard se apartó el teléfono de la oreja y lo miró.

—Recuerda que la junta llega con antelación —dijo tras un momento. Con lo que Tom se obsesionaba por los detalles, debería estar al borde de un ataque de histeria en aquel momento.

—Hace sólo una hora que me llamaste. Estaremos preparados. Hablaré contigo más tard…

—¿Qué sucede, Tom? —le interrumpió.

—No ocurre nada. Lo que pasa es que estamos ocupados.

—¿Te preocupa algo? Te dije que estaría preparado para esto.

—Lo sé. —Más silencio.

—Adiós.

La línea se cortó. No cabía duda de que algo sucedía. De hecho, no recordaba la última vez que Tom le había colgado el teléfono. Se dispuso a pulsar el botón de rellamada, pero un reluciente BMW plateado se detuvo a su lado. Mierda. De acuerdo, ya descubriría después qué era lo que le preocupaba a Tom. No era que ese día no tuviera nada más que hacer.

—Laurie —dijo, bajando del coche para abrirle la puerta—. Gracias por devolverme la llamada. Sé que te aviso con poco tiempo.

—No te preocupes; me cercioraré de que me pagues más adelante. —Le estrechó la mano, sosteniéndola más que sacudiéndola—. Vamos en mi coche. Tengo todos los mapas y planos.

Asintió con la cabeza y rodeó el coche hasta la puerta del pasajero para subirse a él. Hubiera preferido conducir, pero si conducir hacía que la mujer se sintiese dueña de la situación, no había problema por su parte. Sobre todo debido a que tenía otras cosas en la cabeza aparte de la inmobiliaria.

—Así que, Rick... ¿no te importa que te llame Rick, verdad?

—En absoluto.

—¿Y bien, Rick, por qué no te acercaste anteayer para concertar una visita?

—Parecías tener ya demasiado. No te habría molestado por una cuestión de trabajo.

—Los negocios son los negocios —dijo mientras regresaba a la carretera y ponía rumbo al sur—. Siempre hay tiempo para ellos.

Ése solía ser su lema, hasta que conoció a Samantha. Su ética laboral había pasado paulatinamente a una posición secundaria, pero no se había percatado hasta hacía poco. Y ni mucho menos le molestaba tanto como había esperado, o no tanto como le hubiera molestado un año atrás.

Richard miró de reojo a Laurie mientras ésta comprobaba el espejo retrovisor. Sabía cómo utilizar a la gente, cómo manipularlos para que vieran las cosas según su punto de vista, y tal cosa nunca le había quitado el sueño. Lo hacía del mismo modo en que algunos eran médicos y otros mecánicos. Y resultaba que se le daba realmente bien. Hoy pretendía emplear tales habilidades tanto si Laurie Kunz tenía que ver con la muerte de su padre como si no. Había sido criado en el círculo de élite del que ella formaba parte. Esa gente utilizaba el dinero como un arma. Él poseía muchísima munición.

La cuestión era cuánto presionar. Sus propios padres habían muerto siendo él todavía adolescente, pero incluso en un colegio suizo, a un continente de distancia y sin haberlos visto durante un año, no se sintió en condiciones de realizar ningún tipo de tarea durante varias semanas. El hecho de que Laurie estuviera haciendo negocios inmobiliarios esa misma mañana no la convertía en culpable, pero a él sí le hacía sospechar.

—Te doy de nuevo el pésame por la pérdida de tu padre —le ofreció.

—Gracias. Ha sido duro, pero Daniel y yo lo sobrellevamos.

—Siempre habéis estado muy unidos, ¿no es cierto?

—Lo intentamos. Parece que cuanto mayores nos hacemos, más difieren nuestros intereses —apuntó, virando a la izquierda hacia una acogedora travesía de casas de dos plantas. Sonrió cuando pasó por delante de un partido callejero de fútbol—. No te preocupes, no voy a enseñarte ninguna de éstas. En la colina hay algunas casas de clientes.

—Confío en ti.

—Hablando de lo cual, ¿no estarás pensando en vender Solano Dorado, verdad? Porque me sentiría muy dolida si no me dejaras ocuparme de la venta.

—No, no. Le prometí a una amiga que la ayudaría a mudarse a esta zona.

—A «una amiga» —repitió Laurie—. ¿Te molestaría que mencione que, personalmente, no me… entristecería que terminaras de nuevo soltero? No es que le desee ningún mal a tu relación con la señorita Samantha Jellicoe, por supuesto.

Él le lanzó otra mirada fugaz, cerciorándose de que esta vez le viera.

—Me siento halagado.

Laurie sonrió de nuevo.

—Bien.

Las casas a lo largo de la cima de la colina estaban varios niveles por encima de aquellas que habían pasado. Además, todas parecían tener bonitas vistas del océano. Extensos patios, buenos para recibir visitas, y media docena de habitaciones, amplios vestíbulos y magníficas escaleras curvadas. Tomó nota mental de todo al tiempo que visitaban las residencias que ella había seleccionado, pero mantuvo centrada la atención en la agente inmobiliaria. Cuanto más pudiera hacerle hablar, más averiguaría.

—¿Vas a conservar Coronado House?

—Seguro que lo haremos. Papá estaba muy encariñado con ella.

Kunz también había sido asesinado en esa misma casa, pero Richard no mencionó aquello.

—¿Tú y Daniel? —continuó, en cambio.

Ella le miró de soslayo mientras con un ademán le indicaba la salida de la casa que acababan de visitar.

—Permaneceremos juntos a menos que consiga una oferta mejor. ¿Qué opinas?

«Fue ella. No Daniel.»

—¿Que qué opino? —repitió—. ¿Acerca de la casa?

—Sí, de eso.

Él le devolvió la sonrisa.

—Pienso en algo más íntimo. Un condominio, en una torre de pisos. Una casa con jardín estaría al final de la lista. —Patricia requeriría una casa donde pudiera ser la pieza central. Un jardín supondría un desperdicio de espacio del que quejarse debido al coste de tener que contratar a alguien que se ocupara del paisaje. Pero esta excursión no era por su ex mujer tanto como por Laurie y por obtener una impresión de ella.

—Tengo dos en la lista que podrían adecuarse —dijo Laurie, sin consultar sus notas; debía tener memorizada cada lista.

—Echémosles un vistazo —respondió, instándola con la mano de nuevo hacia el coche—. Si dispones de tiempo.

—Para ti tengo tiempo. —Bajaron de nuevo la colina.

—Entonces, debería invitarte a comer, por las molestias.

—No es molestia, Rick, pero me encantaría.

Él asintió.

—¿Qué te parece en Pub Blue Anchor en Delray Beach?

—¿Es el *pub* que proviene de Inglaterra, verdad?

—Transportado piedra a piedra. Se supone, incluso, que hay allí un fantasma londinense de dos siglos de antigüedad. Un asesino o algo por el estilo. —En realidad, según contaban, Bertha había sido víctima de un asesinato, pero la otra interpretación convenía mejor a sus propósitos.

—Ooh, que espeluznante. Trato hecho. —Laurie no se inmutó. Si era una asesina, era despiadada.

—Bien. —Quizá la palabra «asesina» no le había molestado, pero formaba parte de la prueba.

—No has mencionado lo que piensas de Daniel y Patricia —dijo a modo de conversación.

Richard mantuvo la vista en la carretera, pero por poco. No lo habría logrado de no haber contando con casi veinte años de práctica en ocultar sus pensamientos y sentimientos. «¡Daniel y Patricia!» De pronto unas cuantas cosas cobraron sentido. Por eso Samantha había optado por utilizar a Patricia para entrar en Coronado House. Lo cual significaba que Samantha lo sabía, maldita fuera.

—No creo que sea de mi incumbencia —dijo suavemente.

—Eso es muy… británico por tu parte, supongo. Aunque me sorprendió escuchar tu voz en el contestador. Tu ex mujer y mi hermano se acuestan juntos y, aparte de eso, Patricia parece pensar que tienes algún tipo de rencor hacia ella.

—Se halaga a sí misma.

—Ah. «Ahora» estás enfadado.

Él rompió a reír.

—Lo que es irritante es la gente que piensa obsesivamente en el pasado. No resulta provechoso, en lo personal o en los negocios, echar la vista atrás.

—Me gustaría pensar que soy una chica que mira al futuro.

Asintiendo, Rick apartó la mirada de la ventanilla, aunque toda su atención estaba fija en el asiento del conductor a su lado.

—He notado que la gente que pasa demasiado tiempo en el pasado tiende a no tener un plan de futuro.

—Parece que tenemos mucho en común. —Laurie se rio entre dientes—. Sabes, siempre me he preguntado por qué no me pediste salir después de uno de esos partidos benéficos de polo que tanto os gustan a Daniel y a ti.

Había estado a punto de hacerlo en una ocasión, unos meses después de su divorcio. Ella era lo que en un tiempo fue su tipo: atractiva, segura de sí misma y solía estar en el ojo público.

—Siempre tenías a alguien con quien asistir —respondió.

—Como si eso hubiera podido impedírtelo.

Precisamente había sido aquello lo que le detuvo. Jamás tocaría a la mujer de otro hombre. Aquélla era una restricción que había mantenido aun antes del descalabro con Patricia y Peter. Era aquel sentido de la fidelidad en el que él y Samantha —sorprendentemente, dado su caótico estilo de vida— creían.

Habida cuenta de la participación de Laurie en su seudoseducción, ella no parecía tan exigente.

—¿Han variado en algo tus asuntos laborales con la muerte de tu padre? —preguntó, retomando de nuevo su tema elegido.

Ella se encogió de hombros.

—Casi todo fue colocado en un fideicomiso el pasado año. Daniel y yo tenemos algunas decisiones que tomar, y dependiendo del resultado, puede que me deshaga de la inmobiliaria Paradise. —Laurie le brindó una sonrisa—. Por supuesto, no antes de haber encontrado una propiedad ideal para ti. Mis clientes nunca se van insatisfechos.

—No lo dudo. Pero ¿qué harías si renunciaras a tu negocio?

—Hablas como un auténtico adicto al trabajo. Viajaría, creo, y los negocios de mi padre bastarían para mantenerme ocupada.

—Apuesto a que a Charles le gustaría que estuvieras dispuesta a ocupar su lugar.

—Sería una estupidez dejar que todo su trabajo y sus conexiones cayeran en manos de los tiburones.

Se preguntó si a él le consideraba un tiburón. En cuanto a lo que ella era, Rick tenía algunas ideas. La mayoría de la gente se aferra a lo que les es familiar frente a la tragedia y la agitación. Laurie ya estaba considerando cambiar de profesión. Para Richard aquello indicaba que no le tenía ningún aprecio al negocio inmobiliario. Por otra parte, la falta de satisfacción en una profesión no convertía a nadie en un asesino. Con todo, pretendía hallar un modo de revisar algunos de sus documentos laborales.

Richard creía haber encontrado una residencia aceptable para Patricia cuando hubieron terminado de echarle un vistazo a los dos condominios, pero tenía intención de prolongar un poco más la búsqueda. Aunque había descubierto algunas cosas más sobre Laurie Kunz, nada la señalaba definitivamente como sospechosa en el homicidio de su padre. Lo que sí tenía era un agudo dolor de cabeza, algo que suponía que James Bond jamás confesaría tener.

Pero no era su intención concluir aquella cita con las manos vacías. Samantha no estaría perdiendo el tiempo, y él tenía una apuesta que ganar, al igual que la policía.

—¿Planea Daniel unirse a ti en la sala de reuniones?

—Lo dudo —respondió con naturalidad—. No le interesan demasiado los negocios.

—Pues menos mal que te tiene a ti.

—¡Ja! Díselo a é…

Sonó su teléfono con la melodía de Tom.

—¿Sí? —respondió al abrir la solapa.

—De acuerdo, ya no puedo soportarlo más —llegó la voz del abogado—. Jellicoe salió en barco con Daniel Kunz.

El aliento se congeló en la garganta de Richard.

—Perdona, ¿cómo dices? —respondió, manteniendo la expresión del todo inalterable.

—Vino a decírmelo esta mañana, luego me desafió a que te lo chivara. Pero no quiero que me culpes por no contártelo si algo sucede, y no quiero verme atrapado en medio de tu pequeño remolino, así que…

Rick cerró el teléfono de golpe.

—Discúlpame, Laurie —dijo de plano—, pero tengo que cambiar nuestra cita para comer. ¿Te importaría llevarme de vuelta a tu oficina?

Ella sonrió.

—No hay ningún problema. Estoy disponible cuando quieras. Y quiero saber más acerca del fantasma.

—Quedemos de nuevo el martes. ¿A las diez en punto?

—Hecho.

Quince minutos después se detuvieron junto a su SLR y Richard salió del BMW. Tras despedirse con la mano, Laurie salió de nuevo del aparcamiento marcha atrás y desapareció en dirección a Coronado House. Richard se metió en el SLR y se quedó sentado muy quieto durante medio minuto. Luego metió la llave, pulsó el botón de arranque y emprendió el camino hacia el Club Sailfish.

Samantha ayudó a amarrar de nuevo el yate al muelle, luego lanzó un beso a Daniel al tiempo que se dirigía otra vez hacia tierra firme y a su coche. Él se quedó a bordo, ostensiblemente para limpiar algo, pero Sam suponía que el barco era el lugar al que generalmente iba a esnifar. La tensión agarrotaba sus hombros cuando llegó al aparcamiento. No se había mostrado amenazador, no había hecho más que besarla una vez y hacer algunas insinuaciones atrevidas, y ella seguía sintiéndose como si hubiera escapado por los pelos de un robo problemático.

—Samantha —le llegó la grave voz de Rick desde el frente, y alzó la cabeza. El velocísimo SLR se encontraba aparcado justo al lado del Mustang rojo y Rick Addison estaba apoyado contra el parachoques.

—¡Mira qué bien! —farfulló, esbozando una sonrisa—. Hola.

—¿Te hiciste a la mar con Daniel Kunz? —preguntó, enderezándose.

—¿Ahora me persigues por la ciudad? Porque no va a funcionar.

—Tom te delató.

Ella sacudió la cabeza, nada sorprendida.

—Sabía que el Capitán Estrecho no sería capaz de resistirse a contártelo.

—Entonces, ¿por qué se lo dijiste?

—Porque no soy imbécil. —Se detuvo delante de él, tratando de estimar su estado de humor—. ¿Vas a besarme o a dispararme? —preguntó finalmente.

—De veras que no lo sé. —Alargó el brazo y le puso bien la manga—. ¿Sabías que Daniel sale con Patricia?

—Sí.

—¿Y no me lo contaste porque…?

Samantha le guiñó un ojo.

—¿Y cuándo le has puesto el nombre *The Jellicoe* a tu yate?

Él parpadeó.

—No cambies de tem…

—Algunos tipos se tatúan el nombre de sus novias en los brazos. Tú se lo has puesto a un barco.

—No me gustan los tatuajes.

Sonrió, incapaz de evitarlo.

—Eres tan jodidamente guay, Rick. Soy el yate más grande de la marina.

Rick dejó escapar el aliento.

—¿Qué demonios se supone que debo hacer contigo? —murmuró, tomándola de la mano y acercándola más para darle un beso.

Ella cerró los ojos, disfrutando del cálido e íntimo contacto.

—Me tatuaré tu nombre en el culo, si quieres.

Él emitió un sonido ahogado que podría haber sido una carcajada.

—No quiero ver mi nombre en tu culo. No necesito indicaciones.

Aquello era definitivamente cierto. Con el recuerdo de la mañana fresco en la cabeza y el alivio de que Rick no estuviera cabreado con ella, de pronto necesitaba… Ignoraba el qué, pero Rick podría proporcionárselo. Dio un paso adelante y le rodeó el cuello con los brazos, apoyando la cabeza contra éste.

Al cabo de un segundo Rick le rodeó la cintura con los brazos, y la apretó fuertemente contra sí.

—¿Te encuentras bien? —preguntó en voz queda.

Ella asintió, reacia a soltarle, a dejar pasar el momento. Y pensar que Daniel creía que podía ofrecerle más que Rick. ¡Ja! Daniel no tenía ni idea de lo que ella necesitaba, o quería.

—¿Rick?

—¿Mmm, hum?

—Creo que lo hizo Daniel. Creo que, o bien contrató a alguien, o bien lo hizo el mismo.

—Tú… ¡Joder! —No le preguntó con qué pruebas contaba,

o cómo lo sabía. En cambio, deslizó la mano hacia arriba por su espalda, meciéndola con lentitud adelante y atrás y dejando que ella continuara el abrazo tanto tiempo como deseara.

Finalmente Sam tomó aire. «Recomponte, Jellicoe.»

—Lo siento —murmuró, alzando la cabeza.

—¿Por qué? —Tomó su rostro entre ambas manos—. En realidad me siento aliviado. Comenzaba a pensar que la criptonita era lo único por lo debíamos preocuparnos con relación a ti.

—Ah, ja, ja. Lo que sucedía era que no estaba preparada para viajar por el océano con un posible asesino.

—Hablando de lo cual, no se te ocurra hacerlo de nuevo, Samantha. Ni siquiera si se lo cuentas primero a Donner. A menos que quieras que me dé un infarto antes de cumplir los treinta y cinco.

—No, no quiero eso. —Le besó en la barbilla—. Deberíamos salir de aquí antes de que Daniel nos vea juntos.

Rick enarcó una ceja al tiempo que sostenía abierta la puerta del conductor del Mustang para que ella montara.

—¿Y por qué no queremos que nos vea juntos?

—Porque me estoy escapando a espaldas tuyas para verle, y él se afana en seducirme para apartarme de ti.

Él guardó silencio durante un instante.

—Ah. Más le vale, entonces, que vaya a prisión por algo —murmuró al fin—. De lo contrario, iré yo, por darle una paliza de muerte.

Sam no se molestó en decirle que controlara su testosterona; sabía qué puntos presionar para provocarle y, por sus acciones, sabía que Daniel había presionado varios de ellos. Al mismo tiempo, su respuesta parecía casi… sosegada. Sam tomó una rápida bocanada de aire. Rick se había tomado en serio su solicitud de un poco de confianza. Por supuesto, aun teniendo pendiente una crucial reunión al día siguiente había corrido a Lake Worth para velar por ella, pero Sam habría hecho lo mismo por él. Ambos sabían lo peligroso que podían llegar a ser sus vidas.

Asimismo, resultaba un tanto aterrador comprender lo mucho que había llegado a confiar en la opinión de Rick, en su juicio, en su sola presencia. No estaba acostumbrada a confiar en nadie más que en sí misma. Aquello figuraba a la cabeza de las cinco reglas para ladrones impartidas por Martin Jellicoe. Jamás cuentes con nadie que no seas tú mismo. No obstante, había comenzado a preguntarse si no sería que Martin no había conocido a nadie en quien creyera poder confiar. Ella sí lo había hecho.

—Voy a ver a Tom —dijo, dejando que sus manos se deslizaran con lentitud por sus hombros.

—Yo también tengo que ir a la oficina, antes de que la declaren abandonada y se apoderen de los muebles de Stoney. Y tengo que ingeniar un modo para demostrarle mis corazonadas a Castillo. Esto de las pruebas apesta.

—Sí, querida. Pero es necesario si quieres ganar la apuesta. —La besó de nuevo, seguidamente la ayudó a subir al coche y cerró la puerta.

Así era Rick, un caballero británico en todo momento, independientemente de nada que pudiera estar sucediendo. Ambos se dirigieron hacia Worth Avenue y a Sam no le sorprendió en absoluto que Rick se mantuviera detrás de ella durante todo el camino, a un coche o dos de distancia. Creía haber dejado muy claro que sabía cómo cuidarse, pero, al parecer, los ancestros de Rick habían sido caballeros de brillante armadura… y obviamente Rick había heredado su mentalidad de «defensores de damiselas en apuros».

Cruzó Oliver Avenue, y a Rick le pilló el semáforo en rojo. Sam en parte esperaba que se lo saltara, pero no lo hizo. Hoy, al menos, el caballero obedecía la ley.

El Mustang dio un empellón hacia delante cuando el metal impactó contra metal. Samantha se golpeó la frente fuertemente contra el volante.

—¡Mierda!

Aturdida, pisó automáticamente los frenos al tiempo que miraba por el ahora torcido espejo retrovisor. Una enorme furgoneta azul acaparaba por completo el espejo. Con un rugido, ésta arremetió nuevamente contra la parte trasera del Mustang.

Pisando el acelerador, giró bruscamente hacia la derecha a una calle aledaña. La furgoneta se pegó a su parachoques derecho y viró derrapando tras ella.

De acuerdo. Aquello era deliberado. Con el corazón palpitándole fuertemente debido más a la adrenalina que al miedo, aceleró de nuevo. El Mustang tenía un motor V-12, y el de la camioneta era potente. Un combate bastante igualado, salvo que Sam no estaba dispuesta a que el asalto se tornara en persecución.

Sam dio un brusco giro a la izquierda, seguido de otro más, dirigiéndose de nuevo a la calle principal. Tan pronto el conductor de la furgoneta supuso lo que ella hacía volvió a pegarse con gran estruendo a su parachoques.

Ambos vehículos colisionaron, empujándola hacia delante aun cuando ella se mantuvo firme. Separados por tan sólo unos centímetros, Sam frenó en seco.

La furgoneta impactó de nuevo contra ella. Condujo con todas sus fuerzas directamente en busca de una farola. El motor de la furgoneta rugió cuando trató de empotrarla contra el poste de metal mientras ella trataba de detenerse.

O no. Tomando aliento, Sam aguardó hasta el último segundo, pisó el acelerador y giró el volante a la izquierda. La parte derecha del Mustang rozó contra la farola y salió despedido. La furgoneta chocó frontalmente contra el poste.

Sacudiéndose violentamente, Sam logró detener como pudo el coche. Se apeó de un brinco y echó a correr hacia la furgoneta. Quienquiera que fuera, iba a llevarse una paliza.

—¡Oye! —gritó, tirando de la puerta abollada del conductor—. ¿Qué coños hac…?

Un bate de béisbol atravesó la luna tintada directamente hacia su cabeza. Ella se agachó instintivamente para esquivar, por los pelos, el golpe y la lluvia de cristal de seguridad.

—¡Puta! —bramó una voz masculina.

La puerta se abrió de golpe y Al Sandretti se abalanzó hacia ella, agitando el bate.

Samantha se hizo a un lado, dirigiéndole una patada a la entrepierna. Golpeó un musculoso muslo y él dio un traspié, agarrándola del pie. ¡Dios, qué grande era! Si le echaba el guante, la partiría en dos.

Los vecinos comenzaban a salir de sus casas, aunque reparó en su presencia sólo lo suficiente para mantener a Schwarzenegger y al bate bien lejos de ellos. Cabreado como estaba el tipo, no creía que le importara a quién golpeaba.

—Vamos, grandullón —le picó, retrocediendo por la calle.

—¿Dónde están mis putas fotos? —bramó—. ¡Estás muerta!

Ella lo esquivó de nuevo, buscando una salida y esperando a que alguien llamara al 911. Su talón tropezó en la acera y cayó hacia atrás. Jadeó al tiempo que rodaba hacia un lado justo cuando el bate se hundía en el punto de la avenida donde había estado su cabeza.

Rodando de nuevo sobre su espalda, propulsó ambas piernas directamente a las rodillas del hombre. Él se tambaleó, escupiendo y gruñendo. Dios, el tipo tenía la constitución de un puto tronco de árbol.

Dando una voltereta extendida hacia atrás, apuntó a su cara y estuvo a punto de recibir un puñetazo en el abdomen.

—Vamos, puta. Baile…

Sandretti se desplomó de rodillas. Sam se apartó a un lado cuando Rick retrocedió unos pasos, luego arremetió de nuevo con una patada voladora y aplastó con fuerza ambos pies entre los omóplatos del Gran Al. Cuando el tipo cayó, Rick prosiguió con dos fuertes y rápidos golpes en los riñones.

Sandretti gimió y comenzó a levantarse a cuatro patas. Sam le asestó una patada en un lado de la cabeza. El hombre se desplomó con un gruñido.

Ella se dobló para tomar aire. Cuando se enderezó, Rick tenía el bate de béisbol sujeto fuertemente con ambas manos. Mostraba un semblante pálido y furioso y Sam no dudó, ni siquiera por un instante, que fuera a darle una paliza que reduciría al hombre a papilla.

—¡Basta! —jadeó, agarrándole de los brazos y obligándolo a retroceder con todo su peso.

Él apenas se movió un paso, pero eso captó su atención.

—Él… ¿Qué…? ¿Qué mierdas es eso?

—Al Sandretti.

—¿Es por Kunz?

Sam negó con la cabeza, tomando el bate de sus manos temblorosas.

—Es parte del asunto Leedmont.

Mientras se aproximaban las sirenas, Rick le tocó la frente. Sus dedos surgieron teñidos de sangre.

—Tengo la cabeza dura.

—Y gracias a Dios que es así. —Sus tensos hombros se combaron de pronto, y la estrechó en un fuerte abrazo.

—Me he cargado el coche de tus amores —dijo, su voz amortiguada contra su pecho. Podía sentir el fuerte y acelerado latido de su corazón contra la mejilla. Rick había estado verdaderamente preocupado por ella.

—Es este capullo quien se ha cargado mi coche —corrigió Rick, separándose de ella cuando llegó la policía—. Y el gilipollas va a pagar por ello. ¿Quieres que me ocupe de esto?

Le había preguntado en vez de ponerse manos a la obra. «¡Vaya!»

—No, puedo encargarme yo.

Para cuando terminó de explicar cómo había hallado una carpeta con algunas fotos extrañas en el aparcamiento del McDonald's y que iba de camino para entregárselas al detective Castillo, y cómo aquel tipo debía de haberla visto hacerlo y le había entrado el pánico, casi se lo creía ella misma. No le vino mal tener la carpeta en el maletero para entregarla, o que un puñado de vecinos y Rick Addison pudieran corroborar diversas partes de la historia. Se guardó disimuladamente las fotos de Leedmont bajo la camisa sin que nadie reparara en ello, firmó la declaración y seguidamente se subió al asiento del pasajero del SLR.

—¿Estás segura de que te encuentras bien? —preguntó Rick, sentándose al volante. Le retiró suavemente el cabello detrás de la oreja, y ella se estremeció.

—Estoy bien. Me duele un poco la cabeza, pero he estado realmente peor. —Pero era la última vez que se llevaba un coche con la matrícula personalizada a una salida.

—Me dijiste que no le hiciera ningún arañazo a tu coche. Ese tipo me cabreó.

Rick sonrió.

—Te quiero.

Sam sintió que le ardían las mejillas.

—Y yo me alegro de que sepas hacer la patada voladora de kárate. Llévame a la oficina, ¿quieres?

La miró fijamente durante largo rato antes de asentir y arrancar el SLR.

—Claro.

La dejó delante de los escalones de entrada, a continuación se dirigió al aparcamiento. El Bentley estaba donde Stoney lo había dejado; al menos parecía ir en serio en cuanto a lo de ayudarla, a pesar de cuáles fueran las reservas que albergara. Dios, él ya había acumulado más horas de oficina que ella.

—¡Oye! —gritó cuando entró en la sala de recepción—. He vuelto.

Stoney abrió de golpe la puerta del pasillo para reunirse con ella.

—Bien. ¿Qué demonios te ha pasado? —Señaló su cabeza.

—No mucho. Luego te lo cuento.

—Está bien. Me voy a comer.

—¡Jesús! ¿Es algo que he dicho?

—No. Tengo una cita para comer. Y recibí una llamada por lo de Giacometti. Concerté una cita para esta noche.

Sam le asió del brazo para detenerle.

—Espera un momento. ¿Quién ha llamado?

—No lo sé. Utilizaron uno de esos distorsionadores de voz tipo Darth Vader. —Sonrió ampliamente—. Muy del estilo James Bond… y muy en plan aficionado.

Entonces se trataba del mismo tipo que había llamado a Bobby.

—De acuerdo. Repasaremos la estrategia cuando vuelvas.

—Como si no tuviera ciertas capacidades de origen dudoso.

—No eres…

—Te veo luego, cariño.

Suspirando, Sam se dirigió de nuevo a su despacho para llamar a Leedmont. Stoney le había dejado a ella la pila, cada vez menor, de currículos y un pequeño montón de mensajes telefónicos, la mayoría de los cuales decían algo así como «No he tenido noticias suyas, de modo que he aceptado un trabajo». ¡Mierda! Su escritorio había cambiado de caoba a roble, y comenzaba a preguntarse si no sería prudente recoger sus bolígrafos.

Después de concertar una reunión con Leedmont para el sábado a primera hora de la mañana, comenzó a repasar de nuevo las solicitudes restantes, eliminando a los que ya habían encontrado otro trabajo, pero lo dejó al cabo de un minuto o dos. En su lugar, descolgó el teléfono de su mesa y marcó el número de Aubrey Pendleton.

—Hola, querida —respondió él.

El tono de voz del hombre hizo sonreír a Samantha.

—Hola. ¿Puedo hacerte una pregunta?

—Pídeme la luna y las estrellas, y yo te las entregaré.

—Estás de buen humor.

—Una bella dama acaba de enviarme una caja de vino francés de 1935.

—Vaya, debes de ser un buen ligue.

—Ponme a prueba.

Algo de coqueteo afable y frívolo le sentaba bien, sobre todo después del surrealista intento de seducción en el yate y del combate de *wrestling* profesional.

—Puede que lo haga. Pero ¿quién te pidió el número de teléfono?

—¿El número de teléfono? Nadie. Lo he llevado encima por si acaso, pero no ha sonado. Debo decir que has originado en mí una terrible ansia de aventura. No estoy seguro de cómo voy a volver a ser simplemente encantador.

—Yo no te aplicaría lo de «simplemente», Aubrey.

—Ah, estás haciendo que me ruborice. Lo siento, mi cita está en la otra línea. Tengo que irme.

—De acuerdo. Gracias.

Quienquiera que hubiera llamado a Stoney no había conseguido el número a través de Aubrey. Supuso que no era tan sorprendente; en los círculos adecuados, Walter Barstone tenía reputación de ser uno de los mejores del mundo. Gracias a él había logrado hacerse con una cuantiosa fortuna, después de todo. Y aunque trabajaba principalmente con ella, no era una relación exclusiva. No en el terreno profesional, en cualquier caso.

Ya contaba con algunos cabos, pero tenía que hallar el modo de formar una red con ellos. Y luego cazar un moscardón… un moscardón con una adicción a la cocaína, que respondía al nombre de Daniel Kunz.

Capítulo quince

Viernes, 7:17 p.m.

$\mathcal{A}$ las siete de la tarde, Richard tenía la sensación de tener el contrato bien atado. Estaba más cerca de lo que le gustaba de concluir las cosas, pero incluso si Leedmont tenía previsto alguna clase de ataque preventivo, seguiría estando preparado. Dejó a Tom terminando unas llamadas telefónicas y se dirigió al otro lado de la calle para recoger a Samantha y ver qué lugar había escogido para la cena.

Las oficinas que compartían la tercera planta parecían haberse vaciado durante ese día, pero cuando probó con la puerta de Jellicoe Security, el pomo giró y ésta se abrió.

—¿Samantha? —llamó.

—En mi despacho —llegó su voz desde el fondo.

—Deberías cerrar la puerta con llave cuando estés tú sola —dijo, todavía impactado por aquel abrazo que ella le había dado en el embarcadero, aunque la pelea con Al Sandretti, fuera quien fuese el tipo, había estado a punto de borrar tal abrazo de su cabeza.

—Una puerta cerrada ni siquiera retrasaría a la mayoría de la gente que conozco —respondió, reuniéndose con él en recepción—. ¿Tienes hambre?

Sam tenía un bonito moratón en la frente, que él acarició con los dedos.

—Estoy famélico.

Samantha sonrió ampliamente, asiéndose a su brazo.

—Bueno, ¿vamos a casa a cambiarnos o escojo un lugar que vaya acorde con nuestro atuendo?

Ambos llevaban pantalones vaqueros y camisa, y en mitad de la temporada de invierno en Palm Beach, eso significaba que sus posibilidades eran irremediablemente limitadas.

—Eso depende de qué te apetezca comer.

—Si te digo lo que me apetece, jamás lograríamos salir de la oficina —respondió, riendo—. Pero ¿qué te parece un mexicano?

—Confiaré en ti.

No pudo evitar sobarla en el ascensor. Si hubieran descendido más de tres plantas, la hubiera despojado de los pantalones. Sam podría investigar cuanto quisiera, pero cuanto más peligro corría, cuanto más coqueteaba con otros hombres para conseguir información, más le gustaba recordarle lo que le aguardaba en casa.

—¿Estás muy caliente, eh? —bromeó, empujándole fuera del ascensor cuando llegaron al vestíbulo.

Saludando sosegadamente con la cabeza al conserje, cruzó primero la puerta lateral hacia el aparcamiento. Patricia habría tachado de indigna tal exhibición. Para ella las apariencias lo eran todo. La preocupación de Samantha era reconocer que él le gustaba demasiado y que, en cierto modo, eso la atraparía, le impediría ser la persona que habían hecho de ella. Había relajado sus defensas en los últimos meses, y Rick no estaba dispuesto a rendirse hasta que Sam se diera cuenta de que él era una ventaja en vez de un impedimento. No cuando la alternativa supondría perderla.

—¿Qué pasa con el SLR? —preguntó Samantha, sentándose al volante del Bentley.

Gracias a Dios que a Walter se le daba mejor que a ella cuidar de un automóvil prestado.

Él dio la vuelta para subirse a su lado.

—Lo recogeremos luego.

—¡Qué romántico eres! No puedes pasar un minuto sin mí.

—Calla y conduce.

Sam siguió de buen humor durante toda la cena, incluso después de recomendar alguna especie de salsa de tomate y pimiento tan picante que casi le arrancó a Rick el cielo del paladar. Al parecer se trataba de humor americano, pero a él no le importó. Le gustaba oírla reír. No lo había hecho mucho desde que habían vuelto a Florida.

—¿Estás preparado para tu reunión de mañana? —preguntó de pronto mientras regresaban de nuevo al aparcamiento. Debía de estar de buen humor, ya que le entregó las llaves del Bentley—. Puedo hacerte preguntas o algo así.

—Estaría bien saber qué está tramando Leedmont, pero creo que me las arreglaré.

—Mmm. Bueno, tengo una reunión con él a primera hora de la mañana, así que te avisaré si lleva dinamita en los bolsillos. Venga, déjame que te pregunte. Probablemente un montón de cosas sobre tuberías y accesorios.

—Estoy aterrado.

El teléfono de Sam sonó, aunque él no reconoció la melodía. A juzgar por su expresión, tampoco ella la reconoció, ni el número.

—Hola —dijo.

Observó su rostro cuando su expresión se tornó inescrutable y su piel se volvió cenicienta. Alarmado, desvió el coche a un lado de la calle y aparcó.

—Samantha.

Los dedos le temblaban cuando sostuvo la mano en alto para indicarle que guardara silencio. Richard le agarró la mano. Pasara lo que pasase, quería que ella supiera, si todavía no era así, que contaba con su apoyo.

—De acuerdo. Yo me ocuparé —dijo finalmente—. No te preocupes. —Se le quebró la voz mientras plegaba lentamente la solapa del teléfono.

—¿Sam?

—Era Stoney. Está en la cárcel.

—¿En…? ¿Qué ha sucedido?

Samantha tomó aire, esforzándose obviamente por recomponerse.

—No pudo decirme mucho, pero al cabo de unos dos minutos de tomar posesión de un prototipo de Giacometti, la policía echó su puerta abajo.

Richard se dispuso a hacer un comentario, luego cerró la boca. Sobradamente sabía a lo que Walter y Samantha se dedicaban cuando se conocieron. Y tendría que tener mucho tacto con lo que dijera a continuación.

—Creí que Walter se había retirado cuando lo hiciste tú.

—Lo hizo. Me estaba haciendo un maldito favor a mí.

—¿A ti? Samantha, me prometiste que…

—Cierra el pico. Tengo que pensar un minuto.

Con el pánico adueñándose de su pecho, la asió del hombro.

—¿Irá la policía detrás de ti por esto?

Durante un segundo le miró con tal vacío en su expresión que Rick supo la respuesta antes de que hablara.

—No. No. No es eso. Se suponía que ni siquiera debía aceptarlo. Solamente necesitaba saber quién intentaba vendérselo. Le dije que… —gruñó, dando un puñetazo sobre el salpicadero—. No importa. Tengo que sacarle de allí.

Durante un breve momento la imaginó entrando por la fuerza en la penitenciaría.

—Ambos le sacaremos —respondió, sacudiéndola para cerciorarse de que captaba aquello—. Llamaré ahora mismo a Tom.

Lo que no dijo era que no estaba seguro de qué podría hacer el abogado. Samantha acababa de decir que Stoney había recibido alguna clase de propiedad robada. Algo que ya había hecho previamente, demasiadas veces como para llevar la cuenta. Si se trataba de que las circunstancias, simplemente, le habían superado… A juzgar por lo que Samantha había dado a entender en numerosas ocasiones, Walter podría pasar un largo periodo en la cárcel.

Incluso mientras llamaba a Tom, consideraba también que, por doloroso que pudiera ser para ella, sacar a Walter Barstone de la vida de Samantha podría, además, serle de mayor provecho. Había intentado alejarla de su pasado delictivo y obviamente Walter seguía teniendo un fuerte dominio sobre ella.

Richard se bajó del coche cuando Katie Donner respondió al teléfono. A Samantha no le haría ningún bien escuchar sus respuestas a cualquier comentario despectivo que pudiera hacer Tom. Ya tenían, de por sí, una relación lo bastante delicada tal y como estaban las cosas.

Cuando subió de nuevo al Bentley, ella estaba sentada en el asiento del pasajero, mirando por la luna delantera. Todo aquello debía de doler. Sam no dejaba entrar a muchas personas a formar parte de su vida, y Stoney estaba más unido a ella que nadie. Tal vez incluso más que él.

—De acuerdo. Tom ha dicho que…

—Me voy a la comisaría. Tengo que sacarle bajo fianza.

—Espera un minuto, Samantha. Tienes que escucharme.

Ella le fulminó con la mirada.

—¿Para qué, para que puedas convencerme? ¿Crees que voy a dejar a Stoney en la cárcel un solo segundo más de lo necesario?

—No, no lo creo. Pero también pienso que antes de presentarnos en la comisaría, deberíamos dejar que Tom dispusiera de unos minutos para averiguar de qué se le acusa exactamente a Walter. Si el Giacometti tiene algo que ver contigo, es posible que quien le haya delatado pueda haber mencionado tu nombre.

—Yo no lo robé, Rick.

—No he insinuado que lo hicieras —replicó, aunque la idea se le había pasado por la cabeza—. Pero sabes algo, lo que significa que alguien podría saber de ti. —Tomó aliento, estremeciéndose al pensar en lo que la cárcel le haría—. De hecho, tal vez debiéramos considerar trasladarnos otra vez a Londres.

—No. Tuve que permanecer en las sombras y observar mientras Martin era enviado a prisión durante el resto de su vida. Murió allí. No voy a abandonar a Stoney. —Su voz se quebró de nuevo—. No puedo.

—No tendrás que hacerlo. Pero, en estos momentos, tenemos que irnos a casa y esperar la llamada de Tom.

Ella sacudió la cabeza.

—No. Tengo que investigar algunas cosas. —Abrió la puerta antes de que él pudiera impedírselo y bajó a la acera.

—Samantha, por el amor de Dios…

—Te llamaré. Y dame las llaves del SLR o tendré que hacerle un puente.

Como hombre de negocios, había ocasiones en que tenía que reconocer la derrota. Admitió que ésa era una de ellas. Hurgando en su bolsillo, encontró la llave del Mercedes y se la lanzó a través de la ventanilla bajada.

—Ten cuidado.

—Lo tendré.

Por un instante pensó que él no se marcharía, pero tras dirigirle una última mirada preocupada, se incorporó de nuevo a la carretera con gran estruendo.

Samantha caminó tres manzanas hasta el aparcamiento y buscó el SLR. Podría sacar a Stoney en menos de una hora. Aquello conllevaría empuñar un arma, algo que nunca había hecho en toda su carrera, pero podría hacerlo. Entrar en la comisaría no supondría problema alguno, ni siquiera para alguien menos diestro que ella. Salir sería más complicado, pero también podría conseguirlo.

La parte de la que no estaba segura, lo único que le hacía dudar, era saber que después tendría que huir. Tendría a Stoney, sí, pero no tendría a Rick. Jamás volvería a tenerle de nuevo. Pues aunque él la deseara después de su entrada en prisión, era una persona demasiado pública. La gente siempre sabía dónde se encontraba, y sería arrestada en cuanto tratara de verle otra vez.

—¡Joder! —farfulló, inclinándose para apoyar la frente sobre el volante. Golpeó violentamente la cabeza contra el tenso cuero, sintiendo la aguda punzada de dolor en su magullada frente—. Piensa, Sam. Piensa.

Si Aubrey le hubiera dado el teléfono de Stoney a alguien, esto hubiera sido simple. Pero quienquiera que hubiera contactado con su perista, le había encontrado por sus propios medios. Con todo, sólo le había hablado a una persona sobre el posible valor del Giacometti. Tenía que ser Daniel.

Pero ¿por qué había delatado a Stoney? ¿Era para colocar evidencias por el robo con homicidio? Levantó la cabeza, el hielo taladró su pecho. La casa de Stoney no contaba precisamente con alta seguridad. En cuanto alguien la encontrara, irrumpir en ella era un juego de niños.

Puso en marcha el Mercedes y se dirigió hacia la parte oeste de la ciudad. Pero se detuvo al doblar la esquina de su calle. Uno, dos, tres coches de policía, con las sirenas encendidas, acordonaban la mitad de la manzana.

—¡Mierda! —Apagó los faros, reculando hasta que pudo doblar hacia la calle transversal.

Había estado tan obsesionada con realizar toda la investigación a su manera que había dejado a Stoney completamente expuesto y desprotegido. Cualquiera que observara la oficina sabría que trabajaban juntos, y cualquiera que la investigara a ella, al igual que Charles, habría deducido que utilizaba a Stoney como perista. Aquello era culpa suya. Todo.

—De acuerdo, venga, enlaza las malditas piezas. —Si Daniel había sido responsable de aquello, entonces sabía que le había hecho daño. Estaría preparado si se enfrentaba a él. Dios, podría incluso haber colocado algo en su yate que pudiera incriminarla. Repasó la mañana en su cabeza. Había puesto las manos en la botella de vino y en una copa, además de las barandillas, el parabrisas y el amarradero.

Parecía egoísta preocuparse por su propio pellejo mientras Stoney estaba siendo fichado, fotografiado y sus huellas tomadas, pero tal era la naturaleza del juego. Además, si la policía iba a seguir con ella, tenía que estar preparada.

Y también Rick. Maldita sea. Él tenía una importantísima reunión al día siguiente. Lo último que necesitaba era que Castillo, u otro, le interrumpiera con una orden de registro. En su mundo, las apariencias lo eran todo. Tres meses atrás, entre los dos habían hecho algo más que arruinar la vida de Peter Wallis con evidencias de homicidio y robo, habían arruinado su negocio y su futuro… y su matrimonio. Lo mejor, más rápido y sencillo para obtener una respuesta seguía siendo Stoney. Y todo lo que le había dicho a Rick había sido en serio: no pensaba abandonar a su amigo en prisión un segundo más de lo necesario.

Tomando una profunda bocanada de aire, Sam arrancó el coche. Seguramente Rick tenía una pistola en la guantera, pero le haría una concesión: primero intentaría hacerlo de modo legal. Salió del aparcamiento y giró a la izquierda, poniendo rumbo a la cárcel.

Richard cambió de dirección a medio camino de casa, y quince minutos más tarde aparcaba en el camino de entrada de Donner. Tan sólo tuvo que llamar dos veces a la puerta antes de que Tom la abriera bruscamente.

—Tranquilízate, ¿quieres, Rick? —espetó, haciéndose a un lado—. Mike tiene que estar a las siete de la mañana en el instituto porque tiene un partido fuera de casa.

—Lo siento —dijo, bajando la voz. Maldición. Y pensar que Samantha lo acusaba de ser demasiado civilizado—. ¿Qué has averiguado? —Richard se dirigió hacia las escaleras y al despacho de Tom.

—Estoy trabajando en ello. Te dije que te fueras a casa y que yo te llamaría.

—Prefiero involucrarme más en ello.

Tom entró en el despacho después de él y cerró la puerta.

—Eso no resulta demasiado reconfortante. No estoy en mi mejor momento, ¿vale? Es viernes por la noche y, francamente, lo mío es leer y modificar contratos, buscar lagunas fiscales y redactar documentos corporativos... no trabajar para criminales o tratar de hallar un modo de librarles de la cárcel.

Richard le miró a la cara, la sorpresa atemperó el ardor de sus venas.

—¿Así que eliges este momento para poner en práctica tu rebelión piadosa?

—Ya te lo advertí, Rick... no me gusta escarbar en la mierda por Jellicoe. ¿Ahora me pides que la ayude a sacar de la cárcel a su perista, y doce horas antes de la reunión con Kingdom? ¿Qué narices te pasa?

Richard cerró los ojos por un instante. Tom y él eran amigos desde hacía más de diez años. Y comprendía lo que el abogado estaba poniendo en tela de juicio, tanto si estaba dispuesto a echarle todas las culpas a Samantha como si no.

—Comprendo tus reservas —dijo, manteniendo un tono de voz firme y serena—. Comprendo que eres un tío legal. Dios mío, por eso te contraté. Pero no te pido que mientas por Walter Barstone, o que hagas algo ilegal en su beneficio o en el de otra persona. Te estoy pidiendo que averigües qué está pasando. Eso es todo.

»Podría hacerlo yo mismo —le interrumpió, retrocediendo hacia Tom—. Lo haré si no lo haces tú. Ella le quiere, ¿de acuerdo? Considera a Walter como a un padre. No voy a quedarme de brazos cruzados mientras Sam hace Dios sabe qué para intentar liberarle. Voy a enterarme de qué ocurre, y si eso conlleva emplear parte de mi influencia para ayudarle a obtener la libertad bajo fianza o en su defensa, la utilizaré.

Tom cruzó los brazos sobre el pecho, sin retroceder.

—¿Tienes idea de lo mucho que podría costarte esto? Y no estoy hablando de cifras en dólares, aunque a la cabeza me vienen ocho millones en un sólo día.

—Lo sé. Y como mi abogado, te pido que cumplas mis órdenes. —Tomó aire—. Y como amigo, te pido que hagas lo que puedas para ayudarme.

—Mierda. ¡Mierda, mierda, mierda! Te dije que esa mujer era un problema. Pero ¿me escuchaste? No, seguiste adelante tal como siempre haces y…

—Antes de que digas otra palabra, puede que quieras considerarlo con detenimiento, Tom. Tienes que buscar una cantinela diferente. Ésa ya está pasada.

Donner se hinchó como un pez globo, luego expulsó el aire bruscamente.

—Tengo que hacer cinco llamadas: al jefe de policía del distrito, al detective jefe, al capitán de policía, al fiscal del distrito y al juez William Bryson. Esta vez, le deberás un favor a alguien.

—Puedo vivir con eso.

—De acuerdo. —Tom asintió—. Vete a casa, Rick. Voy a ocuparme de averiguar por qué fue arrestado Barstone, y de qué va a acusarle la fiscalía. Te llamaré en cuanto sepa algo. Lo prometo.

Cada fibra de su ser se rebelaba en contra de retirarse sin más a alguna parte y esperar a que otro actuara. Por otro lado, no iba a lograr nada invadiendo la casa de Donner y lanzando miradas furibundas.

Pronunciando un improperio en voz baja, pasó junto al abogado y se dirigió escaleras abajo.

—En cuanto sepas algo —repitió.

Sam se sentó en una silla metálica tras una mampara de cristal y esperó. Ya habían pasado las horas de visita, pero había pisado cada pie y encandilado cada culo necesario para conseguir asiento en esa silla. Seguramente Castillo estaría cabreado por la licencia con la que iba dando su nombre por ahí pero, en el fondo, era una ladrona... y se apropiaría de lo que fuera preciso, incluyendo el nombre del detective, para conseguir lo que deseaba.

La puerta del fondo de la sala se abrió y salió un *sheriff* con Stoney a su lado. La garganta se le constriñó. Todavía vestía ropa de calle, pero el cinturón con presillas era nuevo, así como el juego de esposas que corrían a través de éstas. El *sheriff* lo condujo hasta la silla del otro lado de la mampara, luego retrocedió de nuevo hasta la puerta.

—¿Me has delatado? —preguntó Stoney en voz baja con sus ojos negros clavados en los de ella.

—¿Qué? ¡No! —Las palabras se desgarraron de su garganta—. ¿Cómo puedes pensar eso?

—¿Qué se supone que debo pensar? —le respondió con un siseo—. Me encomiendas un trabajo, la policía me echa la puerta abajo, hay evidencias colocadas en mi maldito armario, ¿cóm...?

—¡Basta! —comenzó, bajando la voz cuando el policía se movió—. Basta. Primero, se suponía que no debías comprar la escultura; sólo quería saber quién la vendía. Segundo, la...

—No la compré. Acudí a la cita y no apareció nadie. Así que me fui a casa a comerme un sándwich.

—Pero la policía halló la escultura.

—Claro, en mi puto armario.

Le miró fijamente, media docena de posibilidades abarrotaron su cabeza.

—Te han tendido una trampa.

—No jodas. Si no fuiste tú...

—Por supuesto que no fui yo.

Él tomó aire con mayor serenidad.

—No lo creía de verdad, pero estoy muy cabreado en este instante. ¿Qué me dices de tu novio? Sé que no le caigo demasiado bien.

—Vamos, no me hagas reír. Rick no ha sido.

—Pero sabes quién lo hizo, desembucha.

—Creo que ha sido Daniel Kunz. Conseguir que te acusen alejaría definitivamente las sospechas de él. Y podría ser una advertencia para mí, para que desista.

—Así que no soy más que un chivo expiatorio. Genial. —Se inclinó hacia delante un par de centímetros—. En tal caso, sácame de aquí, Sam.

Podía verlo en sus ojos, detrás de su ira. Se había ocupado de la parte comercial de cada trabajo que habían realizado Martin y ella. Incluso con un sólo año por delito, se enfrentaba a cuarenta años más en prisión. Y él lo sabía y estaba asustado.

—Lo intento —farfulló—, pero pueden retenerte setenta y dos horas.

—No puedo hacerlo, Sam. Por favor, cariño.

Por un segundo pensó en la pistola Glock que tenía en el coche. Podía hacerlo, pero no serviría de nada. Podría incluso ser lo que andaba esperando Daniel, que sacara a Stoney por la fuerza. Entonces la policía tendría a sus sospechosos.

—Stoney, se me ocurrirá un plan. Lo prometo. Pero ahora mismo es probable que estés más seguro aquí.

—Gilipolleces.

—Algo sucede, y al menos ahora sé que no vas a acabar con un balazo en el pecho.

Sus ojos se entrecerraron.

—No me dejes aquí, maldita sea. Te dije que debíamos ir a Venecia. Pero no, tenías que quedarte aquí con tu niño bonito y jugar a los detectives. Así que, ayúdame, yo…

Sam se puso en pie, dando un paso atrás. Otro segundo más de aquello y o bien iba a echarse a llorar o bien iba a saltar la mampara y darle un puñetazo.

—Vas a tener que confiar en mí, Stoney. Lo siento.

Él también se levantó, y el *sheriff* se aproximó al instante.

—Sam…

—Te sacaré en cuanto pueda, Stoney, pero tienes que confiar en mí. Te quiero.

Cuando regresó a la seguridad del SLR, se echó, en efecto, a llorar. Eso era lo que había conseguido con su inútil intento de reformarse: su única familia en la cárcel. Y ni siquiera habían confirmado los cargos, lo cual le indicaba que todavía intentaban exagerarlos. No le cabía la menor duda de que el lunes uno de ellos sería el del homicidio de Charles Kunz.

Aquello tenía que ser obra de Daniel. Amenazas a sus espaldas, y ofertas de seducción a la cara. De acuerdo, no se enfrentaría a él sin algo que respaldase sus sospechas, pero podía hablar con alguien que conocía.

—Patricia —murmuró, arrancando de nuevo el coche. La ex de Rick, la ex de Peter, Patricia Addison-Wallis parecía tener la habilidad de relacionarse con los hombres equivocados. Y las dos debían mantener una pequeña charla.

Rick estaba sentado en el camino de entrada de los Donner, con el Bentley apagado. Aquél era el quid del conflicto entre Samantha y él. Él había pasado por los canales legales, por todos los canales posibles, mientras que ella estaba en algún lugar, utilizando sus propios métodos de detección. No podía suponer cómo se sentía ella en esos momentos, pero sabía sobradamente bien cómo se sentía él: inútil. Y eso era, simplemente, inadmisible.

Samantha no le había contado demasiado, pero a Rick se le daba bien prestar atención. Walter había sido arrestado con un Giacometti. Y resultaba que había visto uno en el escritorio de Charles cuando había ido para descubrir a Daniel intentado sobar a Samantha. Si se enfrentaba a Daniel, por mucho que le encantara darle una paliza de muerte, podría poner en peligro lo que trataba de hacer Samantha y lo que Castillo estuviera investigando.

Se detuvo, su nada concluyente, aunque sí muy interesante, conversación con Laurie Kunz surgió en su cabeza. Cogió su teléfono móvil y llamó de nuevo a Tom.

—¿Qué? Sé que sigues aún en mi maldita entrada.

—Inmobiliaria Paradise. Quiero todos sus documentos.

—¿Para qué narices los quieres?

—Y todo lo que puedas conseguir sobre los testamentos y las empresas de la familia Kunz —prosiguió Richard, haciendo caso omiso del comentario—. Los quiero para justo después de la reunión de mañana con Kingdom.

—Después de esto, vas a tener que pagarme una terapia.

—Os pagaré una semana en Cancún para Kate, los niños y tú.

—Trato hecho.

Colgó el teléfono. Resultaba, además, que Laurie le había proporcionado otra perspectiva a tener en cuenta. Por lo visto Patricia y Daniel tenían algún tipo de relación. Y Patricia le debía, como mínimo, un favor.

Sabiendo que era un error, Samantha dejó que un aparcacoches estacionara el SLR en el hotel Breakers. Esa noche no tenía tiempo para andarse con escrúpulos. En el vestíbulo encontró una cabina telefónica y marcó el número de recepción.

—Buenas tardes, ¿con quién desea que le pase?

—Con la huésped Patricia Addison-Wallis, si es usted tan amable.

—Un momento.

Al tercer tono, se oyó un movimiento al descolgar el aparato.

—¿Sí? —dijo la voz rasposa de Patricia.

Por lo visto Patty no tenía nada mejor que hacer el viernes por la noche que acostarse temprano, lo que venía a decir que Daniel estaba en otra parte, y que podría haber estado tramando cualquier cosa.

—¿Señorita Addison-Wallis? —dijo, arrastrando las palabras—. Al hotel le gustaría invitarle a otra botella de champán.

—Bueno, gracias —dijo Patty con la voz más animada.

—Desde luego. Su habitación es la número 816. Le enviaremos…

—Estoy en la 401 —la interrumpió.

—Ah, sí. Discúlpeme. Las ocho y dieciséis es la hora en que recibimos la petición. Su champán llegará de un momento a otro.

—Gracias.

Sam colgó.

—Lerda —farfulló, dirigiéndose hacia el bar para birlar la botella de champán.

Hecho lo cual, tomó el ascensor hasta el cuarto piso. Patricia tenía la suite de la planta, extraña elección para alguien que trataba de vivir ajustándose a un presupuesto, pero no conseguía dilucidar el funcionamiento de la mente de la ex. Llamó a la puerta, sosteniendo en alto la botella delante de la mirilla.

—Podría al menos haberla puesto en hielo —dijo Patricia, abriendo la puerta—. Esperaba más de… Ah, eres tú. Fuera de aquí.

—Gracias —respondió Samantha, empujando a Patricia al pasar y cerrando la puerta, arrojando después la botella a un sillón—. Tenemos que hablar.

—Estoy ocupada. Largo.

Samantha echó un vistazo por la puerta abierta del dormitorio. Tardíamente se le ocurrió que Daniel podría haber estado en la cama con ella y que ése era el motivo por el que Patricia se había acostado temprano, pero sólo un lado de la cama estaba deshecho, y la televisión encendida.

—Ya veo lo ocupados que estáis —repuso—. Jay Leno y tú.

Patricia se arropó con el albornoz bordado del hotel.

—¿Qué es lo que quieres?

—Quiero mantener una pequeña charla sobre Daniel.

—¿Por qué, es que no te basta con Richard? ¿Tienes que robarme a todos los hombres?

—Perdona, ¿cómo dices? —Sam arqueó una ceja—. Primero, Rick y tú llevabais tres años divorciados. Segundo, por lo que respecta a Daniel, ¡puaj!

—Le besaste. Y no intentes negarlo, porque te vi.

Genial. No era ésa la conversación que Sam quería mantener, y tampoco tenía tiempo para ella.

—Si quieres ponerte en plan técnico, fue él quien me besó, pero confía en mí, es todo tuyo. Ahora, toma asiento.

Patricia se acercó a la mesita de café a por un cigarrillo.

—No voy a consentir que me des órdenes, y no vamos a tener una charla. Sal de aquí antes de que llame a seguridad.

—Pues llama a seguridad, y yo les preguntaré si pueden verificar dónde estuviste esta tarde, y lo mismo sobre la noche en que fue asesinado Charles Kunz.

—¿Qué? —La piel marfileña de Patricia palideció levemente—. Yo no… Oh, no, no lo harás. No vas a hacérmelo otra vez. Mi vida quedó arruinada, totalmente arruinada, después de que Peter fuera a la cárcel. Todavía estoy pagando por ello. No va a…

—Oye, Patty. Peter trató de hacerme volar por los aires, y luego me fracturó el cráneo. Deja de tirarte a criminales que intentan hacerme daño a mí y a los míos y yo me alejaré de tu vida.

—Lárgate, Jellicoe. Estás loca si piensas que Daniel intenta hacer daño a Richard.

—A Richard, no. ¿Cuándo viste por última vez a Daniel?

—No voy a responderte a nada. Te estás extralimitando y quiero que te marches.

—Me importa un huevo lo que…

La puerta vibró con la fuerza de un golpe, y ambas mujeres se sobresaltaron.

—¿Ahora, qué? —dijo de modo desdeñoso, encaminándose hacia la puerta.

Rick entró en la habitación.

—Patricia, tenemos que hablar —espetó, luego vio a Samantha y se quedó inmóvil—. ¿Qué haces tú aquí?

Samantha se le quedó simplemente mirando durante un momento. Obviamente los dos habían llegado a la misma conclusión, y él había elegido no quedarse en casa a esperar a que otro le informara. Había ido allí porque pensaba que ella podría necesitar ayuda para salvar a Stoney. Y Rick tenía mucho más que perder que ella si se dejaba enredar en todo aquel embrollo. Pero eso ya lo sabía.

—Hola —dijo.

—Hola.

—Llamé a Patricia y fingí ser del servicio de habitaciones para enterarme del número de su habitación —comentó Sam, ladeando la cabeza para verle acercarse—. ¿Cómo lo descubriste tú?

—Pregunté en recepción.

—Fanfarrón.

—Aquí les caigo bien —continuó, su expresión se relajó a medida que se aproximaba a ella.

—Obviamente.

—Imagino que estás aquí para hacer algunas preguntas sobre Daniel —dijo, rozándole la mano al pasar por su lado y sentarse en el sillón—. ¿Hay algo interesante?

—Todavía estamos en la etapa de los saludos hostiles. ¿Sabes algo nuevo?

—No. Tom está en ello. —Tornó la atención hacia su ex—. Y bien, Patricia, ¿dónde está Daniel?

—¿Daniel? —balbució Patricia, encendiéndose el cigarrillo—. No sé de qué me hablas. —Apuntó el extremo encendido en dirección a Samantha—. De todos modos, es una maldita embustera.

—No se trata de Sam. Se trata de Daniel. ¿Cuándo le viste por última vez?

—Richard…

—Siéntate y responde a la pregunta, Patricia. No quiero tener que recurrir a las amenazas. Es indigno.

Por satisfactorio que fuera ver a Rick liberarse por fin de su ex, sabía que confabularse contra Patricia probablemente haría que ella se sintiera como una mártir perseguida. En cuanto Patty decidiera que lo que le había tocado en suerte era sufrir, jamás obtendrían nada de ella. Y si ella estuviera en el pellejo de Patricia, preferiría ir a la cárcel antes que confesar nuevos errores al ex marido al que todavía no había renunciado.

Se sentó al lado de él.

—Rick, déjame esto a mí —murmuró mientras Patricia continuaba dirigiéndole comentarios despectivos.

—Es mi ex mujer —replicó—. Yo también estoy involucrado.

—Sé que lo estás. Y que hayas venido aquí… Hablaremos más tarde de eso. Pero a ti no te confesará nada. Puede que a mí sí.

Rick la miró.

—No me dejes fuera de esto.

Samantha le besó en la mejilla. No pudo evitarlo.

—No lo hago. Pero no va a admitir ante ti que se acuesta con Daniel, y lo sabes. Es un asunto de mujeres.

Durante largo rato pensó que no se movería. Pero, finalmente, exhaló una bocanada de aire y se puso en pie.

—Voy a buscar a Castillo —farfulló, asiéndola de los dedos—. Y voy a ver si puedo averiguar dónde está Daniel.

Ella frunció el ceño.

—No quiero que sepa por qué…

—No sabrá por qué lo pregunto. —Rick le plantó un beso en los labios—. El lunes tenemos un partido de polo, y no estaría de más repasar la estrategia. ¿Lo ves? Todos los días aprendo de ti cosas sobre el subterfugio. —Colocándole las manos sobre los hombros, la retuvo durante un momento—. Ten cuidado, Samantha —susurró—. Hablo en serio.

—Lo tendré. —La sincera preocupación en su rostro casi fue demasiado de soportar. ¡Colega! ¿Quién habría pensado que haber estado a punto de volar por los aires con un tipo hacía tres meses se hubiera transformado en eso, en que él se hubiera convertido en algo tan… querido para ella?—. Y siento haberme largado de ese modo. No podía pensar.

Rick sonrió.

—Márchate siempre que quieras. Tan sólo asegúrate de volver… y de una pieza.

—Hecho.

Patricia se había refugiado en una butaca en el rincón a mirarlos de forma airada. Sam se levantó para cerrar la puerta después de que Rick saliera, luego miró de nuevo hacia la ex.

—De acuerdo. Así son las cosas: esta noche han arrestado a mi amigo por estar en posesión de un prototipo auténtico de Giacometti.

—¿Un qué? ¿Y por qué esto nos concierne a Daniel y a mí?

—Es una obra de arte. Y la última vez que la vi fue en Coronado House, cuando Daniel me la enseñó y me preguntó cuánto creía que valía.

—Pues tu amigo no debería haberla robado.

Sam apretó los dientes.

—Le tendieron una trampa, y ahora quienquiera que lo hizo se está perdiendo ganar cerca de un millón de dólares por ello.

—¿Un mil…?

—Pensé que eso podría captar tu atención. Así que, ¿te has fijado o has escuchado a Daniel mencionar algo sobre deshacerse de algo?

—No hablamos de arte ni de dinero.

—¿Nada sobre dinero? ¿Sabe él que pretendes mudarte a Palm Beach?

—Richard me está ayudando con eso —dijo Patricia con tirantez.

—De acuerdo, permite que te pregunte esto: ¿Por qué una persona que podría necesitar dinero dejaría pasar la oportunidad de ganar mucho?

—¿Por qué no te largas?

—Te diré por qué —dijo pausadamente Samantha, razonándolo en su propia cabeza al tiempo que lo decía—: porque está concibiendo la posibilidad de ganar mucho más.

—¿Qué?

Tenía sentido. La policía no había dicho nada, pero estaría gustosa de apostar que uno de los rubíes Gugenthal había sido encontrado junto a la escultura Giacometti. Con un solo movimiento, Daniel habría logrado librarse de cualquier sospecha por el robo y el homicidio, y se lo había endosado a otro. Y dado que sin duda tenía el resto de los rubíes, sería libre de venderlos mientras el Estado procesaba a Stoney por tenerlos y negarse a divulgar su paradero. Y según su mejor información tenían un valor estimado de cerca de tres millones de dólares, por un mínimo porcentaje del coste. Sin pagar impuestos y sin informar de nada, para cualquier propósito recreativo que se le ocurriera. Además tendría la herencia libre de todo gravamen.

Se lo explicó lo mejor que pudo a Patricia, soportando en todo momento los insultos e insinuaciones sin queja alguna.

—Me estás diciendo que Daniel mató a su propio padre —dijo Patty con el tercer cigarrillo en la boca.

—Eso es lo que digo. Y aunque no lo hiciera, sí cometió el robo. Lo que significa que cuando le arresten por ello, y me aseguraré de que así sea, volverás una vez más a ser arrastrada por los periódicos por mantener una relación con un ladrón y presunto asesino.

Por un momento pensó que Patty se había tragado la lengua.

—Esto es culpa tuya —la increpó, finalmente—. No sé cómo, pero es culpa tuya.

—No es culpa mía, pero voy a proporcionarte un modo de ayudarte a salir de esto por ti misma. Si trabajas conmigo, me aseguraré de que la policía sepa que has formado parte de la investigación en todo momento, y de que acudiste a mí con tus sospechas iniciales sobre un viejo amigo de la familia y su adicción a la cocaína.

Patricia dio otra larga calada, exhalando el humo a través de los labios. Luego aplastó la colilla.

—¿Qué tengo que hacer?

Capítulo dieciséis

Sábado, 1: 02 a.m.

*R*ichard estaba sentado en el sofá del dormitorio de su suite, su teléfono móvil y un cuaderno de notas a su lado, mientras cambiaba los canales en la televisión de plasma. Cada vez que cambiaba de canal aparecía la hora al pie, y había estado contando cada minuto.

Finalmente, algo después de la una de la madrugada, se abrió la puerta a su espalda y seguidamente se cerró.

—Hola —dijo por encima del hombro.

—No hacía falta que me esperases despierto —dijo Samantha, arrojando el bolso sobre la mesa auxiliar y hundiéndose en el sillón junto a él—. Mañana tienes un día importante. Bueno, más bien hoy, quiero decir.

—¿Y enfrentarme a tu punzante sarcasmo cuando hubieras llegado y hubieras tenido que despertarme? —replicó, relajándose al fin cuando ella se acurrucó a su lado y le echó el brazo libre sobre los hombros.

—¿Hay algo nuevo?

—No podemos sacar a Walter de la cárcel hasta el lunes, como muy pronto. Es cuando le llevarán ante el juez y le acusarán formalmente. Es entonces cuando su abogado pedirá la libertad bajo fianza y...

—Fui a verle —le interrumpió.

—¿A Walter? —De pronto parecía que la realidad se hubiera desenfocado. Samantha había visitado la comisaría de forma voluntaria dos veces en esa semana—. ¿Averiguaste algo nuevo?

Ella se encogió de hombros, acercándose un poco más a él.

—Tan sólo que está muy asustado por estar allí y que quiere salir ya.

—Lo siento —respondió en voz baja—. Con el fin de semana, pueden retenerle un día más sin presentar...

—Me conozco el procedimiento. —El contorno de sus hombros siguió erguido y tenso. Samantha había tenido una larga noche.

—Tom tiene a Bill Rhodes en el caso. Conseguirá la fianza el lunes.

—¿No crees que tal vez sea demasiado llamativo que uno de los socios de mayor antigüedad de un prestigioso bufete represente a un perista?

Richard se encogió de hombros.

—Tal vez. Pero puede jugar en nuestro favor. Donner, Rhodes & Chritchenson no arriesgaría su reputación por un matón.

—«Un matón» —repitió—. No dejes que Stoney te oiga decir eso. Herirías sus sentimientos.

—He dicho que no era un matón, cariño.

—Lo sé. Creo que se me ha agriado el sentido del humor.

—Lo que pasa es que estás cansada. ¿Qué te parece si lo solucionamos por la mañana?

—Stoney dijo que el tipo que concertó la cita nunca apareció, y luego la policía irrumpió en su casa y encontró el Giacometti en el armario de su entrada. ¿Ha descubierto alguna otra cosa Donner?

—Sí. —No quería responder, porque eso daría inicio a toda una nueva serie de preguntas, y ambos necesitaban dormir un poco. Asimismo, se daba cuenta de que no iban a ir a ninguna parte hasta que le contara todo lo que sabía—. La policía recibió un chivatazo anónimo de que el tipo que había matado a Charles Kunz había vuelto a entrar a por otra pieza y, además, les proporcionó la localización de Stoney. Él estaba allí, y ellos encontraron el Giacometti que había mencionado la persona que les llamó, y...

—Y un rubí Gugenthal, ¿no?

Él frunció el ceño. Tom había tardado tres horas en descubrir lo que la policía había incautado durante el arresto.

—Podrías haberme llamado si ya tenías esa información.

—No la tenía.

—Entonces, ¿cómo…?

—Una corazonada. Y me apuesto algo a que se trata del menos valioso del lote.

—Eso todavía lo desconozco. Puede que Castillo lo sepa. —Apoyó la mejilla en su cabeza—. ¿Y conseguiste algo útil de Patricia?

—Es demasiado pronto para saberlo. Probablemente no debería haberle dado toda la noche para pensar las cosas, pero dudo que le vaya con el cuento a Daniel. Después de Peter, no creo que confíe tanto en su preferencia en cuestión de hombres.

Al menos no le había incluido en ese pequeño grupo de villanos.

—¿Y qué es lo que se está pensando exactamente?

—Te pondré al tanto mañana por la tarde.

—Samantha…

Con un profundo suspiro se puso en pie, tirando de él para hacer que se levantara.

—A la cama, por favor.

—Todo saldrá bien, lo sabes.

Ella esbozó una leve sonrisa sombría.

—Sé que saldrá bien. Voy a ocuparme de que así sea.

—Vamos a ocuparnos, los dos, de que así sea —la corrigió, ocultando su alarma tras un fuerte abrazo. Si Samantha mostraba su lado oscuro, que Dios ayudara a cualquier que le cabreara.

La primera parada de Samantha de esa mañana fue en Ungaro, donde compró un caro collar de esmeraldas con una antigua montura en oro que se asemejaba mucho a las fotos que había visto de la colección Gugenthal. Luego fue a una tienda de accesorios para adolescentes y compró un gran collar de rubíes falsos. Después de eso, tan sólo precisó de algunas de sus más delicadas herramientas de ladrona para sustituir la esmeralda por el rubí de vidrio.

Era una gran apuesta la que iba a poner en práctica, pero era lo mejor que se le ocurría. Había pasado la mayor parte de su vida confiando en sus instintos, y no iba a cambiar eso sólo porque fuera la vida de Stoney, y la suya propia, la que estuviera en juego.

A Rick no pareció complacerle en exceso verla ponerse esa mañana un vestido sin mangas con estampado de flores de Valentino, pero habida cuenta de que él mismo había estado ocupado vistiéndose para su reunión con un traje negro de Armani y una corbata azul marino, ninguno había dedicado demasiado tiempo a conversar. Rick detestaba que le deseara suerte, seguramente por las mismas razones que ella detestaba tal expresión, de modo que se decidió por un simple «Estás para comerte», y se marchó a hacer sus diligencias.

Para la tercera parada condujo hasta el hotel Chesterfiled. Le sorprendió que John Leedmont hubiera convenido citarse allí con ella, sobre todo con el resto de la directiva de Kingdom Fittings merodeando por los pasillos. Por otra parte, Leedmont tenía una importante reunión dentro de unas horas, y probablemente no estaba de humor para mantener un pequeño encuentro clandestino en una cafetería.

Leedmont abrió la puerta sólo un par de segundos después de que ella llamara. Estaba nervioso, aunque Sam no estaba segura de si se debía a ella o a que le quedaban dos horas para encontrarse con una ofensiva de Addison en toda regla.

—Señorita Jellicoe —dijo, dando un paso hacia atrás para indicarle que entrara en la habitación—. ¿Pudo encontrar al chantajista?

Ella asintió, entregándole el sobre que contenía la foto y el negativo.

—Aquí tiene.

Leedmont lo abrió, sacando el contenido y examinando los dos artículos.

—¿Tuvo algún problema?

Sam se encogió de hombros, conteniendo el impulso de tocarse la frente magullada, oculta tras un par de centímetros de maquillaje.

—El tipo me destrozó el coche, pero yo le pateé el culo, así que, con todo, yo diría que funcionó.

—¿No me… causará más dificultades?

—No. Tiene montado todo un negocio con ese jueguecito de la cámara indiscreta. Imagino que irá a la cárcel un par de años.

—¿Y mi implicación?

—No es tan cerdo. Usted no está implicado en modo alguno.

—¿No se ha guardado alguna copia de la fotografía para usted?

Sam le brindó una sonrisa, aunque no se sentía particularmente divertida.

—¿Para poder chantajearle a fin de que trabaje con Rick, quizá? Esto es entre usted y yo. No me he guardado nada, y él no está al corriente. Dios mío, podría incluso no pagarme y seguiría sin decirle nada. —Dejó que su sonrisa se volviera más amplia—. Pero yo no le recomendaría que tomara ese camino.

—Ya lo imaginaba.

Leedmont se llevó la mano al bolsillo de la chaqueta y sacó un cheque, que le entregó a ella. Sam se lo guardó en el bolsillo sin comprobar la cantidad.

—Por cierto —agregó, encaminándose hacia la puerta—. Le creo en lo referente a las circunstancias. El fotógrafo tendió trampas a otros tipos aparte de a usted. Y la señorita prostituta va a pasar unas cuantas largas noches en tensión mientras la policía la busca.

—Gracias.

Abrió la puerta al tiempo que se encogía de hombros.

—Parece usted un buen tipo. Me alegra que acudiera a mí.

—¿Señorita Jellicoe?

Ella se detuvo a medio salir.

—¿Sí?

Él le indicó que pasara de nuevo a la habitación.

—¿Podría hacerle una pregunta personal?

—De acuerdo. Pero no puedo garantizarle una respuesta.

—Me parece justo.

Sam cerró de nuevo la puerta, dejando una mano sobre el pomo. Teniendo tantas cosas de qué ocuparse ese día, no le quedaba tiempo para esto. Por otra parte, intentaba poner en marcha un negocio, y no estaría de más causar buena impresión al primer cliente de pago, aunque aquello no hubiera tenido absolutamente nada que ver con la seguridad del edificio.

—Richard Addison —dijo.

—Como ya le he dicho, esto es entre…

—Entre usted y yo. Lo sé. Tan sólo quería pedirle su opinión sobre él.

Profundamente sorprendida, Samantha consideró la respuesta.

—Vivo con él, así que debo tener buena opinión de él.

—No me refería a eso.

Ella hizo una mueca.

—De acuerdo. No hay mucha gente en quien confíe, pero confío en Rick Addison. ¿Qué tal eso?

Él asintió.

—Mejor. Gracias una vez más.

—De acuerdo.

Sam volvió al Bentley y salió a hacer su tercera gestión. Por fortuna, Patricia ya estaba vestida y la esperaba en el vestíbulo del hotel Breakers.

Samantha la observó durante un momento.

—Lo harás —dijo.

—Oh, bien por la perra —replicó Patricia, alargando la mano—. ¿Dónde está?

Sam le entregó el collar.

—Tan sólo recuerda que fue un regalo. No repares en ello.

La ex se lo abrochó al cuello.

—Sé cómo llevar puesta una joya, muchas gracias.

Mirando fijamente con ojo crítico el cuello de Patricia, Samantha asintió.

—Parece en orden. ¿Y dónde lo conseguiste?

Con un suspiro de reproche, Patty la siguió hasta el Bentley y recitó:

—Me lo dio Daniel la otra noche durante la cena. Dijo que debería nadar entre rubíes y esmeraldas.

—Cubrirte. Dijo que deberías estar cubierta de rubíes y esmeraldas.

—¿Qué?

—Bañarte en ellos dolería.

—Puta —respondió la ex, dejando que un aparcacoches la ayudara a subir al asiento del pasajero.

—Zorra —contestó Sam, dándole propina al otro aparcacoches y subiendo sin ayuda. Todo eso del aparcacoches no estaba tan mal, pero detestaría depender de que le entregaran su coche mientras intentaba salir por patas.

—Sigo sin comprender de qué va a servir esto —dijo Patricia, jugueteando con el corto dobladillo de su vestido blanco y amarillo de Ralph Lauren.

—Es sencillo. Un almuerzo benéfico sentadas en la misma mesa que Laurie Kunz. Te verá llevando el rubí, preguntará de dónde lo has sacado y yo me ocuparé del resto.

—Pero dijiste que Daniel le robó a su padre.

—Seguro que Laurie también lo creerá. Quiero ver su reacción.

—Me parece que no sabes nada y que sólo intentas arruinarme la vida otra vez.

—Si estoy equivocada, entonces consigues un bonito collar.

—Ni siquiera es auténtico.

—La montura es de auténtico oro. —Samantha mantuvo firmemente bajo control su creciente irritación. Aquello era por Stoney. Y por ella, aunque no podía evitar pensar que si se hubiera limitado a desistir en su búsqueda del asesino de Charles Kunz, aquel subterfugio no sería necesario.

Al cabo de quince minutos recorrían el camino de acceso restringido de Casa Nobles. Samantha le mostró su invitación al guardia de la verja, que en realidad había sido enviada al domicilio de Rick a nombre de la «Señorita Samantha Jellicoe e invitado». Dios, no era perfecto, pero aquello daba muestras de que en cierta medida había sido aceptada en la sociedad de Palm Beach.

—No puedo creer que asista como invitada tuya —farfulló Patricia cuando llegaron al curvo camino de la entrada.

—Estoy segura de que te habrían invitado si supieran que estás en la ciudad —dijo Samantha con dulzura—. Pero de este modo, eres el arma secreta en una investigación por robo y homicidio.

El almuerzo en Casa Noble corría a cargo de la señora Cynthia Landham-Glass, hija del inventor de las máquinas expendedoras o algo similar, y esposa del propietario de la mayor cadena de concesionarios Lexus del país. La propia Cynthia estaba en la entrada recibiendo a todas las invitadas de la lista.

—¡Patricia! —exclamó, dándole a la ex el tradicional saludo de dos besos en las mejillas—. No tenía ni idea de que estuvieras en la ciudad. Celebro que hayas podido asistir.

—Sí, Samantha me pidió que la acompañara. Es nueva en esta clase de cosas, de modo que accedí a ser su guía.

Samantha sonrió cuando la cara estirada y los labios de *botox* se volvieron hacia ella.

—Hola. Gracias por invitarme.

—Es un placer, Samantha. Rick Addison es muy respetado como filántropo.

—Me ha estado animando a que me implique más en la sociedad local —respondió, adoptando el aire magnánimo de las dos mujeres—. Incluso me ha pedido que trajera su talonario conmigo.

Bueno, en cualquier caso, no había puesto objeciones cuando se lo había birlado del bolsillo. Se lo contaría más tarde.

—Espléndido. SPERM estará encantado de ver lo generosos que son Rick Addison y Samantha Jellicoe.

—¿«SPERM»? —repitió Samantha en voz baja mientras seguía a Patricia por la casa.

—¡Sam!

Ella alzó la vista cuando desde el patio y las mesas desplegadas más allá de éste apareció una rubia menuda.

—Kate —respondió con un sonrisa sincera cuando la mujer de Donner la abrazó—. No sabía que estarías aquí.

—Y a mí nadie me dijo que asistirías tú. SPERM es una de mis causas preferidas.

Samantha se acercó lentamente.

—¿Y qué demonios significa SPERM?

Kate Donner soltó una risilla.

—Es la Sociedad para la Protección del Entorno y la Región de los Manatíes —recitó—, me gustan porque tienen sentido del humor. Y es una buena causa.

—Acepto lo que dices.

—Hola, Kate —dijo Patricia—. Qué grata sorpresa.

Kate lanzó una fugaz mirada en dirección a la ex.

—Patricia. Había oído que merodeabas por aquí.

—Yo no merodeo.

—Te escondes, entonces. —Enganchando el brazo de Samantha, Kate la condujo hacia el jardín—. ¿Qué haces tú con ella? —susurró, su limpio rostro bronceado frunció el ceño.

—Rick está al corriente —respondió—. Son negocios.

—Gracias a Dios. Cuando el otro día os vi a las dos juntas, yo…

—Se lo dijiste a Yale, y él le fue con el cuento a Rick. Gracias por eso, por cierto.

Por molesta que aún estuviera debido a las complicaciones que eso había causado, Sam no podía evitar que Kate le cayera bien. Así había sido desde que se conocieron. Mejor todavía, resultaba obvio que Kate detestaba a Patricia. Y al mismo tiempo, por satisfactoria que pudiera ser deshacerse de Patty, Sam la necesitaba.

—Tom no le oculta nada a Rick. Y en el fondo, es todo un cotilla. Debería haberte llamado antes a ti, pero estaba tan… sorprendida, que no se me ocurrió.

—No pasa nada. —Samantha tomó aire—. Kate, ¿te importaría… sentarte en otra parte? Necesito algo de espacio en torno a Patricia y a mí. No puedo explic…

—Lo que haces no le causará problemas a Rick, ¿verdad? —preguntó—. Porque no lo permitiría. Sobre todo porque causarle problemas a Rick supone que se los causarías a Tom.

—No le causaré problemas a Rick. Lo juro.

Samantha tenía la esperanza de no estar siendo demasiado optimista. Pero cruzar los dedos sería algo demasiado descarado.

Sin volver la vista atrás, Kate regresó con el grupo de mujeres con quienes había estado conversando. Las invitaciones llevaban números de mesa correspondientes, aunque Samantha había borrado el suyo y el de Patricia. Iban a sentarse en la mesa de Laurie Kunz. Si Laurie no veía el collar, para el caso, bien podría estar en el Taco Bell.

Finalmente divisó a la hija de Charles Kunz, sentada en la

mesa número once. Sacó rápidamente una pluma del bolso y garabateó el número correspondiente en la invitación.

—Vamos —dijo por encima del hombro.

Había dado unos pocos pasos antes de darse cuenta de que Patricia no la seguía.

—¿Qué sucede? —dijo, volviendo.

—No vine aquí para que me avergüences y humilles —la increpó Patricia con la voz un tanto trémula.

—Yo no te avergüenzo. Pero lo haré si no sigues adelante con esto. Y no sólo porque sales con Daniel. No he olvidado todo ese asuntillo del anillo robado, Patty. Todavía conservo la cinta, así que te tengo en mis manos.

—No hablo de ti. Me refiero a Kate Donner. Era amiga mía. Todas estas mujeres solían pelearse por ser amigas mías. Y ahora te invitan a ti a sus fiestas.

Samantha la miró fijamente por un momento.

—En otras circunstancias, podría sentir cierta compasión por ti —dijo finalmente—, pero hoy intento sacar de la cárcel a mi amigo. Tú solita te enredaste en esto, Patricia.

Patricia dio un fuerte pisotón con su sandalia amarilla.

—Cometí un error. Un estúpido error. Y tú corriste a aprovecharte cuando no tenías derecho. Lo has estropeado todo.

—Pues arréglalo.

Patricia le clavó su furiosa mirada de un intenso azul claro.

—Menuda estupidez.

Sam sonrió ampliamente.

—Para mí tiene lógica. Ayúdame y te concederé el mérito por descubrir a un asesino. Ahí comienza y termina nuestra sociedad.

—Más vale que así sea.

Ya había otras cuatro mujeres sentadas a la mesa, y tres más se dirigían hacia allí. Agarrando a Patricia de la mano, Samantha la arrastró hacia sus sillas y se sentaron antes de que nadie pudiera disputarles la posesión de los asientos.

—Señorita Kunz —dijo Samantha—. Quería expresarle mis condolencias de nuevo. Me alegro de que no haya renunciado a sus obras de caridad.

—Mi padre era un gran defensor de la fauna y la flora —respondió Laurie—. No me había percatado de que en realidad Patricia y tú sois amigas. Qué… interesante.

—Richard me pidió que la introdujera en sociedad —intervino Patricia, adornando la mentira que había comenzado con anterioridad.

A Sam no le parecía mal aquello. Con sólo mirar a las mesas más inmediatas que les rodeaban, reconoció ocupantes de tres casas en las que había robado con el curso de los años. Ya se había codeado antes con ellas, pero únicamente cuando eso le proporcionaba la oportunidad de inspeccionar sus viviendas. Ahora la invitarían gustosamente a entrar, porque los rumores la vinculaban con Rick Addison. Totalmente surrealista.

—Resulta que yo he estado haciendo de guía a Richard al mismo tiempo —apostilló Laurie, dedicando otra sonrisa a Samantha—. Es verdaderamente encantador.

—¿Richard y tú? —interrumpió Patricia.

Por una vez la obsesión de Patricia con su ex marido resultaba útil. Le evitó a Samantha tener que hacer la pregunta ella misma. Propinarle o no una paliza a Laurie dependería de cómo respondiera a la pregunta.

—Sí. Hemos estado mirando inmuebles.

Samantha hizo un movimiento con los hombros, obligándose a relajarse. Una cosa era segura: tanto si se le daba bien estar de cháchara como si no, prefería un buen allanamiento de morada a toda esa falsa cortesía y artificio. Y Rick le debía una explicación sobre por qué había escogido a Laurie como agente inmobiliario, mucho más después de toda la tabarra que le había dado sobre la honestidad y lo que había cuestionado con quién pasaba ella el tiempo.

El resto de la mesa se llenó y dos mujeres mayores quedaron en pie, mirando de una invitada a otra.

—Pensé que ésta era nuestra mesa —dijo una de ellas.

Samantha tomó un trago de té helado, lanzó una mirada conmiserativa, y mantuvo la boca cerrada. Finalmente apareció una de las anfitrionas y las condujo hasta dos asientos vacíos en la mesa ocho, donde en principio habían estado asignadas Patricia y ella. Al tiempo que llegaban bandejas con ensaladas de gambas, la señora Cynthia Landham-Glass subió al estrado junto a la piscina y comenzó su discurso acerca de la beneficencia mientras Samantha seguía con la atención fija en Laurie Kunz. Lo ideal sería que Laurie hubiera visto ya el collar y barbotado alguna clase de acusación sobre su hermano, pero parecía absorta en la comida y en parlotear con las damas de todas las mesas de alrededor. Estaba sólidamente afianzada en la sociedad de Palm Beach y, si cabía, la muerte de su padre no había hecho sino ayudarla a ello. Ahora contaba con la carta de la compasión que jugar, y eso, junto con la larga permanencia de su familia, le daría acceso prácticamente a cualquier lugar que deseara.

Al cabo de veinte minutos de ser encantadora, Patricia se inclinó hacia ella.

—No lo ha visto —murmuró, arrastrando el tenedor por entre el pollo capellini.

—Ten paciencia. Lo hará.

—¿Qué se supone que debo hacer, ponerle las tetas en la cara?

—Llegado el caso —respondió Samantha—, le pides que te pase el azúcar.

Patricia exhaló.

—Laurie, cielo, ¿te importaría pasarme la mantequilla? —pidió. Al parecer, sustituir el azúcar por la mantequilla era su forma de improvisar.

Samantha no le quitó los ojos de encima a Laurie y vio el momento exacto en que reparaba en el collar de Patricia. Sus ojos verdes se abrieron como platos, luego se entrecerraron. Su siguiente mirada fue para Sam, que bajó la vista a su almuerzo a tiempo de evitar el contacto.

—¿Dónde has conseguido ese collar tan bonito, Patricia? —preguntó Laurie.

Patricia extendió mantequilla sobre un trozo de pan.

—¿Esto? Me lo dio Daniel la otra noche, durante la cena —sonrió—. Me dijo que debería estar bañada en rubíes y esmeraldas, y que esto no era más que el principio. Tu hermano es muy romántico.

«No estaba mal.» Sam aguardó un segundo, luego se inclinó para tocar el rubí con los dedos.

—No es más que el principio.

Por un momento Patricia se limitó a regodearse mientras todas las mujeres se inclinaban a fin de contemplar el collar y ofrecerle varios cumplidos.

Laurie no lo hizo, pero claro, ella ya sabía de dónde provenía el rubí... o creía saberlo. ¿Cómo sería, se preguntó Sam, darse cuenta de que tu hermano pequeño había asesinado a tu padre? Supuso que podría haber tenido más tacto al dar a conocer sus sospechas, pero por lo que a ella respectaba, nadie de esa casa estaba libre de sospechas.

Observó durante el resto de la comida. Laurie charló y aplaudió de bastante buen grado, pero apenas picoteó el pollo cepellini y el postre, y en diversas ocasiones toqueteó el teléfono, que se encontraba a su lado sobre la mesa. Deseaba llamar a Daniel, sin duda, aunque Sam no estaba del todo segura de si era para acusar a su hermano de asesinato o de regalar rubíes robados.

El almuerzo se disponía a concluir y Samantha extendió un cheque. Cuando volvió a guardar el talonario en el bolso, sacó una nota que había escrito aquella mañana y la deslizó bajo el teléfono móvil de Laurie.

El siguiente paso era el más difícil. Ahora tenía que esperar.

Capítulo diecisiete

Sábado, 3:45 p.m.

—¿*E*stá en casa? —preguntó sin preámbulos cuando Reinaldo salió a su encuentro ante la puerta principal.

—La señorita Sam llegó hace unos minutos. Creo que iba a cambiarse y a nadar.

Asintiendo, Rick se aflojó la corbata y se dirigió hacia las escaleras.

—Encárgate de que Hans prepare media docena de bistecs. Esta noche hago una barbacoa para los Donner. Llegarán a las seis.

—Muy bien. Hans está elaborando una tarta de crema estilo Boston para el postre. ¿Le…?

—Espléndido —le interrumpió Rick, considerando por un instante si cancelar la cena en favor de otra noche de sexo como postre. Pero cambió de idea casi al instante; no iba a esperar tanto.

Delante de la puerta del dormitorio pasó a modo silencioso, quitándose los zapatos y empujando poco a poco la manija hasta que se abrió. Tenían otras cosas de qué ocuparse, y Walter seguía en prisión, pero, maldición, aquello no cambiaba un hecho inevitable: era un hombre que deseaba follar. Dios, se había llevado incluso los documento de Kunz y de la inmobiliaria Paradise en lugar de quedarse en el despacho de Tom para echarles allí un vistazo, a pesar del riesgo de que los encontrara Samantha.

La divisó de inmediato, una mano sobre el respaldo del sillón azul marino mientras se ponía las zapatillas. Llevaba un bikini rojo, y a Rick se le secó la boca. Samantha era una mujer

delgada, pero con curvas en los lugares adecuados, y unos músculos bien tonificados se flexionaban bajo su suave piel.

Moviéndose deprisa, bajó de un salto los dos escalones al-
fombrados y la asió por la cintura, lanzándolos a ambos sobre
los blandos almohadones del sofá. Ella chilló, propinándole un
fuerte codazo en las costillas antes de darse cuenta de quién era.

—Maldita sea, Rick, me has dado un susto de muerte —protestó, retorciéndose debajo de él hasta que se puso de espaldas.

—Un punto a mi favor —respondió, agachando la cabeza
para besarla.

Ella le devolvió el beso, tirando suavemente de su labio inferior. Mmm, qué vida tan estupenda. Su corbata cayó al suelo,
seguida de su chaqueta.

—Imagino que tu reunión fue bien —musitó, alargando la
mano entre ambos para desabrocharle la camisa—. Ya eres el
rey mundial de los artículos de fontanería, ¿no?

—Claro.

—Genial. Quizá me expanda en el sector de la seguridad y
de las instalaciones de fontanería.

—Oh. Y dime, ¿por qué Leedmont dijo que debería darte las
gracias?

Samantha alzó la vista hacia él, sonriendo de oreja a oreja.

—Porque me pidió opinión sobre ti, y le dije lo triste y sabiondo que eres y lo mucho que siempre has deseado poseer tu
propia compañía de artículos de fontanería.

—Entiendo. —No sabía si tomarla o no en serio. Pero fuera
lo que fuese lo que le había dicho a Leedmont, el hombre se había avenido a razones.

Ella se rio.

—Me debes todo este trato a mí, guapetón.

—Cierra el pico —murmuró, besándola de nuevo.

Ella le arrancó dos botones de los puños de la manga cuando
le quitó la camisa.

—Uf. ¿Puedo al menos decirte que has hecho una contribu-
ción a SPERM?

Aquello captó su atención. Se detuvo a medio desatarle la
parte de arriba del biquini.

—¿Qué?

—La Sociedad para la Protección del Entorno y la Región de los Manatíes —dijo, moviéndole la mano para que le cubriera el pecho izquierdo—. Les has donado cinco mil dólares.

—Por un instante pensé que estábamos apoyando una clínica de fertilidad o algo así.

Samantha se rio de nuevo, el sonido reverberó en su mano y fue directo a su corazón.

—¿No es genial? ¿Quién iba a pensar que las matronas de Palm Beach tuvieran sentido del humor?

—Yo no —añadió, y retomó la tarea de desnudarla, quitándole la escueta parte superior y bajando la boca hasta sus pechos erectos—. Así que, también ha ido bien tu almuerzo, ¿supongo? —murmuró.

—Tú échame un polvo, querido. Ya hablaremos luego.

Aquello no pintaba bien, pero no quería que le distrajeran en ese preciso momento. Cuatro horas de dura disciplina, manteniendo a raya su carácter y su impaciencia, trabajando lentamente para vencer a un director y una junta directiva sumamente tercos y recelosos… En fin, estaba listo para dejarse llevar.

Deslizó la mano dentro de las braguitas del biquini y la tomó en ella. Estaba mojada. Si esperaba otro minuto sin estar dentro de ella, iba a explotar. Por suerte, sus braguitas estaban atadas con lo que parecía seda dental, y sólo tardó un segundo en quitárselas. Con su ayuda, Richard se desabrochó el cinturón, los pantalones y se los bajó hasta los muslos.

Con un gruñido empujó, introduciéndose en ella. Samantha gimió ahogadamente, hundiendo los dedos en su espalda y rodeándole las caderas con las piernas. Él embistió con fuerza y rapidez, sintiéndola contraerse a su alrededor con delicioso calor.

—Córrete para mí —le ordenó, capturando su boca con un apasionado y profundo beso.

Ella se corrió, con un grito medio estrangulado, y Richard cerró los ojos, empujando hacia delante. Eyaculó al final de su orgasmo, convirtiéndolos a ambos en un tumultuoso y retorcido montón de miembros enredados y sudorosos.

—Dios mío —jadeó Sam un minuto después, todavía aferrada a él.

—Siento la brevedad —acertó a decir, posando con cuidado su peso sobre ella. Sam podía soportarlo.

—Y una mierda. Menuda negociación debe de haber sido.

—Lo fue. Al final lo único en lo que podía pensar era en volver aquí y echarte un polvo.

Samantha se rio entre dientes, levantando la cabeza para besarle en la mandíbula.

—Pues me alegro de haber estado aquí, por el bien de Reinaldo.

—No habría sido igual. —Estiró el brazo para sujetarse y rodó del sillón hasta el suelo. La arrastró consigo, todavía a horcajadas sobre sus caderas, todavía acogiéndole en su interior.

—¿Quieres venir a nadar conmigo? —preguntó Samantha, incorporándose con las manos apoyadas sobre su pecho—. Podríamos tapar las cámaras y meternos en pelotas.

—Los Donner vienen a cenar a las seis —respondió, observando su rostro.

Su expresión se tensó un poco, luego volvió a relajarse.

—¿Todos?

—Sí. Incluso Chris. En Yale están disfrutando de las vacaciones de invierno. También les he invitado a darse un chapuzón. —Le pasó las palmas de las manos por los hombros, bajándolas sobre sus pechos.

—De acuerdo. —Se apoyó en ellas, suspirando con una profunda satisfacción que hizo que Rick considerara seriamente cancelar la cena.

—¿Vas a hablarme ya sobre tu almuerzo?

Sus ojos verdes le sostuvieron la mirada.

—¿Fuiste con Laurie Kunz a buscar una propiedad?

Tomando prestada una de las palabras preferidas de Sam, «¡Mierda!».

—Estoy buscando una casa para Patricia. Ya lo sabes.

—Lo sé. ¿Qué hizo que escogieras a Laurie Kunz como agente?

No iba a mentir, estando allí tumbado, de espaldas, con los pantalones por los muslos y la polla todavía dentro de ella.

—Pensé que podría averiguar algo sobre el robo.

—Pero la policía lleva el caso, Richard. Están haciendo un magnífico trabajo, y no necesitan la ayuda de aficionados. —Se llevó una mano a la boca—. Mmm. Me parece que eso ya lo he oído. ¿Quién me lo dijo?

—Simplemente pensé que podría echar una mano.

—Eres un hipócrita.

Richard se incorporó, frunciendo el ceño.

—¿Por qué, porque decidí hablar con ella?

—Porque cuando yo investigo las cosas por mi cuenta es peligroso, y un posible desastre y no es asunto mío, pero tú vas de cacería con una posible asesina, ¿y no pasa nada por no decírmelo?

—Te lo digo ahora.

—Porque te he pillado.

De acuerdo, tenía razón. Eso no significaba que tuviera que reconocerlo ante ella.

—¿Serviría de algo que ella pareciera algo recelosa?

—Hace las cosas más interesantes —dijo un momento después.

—¿Y eso, por qué?

—Porque en el almuerzo le pasé una nota a Laurie, ofreciéndome a ayudarle con cualquier problema que causara su hermano.

Él la miró a los ojos.

—¿Que hiciste qué?

Cuando Samantha se apartó de él y se puso en pie, Rick estuvo seguro de que no iba a gustarle la respuesta. Se paseó desnuda y con elegancia hasta el cuarto de baño y salió poniéndose un albornoz.

—No dije nada en concreto. Quería ver cómo reaccionaba. Primero le di a Patricia un falso rubí Gugenthal para que se lo pusiera, e hice que dijera que se lo había regalado Daniel. Cuando Laurie lo vio, los ojos prácticamente se le salieron de las órbitas.

Preocupación y una buena dosis de miedo le atenazaron las tripas. Poniéndose en pie, se subió bruscamente los pantalones y se los abrochó. Ésta ya no era una conversación para mantener en pelotas.

—No va a reaccionar bien si es la asesina.

—Fue Daniel. Estoy casi segura. Ella no querrá más que un modo de librarse, quizá evitar cargar con las culpas.

Podría estar lo segura que quisiera, pero él tenía intención de reservarse su opinión hasta que revisara los informes financieros de Laurie. Y ahora de ningún modo le iba a hablar sobre los documentos de Kunz a menos, o hasta, que obtuviera resultados. Tenía una apuesta que ganar.

—¿Y cómo o cuándo sabrás si ha decidido rendirse?

—Mi nota le concedía veinticuatro horas. Le dije que después de eso iría con mis sospechas a la compañía aseguradora. Que estoy segura de que ofrecerán una recompensa por ahorrarles la suma de dinero que supone todo esto.

Richard se unió a ella para mirar hacia la zona de la piscina.

—¿Sabe ella que Walter y tú sois amigos?

—Probablemente sepa que trabajamos en la misma oficina.

—Si lo hizo ella, no querrá que andes hablando por ahí.

—Sé en lo que me estoy metiendo.

Richard guardó silencio durante largo rato mientras acercaba su cálido cuerpo cubierto de felpa contra el suyo.

—Te agradezco que me hayas contado todo esto, con o sin apuesta.

—No quería que te metieras a ciegas en un posible incendio. Sobre todo si vas a seguir trabajando con Laurie en ese asunto inmobiliario.

—Tengo que hacerlo, ¿no te parece? No podemos arriesgarnos a que sospeche. —No hasta que estuviera satisfecho sobre si estaba involucrada.

Samantha se retorció en sus brazos para mirarle frente a frente, con el rostro serio alzado hacia el suyo.

—¿No irás a decir que deberíamos llamar a Castillo para avisarle de lo que pasa?

Él sonrió.

—Sé lo reacia que eres a realizar declaraciones sin pruebas. O a colocarte en la posición de ser el testigo estrella.

—Sí, eso me pone de los nervios, ¿verdad?

—No tan nerviosa como solía ponerte, si es que puedes bromear sobre ello. —Agachando la cabeza, la besó—. Prepárate, porque voy a decirlo de nuevo.

—Rick…

—Te quiero, Samantha Jellicoe.

Como era de esperar, fingió zafarse de su abrazo. Él la soltó.

Probablemente por primera vez, Rick se dio cuenta de que aquello no era más que una pose. Sam se estaba acostumbrando a oírselo decir, y ya no la molestaba tanto como antes. Lo que significaba que, o bien ya no consideraba estar unida a alguien —a él—, como una trampa, una encerrona que de algún modo podría hacerle daño, o bien que no le importaba sentirse atrapada.

Sonó el interfono. Richard se acercó al teléfono y pulsó el botón, agradecido de que la interrupción no se hubiera presentado unos minutos antes.

—¿Sí?

—¿Señor? El detective Castillo está en la verja principal. Dice que tiene una cita con la señorita Sam.

—Hazle pasar, Reinaldo —dijo Samantha por encima del hombro de Rick—. Nos reuniremos con él en la biblioteca.

Richard se enderezó.

—¿«Una cita»?

Sam le dirigió una vivaz sonrisa.

—Pude que le haya llamado y pedido que se pasara. Por ganar a toda costa y todo ese rollo. Y por Walter. La emboscada sexual hizo que me olvidara.

—Muy probablemente. —Se acercó y agarró la parte delantera de su albornoz, abriéndola de par en par—. Seguramente deberías ponerte algo de ropa antes de que te haga olvidar de nuevo.

—Tú, también. —Sam le recorrió el pecho con una mano—. Así pareces uno de esos modelos de las portadas de novela romántica… descalzo, con el cinturón desabrochado, sin camisa.

—Siempre que no me parezca a Fabio.

—No. A uno de esos aristócratas ingleses de negros cabellos. —Le besó en el mentón, luego correteó hasta el armario—. ¡Oh, espera! Si eres uno de ellos.

—Listilla.

—Ha sido una sorpresa que esperases hasta esta tarde para llamarme —dijo Frank Castillo, tomando asiento ante la amplia mesa de la biblioteca y aceptando un té helado que le ofrecía Reinaldo.

—¿Así que, sabes que Walter Barstone y yo somos amigos?

Él soltó una breve carcajada que consiguió no parecer demasiado divertida.

—Dame un respiro. Tom Donner ha estado llamando a todo aquel que tiene teléfono para intentar obtener información. Donner quiere decir Addison, y no me hace falta una reluciente placa de detective para comprender que eso quiere decir Jellicoe.

—Stoney es un viejo amigo que me ayuda a montar mi empresa de seguridad —mintió, deseando que Rick y ella hubieran dispuesto de algo más de tiempo de preparación para componer una historia. Aunque tampoco le hubiera gustado dejar pasar la emboscada sexual.

Frank tomó un trago de té helado.

—Mira, Sam, no soy imbécil. No espero que me hagas una confesión, pero llevo una investigación por homicidio. No te metas con los testigos y las evidencias, y no me mientas a la cara. Walter Barstone estuvo bajo vigilancia con anterioridad, y aunque es casi tan escurridizo como tú, podríamos construir un buen caso contra él sin este nuevo material.

A Sam se le cayó el alma a los pies.

—¿Van a abrir un caso contra él independientemente de cómo resulte la investigación Kunz?

—No lo sé aún. Soy de homicidios, ¿recuerdas? —Bajó la vista por un momento, removiendo el té con la pajita—. Veré qué puedo averiguar.

—Gracias, Frank.

—¿Es por eso por lo que llamaste? Podríamos haberlo hablado por teléfono.

—Quiero saber quién te dio el soplo de que Stoney estaba en posesión de cierta propiedad de Kunz.

—Fue un chivatazo anónimo. Recibimos de ésos sin cesar, pero normalmente no valen la pena. —Limpiándose el bigote con una servilleta, lanzó una mirada curiosa a Samantha—. Me llevé la sorpresa del siglo cuando me di cuenta de a quién estábamos arrestando. Quiero decir que te tomaste muy a pecho la muerte de Kunz, y entonces, ¡zas!, tu colega se hace cargo de una propiedad robad...

—Stoney no hizo nada —interrumpió Samantha—. Le tendieron una trampa.

—¿Supongo que no tienes pruebas de eso?

—Todavía no. No ante un tribunal, en cualquier caso.

—Sam, yo no soy juez.

Sam tomó una profunda bocanada de aire.

—Muy bien. Y confío en ti, así que no seas injusto conmigo… o nadie se alegrará de cómo acabará esto.

—Pasaré eso por alto y me limitaré a decirte que me cuentes lo que sabes.

Sentándose a su lado, Rick se movió por primera vez. Resultaba cómico, él era el único que en esta ocasión tenía reservas en confiar en el policía.

—Sigo pensando que Donner debería estar presente —murmuró.

—Llegará en veinte minutos —respondió, dándole un apretoncito en la rodilla por debajo de la mesa—. Y no te preocupes. Puedo correr más rápido que Frank.

—Esperemos no tener que descubrir si eso es cierto —advirtió el detective, sacando su sempiterna libreta del bolsillo de la chaqueta—. Deja que lo apunte.

—Hallasteis a Stoney en posesión de una figura Giacometti, ¿verdad?

—¿Una figura de quién?

—De Giacometti. Alberto Giacometti. Confía en mí, es alguien importante.

—De acuerdo.

Podría haberle contado que Stoney jamás escondía material de trabajo en su armario, no cuando tenía un cuarto oculto en el ático, pero sin duda eso no serviría de ayuda.

—La talla no fue sustraída en el primer robo, y lo sé porque estuvo allí al menos hasta el velatorio de Charles Kunz. Daniel me llevó al antiguo despacho de su padre y me preguntó si sabía lo que era y cuánto podría valer.

—¿Y qué le dijiste?

—Le dije que un Giacometti de tamaño real estaba en torno a los tres millones.

El detective se recostó en su silla.

—No estoy seguro de que debas contarme esto, Sam. Estás admitiendo que viste esta estatua y que al día siguiente tu colega fue arrestado en posesión de ella. Eso no pinta bien.

—Pero Stoney también tenía un rubí Gugenthal, ¿no?

Frank la observó.

—¿Cómo sabes eso?

—Te lo contaré dentro de un minuto. Míralo desde la perspectiva de un ladrón profesional —le lanzó un breve sonrisa—. Finjamos que conozco a uno. Sé con exactitud dónde están los rubíes, cómo birlarlos fácilmente, y decido que posiblemente son los artículos menos complicados y más lucrativos de vender de la casa. Fáciles de ocultar, fáciles de dispersar en pequeñas cantidades. Me topo justo con un Giacometti desprotegido, que ni siquiera figura aún en los documentos de la aseguradora. Y entonces, un par de días más tarde, regreso y lo robo justo después de que la familia se dé cuenta de lo mucho que vale.

—Pero ¿por qué endosárselo a Barstone?

—Porque eso hace que vuelques la atención en él, y quizá en mí, por el homicidio y el robo.

Él asintió.

—Y el rubí le vincula a él, a ti, con la noche del crimen. El Giacometti tan sólo le vincula con la casa.

—Correcto.

Frank tomó unas pocas notas.

—¿Puedes demostrar algo de todo esto que estás diciendo?

Samantha tomó aire lenta y profundamente. Castillo no la había decepcionado aún. Siempre había una primera vez, pero con un poco de suerte, no sería ésa. Necesitaba que él supiera qué estaba sucediendo, y necesitaba que pudieran confiar el uno en el otro, aun a costa de una apuesta.

—Aún no, pero creo que lo hizo Daniel, y creo que Laurie sospecha de él. —Todas las razones en detalle podían, en todo caso, esperar hasta después.

—¿Y? —la instó el detective tras un momento.

Puf. Todo el mundo parecía conocerla demasiado bien.

—Y por eso me ofrecí a ayudar a Laurie a deshacerse de cualquier objeto robado y evitar que su hermano fuera a prisión.

La punta del lápiz de Castillo se quebró.

—¿Que hiciste qué?

—Oye, siempre me estás diciendo que necesitas pruebas.

—Claro, pero… —Frank maldijo suavemente en español—. Si te pillan haciendo algo ilegal y te tienden una trampa como hicieron con tu amigo, estás jodida, Sam.

—No me pillarán haciendo nada. Soy yo quien tiende la trampa. Ellos son los que caen en ella.

Rick también la miraba fijamente.

—No te olvides de que no se trata de un simple robo. También es un asesinato.

—Por eso hago esto… por Charles. Sólo quiero respuestas… y pruebas.

—No. —Rick se puso en pie, paseándose hasta las altas ventanas y volviendo—. Sé cómo presionas a la gente para que te revelen cosas, Samantha. Presionando de ese modo para descubrir a un asesino conseguirás que te maten.

—Perdone que interrumpa —medió Frank—, pero a pesar de las corazonadas, no he hallado ningún rastro de evidencias de que alguno de los hijos de Kunz esté relacionado con el asesinato de su padre. Ningún motivo, nada. Puede que únicamente se aprovecharan de las circunstancias y robaran la caja fuerte.

—Tal vez —reconoció Samantha de mala gana—, pero no lo creo.

—Dijiste que desapareció dinero en metálico a la vez —apostilló Rick al tiempo que continuaba paseándose—. Debo decir que es muy sencillo ingresar dinero en efectivo de más en una empresa inmobiliaria. Y Laurie Kunz tiene una.

Puede que Rick lo supiera todo acerca de los estafadores del mundo de los negocios, pero ella sabía de robos y codicia, y la forma en que funciona la mente de las personas. En realidad, formaban un muy buen equipo.

—Y Daniel tiene adicción a la cocaína. Una grave adicción.

Castillo sacó otro lápiz del bolsillo.

—Eso podría explicar su necesidad de coger los rubíes… sobre todo sabiendo que la aseguradora cerraría la propiedad a cal y canto, pero eso sigue sin demostrar un asesinato. Su padre le compró un yate, después de todo. Y tiene una cuadra de caballos de polo o algo así.

—Tiene un par —dijo Rick—. Jugamos en el mismo equipo el lunes por la tarde, para el fondo de beneficencia a favor del cuerpo de bomberos.

—Creo que debemos echar un vistazo a los documentos de la aseguradora —meditó Samantha—, porque Daniel dijo que el yate no era suyo... todavía. Y me apostaría un Picasso a que los caballos tampoco le pertenecen. Charles no era tonto. Tenía que estar al tanto de la adicción de su hijo a las drogas. Quizá Charles estaba cerrando el grifo para obligar a Daniel a hacer rehabilitación. ¿Podemos comprobar si ha estado en alguna clínica recientemente? ¿O si tenía previsto ingresar en un centro y no lo ha hecho?

—Eso va a ser complicado, pero puedo tirar de algunos hilos.

—También yo —agregó Rick un momento después—. Y no olvides que Laurie está metida en todo esto.

—Digamos que me creo toda esta especulación —dijo Castillo—. Y digamos que tiene más sentido que nada que mis chicos y yo hayamos podido dilucidar. ¿Cuál es nuestro siguiente paso?

—Eso es fácil —repuso Samantha, almacenando la respuesta de Frank en su mente para utilizarla contra Rick más tarde. Ella iba exactamente por delante de la policía—. Esperaremos una llamada telefónica. ¿Te apetece un bistec a la barbacoa?

Capítulo dieciocho

*R*ichard estaba sentado en una de las elegantes sillas de hierro forjado de la zona de la piscina y observaba a Samantha,
junto con Mike y Olivia Donner, tirarse en bomba en el extremo que más cubría de la piscina. Por lo que había dicho Samantha, no había tenido una buena infancia, pero se compen-
saba cuando estaba con los hijos de los Donner. Reparó en que
Chris Donner, el mayor de los hermanos, había de pronto decidido que no era tan maduro y digno como para no darse un
chapuzón en la piscina… y sabía que eso había tenido lugar en
cuanto el estudiante de derecho de Yale había visto a Samantha
con su biquini rojo.

Esa noche formaban un variopinto grupo: la ladrona, el detective de policía, el abogado y el aristócrata inglés. Rick tomó
un trago de cerveza. Era sumamente extraño y, sin embargo,
durante los tres últimos meses todo se había vuelto bastante…
normal.

—Oye —dijo Samantha, subiendo rápidamente para echarle
agua en el hombro—, ¿es que vas a quedarte toda la noche ahí,
sentado, a darle vueltas a la cabeza?

—Estoy cocinando.

Sus fríos labios le besaron la oreja.

—Que sólo se trata de un asesinato y algo de jaleo —susurró—. Se está convirtiendo en mi especialidad.

Rick torció la cabeza para alzar la vista hacia ella.

—Tendrás que perdonarme si no estoy alegre como unas
castañuelas por el modo en que te pones en peligro.

—Tranquilo. Ni siquiera me ha llamado. Podría no hacerlo.

—¿Y si no lo hace? —Durante un breve momento tuvo la esperanza de que Laurie y Daniel hubieran decidido huir del país en vez de acercarse a Samantha Jellicoe. Si la conocieran tan bien como él, podrían pensárselo dos veces.

—He estado pensando en eso —dijo, bajando la voz un poco más—. Lo apropiado sería un simple allanamiento por una buena causa.

Se le quedaron las manos frías.

—Sam, promét…

Ella le puso un dedo sobre los labios.

—Ya no se trata sólo de Charles. Se trata de salvar a Stoney. Y nunca lo prometí. Dije que lo intentaría.

«¡Joder, maldita sea!»

—No…

—Te lo diré antes. —Se enderezó de nuevo—. Al menos consigue un bañador para Frank. Seguís siendo compañeros, ¿no?

Richard lanzó una fugaz mirada al detective, que tomaba té helado en una de las mesas de madera y reía con los niños en la piscina. Se había hecho cargo del teléfono móvil de Samantha, y éste estaba junto a su codo, cargado y listo para sonar si alguien llamaba.

—Cierto. Seguramente se irá directo al fondo, pero le preguntaré si le apetece.

Sam lo besó de nuevo, esta vez en la boca.

—Gracias, cielo. Llamará. Entonces sólo tendrás que preocuparte por mi seguridad. Y dale la vuelta a los perritos.

Mierda. Se puso en pie y fue a ver cómo iba la barbacoa. Mike y Livia habían pedido perritos calientes en lugar de bistecs, y después de un mero segundo de caos instigado por Samantha, la cena se había transformado en perritos y hamburguesas, dejando a Hans ocupado en la cocina preparando algo llamado ensalada de macarrones.

Richard dio la vuelta a las hamburguesas y a los perritos, luego se fue hacia Frank.

—Tengo montones de bañadores de más, si quieres darte un chapuzón.

—Gracias, pero técnicamente estoy de servicio.

Con un gesto de asentimiento, Richard regresó a su asiento con Katie y Tom y tomó otro trago de cerveza. Samantha había vuelto a la piscina y estaba jugando a la gallinita ciega con los tres hijos de los Donner.

—¿De quién fue la idea de invitar al policía? —murmuró Tom, dando cuenta de su propia cerveza.

—De Samantha. Estamos esperando una llamada telefónica.

—Eso suponía. ¿De alguien en particular?

—Sí.

Tom frunció el ceño.

—Ya lo sabes, si interferimos durante tu divertido rodeo de crimen y robo, podemos marcharnos.

Kate le puso la mano en el brazo a su marido.

—No seas tan arisco. Estoy segura de que Rick nos avisaría si estuviera pasando algo peligroso.

Rick apreció el tono admonitorio en su voz; una madre protegiendo a su prole.

—Nada más peligroso que una llamada de teléfono, Katie.

Ella sonrió.

—Gracias por tu generosa aportación a SPERM, por cierto. Fue el punto culminante del almuerzo.

Tom parpadeó.

—¿De qué narices estás hablando?

—De la sociedad de manatíes, zopenco —respondió entre carcajadas—. Rick y Sam han donado cinco mil dólares.

El abogado estaba sacudiendo la cabeza.

—De veras, necesitáis un acrónimo mejor.

—Éste les proporciona emoción a las mujeres mayores de cabellos canos —dijo Kate—. Y atrae la atención para la causa. Así que, funciona.

—Salvo por los maridos como yo que tienen que decir que sus esposas buscan contribuciones para SPERM.

—Sí, es verdad. —Tom enganchó su cerveza y fue a sentarse en el extremo del trampolín.

—¿De qué hablamos? —preguntó Richard, arrellanándose en su silla.

—¿De veras le estás buscando casa a Patricia?

—¿Te lo ha contado Samantha?

—En realidad, lo hizo tu agente inmobiliaria. Charlamos antes del almuerzo.

—¿Conoces a Laurie Kunz?

Ella se acercó un poco.

—No cambies de tema, Richard.

Él esbozó una sonrisa forzada, aunque no consideraba su pregunta carente de importancia. La opinión de Kate sobre Laurie podría ser útil. Tenía buen instinto. Estaba, además, fulminándole con la mirada, y Rick salió de sus cavilaciones.

—¿Cuál era el tema?

—Patricia.

—Me pidió ayuda. Pero no creo que eso sea asunto tuyo.

—Ya sabes que consideré que Samantha estuvo fuera de lugar al dar un paseo en coche con Patricia. Luego, aparece en SPERM con Pa…

—¿Podrías contarlo de otro modo?

—De acuerdo. Laurie dice que estás ayudando a la querida Patricia a encontrar un lugar en el que vivir en Palm Beach. Entonces Sam aparece en la sociedad de los manatíes con Patricia y dice que sabes que trabajan juntas.

—¿Adónde quieres ir a parar?

—Lo que quiero decir es: ¿Estáis los dos locos? —Cuando Frank les lanzó una mirada, ella echó un tímido vistazo al resto de los ocupantes de la piscina, luego bajó la voz—. Sé que no te gusta que Sam se relacione con Patricia, porque te conozco. ¿Y tú vas y le buscas un lugar, a cuánto, a kilómetro y medio de donde vivís Sam y tú?

—Me pidió ayuda —repitió, apretando los dientes. No necesitaba consejo sobre sus malditas relaciones.

—Si no puedes reprimir tus impulsos caballerosos, de acuerdo, búscale un lugar en el que vivir. Cómprale una bonita casa. Pero, por el amor de Dios, no dejes suelta a esa víbora en tu jardín trasero. No está aquí para hacerte ningún bien. Está aquí para ayudarse a sí misma. Y se interpondrá entre Sam y tú de modo tan sutil que ni siquiera te darás cuenta hasta que Sam decida que está harta y desaparezca.

—Nadie va a desaparecer, Kate.

—Confía en mí, Rick. Sé cómo funciona la mente de una mujer. ¿Cuánto tiempo lleva aquí Patricia, dos semanas? Y ya le ha echado la zarpa al trabajo de Samantha, y a tu tiempo.

Richard tuvo que admitir a regañadientes que Kate tenía razón. Mucha razón. Observó de nuevo a Samantha, manteniéndose suspendida en el agua a un metro de Mike y eludiendo sin dificultades al muchacho de catorce años mientras buscaba a los otros bañistas.

—Nunca pensé que Patricia fuera así de hábil —dijo pausadamente.

—Venga ya. Es una profesional en conseguir lo que desea, y está desesperada. Eres su único fracaso, y no creo que haya renunciado todavía a ti.

Richard se enderezó.

—No va a recuperarme, querida. Eso es ridículo. Aunque no estuviera Sam, jamás volvería a confiar en ella.

—No le hace falta recuperarte para destrozaros a Sam y a ti. Pero actúa como quieras. Yo sólo te digo que deberías ser un poco más cauto. Me refiero a que, cuando los pillaste a Peter y a ella, esperaba que comprendieras que podría no haber sido la primera vez que te engañaba.

Consideró aquello durante el divorcio, y probablemente era lo más cerca que jamás había estado de causarle daño físico a Patricia. Que le recordaran aquello no servía para mejorar su estado de humor.

—Me has advertido, Kate. Confío en que me dejes el resto a mí.

Reinaldo y otro empleado, Valez, aparecieron en el área de la piscina justo entonces con una fuente de ensalada de pasta y una bandeja con diferentes aliños. Richard exhaló una bocanada de aire.

—Qué bien, se queman las hamburguesas —gritó, poniéndose en pie.

Se reunieron en torno a tres mesas, muy próximas unas a otras, pasándose salsas de tomate y tarros de mostaza. Siempre había disfrutado recibiendo la visita de los Donner, pero con Samantha presente, y aun teniendo en cuenta la inesperada asistencia de Frank Castillo, no encontraba una palabra para describir la profunda sensación de satisfacción que la velada suscitaba en él. Probablemente era la primera vez que Solano Dorado parecía realmente un... hogar.

—¿Por qué sonríes? —preguntó Samantha, sirviéndose una cantidad de ensalada de pasta en su plato—. Creí que esta noche estabas cabreado.

—Lo dejaré para después —respondió—. ¿Alguna otra idea de cómo vas a remodelar el paisaje de aquí?

—Estoy pensando en gnomos de jardín. Podrían echarles un vistazo a todos los helechos y demás.

Gracias a Dios que ya iba por la segunda cerveza. El efecto del alcohol le permitió gesticular sosegadamente con la cabeza.

—Tal vez los Siete Enanitos y Blanca Nieves.

—Oye, eso está genial. Yo pensaba más en *leprechauns*, pero me gusta todo ese rollo del bosque encantado.

Al lado de Sam, la niña Olivia de ocho años, con bañador rosa y un par de coletas rubias, se estaba riendo.

—Estáis chalados.

—Deberías crear una especie de jardín japonés —contribuyó Mike.

—Genial, chavalín —dijo Chris desde la mesa contigua—. Eso encajaría bien con el estilo español de la casa.

—Ah, y el jardín de gnomos va con todo.

—Sam estaba bromeando. —El mayor de los Donner miró a Samantha—. ¿Verdad que sí, Sam?

Ella se encogió de hombros, sonriendo todavía de oreja a oreja.

—¿Quién sabe? Estoy segurísima de que los gnomos van con todo.

—Mike podría prestarte sus figuras de acción de *La guerra de las galaxias* —ofreció Olivia.

—No puedo. Tú puedes prestarle tu colección de muñecas.

—Yo tengo una tortuga de piedra que me hizo mi tío —medió Castillo inesperadamente—. Estaría encantado de donarla. Es azul fosforito.

—¿Una tortuga azul? —exclamó Olivia con unas risillas.

Frank asintió.

—Creo que mi tío era un tipo muy divertido.

—Pues encajaría bien aquí. —Con una carcajada, Kate pasó la salsa de tomate.

El teléfono de Samantha no sonó. Nada los interrumpió mientras cenaban, tomaban helado de chocolate de postre, sentados junto a la piscina, y Samantha y los niños se remojaban en el jacuzzi.

Finalmente los Donner recogieron sus ropas y el calzado.

—Ha sido divertido, tío Rick —dijo Livia, dándole un beso en la mejilla.

—Sí, gracias, Rick —agregó Mike cuando su madre le daba un codazo para que no se detuviera.

Chris le tendió la mano.

—Qué tengas suerte este semestre —dijo Rick, estrechándosela.

—Gracias. La necesitaré. —Después de dudar, el veinteañero tomó la mano de Samantha—. Ha sido estupendo conocerte, Sam.

Ella sonrió ampliamente.

—Lo mismo digo, Chris. Molas mucho más que tu padre.

Él se echó a reír, sonrojándose.

—Gracias.

—Sí, muchas gracias —medió Tom—. Te veré el lunes en el despacho a primera hora, ¿no?

—Correcto —convino Rick. Sería para la reunión sobre Walter, y sobre cómo asegurarse de que saliera de la cárcel bajo fianza—. Samantha y yo estaremos allí a las ocho.

El abogado asintió.

—Tráete el talonario.

—Lo haré.

—Será mejor que yo también me vaya —dijo Castillo, estrechándoles la mano.

—Gracias por quedarte —le dijo Samantha, asiendo el brazo de Richard con la mano, seguramente para no tener que estrecharle la mano al detective. Sam había recorrido un largo camino, pero no tanto.

—Llámame en cuanto te enteres de algo —dijo Frank—. No estoy de broma.

—Lo capto —asintió ella.

No es que hubiera dicho que llamaría, pero Richard dejó pasar aquello. Estaba feliz de disfrutar del resto de la noche a solas con ella.

Samantha comprobó su móvil una vez más y se lo guardó en el bolsillo de la fina chaqueta que se había puesto.

—Técnicamente, tiene de margen hasta primera hora de la tarde de mañana para devolverme la llamada, si es que lo hace.

—He echado un vistazo a la guía de televisión para esta noche —dijo, acompañándola por las escaleras de la zona de la piscina hasta la terraza de su dormitorio—. Dan *King Kong contra Godzilla* dentro de quince minutos.

—No engañarías a una chica sobre algo así, ¿verdad?

—Nunca.

Sí, ésa era su Sam; la mejor ladrona de guante blanco del mundo, ahora casi retirada, y fanática de Godzilla. Y encargada de conseguir que se hiciera justicia por el asesinato de un millonario al que no había conocido más que durante unos minutos, a pesar del coste que suponía para ella y su reducido círculo de amigos. Aun teniendo en cuenta lo que había sucedido, Charles era afortunado de tenerla de su lado.

Richard frunció el ceño. Sam había dicho que Charles se mostraba inquieto aquella noche. ¿Estaba al tanto de que alguien iba a matarle? ¿Había sido ésa la causa de que se aproximara a Samantha? Eso la convertía en una especie de ángel vengador, supuso. Le iba bien y, a decir verdad, no lograba imaginarla ocupándose sólo de plantar jardines de gnomos. ¿Qué haría, pues, si su próximo cliente no necesitara más que un simple sistema de seguridad?

—Voy a comprobar si tengo algún correo electrónico —dijo Richard cuando entraron en el dormitorio principal de la suite. Agachándose a coger el mando de la televisión, se lo lanzó a ella—. Enseguida vuelvo.

—De todos modos, necesito darme una ducha para quitarme el cloro.

En su despacho, Richard encendió el ordenador y a continuación abrió el cajón superior de su escritorio. Había pasado toda la velada sopesando si abandonar la fiesta en favor de los documentos Kunz. Si no les echaba un vistazo antes de que llamara Laurie, podría estar permitiendo que Samantha corriera más peligro del que pensaba. Naturalmente, podría simplemente haberle contado que estaba en posesión de los documentos, pero si resultaba que no contenían información importante, perdería la ventaja sobre ella… y no podía permitirse hacer eso. Ni se arriesgaría a avisar a Castillo de que tenía los documentos; se suponía que estaba ayudando al bando legal de la apuesta, y estaba seguro de que conseguir esos documentos sin una orden de algún tipo no podía suponer nada bueno para el caso del Departamento de Policía.

Tom se las había arreglado para conseguir casi todo lo que le había pedido: expedientes financieros de la inmobiliaria Paradise, el testamento de Charles Kunz y algunos de los documentos fiduciarios de la familia Kunz. Comenzó a hojearlos detenidamente, buscando cualquier cosa que pudiera apuntar un motivo para el robo y el asesinato. Los informes inmobiliarios probablemente hubieran resultado indescifrables para cualquiera sin una experiencia sólida en negocios y finanzas, pero para él indicaban éxito marginal, con un neto lo bastante amplio como para mantener la compañía en el negocio, y lo bastante pequeño como para evitar ser algo de lo que regodearse. Mmm. De acuerdo con los rumores, la niñita de Charles era un auténtico genio inmobiliario. A él no le parecía tal el caso. Pero ¿bastaba aquello como indicio para un robo con homicidio?

—King Kong está en Tokio —llegó la suave voz de Samantha, y Rick se sobresaltó.

—¡Por Dios! Creí que habías dicho que siempre llamabas —espetó, alzando rápidamente la mirada para verla apoyarse en la entrada. No tenía idea de cuánto tiempo llevaba allí.

—Estaba abierta.

Tenía el cabello caoba empapado y suelto alrededor de los hombros, su cuerpo enfundado en una delgada bata de algodón y, estaba seguro, no llevaba nada más. Tomó aire con lentitud.

—Ven a echarle un vistazo a esto —dijo con desgana. Por mucho que deseara que Sam perdiera la apuesta, a juzgar por su expresión, ya había comprendido que algo se cocía. O bien hablaba o ella forzaría su maldito escritorio más tarde.

Se desplazó para echar un vistazo a los documentos por encima del hombro de Rick.

—¿Expedientes financieros? —preguntó tras un momento.

—De la inmobiliaria Paradise.

—Oh, chico malo. ¿Te los ha conseguido Donner? —Apoyando las manos sobre sus hombros, le besó en la oreja—. Y yo que pensé que era todo un *boy scout*.

—No le hizo ninguna gracia. —Richard frunció el ceño—. No es tan boyante como ella dice, pero eso sólo la convierte en una mala ejecutiva… no en una asesina.

—Creía que sospechabas de ella.

Él se movió.

—Ahora podría inclinarme de tu lado. Tenía razón en que los ingresos de Daniel están siendo restringidos —prosiguió, volviéndose hacia el documento fiduciario—. No lo tengo todo aquí, pero sin duda hay algo que debe hacer para recibir su estipendio mensual.

—¿Como, quizá, ingresar en un programa de rehabilitación para drogadictos?

—Probablemente. Pero el fideicomiso no se viene abajo por la muerte de Charles. Matarle no libera los fondos de Daniel.

—No de inmediato. ¿Qué hay del testamento?

—Es complicado, pero, en resumen, a la muerte de Charles el fideicomiso se vuelve global. El efectivo mensual es mayor, pero las condiciones y restricciones son las mismas.

—Mmm. Seguramente Daniel se imaginaba que el dinero y las joyas bastarían hasta que pudiera convencer con su encanto al tribunal para que modificaran el fideicomiso.

—Podría ser —convino Richard—. Laurie mencionó dejar el negocio inmobiliario para hacerse cargo de la presidencia de su padre.

—Así que podría ser que fuera detrás de la posición, en vez del dinero.

Richard levantó la mirada hacia ella por encima del hombro.

—Creía que eras tú quien sospechabas de Daniel.

—Yo sospecho en igualdad de oportunidades. —Deslizó lentamente las manos por su pecho para abrazarle—. Has hecho lo imposible para conseguir esto, ¿verdad?

—No quería que te metieras en nada a ciegas. —Aquello sonaba bien, en cualquier caso.

La sintió sonreír contra su mejilla.

—Eres un jodido mentiroso. ¿Qué, acaso ibas a encontrar la clave de todas las pruebas y a pasársela a Frank para poder ganar tú la apuesta?

Rick comenzaba a pensar que podría existir algo semejante a un compañero que es demasiado brillante.

—Tal vez —admitió.

—Vas a perder.

Samantha parecía adormilada cuando sonó el teléfono. Se incorporó en la cama, reparando en la hora de la pantalla iluminada del reloj digital al tiempo que echaba mano al teléfono.

—¿Hola?

—Tengo algunas condiciones. —Era Laurie.

Rick deslizó la mano a lo largo de su espalda desnuda cuando se incorporó a su lado.

—¿Es que estás como completamente loca? —siseó Samantha en voz baja—. Son las tres de la madrugada.

Lanzó un vistazo a Rick. En un segundo su mirada se agudizó, y asintió.

—¿Quién es, Samantha? —preguntó, bostezando para asegurarse.

—Se han equivocado de número —respondió—. Te llamaré en cinco minutos —susurró, y colgó.

—Laurie, ¿supongo? —dijo, encendiendo la luz de la mesilla.

—Sí. Estoy segura de que ha sido una prueba para descubrir si hablaría delante de ti.

—¿Porque tu nota también le decía que yo no era más que un estirado que no sabía nada de tus viles actividades y que seguramente les denunciaría a ella y a su hermano ante las autoridades?

—¡Vaya! Pareces realmente inglés a las tres de la madrugada. —Estaba, además, verdaderamente guapo, con una barba incipiente y el pelo tremendamente despeinado de dormir—.

Y no. Es más por si estoy dispuesta a dar un paseo por el lado oscuro. Tú eres el lado bueno.

—¿Luke Skywalker?

A pesar de la broma, Sam sabía que estaba preocupado. En cuanto a ella, en el instante que sonó el teléfono había estado completamente espabilada y preparada para la acción. Vivía para ese tipo de cosas.

—Más parecida al joven Obi-Wan. Soy Anakin Skywalker, supongo —frunció el ceño—. No, Han Solo. Mola más, y resultó ser un héroe.

—No puedo creer que estemos hablando de esto en este instante —farfulló—. ¿Piensas que se tragó el retraso como garantía de que eres de confianza?

—Ya veremos. —Miró el reloj—. Dos minutos más. Y recuerda, diga lo que diga, tú no estás escuchando.

—Sé jugar, querida.

«Por supuesto que sabía.»

—Lo siento. Lo que pasa es que no quiero cagarla.

—No lo harás. Tú piensa que te quiero sana y salva.

Le miró fijamente durante un largo momento; vigilantes ojos azules, extremadamente inteligentes, oscurecidos por mechones de salvaje cabello negro con el apuesto rostro de un actor; torso desnudo y músculos de deportista, rodeado por unas sábanas azul marino y almohadas de fino satén.

—En un mundo ideal, ¿qué estarías haciendo en este preciso instante?

—Exactamente lo que hago, salvo que no tendrías un teléfono en la mano.

Sam sonrió ampliamente.

—¿Y qué es lo que tendría en la mano? —preguntó astutamente, bajando la mirada hasta la sábana que le cubría las caderas.

—Mi mano —dijo sin demora—. Suele tratarse de sexo, pero no siempre. Sin embargo, siempre se trata de estar contigo.

Antes de que Sam pudiera responder a eso, aunque no es que tuviera idea de lo que decir, Rick se había inclinado sobre ella y la había besado. Su boca era suave y tierna, una cálida caricia, consolador apoyo y… amor.

Le había dicho con anterioridad que la amaba, y había podido ver en sus ojos y en su expresión que lo decía en serio, pero esto era diferente. Lo sentía, y eso lo hacía inevitablemente real. Y lo más extraño de todo era que no la asustaba.

—Haz la llamada —la animó después de un segundo beso lánguido.

Ella se aclaró la garganta.

—De acuerdo. —«Recompónte, Sam.» Respirando hondo, sacudió los hombros y a continuación marcó el número que había guardado.

—¿Hola?

—Muy bien, ¿qué condiciones?

—Si pensara que Daniel pudiera tener problemas, no resultaría demasiado útil tener a la policía buscando al asesino y al ladrón.

Sam comprendió al instante. Formando un apretado puño con sus dedos libres, asintió.

—De acuerdo. Barstone se queda en la cárcel, si haces que valga la pena. Encontrar un nuevo perista es realmente complicado. ¿Eso es todo?

Laurie guardó silencio durante tanto rato que Samantha comenzó a preguntarse si picaría o no el anzuelo.

—Necesito la garantía de que puedo confiar en ti —respondió al fin—. Está en juego el futuro de mi hermano. Y también el mío, si es que tú y yo vamos a trabajar en equipo.

—Para mí, es una cuestión de dinero. Tu hermano me arrebató un trabajo, de modo que si te entrego, no saco nada.

—Entregar a Daniel sería una propuesta arriesgada, de todos modos —dijo Laurie, la voz teñida de cínica diversión—. No recomendaría limitarle los fondos a un mimado niño rico que tiene una adicción a la cocaína de quinientos dólares al día.

—Pues probablemente debamos incluirle en esto —apuntó Samantha, poniéndole una sonrisa a su voz mientras la adrenalina atravesaba violentamente su sistema. Daniel había disparado a Charles—. Yo me llevo el veinte por ciento por vender los rubíes, los cuadros y todo lo que podáis birlar de la casa sin levantar las sospechas de la compañía. Y no es negociable.

—De acuerdo. Pero ya me han seguido una vez. Si me jodes, no vivirás lo suficiente para lamentarlo.

Así que, había sido ella quien había alquilado el BMW negro.

—Oh, qué miedo me das. ¿Hacemos negocio o no?

—¿Esperas que deje un cubo de joyas en Solano Dorado? O tal vez podría enviártelas por FedEx. Estoy segura de que la policía no se daría cuenta de nada.

Laurie sin duda tenía una vena cínica.

—¿Vas a asistir el lunes a ese estúpido partido de polo? —preguntó Sam, lanzando a Rick una mirada y preguntándole sin articular sonido alguno «¿A qué hora empieza?».

Él sostuvo dos dedos en alto.

—Por supuesto. Daniel juega en uno de los equipos y asistirá todo aquel que es alguien.

—Bien. Tráete una cesta de picnic con algunas frutas y cosas de ésas. Manzanas bien rojas. Me gustan las manzanas. Me reuniré bajo la carpa de los refrescos a las dos y media.

—Allí estaré. Y no me jodas, Jellicoe.

—Oye, me preguntaba cómo iba a entretenerme mientras Rick está jugando con palos y caballos.

Colgó el aparato. Le temblaban las manos por el subidón de adrenalina.

Rick le quitó el teléfono y lo dejó sobre su mesilla de noche.

—Lo de la manzana ha sido muy inteligente. Eso sí que es improvisar sobre la marcha.

—Gracias. Sólo espero que funcione.

Le deslizó los brazos alrededor de la cintura, apretándola contra su costado.

—Yo también. Sobre todo si tengo que salir al campo a jugar con «palos y caballos» mientras que tú aceptas propiedad robada vinculada con un asesinato.

—Sólo por aparentar —dijo, esperando que ésa fuera la verdad. Iba a tener que poner a Castillo sobre aviso, o estaría quebrantando la ley.

Y él tenía razón sobre lo de «vinculada con». Los objetos robados no equivalían a un asesinato, hallar la pistola sí, pero eso significaba otro montón de problemas. Menos mal que le gustaban los problemas.

Y

—Rick, no hace falta que vayas conmigo —dijo Samantha, apoyando los codos sobre la isleta de la cocina mientras Hans metía refrescos en una cesta de picnic—. Soy mayorcita.

—Lo sé —respondió Rick, terminando la concienzuda lectura del periódico dominical—. Juntos tenemos una tapadera mejor.

Ella escudriñó su expresión. Calmada, un tanto divertida y, debajo de todo eso, una obstinada determinación por, de algún modo, hacer las cosas bien. Bueno, si quería acompañarla, que así fuera. Seguramente le vendría bien el apoyo.

—De acuerdo —aceptó—. Pero yo soy la jefa.

Él alzó los brazos a modo de cómica rendición.

—Que yo sólo voy de picnic.

—Vale. Yo, también.

Hans cerró la tapa de mimbre y le entregó la cesta a Rick. Parecían dos chiflados, fingiendo ir de picnic mientras Stoney estaba en la cárcel, y Laurie y Daniel disponían de tiempo para planear vete a saber qué para el partido de polo del día siguiente. Pero no tenía que ser policía para saber que necesitaban la maldita pistola para montar el caso, y no era probable que Daniel fuera a entregársela si antes no iba acompañada de un balazo.

Rick eligió el antiguo SLK color amarillo porque era descapotable. Tras colocar la cesta de forma prominente en el espacio detrás del asiento de Sam, condujeron rumbo a South Lake Trail. Pasaron junto a docenas de vecinos que paseaban en bicicleta, y uno de ellos estuvo a punto de estrellarse en el crecido césped cuando trató de saludarles con la mano.

Samantha miró su reloj.

—Perfecto, ya te han visto suficientes admiradores como para proporcionarnos una coartada. Vayamos a Coronado House.

—¿Cómo de segura estás de que Laurie y Daniel no están en casa?

—Hablé con Aubrey. Siempre asisten a misa los domingos.

Le dirigió una fugaz mirada cuando tomó Avenue Barton.

—No ha sido una semana precisamente normal para ellos.

—Lo sé. Pero me apuesto algo a que necesitan todo el perdón que puedan conseguir del Hombre de arriba.

—No puedo remediar pensar que es una mala idea. —Sus labios se torcieron al oírla resoplar—. Deseas esto desesperadamente, ¿verdad?

—Sí.

—¿Porque es un subidón o porque quieres encontrar la pistola para demostrar un asesinato?

—¿No puede ser por ambos?

Respiró hondo y giró a la altura de la señal de giro a la izquierda.

—Me preocupas, Samantha.

Ella no pudo evitar sonreír.

—Lo sé. En serio. Lo sé. Después de esto, sólo irrumpiré en tus casas. —«Y puede que en la casa de turno para devolver los objetos que robara Patricia, y ese tipo de cosas.»

—Espera. —La suave voz de Samantha llegó desde el interior de los altos muros de piedra que rodeaban los terrenos de Coronado House—. Espera… de acuerdo, ahora.

Richard golpeó la pared a medio ascenso, clavó las punteras de los zapatos y se aferró a las cortas púas de hierro que la coronaban. Con otro impulso pasó por encima, aterrizando dentro, con gran dosis de dignidad, sobre el trasero.

Samantha le agarró del brazo y tiró de él hasta un grupo de helechos.

—A la primera —dijo, la diversión burbujeaba en su voz—. Estoy impresionada.

—¡Ay! —susurró, negándose a frotarse la nalga.

Le dio un rápido beso en la mejilla.

—Hablo en serio —dijo, agachándose a su lado—. No era una subida fácil.

—¿Te has caído tú de culo?

—No, pero he saltado muchos más muros que tú. No rompes nada, y no te pillan. Eso cuenta.

—Está bien. —Aquello no le sirvió de mucho a su ego, pero cuando echó un vistazo atrás, al muro de tres metros de altura coronado con agujas de noventa centímetros, Richard decidió que no tenía nada de qué avergonzarse. ¡Dios bendito!

—De acuerdo. ¿Ves ese cajetín de la luz de allí? —preguntó, apuntando con una mano enguantada—. Yo iré primero, y luego te haré una señal para que me sigas. Cuando llegues allí, quédate atrás y mira de nuevo hacia el muro. Espera hasta que la cámara comience a apartarse de ti, luego echa a correr directamente hacia la chimenea. Y cuando digo que eches a correr, quiero decir que corras.

Richard contempló la extensión de quince metros de césped y pequeñas flores entre el cajetín de la luz y la casa. Como propietario, hubiera pensado que era demasiado amplia para que nadie la cruzara sin ser detectado. Mirando desde la perspectiva de Samantha, pudo ver que era el espacio abierto más corto del jardín, que las ventanas carecían de una vista directa y había un frondoso enebro entre la cámara norte y el claro.

—Preparado cuando tú lo estés —murmuró.

Lanzándole una sonrisa, Samantha tornó de nuevo la atención a las cámaras.

—En realidad, te chifla esto, ¿verdad? —susurró.

Salió disparada antes de que él pudiera responder. Manteniéndose agachada al moverse, sorteó los lechos de flores hasta el cajetín de la luz. Éste no procuraba excesivo resguardo, pero, dado que la cámara sólo enfocaba en dos direcciones, quienquiera que observara las pantallas, tendría que prestar una atención extremadamente alerta para verla allí agachada. Naturalmente, Rick era treinta centímetros más alto que ella, pero no pensaba perdérselo.

Por mucho que odiara admitirlo, le chiflaba aquello. Era excitante. Y adictivo. No era de extrañar que a Sam le costara tanto renunciar a ello.

Con un impulso apenas perceptible, Sam se irguió y corrió hacia la casa. No había bromeado acerca de la importancia de ser veloz. Richard no se dio cuenta de que había estado conteniendo el aliento hasta que lo dejó escapar, aliviado, cuando ella llegó al pequeño hueco junto a la chimenea.

Consciente de que Sam ya estaría probablemente en la casa si él no hubiera insistido en acompañarla, Richard aguardó la señal y a continuación fue a gatas hasta el cajetín. Eso había sido bastante sencillo, aunque reprimió severamente el impulso de sonreír a Sam. Maldita sea, se suponía que debía disuadirla para que no hiciera esa clase de cosas, no animarla a ello. Estirando las piernas, dobló con cuidado el lateral para observar la cámara. En cuanto ésta le pasó de largo, salió a campo abierto, corriendo hacia la casa, y menos mal que todavía hacía uso del gimnasio de la planta baja de Solano Dorado.

Se deslizó entre los arbustos y se apretó junto a ella contra la pared.

—¿Qué te ha parecido? —preguntó.

—Olímpico. —Sam tenía un pequeño rasguño en una mejilla, probablemente a causa de los arbustos, pero no se esforzó en ocultar el hecho de que se lo estaba pasando en grande—. Muy bien. De acuerdo con los planos, estamos apoyados contra el cuarto de estar. El baño está cuatro ventanas más allá. Es allí adonde nos dirigimos.

Tenía sentido. Pequeño, cerrado y, dado que se encontraba en la parte principal de la casa, seguramente los empleados no lo utilizaban. No iba a preguntar cómo pensaba ella abrir la ventana, cuanto más tiempo tuviera que detenerse a dar explicaciones, mayor era la posibilidad de que les pillaran.

Continuaron pegados a la pared hasta la cuarta ventana y Rick la alzó hasta el marco. Al cabo de unos pocos segundos escuchó un leve *pop*, y los fragmentos de cristal cayeron a sus pies. Sam empujó el marco hacia arriba y atravesó la ventana como pudo.

Se asomó de nuevo un segundo después.

—Espera hasta que ponga una toalla sobre el marco —susurró—. No quiero la sangre de Rick Addison desparramada por ahí.

—Tengo la piel muy gruesa —le respondió en un murmullo, luego se impulsó hacia arriba sin esperarla—. Alguien se dará cuenta de que la ventana está rota —comentó mientras la cerraba.

—La atravesaré con una rama al salir.

Por primera vez, Richard empezaba a comprender la pura suerte que había sido atraparla en la biblioteca de Rawley House hacía tres semanas… o en Solano Dorado tres meses atrás. Se movía igual que una sombra, pasando en un abrir y cerrar de ojos.

—¿Y dónde estará la pistola?

Sam fue hasta la puerta del baño y la abrió una rendija.

—En algún lugar en que pueda verla de vez en cuando para recordarse que tuvo las pelotas de acabar con su padre, tan cerca que la policía casi pueda encontrarla pero que no dé con ella. También es yonqui de la adrenalina.

«También.» Igual que ella.

Una vez pasaron al interior de la casa, Sam había estado en lo cierto en lo referente a la seguridad; los sensores de movimiento estaban apagados para comodidad del servicio, y Rick no apreciaba signo alguno de que guardias de seguridad patrullasen los pasillos. Tan sólo el distante sonido de música salsa, proveniente de la cocina, delataba el hecho de que, después de todo, había alguien allí.

Rick aminoró el paso en el exterior de la puerta del despacho de Charles, pero ella continuó en dirección a las escaleras traseras. En la segunda planta comenzó a echar un vistazo a las entradas de las habitaciones. Richard la alcanzó y se dirigió al fondo del pasillo. Sobre una estantería, nada más atravesar la tercera puerta, divisó un trofeo náutico.

—Samantha.

Se reunió con él ante la puerta, luego entró y la cerró con ellos dentro.

—Tienes talento natural para esto —dijo—. Registra el armario y yo me ocuparé del escritorio y la cómoda.

Rick se alegraba de haberse acordado de llevar guantes. Probablemente Daniel tenía su propio despacho en la casa, pero Richard estaba de acuerdo con Samantha en que era más lógico registrar primero el dormitorio de Daniel. Yonqui de la adrenalina o no, Daniel querría estar lo bastante cómodo con el entorno como para suponer que podría ocultar el arma a la policía. Con la vista fija en el armario, Richard encendió la luz y comenzó a hurgar detrás de la ropa. Cuando Sam farfulló su nombre unos minutos más tarde, se reunió con ella delante del escritorio.

—Daniel tiene un montón de camisas de polo —comentó.

Samantha le lanzó una fugaz sonrisa.

—¿No te parece corto esto? —preguntó, abriendo el último cajón de abajo de la mesa.

—¿Cómo…? —De pronto comprendió a qué se refería ella.

El escritorio en sí tenía unos sesenta centímetros de fondo, pero el cajón parecía unos quince centímetro más corto.

—¿Puedes levantarlo?

Sam se arrodilló y extrajo el cajón de madera de caoba, inclinándolo hacia arriba el último par de centímetros para liberarlo del carril. Hecho eso, se puso en cuclillas para echar una ojeada por la abertura.

—¡Bingo!

Samantha metió la mano en el escritorio y sacó una pequeña caja de metal. Poniéndose en pie, la dejó sobre la suave superficie de caoba.

Rick tomó cartas en el asunto, abriendo la cerradura y levantando la tapa. Una pistola del calibre 45 yacía en un flojo envoltorio de tela.

—Lo hizo él. Mató a su propio padre. —Se estremeció visiblemente—. Y nos aseguraremos de que no nos dispare con esta cosa.

—Pero no podemos moverla sin comprometer la investigación policial.

Cogió el mechero, metido en un rincón de la caja.

—Que travieso este Daniel, metiéndose coca en casa de papá —dijo, lanzándoselo a él y cerrando la caja de nuevo.

Rick lo atrapó, observando mientras ella desenrollaba un alambre supuestamente de cobre de su muñeca y enderezaba los últimos centímetros. A su seña, Rick encendió el mechero, y Sam sostuvo el alambre sobre la llama hasta que éste comenzó a ponerse al rojo vivo. Luego lo introdujo en el pestillo y lo retorció hasta que el cable se partió. Repitieron el proceso varias veces, hasta que trocitos de soldadura endurecida del cable atascaron bisagras y cerradura tan sólidamente que seguramente se precisaría de una sierra metálica para abrir esa cosa.

—Qué bonito, MacGyver. ¿Bastará con eso? —preguntó.

—Gracias. Es un tanto improvisado, pero creo que sí. Un minuto para que se enfríe y lo colocaremos de nuevo en su sitio y saldremos pitando de aquí.

—La policía sabrá que ha sido manipulado.

—Sí, pero aun así tendrán una pistola con las huellas de Daniel, y encajarán con las pruebas de balística del arma que mató a Charles. Y no podrán demostrar que hemos estado cerca de ella.

—Eres asombrosa —le dijo, besándola en la mejilla.

—Sí, soy la mejor de la profesión atascando las cosas —dijo, devolviendo la caja a su lugar y quitándose de en medio mientras él volvía a colocar el cajón—. Salgamos de aquí. Deberíamos irnos de picnic de verdad, aunque sólo sea para cubrir nuestras huellas. —Samantha le devolvió el beso, pero en la boca—. Y de repente me he puesto muy cachonda.

—¿De repente? No estoy seguro de poder salir de nuevo por la ventana.

—Mmm. No bromees conmigo, tío. Espero que conozcas una buena playa privada.

Capítulo diecinueve

Lunes, 8:13 a.m.

—*D*eja que me aclare —dijo Tom, cerrando de golpe un libro de leyes y sin hacer esfuerzo alguno por ocultar su enfado—. ¿Ahora no quieres que Walter Barstone salga de la cárcel?

Después de la discusión que habían mantenido Tom y él por ese mismo tema, Richard decidió dejar que Samantha se encargara de hablar. Tomó asiento en uno de los cómodos sillones de oficina para clientes y se cruzó de brazos.

—Correcto —dijo, deseando obviamente pelear y dispuesta a hacerlo con Tom.

Rick podía comprenderlo; Stoney era su familia, y para garantizarle a Laurie que la policía tenía otro sospechoso aparte de su hermano, el plan implicaba dejar su rescate pendiente. Habían discutido las alternativas durante gran parte de la tarde anterior, y fueran cuales fuesen sus sentimientos personales hacia Walter, había realizado un sincero esfuerzo para dar con un modo de sortear aquello por el bien de Samantha. Finalmente había sido ella quien hablara y admitiera que Stoney debía seguir en la cárcel.

—Mierda. —El abogado se volvió contra Richard—. ¿Tú estás de acuerdo con esto?

—Es decisión de Samantha —respondió, manteniendo un tono de voz sereno. Uno de ellos debía mantener la calma.

—¿Después de todas las llamadas que he hecho y de todos los favores que he pedido, ahora no vais a hacer nada?

—Eso es lo que he dicho —replicó Samantha.

Se escuchó una llamada en la puerta más próxima del despacho, y Bill Rhodes asomó la cabeza.

—Siento llegar tarde. Estaba reuniendo algo más de información. Repasémoslo todo; tenemos que estar en el tribunal en menos de una hora.

—No vamos a acudir al tribunal —espetó Tom, disponiéndose a levantarse y dejándose caer de nuevo en el sillón.

Rhodes terminó de entrar y cerró la puerta a sus espaldas.

—¿Qué?

—Adelante, Jellicoe, cuéntaselo.

—No es culpa suya, Tom —medió finalmente Rick—. Soy yo quien te pidió que llevaras el seguimiento de esto.

—Es cierto, fuiste tú. Viniste a mi casa y me ordenaste que sacara a este tipo de la cárcel.

Samantha se giró en la silla y le miró. Richard le sostuvo la mirada, pero no dijo nada. Si lo había hecho, había sido por ella, pero en aquel momento carecía de importancia… y ambos lo sabían.

—Os dais cuenta de que es probable que pueda ponerle de nuevo en la calle con una fianza mínima —prosiguió Rhodes, apoyando la nalga en el borde del aparador de Tom—. Su último arresto fue hace veinte años, y lleva tres residiendo en Florida.

—Sé todo eso —respondió Samantha, la irritación y la impaciencia reflejándose en su voz.

—Entonces, ¿qué…?

—Simplemente, no hagáis nada, ¿de acuerdo? —barbotó—. Tiene un abogado de oficio, ¿no?

—Sí, pero yo no confiaría en que un abogado defensor sobrecargado de trabajo sea capaz de…

—No pasa nada. Dejad que sea su abogado quien se preocupe por ello.

Ambos letrados se volvieron hacia Richard.

—No lo comprendo, Richard —dijo Rhodes.

—Es complicado. Todavía podría necesitar tu ayuda, pero no hoy.

—Y si arrestan a otro por lo que dicen que hizo él —interrumpió Samantha—, saldrá libre igualmente.

—Pero no hoy.

—No, hoy no —repitió Samantha, levantando la voz—. Ésa

es la intención. Maldita sea, se supone que debéis ser avispados. ¡Limitaos a no aparecer por el tribunal! ¡Eso es todo! Punto final.

Con un gruñido Sam pasó por delante de todos ellos y salió dando un portazo. Richard también se puso en pie.

—Lo siento, caballeros, pero así es como tiene que ser. Os lo explicaré dentro de un día o dos.

—Más te vale, Rick. —Donner estrelló el puño contra el escritorio una vez más—. Solía ser capaz de descifrar lo que pensabas. No siempre estaba de acuerdo con ello, pero al menos tenía cierta lógica.

—También lo tiene esto. Confía en mí.

Cuando alcanzó a Samantha, ella ya estaba sentada en el SLR, en el aparcamiento. Se montó en el asiento del conductor y no le preguntó cómo había conseguido abrir el coche de tecnología punta sin disparar la alarma. No después de en lo que había tomado parte el día anterior. Se quedaron sentados durante un rato mientras él le daba tiempo para explotar si sentía la necesidad. En cambio, Sam metió los pies debajo del trasero y miró por la ventana.

Rick puso finalmente el coche en marcha.

—¿Adónde vamos?

—Al juzgado —dijo, sin moverse.

Aquello le pilló por sorpresa.

—¿Estás segura?

—Cuando no aparezca nadie para sacarle de la cárcel, quiero que al menos vea mi cara.

Una lágrima rodó por esa misma cara, y Sam se la limpió con impaciencia. La profunda furia que había hervido dentro de Richard desde que se percató de que alguien intentaba hacerle daño a Samantha se acercó a la superficie. Puede que hubieran dejado la pistola fuera de juego, pero existían otros modos de herirla… y Laurie o Daniel habían encontrado una buena forma de hacerlo.

—Él lo comprenderá, lo sabes. Cuando te vea, entenderá que tienes un plan. Todo saldrá bien.

—Después de que prácticamente prometí irrumpir allí y sacarle por la fuerza. —Dejó escapar una bocanada de aire—. Vamos.

Ni siquiera sabía dónde se encontraba el juzgado, y tuvo que acceder al sistema GPS del SLR para dar con él en Delray Beach. El aparcamiento estaba completo, pero se las arregló para encontrar un hueco en la acera a manzana y media del edificio principal.

—No es necesario que entres —dijo cuando las puertas se abrieron y salió del coche.

—Sí, lo es —le ofreció la mano.

Sam la agarró con fuerza, y ambos subieron la calle hasta las puertas de entrada. Aquello tenía que ser tan duro para ella como entrar en una comisaría de policía por primera vez; había mencionado que no se había atrevido a acercarse al juzgado durante el proceso de su padre, por si acaso alguien que testificara contra él la reconocía. Ese día no corría tal peligro, pero la alta seguridad y la policía armada por todas partes tampoco hacían de aquello una excursión.

Tom le había proporcionado el número de la sala, y preguntó en el mostrador de información dónde podían encontrarla.

—Tercer piso —farfulló Samantha mientras se dirigían hacia las escaleras—. Demasiado alto para trepar.

—No habrá ninguna escalada en mi presencia.

Un resplandor destelló en sus ojos, y Rick se sobresaltó. ¡Jodidamente espléndido! Por supuesto que habría reporteros asignados a merodear por el juzgado. Y, naturalmente, estarían interesados en ver qué podría estar haciendo Rick Addison allí.

—Mierda —susurró Samantha—. Como si necesitara esto, además.

—Ignóralos.

—¿Por qué está aquí, señor Addison? —dijo un reportero, asaltándoles. El resto de la manada le siguió de inmediato.

—Sin comentarios —respondió, manteniéndola cerca mientras continuaban por el pasillo—. Discúlpenme.

—Pero…

Rick aminoró el paso, clavando una furibunda mirada en el periodista.

—Sin comentarios.

La prensa retrocedió. Les observó tomar nota de la sala a la que se dirigían Samantha y él y luego correr escaleras abajo para confirmar quién estaba en el sumario de causas pendientes de esa mañana. Una cosa era segura: a Tom no iba a gustarle aquello.

Sam hundió los hombros tan pronto cruzaron las puertas del tribunal.

—¿Te encuentras bien? —preguntó Rick.

—Quiero saber cuál de los Kunz le tendió la trampa —masculló, sentándose en el banco del fondo de la sala—. Quienquiera que lo hizo, va a lamentarlo enormemente. Y veré la expresión de sus ojos cuando los pillen.

La visión del alto hombre de cabeza rapada, ataviado con un uniforme de color naranja, era probablemente lo peor que Samantha había presenciado en su vida. O eso pensaba ella, hasta que vio la expresión de sus ojos cuando la divisó.

—Ay, madre —susurró, hundiéndose un poco más en el banco.

—Lo captará —insistió Rick, aunque incluso él comenzaba a parecer inseguro. Y se suponía que debía ser él quien hiciera las veces de animador.

Cuando el alguacil pronunció en voz alta el número de caso, el abogado defensor asignado cruzó la baja puerta giratoria. Stoney lo miró, luego se dio la vuelta para dirigir de nuevo la mirada a Sam. Hundió ambas cejas, para preguntarle claramente qué demonios estaba pasando.

«Lo siento», dijo sin pronunciar palabra. Cualquier otra cosa más consistente tendría que esperar hasta después del partido de polo y lo que de ahí surgiera.

Rick le tomó la mano, los dedos entrelazados con los de ella. Sam estaba acostumbrada a valerse por sí misma, a tomar sus propias decisiones y a enfrentarse a las consecuencias de sus actos. Pero, probablemente por primera vez, se le pasó por la cabeza que no hubiera sido capaz de hacer aquello sin apoyo.

El fiscal leyó la lista de cargos, y ella hizo una mueca de dolor. Robo; posesión de propiedad robada; allanamiento de morada, seguido de un posible cargo por homicidio.

—Dios mío —susurró.

—Sabías que sería así —respondió Rick también en voz baja—. Tranquila.

Su abogado defensor dijo entonces que Walter se declaraba inocente, y se percató de lo mismo que Bill Rhodes, que Stoney había mantenido un informe policial limpio durante los últimos veinte años, que era un residente establecido de Palm Beach.

Sin apenas pausa para que el fiscal refutara aquellos puntos, el juez denegó la fianza y ordenó que Stoney permaneciera bajo custodia. Stoney le lanzó una última mirada furiosa por encima del hombro y desapareció en las entrañas del juzgado.

Aquella mirada en realidad le consoló un poco. Al menos él sabía que no le había abandonado. Por lo demás, si no lograba terminar con los Kunz, sería culpa suya lo que le pasara después.

—Eso apesta.

—Sí, pero has cumplido con tu parte, y ahora le toca a Laurie.

—Sí, le toca. Y más vale que cumpla. —Se puso en pie, deseando de pronto salir del sólido y lúgubre edificio—. Vamos a desayunar. Y será mejor que después hablemos con Castillo.

Fueron a por el coche y Sam dejó que él eligiera sitio para desayunar. Para su sorpresa Rick se detuvo frente a John G's en South Ocean Boulevard.

—Me tomas el pelo —dijo.

—¿Qué? ¿Es que no puedo conocer un buen sitio para desayunar?

—¿Has comido aquí antes?

Él asintió, acompañándola hasta la puerta de entrada.

—Varias veces.

—Pero yo sí que he comido aquí. Su tostada francesa de canela y nueces es de lo mejor.

—Sí, lo es.

La camarera los sentó junto a la ventana y dejó que echaran un vistazo al menú. A Rick parecía divertirle que estuviera sorprendida; obviamente no lo pillaba.

—¿Y qué pasa si hemos comido aquí al mismo tiempo? —preguntó al fin.

—No es así. ¿Has probado el cruasán relleno?

—Sí, ¿y cómo sabes que no hemos comido aquí al mismo tiempo?

Él sonrió.

—Porque me habría fijado en ti.

Sam no pudo evitar devolverle una amplia sonrisa.

—Qué gentil eres.

—No lo olvides. —Levantó la mirada cuando la camarera les llevó café—. Gracias, y una Coca-Cola Light para la dama, si es tan amable.

—Oh, y que galante, además.

Ignoraba cómo se las arreglaba Rick, pero de pronto el día no parecía tan gris. Dios, estaba sonriendo. Por un instante Samantha se preguntó de nuevo en qué demonios estaba pensando Patricia para joder las cosas de ese modo con él.

—¿Qué? —preguntó, y Sam se dio cuenta de que se le había quedado mirando.

Samantha salió de sus cavilaciones.

—Cuéntame cómo es un partido de polo típico. Y háblame también sobre el trazado del campo. Quiero saber dónde voy a meterme esta tarde.

—Bueno, es un evento benéfico que dura un día, así que no estaremos en un estadio. Será un campo con sombrillas y mesas a un lado, y una carpa o dos para los refrescos y algunos asientos más.

—¿Habrá periodistas?

—A montones. Aparte de mí, Trump aparece en ocasiones, y un puñado de otras celebridades, la mayoría de las cuales sólo están aquí durante la temporada.

Otra idea le vino de pronto a la cabeza.

—En el club Everglades me prometiste que habría algunas ex novias y apareció Patty. ¿Y bien? ¿Cuántas de esas actrices y modelos que has dejado esparcidas a tu paso estarán por allí?

Rick apretó la mandíbula nerviosamente.

—Es posible que algunas. No pueden resistirse a verme con mi uniforme de polo. Pero ¿cuántas ex novias debe uno tener antes de que pueda decirse que están esparcidas?

—El número exacto que tú tienes —replicó. Había visto fotos suyas con ellas, en Internet, en cualquier periodicucho nacional e incluso en las revistas de más renombre. Y sabía que tan sólo había habido tal vez media docena, aunque debido al seguimiento intensivo, la cifra parecía mucho más alta de lo que era.

—No te preocupes, cariño. No prestaré atención a nadie que no seas tú, que estarás ocupada atrapando ladrones y asesinos y desparramándolos a tu paso.

—Claro, ¡y que no se te olvide!

—Así que habéis hecho todos estos planes sin decírmelo. —Frank se paseaba de un lado a otro de la pequeña sala de interrogatorios de la policía mientras los fulminaba con la mirada.

Personalmente, Richard pensaba que el detective debía ser algo más indulgente. Aquél era seguramente el lugar que más detestaba Samantha en este mundo y, sin embargo, había entrado en la sala de forma voluntaria, y daba la sensación de ser uno de esos detectives de *Ley y orden*, allí de pie, con las manos apoyadas sobre el respaldo de una de las sillas metálicas.

—Estabas al tanto del plan general. Ahora te estoy poniendo al tanto de los detalles —dijo con aspereza.

—Podrías habérmelos contado antes de transmitírselos a los Kunz. O puede que ayer.

—Nos tomamos ese día de descanso —replicó Samantha.

—O podría haberse evitado el contártelos —apuntó Rick, ignorando que la idea que Sam tenía de descansar era allanar una mansión—. La cuestión es que estamos aquí. ¿Cuál es el siguiente paso?

—Un micrófono —dijeron los otros dos al unísono.

Aquello resultaba un tanto aterrador.

—No estoy demasiado familiarizado con las leyes criminales americanas, pero ¿no debéis contar con una orden judicial o algo por el estilo?

Frank se llevó la mano al bolsillo de la chaqueta y sacó una hoja de papel doblada.

—No. Lo único que se necesita es el permiso del capitán. Y tal y como habéis dicho, conocía el plan general. Supuse que podría requerir algo así.

—Allá vamos —apostilló Samantha, tomando el papel y leyéndolo—. Salvo por un problema.

—¿Y de qué se trata? —preguntó Castillo, apoyándose contra un falso espejo.

—Tu petición no hace referencia a lo útil que he sido para la investigación, y sobre cómo el Departamento de Policía me eximirá de toda responsabilidad por cualquier declaración que pueda realizar mientras agarro a alguien por las pelotas. —Soltó el papel y éste descendió ligeramente hasta la mesa.

—Pensé en solicitarlo, pero aunque me hayas ayudado con anterioridad, no eres demasiado popular por aquí. Mucho menos cuando tu socio ya está en prisión por este mismo caso.

Richard miró a Samantha, preocupado de pronto. Si la presionaban, ¿escogería la libertad de Walter por encima de la suya? Se culpaba a sí misma de su arresto y, desde hacía una hora, por no sacarle bajo fianza. No permitiría que Sam fuera a prisión por esto… por nada.

Samantha frunció los labios, bajando la vista al papel durante un largo momento.

—Pues quiero algo que pueda encender y apagar.

Castillo meneó la cabeza de forma negativa.

—Eso significaría llevar una grabadora. No obtendría sonido en directo, así que no sabría cuándo entrar y efectuar el arresto… y no sabría cuándo tendrías la prueba que necesito para cerrar el caso. Además, cualquier abogado defensor podría decir que manipulamos la prueba, y tendría razón.

—Entonces, no puedo llevar micrófono.

—No se trata de librar a tu colega de un problema, Sam. Se trata de atrapar a unos ladrones y asesinos. Es una grata coincidencia que hacerlo sirva de ayuda a tu amigo.

—Eso lo comprendo —respondió—. Confía en mí. Pensaremos en alguna clave, y lo sabrás. No puedo ayudar a Stoney a menos que consigas tus pruebas. Y puedo ejecutar el plan, pero no llevando micrófono, a menos que tenga ciertas garantías.

Frank la miró airadamente mientras le miraba directamente a los ojos. Aun sabiendo lo que había en juego, Richard encontró interesante el conflicto. Samantha tenía sin duda un don para atraer a fuertes personalidades.

—Lo más que puedo decir es que haré todo cuanto esté en mi mano —dijo el detective finalmente.

—Eso no basta —terminó por mediar Richard.

—Puedes llevar una grabadora, pero tiene que estar encendida. Si conseguimos pruebas suficientes sin utilizar la cinta, me encargaré personalmente de que ésta desaparezca por completo.

Richard lanzó una mirada a Samantha. Ella se irguió con la cabeza gacha, imagen viva de la profunda y seria reflexión. Alzó finalmente la vista y le miró, asintiendo.

—El plan modificado es —dijo Rick pausadamente—, que una vez que esto termine, yo seré quien se quede con la cinta. Mi abogado la revisará y luego se la entregaremos.

—No me gusta. —El detective cruzó los brazos a la altura del pecho.

—¿Crees que a mí sí? —repuso Samantha—. Como si yo quisiera que Tom Donner decidiera si voy a tener problemas o no.

—Mierda. Quiero la cinta intacta. Sin importar lo que en ella se diga.

—Tendrás la cinta —repitió Samantha, sólo la presión de sus dedos sobre el respaldo de la silla avisó a Rick de lo poco que le gustaba aquel plan.

Frank dejó escapar una bocanada de aire.

—De acuerdo. Si la cagas, tendrás que contratarme, porque no tendré un puto empleo.

—Hecho —dijo Samantha, tendiéndole la mano.

El detective se la estrechó.

—No me falles, Sam.

—Te añadiré a la lista de personas a las que hoy no puedo fallar —respondió, lanzándole una mirada a Richard.

No podría fallarle aunque quisiera, pero eso no era lo que quería, o necesitaba, escuchar en esos momentos. Había llegado el momento de bravuconerías, y ambos lo sabían.

—Alégrate de no tener que montar a caballo.

—O de tener que golpear esa pelota con el palo. Lo sé, me libro muy fácilmente. —Samantha hizo girar la silla y tomó asiento—. Muy bien, planifiquemos los detalles.

Capítulo veinte

Lunes, 1: 08 p.m.

—*P*robablemente deberías dejar de juguetear con eso —sugirió Rick.

Samantha volvió a engancharse la grabadora al cinturón. Lo sabía todo acerca de la vigilancia en vídeo, pero tenía que ponerse al día con el seguimiento en audio. De hecho, cuando Castillo le entregó un localizador, tuvo que preguntarle cómo funcionaba.

—Es sencillo —comentó, mirándolo de nuevo.

Él lanzó el casco de polo dentro de la bolsa de deportes.

—Sí, es muy sencillo. No lo apagues accidentalmente.

—Me estoy familiarizando con ello. Pero casi desearía que se asemejara más a una grabadora. —Desenganchándolo otra vez, lo abrió para ver la mini cinta del interior—. Tiene que haber un modo de conectarlo y desconectarlo sin que parezca que me está dando una apoplejía, y sin que la policía lo sepa.

—Veamos.

Sam le entregó el aparato. Rick había estado un poco callado desde que se marcharon de la comisaría de policía, y ella sabía que estaba preocupado. Dios, hasta ella misma estaba preocupada, pero al menos no tendrían que sentarse a especular durante mucho más tiempo. Aquello tendría que solucionarse de un modo u otro esa misma tarde.

—Tengo una idea —dijo, alzando de nuevo la vista del localizador.

—¿Cuál?

—Déjalo aquí.

—Rick…

—No lo lleves. Contrataré a todos los abogados de Estados Unidos para que defiendan a Walter, y a todos los detectives privados del mundo para que encuentren algo sobre los Kunz. No te arriesgues así, Samantha.

Ella guardó silencio durante un minuto. La idea, la preocupación, que llevaba carcomiéndola desde que se había ido a vivir con él en Devon, volvió a desgarrarle las entrañas.

—Si terminan por arrestarme por todo esto, ¿qué harás? —preguntó, a pesar de que estaba convencida de no querer conocer la respuesta. Todo el mundo miraba primero por sí mismo. Era la ley primordial en el mundo de los ladrones, y en casi todo lo demás.

Rick metió un par de calcetines en la bolsa.

—No lo sé, Sam. Diría que tu presente no me preocupa tanto como tu pasado.

—Ayer allané una casa —respondió—. Eso es algo muy presente. —Y eso no era, ni mucho menos, lo único que había hecho durante la última semana, pero era más seguro asumir que él ya estaba al corriente de todo.

Los hombros de Rick se elevaron con la profundidad de la bocanada de aire e inspiró.

—No me preguntes que qué haría si el pasado te supera, porque yo… tú… —Cerró los ojos por un instante—. Tienes mi corazón. Así que no me lo arranques, ¿vale?

¡Vaya! Se acercó y le rodeó enérgicamente la cintura. Al cabo de un segundo sus brazos la estrecharon, abrazándola fuertes y seguros. Segura. Jamás se había sentido tan segura como desde que había conocido a Rick Addison. Se puso lentamente de puntillas y le besó.

—De acuerdo —susurró contra su boca.

—Y sigue sin gustarme un pelo nada de esto.

—Bueno, y yo no estoy segura de que estés a salvo montando ese caballo.

—Entiendo. Te daré algunas lecciones de equitación después de esto. No cambies de tema.

Samantha se limitó a abrazarle durante un minuto, fingiendo que se trataba de lujuria y que en realidad no estaba sacando fuerzas de su apoyo, su presencia y su fe.

—¿Puedo llamar *Trigger* a mi caballo?

—Por lo que a mí respecta, puedes llamarle *Godzilla*.

Reinaldo llamó a la puerta del dormitorio.

—Señor Addison, es la una en punto. Ben tiene preparada la limusina.

—El deber nos reclama —dijo Samantha, soltándose a regañadientes de su abrazo y arrebatándole el localizador al mismo tiempo—. Estoy impaciente por verte con tus pantalones de polo.

—Todavía puedo retirarme.

Sam se rio por lo bajo.

—Tú jamás te retiras.

Rick estampó el puño contra la pared del dormitorio con la fuerza suficiente como para quebrar el enlucido.

—¡Maldita sea, hablo en serio!

Sobresaltada, le agarró la mano.

—Oye, ya basta. Me gustan esos dedos. —Le dio la vuelta a la muñeca, examinando las profundas abrasiones de sus nudillos—. Eso ha sido una estupidez.

—¿Más estúpido que hacer que te detengan? ¿Es que tienes que hacerlo todo tan cerca del límite?

Le sonrió al tiempo que le arrastraba hasta el cuarto del baño.

—No voy a hacer que me detengan. Tendré cuidado.

—No basta con eso. Quiero estar allí mismo, no en el campo, donde no puedo hacer nada.

Su caballero de brillante armadura.

—Solamente vamos a hablar —dijo en voz baja, afanándose en retirar el polvo de escayola de su mano y buscando una tirita, y fingiendo que no estaba a punto de echarse a llorar. La amaba. La amaba de verdad—. Más tarde te necesitaré, cuando la policía tenga la cinta.

—Samant...

Pegando finalmente la tirita en torno a sus nudillos, tiró de su cabello para hacer que bajara la cabeza. Le besó desenfrenadamente, sintiendo la pasión y la preocupación en su respuesta.

—Vamos. No quiero llegar tarde —dijo sin aliento al cabo de un momento—. No te olvides tu traje.

—Es un uniforme, no un traje —dijo, siguiéndola de nuevo

a la habitación principal. Tomó el petate con una mano y a Samantha con la otra.

—Es hora de ir a coger a los chicos malos —dijo, dirigiéndose a la puerta y esperando que las autoridades considerasen que estaba en el bando de los buenos, al menos por ese día.

Cuando llegaron al campo, Rick se fue directamente al vestuario para cambiarse, dejando a Samantha paseando por el margen del terreno de juego. Todo estaba montado como él había dicho; dos amplias carpas que cubrían las mesas para los refrigerios y donativos, y el espacio entre éstas estaba ocupado por un conjunto de mesas con sombrillas y sillas. Lo que no había esperado era que, al parecer, iban a utilizarse dos campos, con los asientos en medio de ambos. Genial. La policía sólo podría acudir desde dos lados. El vestido de día era sofisticadamente urbano, lo cual complicaba encontrar un espacio para el localizador. La prenda blanca y verde safari de Prada no encajaba mucho con ella, pero ¡qué diablos!, supuestamente poseía una empresa. A juzgar por lo que sabía sobre Laurie Kunz, la agente inmobiliaria probablemente tenía también un localizador.

Se había comprometido a sujetarlo a la correa del bolso, pero incluso eso parecía ridículamente… obvio para alguien tan acostumbrado a mezclarse y mantenerse en las sombras como lo estaba ella. Dejando escapar un suspiro, lo enganchó al borde interior de su bolso, manteniendo la solapa abierta. Si el artilugio de Castillo no podía captar nada desde el interior, sería culpa de él por darle un equipo de baja calidad.

Rick también había estado en lo cierto en lo referente a la prensa y las celebridades, pero relajó su fruncido ceño cuando los *paparazzi* comenzaron a apuntar las cámaras en su dirección. Todo formaba parte del paquete Addison, y por poco que le gustase aquello, al menos se estaba acostumbrando. La actriz y modelo Julia Poole estaba sentada en una de las mesas, con su novio el roquero y una cerveza marca Corona a su lado. Sam pasó un momento mirando la alta belleza de cabello moreno. Julia y Rick habían estado saliendo y rompiendo durante casi un año, pero a juzgar por las fotos de los tabloides, aquello había distado mucho de ser una relación exclusiva.

Patricia estaba sentada cinco mesas más allá del grupo de Poole, con algunos miembros de lo que Rick llamaba «la pandilla de Patty». La cual consistía en alrededor de una docena de mujeres en total que había formado un frente común para compadecerse por la ex y para despellejarles a Rick y a ella. Que disfrutaran de su entretenimiento; personalmente, pensaba que el nexo de unión era una carencia de personalidad individual que las distinguiera a unas de otras.

No fue difícil reconocer a Castillo; con su traje tostado de policía y sus zapatos baratos, destacaba exactamente lo que era. Pero Laurie esperaría su presencia, dado que, incluso con Stoney en prisión, todavía nadie había sido acusado oficialmente del asesinato de Charles Kunz. Samantha supuso que Frank tenía refuerzos, pero si estaban cerca, al menos iban vestidos de un modo lo suficientemente apropiado como para mezclarse.

En los viejos tiempos, saber que la policía andaba cerca le habría sacado de sus casillas. En esos momentos tan sólo tenía la esperanza de que guardaran la distancia suficiente para no poder escuchar, y que se encontraran lo bastante cerca como para poder acudir antes de que desapareciera cualquier prueba valiosa. Por lo menos no tendrían que preocuparse por una pistola en particular. Primer punto para los tipos medio buenos.

Rick apareció desde los establos, llevando un caballo zaino de polo. Durante largo rato no hizo otra cosa que observarlo acercarse. Las botas de cuero le llegaban hasta las rodillas para protegerle de los golpes de los mazos, y los pantalones blancos bajo el holgado polo verde hacían que estuviera… para comérselo. Incluso el casco verde con su ondulado cabello negro debajo resultaba atractivo. Y este tipo iba a marcharse a casa con ella.

—¿Qué te parece? —preguntó, sosteniendo el mazo con naturalidad por encima de su hombro derecho.

—Quiero que esta noche te pongas esto para acostarte —murmuró, apoyándose contra su delgado cuerpo para besarle.

Él rio entre dientes, aprovechando el momento mientras le daba unas palmaditas en el cuello al caballo para mirar hacia la concurrencia por encima del hombro de Samantha.

—¿Algún indicio?

—Nada de Laurie. ¿Qué me dices de Daniel?

—No. Está en mi equipo, así que una vez que estemos en el campo, haré lo que pueda para mantenerlo ocupado.

—¿Cómo se llama tu caballo? —preguntó, dándole una vacilante palmadita cerca del hombro o la paletilla o como quiera que se denominase.

—*Middlebrook-on-Thames* —respondió.

—¿Cómo?

—*Tim*, para abreviar. Tiene un linaje fastidiosamente largo.

—De ahí el estúpido nombre.

Rick enarcó una ceja.

—Yo mismo tengo un linaje fastidiosamente largo.

—Ya lo sé, Richard William Addison, vizconde Halford, marqués de Rawley.

Él la besó de nuevo.

—Lo has entendido, Samantha Elizabeth Jellicoe de Palm Beach.

Daniel y Laurie salieron en aquel momento de los establos; Daniel con un caballo gris tras él y Laurie con una cesta de picnic del brazo.

—¡Bingo! —dijo en voz baja.

Rick no se volvió a mirar, algo que le honraba.

—Ten cuidado —murmuró, besándola en la frente—. Será mejor que vaya a calentar con *Tim*.

—Ten cuidado tú también —dijo, retrocediendo para verlo subirse con soltura a la silla.

—Estaré vigilando.

Con eso, Rick y *Middlebrook-on-Thames* se fueron trotando hasta el campo, con el aplauso general de los espectadores. Sam se sobresaltó. Había olvidado que la gente los observaba. Una bandada de fotógrafos se aproximaron, y apenas reprimió el impulso de huir.

—¿Qué lleva puesto, señorita Jellicoe? —preguntó una de las mujeres.

«Un vestido» fue su primera respuesta, pero sabía lo que querían, y cuanto antes lo consiguieran, antes la dejarían en paz.

—Un vestido de Prada —respondió, quedándose inmóvil durante un minuto para que pudieran tomarle una fotografía. Maldición, qué vida tan extraña.

—El señor Addison y usted estuvieron esta mañana en los juzgados. ¿Ha fijado ya una fecha? —preguntó otro.

Samantha parpadeó. Los juzgados y una fecha. «Una fecha.» ¡Dios Santo!

—No —barbotó, sabiendo que el rostro debía de habérsele puesto blanco—. Todavía intento descubrir cómo hace trampas al Intellect.

A juzgar por la risa general, debía de haber dicho lo correcto, y escapó tras un breve saludo con la cabeza. Aquélla era una conversación que no iba a repetirle a Rick. Jamás. La sola idea de…

El árbitro tocó el silbato, y los dos equipos se congregaron en el centro del campo. Lo mismo sucedía a su espalda, pero el partido era lo que captaba su atención. Durante un momento deseó no tener que hacer otra cosa que ver jugar a Rick.

Pero eso era para alguien con una vida diferente a la suya. Con un suspiro conectó la grabadora, luego fue a buscar una mesa con una vista decente y esperó a que Laurie le llevara sus manzanas… igual que la malvada reina de Blanca Nieves. La única diferencia era que Samantha no era tan tonta como para darles un mordisco.

—¿No resulta extraño, u oportuno, que Rick y Daniel estén en el mismo equipo? —preguntó Laurie, tomando asiento en la silla frente a la de Samantha y dejando la cesta de picnic sobre la mesa delante de ella.

—Creo que ninguna de las dos cosas —respondió Sam, manteniendo la vista en los jugadores mientras corrían de nuevo hacia la portería del equipo rojo—. Rick no forma parte de esto. Ése es el trato, ¿recuerdas?

—Lo recuerdo. Vi tu aparición en los juzgados en las noticias de mediodía. Es una lástima que no pudieras fijar una fianza para el señor Barstone.

—No insistas, o tendré que aumentar mi comisión al treinta por ciento.

—No es probable.

Samantha se volvió para mirar a Laurie.

—Limítate a asegurarte de que Daniel y tú cumplís con vuestra parte del trato. ¿Me has traído unas pocas manzanas?

Laurie levantó la tapa de la cesta de picnic y sacó una reluciente manzana roja.

—¿Estás segura de que puedes ocuparte de esto?

—Oh, sí.

—La próxima vez elige algo menos engorroso —comentó, entregándole a Sam la manzana.

Era pesada. Demasiado pesada para ser sólo una manzana. Ocultando sin problemas su alivio tras años de práctica, Samantha dejó la fruta sobre la mesa, al lado de su codo. Muy bien, ya tenía pruebas del robo. Ahora necesitaba pruebas del asesinato. Hora de jugar su baza.

—¿Cómo vas a asegurarte de que Daniel no te mate igual que hizo con tu padre? La compañía irá a parar a ti, después de todo. ¿No es así?

Con una sonrisa, Laurie se colocó la cesta de picnic en el regazo.

—Estamos muy unidos. Además, si aparece muerto otro Kunz, ni siquiera Daniel podrá librarse del arresto gracias a su encanto.

—Claro, eso tiene lógica para ti y para mí, pero yo no soy adicta a las drogas. Estás atrapada, ¿no? Quiero decir que o aceptas pagarle su adicción a la coca o empiezas a esquivar balas.

Sam divisó a Patricia saludando a Daniel con su pañuelo, y la respuesta del mazo de éste. ¡Figúrate! Patty jugaría a dos bandas hasta que uno de ellos volviera para morderle en el culo.

—Preferiría hablar sobre márgenes de beneficios —respondió Laurie.

—Ésa es una charla demasiado tranquila para alguien con una cesta de rojos rubíes en el regazo.

—Si yo me deshago de objetos robados, entonces eres tú quien los recibe.

Vaya, sí que tenía confianza en sí misma. ¿Acaso a Laurie le traía al fresco que su hermano hubiera matado a su padre? ¿O la despreocupación por Daniel se debía a que era ella misma quien había apretado el gatillo? Eso tenía mucho sentido, pero Sam necesitaba estar segura. Había llegado el momento de echar más leña al fuego.

—¿Sabes?, Walter conoce perfectamente cuánto vale un Giacometti —dijo pausadamente.

—Por eso lo robó.

—Salvo que él lo hubiera robado la misma noche en que desaparecieron los rubíes y los cuadros. No había vuelto una semana después a por él.

—Ahora que lo pienso, en los documentos del seguro no figura ninguna estatua de Giacometti. Debía de pertenecerle a otro.

—Eso es poco convincente —alegó Sam, calentando la conversación. Le encantaban los rompecabezas, sobre todo justo antes de ser resueltos—. ¿Cuánta gente asistió al velatorio? Imagino que al menos cincuenta entraron en el antiguo despacho de tu padre y vieron la estatua allí. ¿Quieres probar de nuevo?

»Ah, espera, ahora es mi turno. —Samantha se recostó en la silla, esperando parecer la viva imagen de fría seguridad, algo que no era, teniendo en cuenta la cantidad de suposiciones y saltos de fe que estaba a punto de realizar—. Fuiste tú quien mató a Charles porque él no quería prestar ayuda económica a Paradise. ¿Cuántos meses de retraso llevas en el pago del alquiler de la oficina? No es de extrañar que aceptases con tanta rapidez cuando llamó Rick. Menos mal que no tenías otras citas que cancelar… Ah, no, que eso no es algo bueno, ¿verdad? Tu padre sabía que necesitabas dinero de forma apremiante. Por eso me llamó, para asegurarse de que no le hacías nada antes de que modificara el testamento y el fideicomiso. Pero no lo consiguió, ¿verdad? ¿Cuán poco halagüeño resultaría para la hija de uno de los ejecutivos de mayor éxito del país el fracasar en su propio negocio, mucho más con el precio de la propiedad por estos parajes?

—No puedes demostrar nada de eso —dijo Laurie, el color de sus mejillas se tonó más intenso.

Se estaba poniendo furiosa, justo lo que Samantha esperaba conseguir.

—Claro que puedo. Tengo los rubíes.

Laurie cambió de posición, llevando la mano al interior de la cesta.

—Devuélveme esa manzana —murmuró.

—No. Me gustan las manzanas.

Ambas manos se introdujeron en la cesta, seguidas por el característico sonido de una pistola al ser amartillada.

—Devuélveme la manzana.

«¡Joder! Rick tenía razón. Había sido Laurie.»

—Si utilizas eso, nadie va a creer que no mataste a tu padre. Sólo te queda Daniel como chivo expiatorio, Laurie. No la cagues. Si te entregas ahora, puedes declarar que te entró el pánico y que intentabas deshacerte de los rubíes para ayudar a tu hermano. Es la única familia que te queda.

—Qué bonita historia.

—Eso creo. Podrías haber salido impune, si Daniel no hubiera decidido que no podía esperar a la liquidación del seguro y que necesitaba efectivo para su problemilla nasal —prosiguió—. Eso debió de cabrearte, perpetrar este gran robo y aun así tener que llevarte el único Gugenthal que no había sido denunciado como robado y hacer que Aubrey Pendleton lo vendiera en aquella tienda de antigüedades. Todos esos artículos, y nadie que te ayudase a convertirlos en dinero contante y sonante.

Laurie se levantó tranquilamente, cargándose la cesta en el codo y manteniendo la mano contraria hundida en sus profundidades.

—Oh, bravo, qué lista eres. Coge tu manzana y vamos a dar un paseo.

—Me parece bien. —Menos gente para ayudarla, pero no esperaba demasiado en ese aspecto. Al menos no era tan probable que los mirones recibieran un balazo si trasladaban el campo de batalla a otro lugar.

—¿Samantha? —Ambas mujeres se volvieron cuando Patty se aproximó, bolso en el brazo y el desagrado reflejado en todo su rostro.

—En estos momentos, estoy algo ocupada, Patty.

—Necesito hablar contigo. —Patricia lanzó una mirada furibunda a Laurie—. Ahora mismo.

—Entonces, acompáñanos —la interrumpió Laurie.

—Oh, eso no es p…

El cañón de la pistola emergió de dentro de la cesta el tiempo suficiente para que Patty lo viera.

—Nos vamos de paseo —prosiguió Laurie, sonriendo.

Patricia se puso pálida, pero se encaminó hacia los establos tal como Laurie indicaba. Cómo no. Habría montones de lugares para esconderse… o para huir después de cometer un asesinato.

Enfrente de la carpa, Frank se puso en pie, pero Sam meneó la cabeza de forma negativa. En esos momentos no podían permitirse una guerra de pistolas. Podía ver a Rick al fondo del campo, la atención centrada en el partido en curso. Bien. No quería que resultara herido.

Las tres recorrieron la hilera de mesas y salieron de debajo de la carpa. Laurie se quedó un poco atrás, mientas que Patty se apelotonaba junto a Sam. La ex seguramente planeaba utilizarla de escudo contra las balas.

—Sabía que relacionarme contigo era un error —susurró Patty con fiereza, con las mejillas cenicientas.

—Tú eras la coleguita de los hijos de Kunz. No me vengas con quejas.

Rodearon el primero de los establos, apartados de la vista de los jugadores de polo y su audiencia.

—Me alegro de que estés aquí, Patricia —comentó Laurie—. Ahora puedo hacer que parezca que os matasteis la una a la otra.

Genial. Aquello era incluso inteligente. Samantha podía imaginar la escena: Patricia salía con Daniel para conseguir acceso a la familia, luego introdujo a la ladrona para perpetrar un robo con homicidio, y después se volvió codiciosa con las ganancias y, tal vez, incluso con Rick, y se dispararon la una a la otra.

—¿De verdad piensas que podríamos matarnos entre sí con la misma pistola? —preguntó. Cualquier cosa con tal de entretener, de arrojar una pega a los planes de Laurie.

—Todo puede suceder durante el forcejeo.

Sam se apartó unos centímetros de Patricia, poniendo algo de espacio para moverse.

—Ni hablar. Yo le patearía el culo en una pelea. —Sin previo aviso, se dio rápidamente la vuelta, dejando que la gravedad deslizara su bolso del codo hasta la mano. Impulsada por el movimiento, golpeó a Laurie en un lado de la cabeza.

Laurie se tambaleó, la cesta se le resbaló hacia el enfangado suelo. Pero logró sujetar la pistola.

—¡Agáchate! —gritó Sam, empujando a Patricia hacia un lado.

Inducida en gran parte por el instinto, Samantha arremetió contra Laurie, agarrando con la suya la mano en que ésta sujetaba la pistola y empujando hacia arriba. El arma se disparó, la bala le quemó el brazo al rozarla cuando se precipitó rumbo al cielo. Habiendo perdido el equilibrio, las dos cayeron al suelo. Laurie se sacudió hacia atrás, tratando de liberar la pistola, pero Sam se negó a soltarla.

Ambas rodaron. Durante un escalofriante segundo, Laurie aplastó la cara de Sam en el barro. «¡Dios!» Luchando contra el pánico, dio un empellón con la mano libre, poniendo a Laurie de espaldas. Sacudiéndose el barro de los ojos, Sam lanzó una patada, saliéndosele el zapato plano. Éste golpeó en el suelo, a su lado, con un ruido sordo, y le echó mano, sujetando a su oponente con el hombro y clavándole las rodillas en las caderas.

—¡Eh! —gritó, desplazando el tacón del zapato hacia la cara de Laurie—. ¿Quieres que te meta esto en el ojo? ¡Suelta la pistola!

—¡Puta!

Sam golpeó a Laurie en el hombro con el tacón, sabiendo que aquello le dolería.

—¡Suelta la pistola o la próxima vez te sacaré un ojo!

Otro peso aterrizó sobre sus brazos enredados, y a través del barro divisó a Castillo y a una cuadrilla de hombres, perfectamente armados, y que hasta ese momento habían pasado desapercibidos entre la multitud. La caballería. ¡Gracias a Dios!

—De acuerdo, Sam, tenemos la pistola —gruñó Castillo, levantando su cuerpo por la cintura.

—¡Coge las manzanas! —jadeó, apartándose tambaleante e intentando recuperar el equilibrio con un zapato de menos. Lo único que le faltaba era que una recua de caballos se comiera las pruebas.

Laurie se puso en pie sin demora y fue sujetada por un par de policías.

—Yo no he hecho nada —espetó—. ¡Ella me atacó!

—Mató a su padre —acertó a decir, retirando una gruesa capa de barro de su cara y brazos—. Está en…

Daniel Kunz corría directamente hacia ella, a toda velocidad, con el mazo levantado por encima de la cabeza.

Capítulo veintiuno

Lunes, 2:57 p.m.

*R*ichard estaba a un paso de marcar un tanto cuando escuchó el disparo. Dando la vuelta de golpe, miró hacia la mesa de Samantha. Estaba vacía. El corazón le dio un vuelco. Espoleando a *Tim* en los costados, se dirigió hacia el margen del campo.

—¡Cuidado, Rick! —gritó Bob Neggers, uno de sus contrincantes.

Giró bruscamente la cabeza a un lado justo a tiempo para recibir el golpe de un mazo en el hombro en lugar de en la nuca. Aquello le desequilibró, y se agarró a la perilla de la silla para evitar caer al suelo. Cuando se enderezó, maldiciendo, Daniel se encontraba en la banda del campo y se dirigía a los establos.

Richard hizo que *Tim* cargara tras ellos. Los espectadores echaron a correr y los *paparazzi* se dispersaron cuando Daniel pasó al galope por entre ellos con Rick pisándole los talones.

—¡Sam!

Samantha se arrojó a un lado y rodó bajo el oscilante mazo al tiempo que Richard gritaba para advertirla. Rick dispuso de un fugaz momento surrealista para reparar en que ella mostraba un aspecto elegante incluso ataviada con un vestido cubierto de barro. Daniel tiró de su caballo para hacerle girar y volvió a por ella. La policía gritó, apuntando las pistolas hacia Kunz, pero con la prensa grabando por todas partes, no era probable que fueran a disparar.

Lo que significaba que era responsabilidad suya.

—Me parece que no —gruñó Richard cuando Daniel y su montura giraron para ir en persecución de Samantha. Hizo que

Tim saliera en tropel a por el otro caballo y jinete. El mazo osciló una vez más hacia su cabeza, pero esta vez lo vio venir y se agachó.

Richard espoleó de nuevo a *Tim*, impidiéndole a Daniel que persiguiera a Samantha. No obstante, no cabía duda de que empujar y bloquear no iba a ser suficiente.

Agitó su propio mazo, impactando a Daniel en el muslo. El mango de madera grujió y se astilló. Enfadado, lo arrojó al suelo y saltó. Golpeó a Daniel en las costillas, y ambos se estrellaron contra el suelo. Mientras Daniel se ponía en pie, Richard arremetió de nuevo y le golpeó con fuerza en el pecho, lanzándolos a los dos otra vez al suelo.

Richard le arrebató el mazo de la mano a Daniel, luego se encontró agarrado por hombros y brazos y siendo arrastrado hacia atrás. Luchó por soltarse, furioso.

—¡Rick!

La cara de Castillo apareció enfocada delante de él. Con otra maldición, Richard se aplacó, encogiendo los hombros para sacudirse de encima lo que parecía la mitad del Cuerpo de Policía de Palm Beach.

—¡De acuerdo! ¡Está bien!

—Nosotros nos ocuparemos —prosiguió Frank, mirándole aún con recelo.

Richard no podía dedicarle más tiempo. En cambio, dio media vuelta y estuvo a punto de chocar con Samantha que se aproximaba. Gracias a Dios.

—¿Te encuentras bien? —preguntó, agarrándola de los brazos y atrayéndola hacia él.

—Estoy bien. Qué bonita cabalgada, *Tex*. —Alzó el brazo y acarició su mejilla con el dedo—. Pero te has hecho un corte.

—Casi se me mete una piedra en el ojo —dijo, incapaz todavía de apartar la mirada de ella, de estar seguro de que no la habían aporreado o pisoteado—. Tú también te has hecho un corte.

Sam echó un vistazo a su brazo.

—No es más que un rasguño.

«¡Dios bendito!»

—¿Conseguiste lo que necesitabas?

—Tenemos los rubíes —dijo Castillo, reuniéndose con ellos

desde atrás—. Y un intento de asesinato por parte de Laurie Kunz, además de un asalto de Daniel Kunz. Y con eso basta para empezar. ¿Dónde está la cinta?

Uno de sus oficiales cogió el bolso de Sam, que parecía haber sido pisoteado por uno de los caballos. Independientemente del tipo de evidencia que pudiera contener la grabadora, esa noche *Tim* tendría ración extra de avena.

—Simplemente, genial —masculló Castillo, vertiendo los restos de su dispositivo en una bolsa—. ¿Planeaste tú esto?

—Sólo ha sido suerte —respondió Samantha, claramente aliviada—. Y, oye, si ésa no es el arma utilizada para matar a Charles, hay otra detrás del último cajón del escritorio de Daniel en Coronado House. También hay algo de cocaína.

—¿Y eso lo sabes, porque…?

—Oh, estaba en la cinta. Lo siento.

—Seguro que sí. —El detective le entregó el bolso—. ¿Tienes idea de lo caras que son esas cosas?

—Cóbramelo —respondió Samantha—. Después de que saques a mi amigo de la cárcel.

—Llevará un día o dos, pero creo que lo arreglaremos. —Echó un vistazo en derredor—. Será mejor que saque a los Kunz de aquí antes de que la prensa eche a perder mi caso.

Los *paparazzi* los rodearon.

—Yo tampoco estoy de humor —dijo Richard, tomando a Samantha de la mano—. ¿Qué te parece si vamos a darle algunas de esas manzanas a *Tim*?

—¡No! —aulló Castillo.

—Rick estaba bromeando, Frank. Relájate —dijo Samantha, y se volvió hacia Richard—. Y sí, vayámonos de aquí de una vez.

Su tosco «sin comentarios», junto con las miradas airadas que estaba repartiendo, parecieron intimidar a los medios por segunda vez aquel día, y en cuanto Richard hubo entregado a *Tim* a un mozo, Samantha y él se fueron a toda prisa al aparcamiento y subieron a la limusina que les estaba esperando. Les siguieron, por supuesto, pero le preocupaba más que no le oyeran que el que no le vieran.

—¿Estás segura de que te encuentras bien? —repitió.

—Estoy bien. De verdad. Es decir, uf, la primera vez que hicimos algo semejante, acabé con el cráneo fracturado, y la segunda vez una furgoneta trató de atropellarme. Un poco de barro y una estampida de caballos no es nada.

—Y el rasguño de bala.

—Bueno, escuece, pero…

Su cabeza desapareció de la vista de Rick, seguida por el resto de su cuerpo.

—¿Cómo te atreves? —chilló Patricia, todavía tirando del pelo a Samantha.

Sam se retorció, agarrándose del pelo para liberarlo de Patricia. Había perdido cabello hacía tres meses, peleando con el futuro ex marido de Patty, y le había dolido como mil demonios. No iba a tolerarlo de nuevo.

—Para —le ordenó.

A juzgar por el rostro enrojecido, Patricia no iba aceptar ninguna orden.

—¡Me empujaste al barro! ¡Y me dejaste allí y te llevaste todo el mérito!

—¿Y dónde estabas tú cuando Laurie intentó dispararnos? Oh, claro, estabas a salvo detrás del establo. Y no hay de qué.

—¡Tú…!

Sam apartó de un manotazo el dedo con el que Patricia le apuntaba.

—Tócame otra vez y nadie en Palm Beach querrá tenerte cerca para otra cosa que no sea limpiar sus aseos. —Tomó aire—. Todavía te queda el reconocimiento por descubrir que Daniel estaba relacionado con el robo y el asesinato. Una promesa es una promesa.

—Yo… más te vale. Y quiero la cinta de vídeo.

—De ninguna manera, Patty. No soy imbécil. —Sam la rodeó, reuniéndose con Rick—. Larguémonos de aquí.

—¿De verdad vas a concederle el mérito?

Ella se encogió de hombros.

—Un poco. Cuanto menos tenga que testificar, mejor.

—De acuerdo —respondió, luego se aclaró la garganta, cosa nada típica en él—. Parece que me he quedado sin agente inmobiliario.

Sam le lanzó una mirada furiosa a Laurie por encima del hombro, que no dejaba de protestar mientras Castillo le hacía subir a la parte trasera de un coche de policía.

—¿Y qué? —le animó.

—Y se me ocurrió que podría buscar otro. Digamos, en Nueva York.

—Nueva York es bonito. —Se limpió el barro del brazo y lo arrojó al suelo—. No pasamos demasiado tiempo allí, ¿verdad?

—No, así es.

—Mejor todavía, guapetón.

Rick sonrió, recorriendo con la mirada toda su longitud cubierta de barro y demorándose durante un momento en su pecho.

—Estás muy atractivo, por cierto.

Genial. Obviamente parecía salida de un concurso de camisetas mojadas.

—Si tú no te quitas ese uniforme, yo me quedaré como estoy.

—¿Puedo regarte con la manguera?

Sam se apretó contra su costado, asegurándose de que se pusiera perdido de barro.

—Haremos turnos. Así que, al fin has actuado como un caballero de brillante armadura de verdad —apuntó—. Con caballo y todo.

Rick se echó a reír.

—Soy realmente genial, ¿verdad?

343

Epílogo

Samantha entró en el aparcamiento subterráneo y dejó el Bentley. Por pronto que fuera, aún sentía dolorida la parte trasera; ni siquiera había estado en su maldita oficina desde hacía cinco días.

Se aproximó hasta el ascensor y recorrió el pasillo, sacando las llaves mientras andaba. Dentro de la oficina todo parecía tranquilo y ordenado, todos los muebles, ahora de un elegante color verde bosque, donde debían estar, todos los archivos vacíos colocados en armarios y preparados para recibir información del cliente. Pero frunció el ceño al llegar al mostrador de recepción. De repente Stoney y ella tenían doble ranura para el correo, una señalizada como «correspondencia» y la otra señalada como «mensajes». En su segunda ranura había media docena de mensajes telefónicos tomados con letra clara; nombre detallado, hora de la llamada, número de teléfono al que devolver la llamada y mensaje. Y todos querían concertar una cita concerniente a sus servicios.

Con los mensajes en la mano, cruzó la puerta lateral hacia la zona de despachos, trazando el círculo del fondo. No había nadie. Stoney se había tomado el día libre y, teniendo en cuenta que acababa de salir de la cárcel la tarde anterior, no pensaba discutírselo. Él le había dado un cachete en el culo, pero dado que también la había abrazado, sabía que su pequeño mundo turbio continuaba intacto.

Unas latas de Coca-Cola Light todavía estaban alineadas en la puerta de la pequeña nevera de la sala de descanso, así que tomó una y abrió la lengüeta. Al volverse divisó la reproducción de Gauguin que colgaba en el pasillo opuesto.

—Hola —llegó la voz de Rick proveniente de recepción—. ¿Podría atenderme?

Con una amplia sonrisa se dirigió al mostrador.

—Pensé que tenías una reunión con Donner.

—Me estoy tomando un descanso —respondió, inclinándose sobre el teléfono para besarla. Estiró el brazo que llevaba a la espalda y extendió un billete nuevecito.

—Cien dólares. Me preguntaba si pagarías la apuesta. —Lo tomó, comprobando la elasticidad del billete de Benjamin Franklin—. Con esto voy a comprarme algo de ropa interior nueva.

—Insolente. —Estiró el otro brazo hacia delante. Había una bonita planta de *Asparagus setaceus* en una maceta posada en su mano.

—¿Qué es esto? —preguntó, tomándola de él.

Rick se encogió de brazos.

—Me olvidé de hacerte un regalo de bienvenida a la oficina. Y sé que te gustan las plantas, así que, aquí tienes. —Rick se balanceó sobre los talones, con aspecto de estar ridículamente satisfecho consigo mismo—. La elegí yo mismo.

Sintiendo que unas inesperadas lágrimas se amontonaban en sus ojos, Samantha dejó la maceta sobre el armario archivero más cercano.

—Ven aquí, amor —dijo, inclinándose por encima del mostrador para agarrarle de las solapas.

Le besó, deleitándose con su calor y su presencia y su contacto mientras él tomaba su rostro entre ambas manos y le devolvía el beso. Sabía cuál era el regalo que más le gustaría, y había salido a comprarlo para ella.

Rick deslizó los brazos hasta rodearle la cintura y la levantó, arrastrándola por encima del mostrador hasta el otro lado de recepción donde se encontraba él. Se apoyó en él, fundiéndose de buen grado en su profundo abrazo.

—¿Así que estás de acuerdo con mi pequeña maniobra? —preguntó con voz no demasiado firme—. Hace dos semanas me presionabas con aquello del conglomerado mundial.

Él la miró fijamente durante un prolongado momento.

—No hay garantías de que deje de presionar, pero me parece bien todo lo que quieras hacer, Samantha... siempre que yo forme parte de tu vida y que no te involucres en cosas que podrían llevarte a la cárcel.

Sam alzó la mano y trazó su delgado mentón con las yemas de los dedos.

—Te quiero, Rick Addison —murmuró. El techo no se desplomó, no cayó ningún relámpago y su padre no apareció por arte de magia desde el más allá para reprenderla. De hecho, decirlo no le dolió en absoluto. En realidad parecía... cálido, reconfortante.

Él sonrió.

—Te quiero, Samantha Jellicoe.

Aquello parecía incluso mejor.

La puerta de la oficina se abrió de nuevo.

—Bueno, mira a quién tenemos aquí —dijo Aubrey Pendleton, entrando parsimoniosamente en recepción.

Samantha inhaló una bocanada de aire.

—¿Eres tú el hada de la oficina?

El apuesto hombre rubio sonrió abiertamente.

—Perdón, ¿cómo dices?

—¿El hada que colgó el cuadro y tomó todos los mensajes?

—Ah, sí, bueno, entonces soy el hada de la oficina. Culpable de los cargos.

Rick se aclaró la garganta.

—¿Y usted es?

—Lo siento —medió Sam—. Rick Addison, te presento a Aubrey Pendleton. Aubrey, éste es Rick.

Ambos hombres se estrecharon la mano.

—¿Es tuyo ese Barracuda que hay aparcado en la puerta? —preguntó Aubrey.

Rick asintió.

—Es una nueva adquisición. Mi Mustang del sesenta y cinco fue recientemente declarado siniestro total.

—Es llamativo. Yo tengo un Cadillac El Dorado del sesenta y dos. Tardé un año, pero reconstruí el motor yo mismo.

Inclinándose lentamente mientras Aubrey arreglaba el desorden que había formado en el mostrador de recepción, los labios de Rick rozaron la oreja de Sam.

—No es *gay* —susurró, luego se irguió de nuevo—. Le echaste una mano a Samantha —dijo—. Gracias.

—Es un placer. Admiro su coraje.

—Coraje. Ésa soy yo, ¡sí, señor! —Sam sacó los mensajes del bolsillo de su chaqueta. «Rick estaba equivocado con respeto a Aubrey. Seguramente.»—. Oye, ¿son auténticos?

Aubrey asintió.

—Puedes estar segura —dijo con voz lánguida—. Prácticamente han echado tu puerta abajo.

Rick tomó la mano libre de Sam, y cogió su maletín con la otra.

—Sam, ¿podríamos pasar a tu despacho un momento?

Sin esperar respuesta, comenzó a arrastrarla hacia la puerta del pasillo. Ella no se resistió, pero volvió la vista hacia el acompañante.

—¿Quieres un empleo de verdad? —le preguntó.

—Señorita Samantha, me contrataste hace tres días —respondió Aubrey—. Lo que sucede es que no tuve oportunidad de contártelo.

—Guay.

Rick cerró el pestillo de la puerta en cuanto estuvieron en su despacho.

—¿Le contratas?

—Le has oído; ya lo he hecho.

—Sam…

—Ven aquí y bésame —le ordenó, acercándose a correr las cortinas. No tenía sentido hacer que Donner se emocionara a tan temprana hora de la mañana.

Rick se reunió con ella junto a la ventana, besándola suavemente en los labios. Le gustaba que Rick no montara un pollo por lo que ella había dicho. Después de todo, no es que hubiera aceptado casarse con él.

Justo cuando estaba a punto de derretirse, Rick retrocedió un poco.

—Por cierto —susurró—. Pensé que podría gustarte echarle un vistazo a esto.

Ella sonrió.

—Ya lo he visto.

—No, esto no. —Se llevó la mano a la chaqueta y sacó un periódico doblado—. Me refiero a esto.

Sam lo cogió con el ceño fruncido, y desplegó el *Palm Beach Post* del día anterior. En la parte superior de la sección se leía: «Ecos de sociedad». Debajo de aquello, el titular PELEA A PUÑE-TAZOS EN EL CAMPO DE POLO le saltó a los ojos, con una enorme fotografía en blanco y negro de ella misma y Laurie manos a la obra en el barro. Patricia aparecía detrás de ellas, o, más bien, su trasero, mientras escapaba reptando del peligro.

—Genial —farfulló.

—Lee la parte que he subrayado —le indicó, señalándole el párrafo con la punta del dedo—. En voz alta.

Samantha se aclaró la garganta.

—«Cuando se le preguntó si Addison y ella habían fijado una fecha después de su viaje a los juzgados, la respuesta de Jellicoe fue rotunda: No. Todavía...» —Su voz se fue apagando poco a poco.

—Termina.

«¡Joder!»

—«Todavía intento descubrir cómo hace trampas al Inte-llect.» —dijo, eludiendo más preguntas.

—¿Trampas? —repitió, volviendo a coger el periódico.

—Bueno, sí. Trampas.

—Ajá. —Apartándose, recogió su maletín—. Siéntate.

Frunciendo el ceño, hizo lo que le pedía, hundiéndose en la silla tras su mesa.

—¿Qué estás haciendo?

Rick sacó un tablero de Intellect y un saquito con letras del maletín y los dejó sobre la superficie.

—No se denomina hacer trampas cuando simplemente soy mejor que tú en este juego. Todos los ingleses lo somos. Y voy a demostrarlo, yanqui.

Ella sonrió de oreja a oreja, cogiendo su Coca-Cola Light y tomando un trago.

—Ah, esto es la guerra, inglés. ¡Vamos, valiente!

Suzanne Enoch

Amante empedernida de los libros, Suzanne ha escrito novelas prácticamente desde que empezó a leer. Nació y creció en California del Sur, y en la actualidad vive muy cerca de Disneyland con una colección completa de figuritas de Star Wars y su perrita Katie (bautizada así en honor de su primera heroína). Todavía busca a su príncipe azul, que espera sea un apuesto galán que forme parte de la nobleza y que tenga cierto toque de granuja. Mientras lo encuentra, continúa inventándolo para su próxima novela.

A Suzanne le encanta saber la opinión de sus lectoras y cartearse con ellas, por lo que pueden escribirle a: suziee@earthlink.net.

www.suzanneenoch.com